GINA MAYER

Das Maikäfermädchen

atb aufbau taschenbuch

GINA MAYER, 1965 in Ellwangen geboren, lebt mit ihrer Familie in Düsseldorf. Bevor sie freie Autorin wurde, hat sie als Werbetexterin gearbeitet.
Im Aufbau Taschenbuch sind lieferbar: »Zitronen im Mondschein«, »Das Lied meiner Schwester«, »Leonore und ihre Töchter« und »Im Land des Regengottes«.
Mehr zur Autorin unter www.ginamayer.de

Sommer 1945. Deutschland liegt in Trümmern, von Düsseldorf sind nur noch Ruinen übrig. Die Hebamme Käthe Arensen leidet unter der Trennung von ihrem Mann Wolf, der im Krieg verschollen ist. Eines Nachts taucht eine junge Frau bei ihr auf. Ingrid ist schwanger und völlig verstört. Sie will Käthe nicht sagen, wer der Vater ihres Kindes ist, sondern summt immer nur die Melodie von »Maikäfer flieg«. Käthe zögert nicht lange, sie hilft Ingrid, indem sie in einer halb zerstörten Arztpraxis eine Abtreibung vornimmt. Ingrid verschwindet nach dem Eingriff spurlos, aber wenige Wochen später erscheint ein anderes junges Mädchen bei Käthe, das ebenfalls schwanger ist. Zusammen mit ihrer Freundin Lilo beschließt Käthe, bedrängten Frauen zu helfen.

GINA MAYER

Das Maikäfer-mädchen

ROMAN

aufbau taschenbuch

Alle Charaktere in diesem Buch sind erfunden.
Ähnlichkeiten mit Personen,
die leben oder gelebt haben, sind zufällig.

ISBN 978-3-7466-3053-3

Aufbau Taschenbuch ist eine Marke
der Aufbau Verlage GmbH & Co. KG

2. Auflage 2022
Vollständige Taschenbuchausgabe

Die Originalausgabe erschien 2012 bei Rütten & Loening,
einer Marke der Aufbau Verlag GmbH & Co. KG
Umschlaggestaltung www.buerosued.de, München
Grafische Adaption U1berlin, Patrizia Di Stefano
unter Verwendung eines Motivs von
plainpicture/Millenium/Lee Avison
Druck und Binden CPI books GmbH, Leck, Germany
Printed in Germany

www.aufbau-verlage.de

»Maikäfer, flieg. Der Vater ist im Krieg.
Die Mutter ist in Pommerland,
Pommerland ist abgebrannt. Maikäfer, flieg.«

(Deutsches Volkslied)

Sie war früher schon einmal hier gewesen. Sie erinnerte sich an das gelbe Haus an der Kreuzung, dessen Front nun von Einschusslöchern überzogen war. Damals war die Fassade frisch verputzt gewesen. Vor dem Krieg, es musste vor dem Krieg gewesen sein. Fensterläden, grün lackiert. Sie erinnerte sich an eine Hakenkreuzfahne vor dem Haus.

Vielleicht täuschte sie sich auch. Vielleicht erinnerte sie sich an ein anderes Haus, in einem anderen Dorf. Wolf und sie waren am Wochenende oft aufs Land gefahren. Sommerfrische nannte Wolf das. Auch wenn es nur für ein paar Stunden war, auch wenn es gerade Herbst, Winter oder Frühling war.

Jetzt war es Sommer. Auf der Straße lag ihr Schatten, viel länger und dünner als sie selbst. Bald würde die Sonne untergehen. Käthe schwitzte. Ihr Schweißgeruch vermischte sich mit dem süßlichen Duft, den sie in der Nase hatte, seit sie am Bahnhof aus dem Taxi gestiegen war. An diesen Geruch erinnerte sie sich nicht. Aber vor dem Krieg hatte alles anders gerochen.

Ihre Hand zitterte. Sie wollte, dass das Zittern aufhörte. Sie spreizte die Finger und zog sie zu einer Faust zusammen.

Sie tastete nach der Waffe in ihrer Handtasche und das half. Ihre Hand hörte auf zu zittern, als sie das kühle Metall spürte.

Bald wäre alles zu Ende. Das Leiden, die Wut, die Angst. Die Erinnerungen, vor allem die. Wenn man keine Erinnerung mehr hatte, empfand man auch keine Schmerzen mehr. Dann war Ruhe.

Aus dem gelben Haus mit den Einschusslöchern rannten drei Kinder. Ein kleines Mädchen mit Zöpfen und einer zerschlissenen Schürze. Eine Größere mit kurzem Haar. Ein Junge. Er hielt einen Ast in der Hand. Als er Käthe sah, legte er ihn an seine Wange, kniff ein Auge zusammen und zielte auf sie. Bevor er abdrücken konnte, schob das ältere Mädchen den Ast nach unten. Sie wirkte erschrocken, als wäre es wirklich ein

Gewehr. Der Junge lachte. Das kleine Mädchen mit den Zöpfen starrte Käthe an.

Sie ging weiter, an den Kindern vorbei, Schritt für Schritt in den süßlichen Geruch hinein. Als sie um die Ecke bog, sah sie die rote Ziegelsteinmauer und dahinter die Fabrik. Peter Schmitz Krautfabrik *stand auf dem Schild neben dem Tor. Auf dem Hof ein mit Fässern beladener Pferdewagen. Zuckerrübensirup. Jetzt rannte sie fast.*

Erst am Ende der Straße stieß sie die Luft wieder aus, atmete tief ein und blickte sich um. Da vorn war das Haus, das sie suchte. Hochstraße 7. Vier kleine Fenster in der Vorderfront, vertrocknete Geranien in den Blumenkästen im Erdgeschoss. Wieder hatte sie das Gefühl, dass sie an dieser Ecke schon einmal gestanden und dieses Haus schon einmal betrachtet hatte. Aber diesmal war sie sich sicher, dass sie sich täuschte. So weit wäre er nicht gegangen.

Die Waffe in ihrer Tasche. Der Lauf war nicht mehr kühl, er fühlte sich klebrig an. Sie würde klingeln. Und wenn er die Tür öffnete, würde sie ihn erschießen. Aber wenn ein anderer öffnete?

Sie drückte die Klingel, während sie noch über eine Antwort nachdachte. Wenn ein anderer öffnete, würde sie sich einen Weg bahnen und ihn finden.

Suchen und finden.

Lukas 11,9.

Sie spürte ein hysterisches Lachen in sich aufsteigen wie eine Luftblase im Wasser. Kurz bevor sie platzte, fiel sie plötzlich wieder in sich zusammen.

Wo war die Wut in ihr, der Hass und die Bitterkeit? Sie empfand nichts. Es war, als hätte sie die Tat bereits begangen. Als wäre alles erledigt. Sein Leben. Und ihres auch.

Aber noch war es nicht vollbracht. Noch war das Ende nicht erreicht. Das Ende der Erinnerung. Zwei Kugeln genügten. Eine für ihn. Und eine für sie selbst.

Mord aus Rache *würden die Zeitungen titeln. Aber es ging nicht um Rache. Es ging um Gerechtigkeit.*

Sie legte ihr Ohr an die Tür.

Im Haus war alles still.

Er war nicht da. Der Gedanke empörte sie, als wären sie verabredet gewesen und er hätte sie versetzt.

Der Kiesweg neben dem Eingang führte zur Rückseite des Hauses. Die Steine knirschten unter ihren Füßen. Sie bemühte sich nicht, leiser zu gehen. An den Fenstern duckte sie sich, damit man sie von innen nicht sehen konnte.

Die Pistole war jetzt in ihrer Hand. Sie würde sie mit beiden Händen festhalten, wenn sie zielte und abdrückte. Der Rückstoß wird unterschätzt, das hatte sie neulich erst gelesen.

Sie bog um die hintere Ecke des Hauses und stand im Garten. Beerensträucher, Erdbeerstauden, Kartoffeln, Salat, Wege wie mit einem Lineal gezogen. Vier Sonnenblumen am Zaun, Blumen, die wild gewachsen waren, die Zeiten waren hart.

Hinter dem Haus war eine Terrasse, auf der zwei Korbstühle standen. Auf einem der Stühle saß ein Mann. Sie wusste sofort, dass er es war, das Gesicht zur Abendsonne gereckt, als ob er ein Sonnenbad nahm. Er hatte sie erwartet.

Die Pistole in der Hand haltend ging sie näher. Sie setzte sich auf den anderen Stuhl und sah ihn an.

I

Es werden Scharen über Scharen von Menschen sein im Tal der Entscheidung; denn des HERRN *Tag ist nahe im Tal der Entscheidung. Sonne und Mond werden sich verfinstern und die Sterne halten ihren Schein zurück.*

Käthe klappte die Bibel wieder zu. Des Herrn Tag ist nahe. Ging es vielleicht auch ein bisschen genauer?

Was bedeutete nahe?

In hundert Jahren? In zehn Jahren? Morgen? Heute?

»Gott hat einen langen Atem«, sagte Käthe und stand auf. Sie trat unter die Dachluke, durch die man in den Himmel blickte. Durch die Öffnung senkte sich feuchter, grauer Nebel und legte sich auf ihr Gesicht. Fensterglas gab es in der ganzen Stadt nicht.

Schnee, die Luft roch nach Schnee.

Es war viel zu kalt für November. Viel zu früh für Schnee.

Käthe nahm das kleine Brett, das an der Wand lehnte, stellte sich auf die Zehenspitzen und klemmte es in die Fensteröffnung.

Es wurde dunkel. Nur an den Kanten drang etwas Tageslicht in die Dachkammer und zeichnete einen weißen Rahmen auf den Holzboden.

In Russland lag der Schnee bereits meterhoch.

Sie dachte an ein Lager, an eine Baracke ohne Ofen, in der die Feldbetten dicht an dicht standen wie die Gräber auf einem Soldatenfriedhof.

Heinrich Abels war in einem englischen Lager gewesen, bevor sie ihm ein Bein amputiert und ihn nach Hause geschickt hatten. Nun saß er bei seiner Dorothee im Laden und erzählte von der Graupensuppe, die es mittags gegeben hatte. Jeden Mittag einen Teller Graupensuppe. Da wünschte man sich gleich in englische Gefangenschaft, wenn man so etwas hörte. Aber beim Russen war es nicht wie beim Engländer. Beim Russen gab es einen Blechtopf lauwarmes Wasser. Zum Essen, zum Trinken, zum Waschen. Erzählte man sich.

Käthe kannte niemanden, der aus der russischen Gefangenschaft nach Hause gekommen war.

Wieder dachte sie an die englische Graupensuppe, und ihr Magen knurrte.

Sie musste los.

Rasch schlüpfte sie in die Männerstiefel, die ihr die Ferns gegeben hatten, nachdem sie Frau Fern von ihrem ersten Sohn entbunden hatte. Die Stiefel waren viel zu groß, es war ihr nicht gelungen, sie gegen kleinere Schuhe einzutauschen. Man hatte ihr einen Sack Kartoffeln, eine Rolle Rupfenstoff, dreizehn Meter Mull oder dreißig Dachziegel angeboten. Und Geld, einen Sack voller Geld hätte sie haben können, doch Geld war in diesen Tagen weniger wert als ein Hitlerbild, das konnte man zumindest an die Amerikaner verkaufen.

Vielleicht hätte sie die Kartoffeln, den Stoff, den Mull oder die Dachziegel nehmen und sich damit erneut auf die Suche machen sollen. Stattdessen stopfte sie die Stiefel mit Zeitungspapier und Lumpen aus und lief damit, als hätte sie Klumpfüße.

Klonkklonkerklonk machten die Stiefel auf der Treppe. Die Flausenberg aus der dritten Etage hatte sich schon beschwert, dass Käthe beim Nachhausekommen einen solchen Lärm machte. Das ist ja nicht auszuhalten, schimpfte sie immer. Das ist ja wie im Krieg.

Seitdem bemühte sich Käthe, die Füße behutsam aufzusetzen, doch es nützte nichts. Die Stiefel waren einfach zu schwer. Soll die Flausenberg mir doch passende besorgen, wenn sie das Gepolter so stört, dachte sie, während sie einen besonders großen und lauten Schritt über das Loch machte, das eine Streubombe in die Treppe zum Dachboden gerissen hatte. Der Hauswart hatte die Öffnung mehrmals zugenagelt, aber nachdem die Bretter immer wieder gestohlen worden waren, hatte er es aufgegeben. Mussten die Hausbewohner eben aufpassen, wo sie hintraten. Mussten sie nachts eben zu Hause bleiben. Wer nach der Sperrstunde noch unterwegs war, war selber schuld. Und dass Käthe Hebamme war und sich ihre Arbeitszeiten nicht aussuchen konnte, war ja nun nicht sein Problem.

Klonkklonkerklonk.

Vor der Tür von Familie Schmitz lag ein Kohlkopf.

Ein fester runder Kohlkopf.

Als hätte ihn jemand für mich dort hingelegt, dachte Käthe.

Ein Kohlkopf, groß wie ein Kinderkopf. Ein Kohlkopf, aus dem man einen ganzen Kessel Suppe kochen konnte. Kohlsuppe für eine Woche oder länger, wenn man sie mit genügend Wasser streckte und am Tag nicht mehr als einen Teller davon aß.

Er gehört der Schmitz, dachte Käthe. Er muss ihr aus dem Korb gerollt sein, als sie die Tür aufgesperrt hat.

Schnell, dachte Käthe.

Sie bückte sich nach dem Kohl, hob ihn hoch und wollte ihn gerade in ihrer Tasche verschwinden lassen, als die Wohnungstür aufgerissen wurde und die Schmitz vor ihr stand.

»Ha!«, machte die Schmitz.

Käthe sprang vor Schreck einen Schritt zurück und hätte den Kohlkopf um ein Haar fallen lassen, so dass er die Stufen nach unten gekullert und irgendwo im dritten, zweiten, ersten Stock, im Erdgeschoss oder im Tiefparterre gelandet wäre, wo dann ein anderer Hausbewohner zugegriffen hätte.

»Diebin!«, schrie die Schmitz. »Das ist mein Kohl!«

Von ihrer Oberlippe zu ihrer Unterlippe zog sich ein Speichelfaden.

»Geben Sie mir den Kohl zurück«, schrie sie.

»Nun regen Sie sich doch nicht so auf«, sagte Käthe. »Ich wollte ihn ja gar nicht nehmen. Ich hab ihn nur aufgehoben.«

Die Schmitz glaubte ihr natürlich kein Wort. Sie war nicht die Hellste, aber blöd war sie auch nicht.

Sie hat den Kohl bewusst dort liegen lassen, dachte Käthe plötzlich. Sie hat die ganze Zeit hinter der Tür gestanden und durch das Loch spioniert. Sie wollte mich in Versuchung führen und auf frischer Tag ertappen. Aus purer Gehässigkeit.

Die Schmitz riss ihr den Kohl aus der Hand. Ihr Bauch stand weit nach vorn, als hätte sie einen zweiten, viel größeren Kohlkopf unter ihrer Schürze versteckt. Sie war wieder schwanger. Sechster oder siebter Monat, dachte Käthe, dem Umfang nach. Das sechste Kind. Dass die Leute sich nicht zurückhalten konnten. Sechs Kinder, in diesen Zeiten, das war ja unverantwortlich.

Das letzte war gerade einmal vor einem Jahr geboren, während eines Fliegeralarms hatte es die Schmitz aus sich herausgepresst, und Käthe hatte ihr geholfen und dabei ihr Leben aufs Spiel gesetzt, aber das war nun offensichtlich vergessen. Komm du bloß wieder an, dachte Käthe. Beim nächsten Mal kannst du dir eine andere Hebamme suchen.

Die Schmitz schien Käthes Gedanken zu erraten, sie umklammerte den Kohlkopf mit der Rechten, als wäre es ihre Leibesfrucht, und knallte mit der Linken die Tür zu. Drinnen begann ein Kind zu heulen. Der kleine Wolfgang. Das Fliegeralarmkind.

Käthe versuchte sich zu erinnern, ob sie für die Entbindung damals überhaupt bezahlt worden war. Hatte die Schmitz sie nicht hingehalten? Sie bekommen Ihr Geld später, gerade jetzt sind wir knapp bei Kasse.

Aber ja, aber sicher, machen Sie sich deswegen keine Sorgen.

Und dann war sie ihr das Geld schuldig geblieben.

Und jetzt so etwas.

Diebin.

Käthe war kurz davor, mit den viel zu großen Schuhen

gegen die Tür zu treten, aber nun heulte das Kind in der Wohnung noch lauter. Und wie Dampf, der abkühlt und zu Wasser wird, wurde aus Käthes Wut Scham. Tropfnasse Scham.

So tief bin ich gesunken, dachte sie. Ich hätte den Kohl genommen. Ich hätte ihn gestohlen, obwohl ich keine sieben Mäuler zu stopfen habe, sondern nur mein eigenes. Ich bin so schlimm wie das Pack, das Frau Neumann im Hofgarten überfallen und ihr den Kinderwagen gestohlen hat.

Ihr Magen knurrte. Na und?, knurrte er. Was schert dich die Schmitz? Sie hat dir die Tür vor der Nase zugeschlagen, sie würde dich verrecken lassen, wenn es darauf ankäme. Kümmere dich um dich selbst. Kümmere dich um mich.

Ein schmaler Trampelpfad schlängelte sich durch die Hügel aus Schutt. Hier und da ragten Ofenrohre aus zerfallenen Mauern oder offenen Fensterhöhlen, Rauch stieg zum Himmel, als ob unter den Ruinen noch Bomben schwelten. Es waren aber keine Bomben, sondern Menschen, die in den Trümmern hausten und auf gestohlenen Kohlen gestohlene Kartoffeln kochten.

In einer anderen Zeit, in einer anderen Welt war hier die Benrather Straße verlaufen. Das war erst ein paar Jahre her, dennoch fiel es Käthe schwer, sich zu erinnern, wie es damals hier ausgesehen hatte. Irgendwo da drüben war eine Konditorei gewesen, daneben Hofmanns Lederwaren. Der Gemischtwarenladen, in dem man Butter, Mehl und Kernseife kaufen konnte. Ein kleines Postamt. Bäume. Laternen. Litfaßsäulen. Straßenbahnoberleitungen. Straßenbahnschienen. Der Zeitungskiosk von Herrn Sauerbier. Kopfsteinpflaster. Blumentöpfe mit Männertreu.

Und dann?

Waren die Nazis gekommen. Hatten die Benrather Straße in Hermann-Göring-Straße umbenannt. Wehte eine Hakenkreuzfahne vor der Konditorei. Hing ein Hitlerbild im Schaufenster von Hofmanns Lederwaren. Wurde der Kiosk geschlossen. War Herr Sauerbier plötzlich verschwunden. Begann der Krieg. Fielen die Bomben. Verwandelten sich Konditorei, Hakenkreuzfahne, Lederwarengeschäft, Hitlerbild, Gemischtwarenladen, Postamt, Bäume, Laternen, Litfaßsäulen, Straßenbahnoberleitungen, Straßenbahnschienen, Kopfsteinpflaster und Männertreu in Staub und Trümmer.

Seit dem Sommer hieß die Straße wieder Benrather Straße, das hatte die englische Militärverwaltung so bestimmt. Aber es gab ja keine Straße mehr.

Unter Käthes Sohlen knirschte Glas. Im linken Schuh war ein Loch, sie musste aufpassen, dass sie sich nicht wieder die Füße zerschnitt. Sie hatte aber keine Zeit aufzupassen. Sie war in Eile.

Um zwölf Uhr am Mittag gab es an der Ausgabestelle 3, Abschnitt C, gegen Bezugsmarken Reis und Graupen. Das hatte Käthe gestern auf einem Aushang gelesen. Zwölf bedeutete in Wirklichkeit neun, denn man musste sich drei Stunden vorher anstellen, sonst hatte man keine Chance.

Jetzt war es Viertel nach acht. Der frühe Vogel fängt den Wurm, dachte Käthe. Der frühe Vogel schnappt den anderen Vögeln den Reis und die Graupen weg. Mit etwas Glück war sie diesmal sogar die Erste in der Schlange. Zuversichtlich beschleunigte sie ihre Schritte. *Klonkklonkerklonk.* Sie bog um die Ecke einer rußgeschwärzten Fassade, aus der Stahlstreben in den Himmel ragten wie Arme. Dann sah sie die Menschen und wusste Bescheid.

Und wusste, dass sie viel zu spät kam. Die Schlange ringelte sich um die Schutthügel, unter denen der Carlsplatz lag, ein S und noch ein S und noch ein S. Käthe blieb stehen.

Dreh um, sagte ihr Kopf. Geh nach Hause, verkriech dich im Bett und zieh die Decke über den Kopf. Hier gibt es nichts zu holen. Nicht für dich.

Ihr Magen knurrte. Mehr fiel ihm dazu nicht ein. Aber es reichte.

Es reichte, um Käthe anzutreiben, um ihre Füße in Bewegung zu setzen, um ihre Beine zum Laufen zu bringen. Sie stolperte auf das Ende der Schlange zu, als käme es darauf an, ob sie nun die Fünfundsechzigste oder Sechsundsechzigste oder Siebenundsechzigste wäre.

Irgendetwas bohrte sich durch den Schuh in ihren Fuß. Sie hinkte die letzten Meter weiter, schaffte es gerade noch, sich vor einer dürren alten Frau in die Warteschlange einzureihen. Bückte sich dann und zog den rostigen Nagel aus dem Schlitz im Leder.

»Verdammter Scheißdreck«, sagte jemand hinter ihr, im gleichen Moment, in dem sie es dachte.

Käthe fuhr herum und starrte in das Gesicht der Alten. Ihre Augen lagen in dunklen Höhlen. Die Alte blickte Käthe an, und Käthe blickte zurück, bevor sie sich wieder nach vorn drehte.

Warten. Damit verbrachte man den ganzen Tag und die halbe Nacht. Man wartete auf Essensauslieferungen und Volksspeisungen und mobile Suppenküchen, auf Kleiderspenden, Medikamente, Schuhe. Auf Pakete aus Übersee. Auf den Frühling. Auf bessere Zeiten.

Man wartete auf eine Zukunft, in der alles wieder wäre wie in der Vergangenheit, aber das würde nicht geschehen, das wusste Käthe so gut wie die anderen. Die Vergangenheit hatten die Flieger zerschossen und die Bomben zertrümmert. Nichts auf der Welt würde die Toten wieder lebendig machen, die Ruinen wieder aufrichten, die Untröstlichen trösten.

Es werden Scharen über Scharen von Menschen sein im Tal der Entscheidung; denn des Herrn Tag ist nahe im Tal der Entscheidung, dachte Käthe. Das war die Stelle, an der sich ihre Bibel geöffnet hatte, die ihr blinder Finger gefunden hatte, die ihren Tag bestimmen sollte.

Scharen über Scharen von Menschen. Das war übertrieben. Die Schlange war lang, aber selbst wenn sich sämtliche Düsseldorfer auf dem Platz versammelt hätten, hätten sich daraus keine Scharen über Scharen ergeben.

Ein Zehntel der ursprünglichen Bevölkerung hauste noch in den Trümmern der Stadt. Der Rest war gefallen, evakuiert, erschossen, zerbombt, vernichtet, verhungert, vergast. Oder emigriert wie Gertrud Sommer, die inzwischen Campbell hieß und in Chicago lebte, in Saus und Braus und Herrlichkeit, wenn man den Briefen glauben konnte, die sie Käthe schrieb. Im September hatte sie ein Paket geschickt mit Schokolade, Kaugummi, Obstkonserven und Seidenunterwäsche, die Käthe zwei Nummern zu klein war, aber auf dem Schwarzmarkt hatte sie vier Büchsen Heringe dafür bekommen. Es wunderte sie immer noch, dass einer blöd genug gewesen war, sich auf den Handel einzulassen.

Seidenunterwäsche. Wer braucht heutzutage Seidenunterwäsche?, dachte Käthe. Nicht einmal die Nutten hinter dem Güterbahnhof trugen so etwas. Sie wollen ihre Freier nicht verführen, sie wollen sie vögeln, aber schnell, für zwei Zigaretten oder zehn Kaffeebohnen.

Eigentlich war es verwunderlich, dass Gertrud ihr die Wäsche geschickt hatte, dachte Käthe. Gertrud kannte Käthe doch, hatte sie zumindest gekannt. Schon damals, vor zwölf Jahren, als Käthe und Gertrud zusammen im Evangelischen Krankenhaus gearbeitet hatten, hatte Käthe sich nicht für Mode interessiert. Gertrud hatte immer ihre Witze darüber gemacht. Das konnte sie doch nicht vergessen haben.

Vielleicht war das ja die eigentliche Botschaft des Pakets: Schau her, sagte Gertrud. Ich, die ihr vertrieben habt, lebe im Überfluss und in aller Seidenwäschenherrlichkeit, und du hast nichts und bist auf meine Barmherzigkeit angewiesen.

Sei's drum, dachte Käthe. Die Schokolade und die Obstkonserven haben geschmeckt und die Heringe ebenfalls. Gerne wieder. Mit oder ohne Wäsche. Am besten gleich heute.

Ihr linker Fuß war zu Eis erstarrt. Der rechte brannte. Der Nagel, hoffentlich würde sich die Wunde nicht entzünden.

Wundstarrkrampf. Die ersten Symptome waren Kopfschmerzen, Schwindel, Gliederzittern, Schweißausbrüche. Danach Muskelkrämpfe. Tod durch Ersticken. Sie sah das Bild eines Wundstarrkrampfpatienten aus ihrem Lehrbuch in der Hebammenschule vor sich. Eine grinsende Fratze. Teufelsgrinsen. Risus sardonicus.

Vielleicht wäre es besser so, dachte Käthe. Lieber ein Ende mit Schrecken als ein Schrecken ohne Ende.

Für Wolf wäre es natürlich hart. Wenn er aus der Gefangenschaft zurückkäme und sie wäre tot. Käthe, meine Käthe, was soll ich nur ohne dich anfangen? Du darfst mich nie verlassen. Das hatte er immer zu ihr gesagt, bevor er selbst sie verlassen hatte, um in den Krieg zu ziehen.

Sie sah ihn in der leeren Wohnung hocken und weinen. Aus der Dachluke regnete es auf ihn herab. Er merkte es nicht einmal. Er hatte alles erduldet, alles ertragen, nur für sie. Und nun das. Und nun war sie tot.

Käthe wischte sich ein paar Tränen aus den Augen. Einmal links, einmal rechts. So ein Quatsch, dachte sie. Den eigenen Tod zu beweinen. Um Wolf sollte sie weinen. Vielleicht war er schon gar nicht mehr am Leben.

Vielleicht würde sie ihn erst im Jenseits wiedertreffen.

Im Himmel.

Wenn es so etwas gab. Angesichts der Hölle auf Erden war es allerdings eine verlockende Vorstellung.

Sonne und Mond werden ihren Schein verfinstern, und die Sterne halten ihren Schein zurück. Was immer sie im Jenseits erwartete, es konnte eigentlich nur besser werden.

»Verdammter Scheißdreck«, sagte die Frau hinter ihr wieder, aber diesmal drehte sich Käthe nicht mehr zu ihr um.

Dann begann ein Leierkasten zu dudeln. Auf einem Mauerrest saß ein Veteran und drehte die Kurbel. Er trug einen Wehrmachtsmantel, den er blau eingefärbt hatte, aber die Adlerflügel auf dem Revers hatten die Farbe nicht angenommen und leuchteten strahlend weiß auf dem roten Untergrund, als wäre alles beim Alten, als säße Hitler noch in Berlin, als wäre Deutschland nicht mit Glanz und Gloria untergegangen. Sieg Heil. Oder vielmehr unheil, denn sein rechtes Bein hatte der Mann in Russland oder Flandern oder Italien gelassen. An seiner Stelle trug er jetzt ein Holzbein.

Zwei Herzen im Dreivierteltakt, spielte der alte Soldat, und dann: Wenn der weiße Flieder wieder blüht.

Der Leierkasten ächzte und krächzte. Der Veteran kurbelte die Musik aus dem Apparat wie ein Metzger das Mett aus dem Fleischwolf. Sein Gesicht war starr und ernst, als ob ihn die ganze Angelegenheit nichts anging. Niemand beachtete ihn, keiner drehte auch nur den Kopf in seine Richtung. Die zerlumpten Gestalten in der Schlange schienen die Walzerklänge gar nicht wahrzunehmen.

Hier hat niemand was zu verschenken, dachte Käthe.

Doch nach einer Weile löste sich eine Frau aus der Reihe, blieb einen Moment stehen, wühlte in ihren Taschen, trat dann auf den Veteran zu und warf eine Handvoll Münzen in die Schale auf dem Kasten. Als sie zurück in die Schlange wollte, waren die übrigen bereits aufgerückt. Nur widerwillig ließen die Leute sie wieder an ihren Platz.

Der Leierkastenmann nickte. Kurbelte. Sein Gesicht zeigte keine Regung. Eine Zigarette, ein Stück Brot, etwas Kohle. Das hätte er vielleicht mit einem Lächeln quittiert. Aber für Geld gab es nichts; es gab ja auch nichts, was man damit hätte kaufen können.

Der Mann hatte einiges auf dem Kasten. *Maikäfer, flieg* war das dritte Stück, das jetzt losdudelte.

Maikäfer, flieg, sang Käthe in Gedanken mit. *Der Vater ist im Krieg* … Aber jetzt brach die Musik ab, irgendetwas hakte, obwohl der Mann stoisch weiterdrehte. Vielleicht war er taub.

»… Die Mutter ist in Pommerland«, erklang aus der Schlange eine dünne Sopranstimme. »Pommerland ist abgebrannt«, sang sie, und dann setzte auch der Leierkasten wieder ein.

»Maikäfer, flieg«, schlossen Kasten und Sängerin gemeinsam.

Plötzlich kam Bewegung in die Wartenden. Die Leute, die vorn standen, drehten sich um. Die Leute, die hinten standen, reckten die Köpfe. Die Leute in der Mitte drehten sich um die eigene Achse.

Was war denn das? Wer hatte da gesungen? Das war ja unerhört.

Hier waren Tote zu beweinen und Wunden zu lecken. Hier war man am Ende. Hier gab es nichts zu singen.

Die Leute tuschelten. Was erwarteten sie? Dass die Sängerin aus der Reihe trat, sich verbeugte, knickste und Kusshändchen warf?

Die Sängerin zeigte sich nicht. Die Leute drehten sich wieder zurück. Der Veteran kurbelte alle drei Lieder noch einmal von vorne bis hinten durch, aber es gab nichts mehr. Keine milden Gaben, kein Geld, keinen Gesang.

Dann erhob er sich, stand einen Moment lang schwankend auf seinem gesunden Bein, den Kasten balancierend wie Frau Schmitz ihren dicken Bauch, und verschwand mit kleinen, schlurfenden Schritten auf dem Trampelpfad in den Trümmern.

Käthe betrachtete das Mädchen, das gesungen hatte. Ein schmächtiges, blasses Geschöpf mit Zöpfen, vielleicht zwölf oder siebzehn oder fünfundzwanzig – wer konnte das in diesen Zeiten so genau sagen. Es blickte verdrossen zu Boden, und wenn Käthe vorhin nicht genau gesehen hätte, dass es die Lippen bewegt, dass es gesungen hatte, dann hätte sie es nicht geglaubt.

Um halb eins wurde der Schalter der Essensausgabe geöffnet, um Viertel nach eins war die Lebensmittelverteilung beendet. Der Rollladen des Schalters ratterte wieder nach unten. Gerade einmal die ersten siebenundzwanzig hatten einen kleinen Sack Reis und Graupen ergattert. Der Rest ging leer aus und schlich sich von dannen. Ein alter Mann drohte mit der Faust gen Himmel, wo Gott allerdings wieder einmal schlief.

Käthes Magen war ein Loch, in dem ein Untier hockte, das grollte und knurrte, das sie mit Haut und Haaren verschlingen würde, wenn sie ihm nicht bald etwas zum Essen hinwarf. Seit dem Frühstück am Vortag hatte sie keinen Bissen mehr zu sich genommen. Zu Hause hatte sie nichts mehr, kein Brot, keine Kartoffeln, kein Fett.

Zu Hause.

Es gab ja kein Zuhause mehr. Von dem Mietshaus in der Elisabethstraße, in dem sie mit Wolf gelebt hatte, standen noch die Rückwand und die Waschküche. Käthe hatte nur ihren Hebammenkoffer und ihre Bibel gerettet.

Mitten in der Nacht war sie von den Sirenen geweckt worden. War aus dem Bett gesprungen und hatte sofort verstanden, dass es diesmal ernst war. Dass es ums nackte Überleben ging.

Die Nacht brüllte. Der Feuersturm raste durch die Stadt. Die Welt ging unter.

Die Tasche für den Notfall hatte sie seit Wochen gepackt, sie stand neben ihrem Bett, sie hätte nur zugreifen müssen, ein Handgriff und nichts wie raus. Stattdessen nahm sie die Bibel mit und den Hebammenkoffer.

Erst im Bunker erinnerte sie sich wieder an die Tasche. Da hielten die Flammen die Türe zu, da war das Haus bereits am Boden zerstört, da war es zu spät.

Wolfs Briefe, ihr Fotoalbum, die Kette, die er ihr zur Verlobung geschenkt hatte. Der Ehering ihrer Eltern, ihr Sparbuch, ein goldenes Medaillon von ihrer Großmutter, ihre Papiere, ihr Hebammenzertifikat, ihre Zeugnisse, die Zweitschlüssel für Haus- und Wohnungstür. Zumindest die brauchte sie nach dem Bombenangriff nicht mehr.

Düsseldorf, 26. August 1932

Mein sehr verehrtes, liebes Fräulein,
nun wird es draußen wieder hell, und ich habe die ganze Nacht kein Auge zugetan, und ich werde auch nicht mehr schlafen, denn nun sitze ich ja am Schreibtisch und schreibe. Und keiner kann zugleich schreiben und schlafen. Ich glaube allerdings nicht, daß ich den Brief jemals abschicken werde. Wie Sie ja bereits wissen, bin ich ein ganz erbärmlicher Feigling. Ein Wicht, der kein Blut sehen kann. Noch nicht mal sein eigenes.

Daß Sie das denken, hab ich in Ihren grünen Augen gesehen, in dem Moment, in dem Sie sich über mich gebeugt haben. Und wissen Sie, was ich noch gesehen habe? Daß Sie mir meine Feigheit nicht übel nehmen. Daß Sie vielleicht sogar mit mir tanzen gehen würden, wenn ich Sie darum bitte. Wollen Sie gleich am nächsten Sonnabend mit mir tanzen gehen?

Aber wie soll ich jemals Ihre Antwort erfahren, wenn ich den Brief nicht abschicke?

Vielleicht schicke ich ihn ja doch ab.

Und verbleibe in hoffender Erwartung und erwartungsvoller Hoffnung

Ihr ergebenster Wolf Arensen

Das war Wolfs erster Brief gewesen. Am Tag zuvor waren sie sich das erste Mal begegnet. Man hatte ihm im Krankenhaus Blut abgenommen und ihn dann zum Warten auf den Flur geschickt, wo er ohnmächtig geworden war. Und Käthe war zufällig vorbeigekommen und hatte ihn gefunden und wieder zum Leben erweckt, wie er es immer ausdrückte. So hatte ihre Liebe begonnen.

»Weinen Sie nicht, Kindchen«, sagte Frau Brill, als es Käthe im Bunker dämmerte, dass dieser Brief und alles andere unwiederbringlich verloren waren. Dass sie rein gar nichts mehr hatte, einmal abgesehen von Wolf natürlich, aber der war an der Front, und wer konnte sagen, ob sie sich jemals wiedersehen würden?

»Sie haben doch Glück gehabt«, sagte Frau Brill. Denn Frau Brill hatte bei den Pfingstangriffen in einer einzigen Nacht nicht nur ihr Hab und Gut verloren, sondern auch ihre alte Mutter, ihre beiden Schwestern, zwei Tanten mütterlicherseits, einen Onkel väterlicherseits, eine Cousine, fünf Großnichten und ihren Hund.

Im Vergleich zu Frau Brill hatte Käthe Glück gehabt, aber es fühlte sich nicht wie Glück an.

Es fühlte sich erbärmlich an. Obwohl Käthe schon nach zwei Wochen in der Notunterkunft eine neue Bleibe fand. Die Dachkammer, in der sie nun hauste, verdankte sie der Schmitz, denn die hatte Käthe darauf aufmerksam gemacht und beim Blockwart und bei der Hauswirtin ein gutes Wort für sie eingelegt. Viel Überredungskraft musste sie nicht aufwenden. Auf den Speicher war nämlich niemand scharf, die Leute zogen es vor, in überfüllten Turnhallen oder Schulen zu kampieren oder gleich aufs Land zu ziehen. Unter dem Dach war es nicht nur eiskalt, sondern auch gefährlich. Denn bis man alle vier Treppen heruntergerannt war und den Bunker erreicht hatte, zerfetzte einen vielleicht eine Streubombe, wurde man von einem brennenden Balken erschlagen, brach man durch die Treppe ins lodernde Untergeschoss. Aber das war Käthe egal. Damit konnte sie leben. Oder sterben.

»Wenn es mich erwischt, erwischt es mich«, sagte sie. »Und lieber erfriere ich hier oben, anstatt in einem dieser Sammellager zu ersticken.«

»Der Herrgott wird uns schon beschützen«, versicherte die Schmitz, die froh war, eine Hebamme in der Nähe zu haben, wo ihr Mann doch jeden Fronturlaub nutzte, um ihr wieder ein Kind zu machen.

Die Schmitz. Der Kohlkopf. Das Loch in Käthes Bauch. Käthes Magen begann wieder zu grollen.

Sie brauchte etwas zu essen.

Aber es gab nichts. Nicht hier in der Stadt. Lebensmittel bekam man nur noch auf dem Land. Nicht gegen Geld, aber gegen Ware. Pelzmäntel, Gold, Kerzenständer, Benzin, Zigaretten. Für Zigaretten bekam man eigentlich alles. Aber Käthe hatte ja nichts, was sie hätte eintauschen können. Die letzten Zigaretten aus ihrer Zuteilung hatte sie für einen kleinen Topf Schweinefett hergegeben, und das war längst aufgegessen.

»Fräulein«, sagte eine heisere Stimme neben ihr.

»Ja bitte?«, sagte Käthe, die in Gedanken den Pappkoffer durchwühlte, in dem sie ihre Kleider aufbewahrte, aber nichts davon ließ sich entbehren. Und im Übrigen waren die Stücke auch viel zu schadhaft und zerschlissen, als dass irgendein Bauer ihr dafür auch nur ein Säckchen Mehl überlassen hätte.

»Ich muss Ihnen etwas zeigen«, sagte die Stimme.

Es war das Mädchen, das gerade eben noch in der Schlange gestanden hatte. Das Mädchen, das gesungen hatte. Das Maikäfermädchen.

»Was willst du mir denn zeigen?«, fragte Käthe und duzte das Mädchen unwillkürlich, obwohl sie immer noch nicht einschätzen konnte, wie alt es war. Zwölf, siebzehn, fünfundzwanzig. Hunger und Entbehrung verwandelten Kinder in Greise und machten Erwachsene zu Kindern.

Waren sie sich zuvor schon einmal begegnet? Das Mädchen kam Käthe vertraut vor und auch wieder nicht.

»Nicht hier«, sagte das Mädchen, drehte sich um und ging. »Kommen Sie.«

Du spinnst wohl, dachte Käthe. Was willst du eigentlich von mir? Und dann in diesem Ton.

Ihr Magen war ein hungriges Tier, sie musste es füttern. Sie musste aufs Land und sich irgendetwas Essbares besorgen, erarbeiten, erbetteln, stehlen. Das war das Einzige, was zählte. Das Loch stopfen, das Knurren stillen.

Das Mädchen blickte sich nicht nach Käthe um. Sein Kopf

hing nach unten. Vielleicht war es enttäuscht über Käthes Reaktion, vielleicht fehlte ihm die Kraft, ihn anzuheben. Vielleicht suchte sie im Geröll zu seinen Füßen nach Zigarettenkippen.

Des Herrn Tag ist nahe im Tal der Entscheidung, dachte Käthe. Sie wusste immer noch nicht, was sie mit dem Bibelspruch anfangen sollte, und wusste auch nicht, woher sie das Mädchen kannte oder an wen es sie erinnerte.

Und dennoch oder gerade deswegen setzte sie sich in Bewegung. Und folgte ihr.

Sie folgte ihr bis ans Ende der Straße, dann verschwand das Mädchen hinter einer Mauer. Wer weiß, was sie vorhat, dachte Käthe unbehaglich.

»Kommen Sie doch«, hörte sie das Mädchen zischen.

Käthe reckte den Hals und warf einen Blick über die Mauer, hinter der das Mädchen seinen zerschlissenen Mantel auszog. Wollte sie sich etwa hier entkleiden? Unter dem zerschlissenen Mantel aus Drill kam ein Pelzmantel zum Vorschein.

Glänzendes, weiches, warmes, kostbares graues Fell.

Kaninchen, dachte Käthe. Oder Silberfuchs. Wolf hätte es auf den ersten Blick erkannt, aber sie tat sich schwer damit, die verschiedenen Pelzarten zu unterscheiden.

»Was soll das?«, fragte sie.

»Sie können den Mantel haben«, sagte das Mädchen. »Wenn Sie mir helfen.«

Sie können den Mantel haben. Dieser Satz drang in Käthes Kopf und wand sich durch ihr Gehirn wie ein Entenschnabel durch den Schlick auf dem Boden eines Teiches.

Wie viel mochte der Mantel wohl wert sein? Einen Sack Kartoffeln, Kohle für zwei Wochen, Fett und Grieben und Kohl und vielleicht sogar ein paar Eier. Fleisch. Auf dem Land würde man ihr Fleisch dafür geben.

Sie spürte, wie sich das Wasser in ihrem Mund sammelte. Sie hörte, wie ihr Magen knurrte.

Hatte das Mädchen das Geräusch ebenfalls gehört? Es starrte Käthe ausdruckslos an.

»Wobei soll ich dir denn helfen?«, fragte Käthe und wusste schon Bescheid. Und ahnte bereits die Folgen. Dass es nicht bei diesem einen Pelzmantel bleiben würde und bei einem einzigen Mal, sondern dass das, was nun begann, immer weitergehen würde, bis es nicht mehr weiterging. Weil der Krug eben nur so lange zum Brunnen geht, bis er bricht.

Das Mädchen knöpfte auch den zweiten Mantel auf und zog ihn aus und legte ihn auf die zerschossene Mauer, die sie und Käthe voneinander trennte.

Käthe versuchte ihren Blick davon abzuwenden, aber der Mantel lag nun einmal dort und duftete nach Speck und gebratenen Kartoffeln und Zwiebeln. Ihre Hand hob sich, ohne dass sie es verhindern konnte. Sie fuhr über das weiche, dichte Fell, zog den Mantel von der Mauer und hob ihn hoch an ihr Gesicht, sodass sie die weiche Wärme an ihrer Wange spürte.

Das Mädchen ließ sie nicht aus den Augen. Vielleicht befürchtete es, dass Käthe den Mantel nehmen und damit weglaufen könnte.

»Wie lange?«, fragte Käthe, während sie den Mantel sinken ließ.

Das Mädchen schwieg.

»Wann hast du das letzte Mal geblutet?«, fragte Käthe und dann hoffte sie einen winzigen Moment lang, dass sie sich getäuscht hatte und dass es um etwas ganz anderes ging.

»Ich weiß nicht«, sagte das Mädchen. »Vor zwei Monaten etwa.«

Käthe legte den Mantel zurück auf die Mauer.

»Vielleicht ist es der Hunger und die Erschöpfung«, sagte sie. »Wenn man zu wenig isst, hört man auf zu menstruieren. Das geht vielen Frauen so in diesen Zeiten.«

Das Mädchen starrte sie wieder mit diesem leeren, verständnislosen Blick an. Vielleicht war es ja schwachsinnig.

»Nein«, sagte sie. »Das ist es nicht.«

Käthe nickte.

»Ich bin kein Arzt«, sagte sie. »Ich bin Hebamme.«

»Aber Sie können mir helfen.«

»Wer hat dich zu mir geschickt?«, fragte Käthe.

»Ich hab schon selbst versucht, es wegzumachen«, sagte das Mädchen, als habe sie die Frage gar nicht gehört. »Aber es ging nicht. Wenn Sie mir nicht helfen, bring ich mich um.«

Käthe musste an Schwester Marlies denken, die sie auf der Hebammenschule unterrichtet hatte. Schwester Marlies hatte sie bereits im ersten Lehrjahr davor gewarnt, dass das unweigerlich passieren würde.

»Man wird versuchen, Sie unter Druck setzen«, hatte sie gesagt. »Aber vergessen Sie nie: Ihre Aufgabe ist es, das keimende Leben zur Welt zu bringen und nicht, es abzutöten. Nehmen Sie sich das zu Herzen, was immer auch geschieht.«

Doch das lag fast dreißig Jahre zurück. Es war eine andere Welt, in der Schwester Marlies gelebt hatte, in der sie alle damals gelebt hatten, eine Welt mit Häusern und Fensterscheiben, mit Straßen und Bäumen, eine Welt mit Litfaßsäulen und Fernsprechapparaten und Hebammenschulen. Aber diese Welt gab es nicht mehr, und Schwester Marlies gab es ebenfalls nicht mehr, sie war schon vor dem Krieg gestorben. Das alles war vorbei, und dadurch hatten auch Schwester Marlies' Ermahnungen ihre Bedeutung verloren, dachte Käthe und zog ihren Mantel aus. Sie schlüpfte in den Pelzmantel, der sich um ihren mageren Körper legte wie eine Daunendecke. Dann zog sie ihren alten Mantel über den Pelz, damit keiner die Kostbarkeit sah und auf falsche Gedanken kam.

»Was machen Sie?«, fragte das Mädchen misstrauisch.

»Ich muss ihn mitnehmen«, sagte Käthe. »Ich muss auf dem Schwarzmarkt einige Dinge besorgen. Äther, Verbandszeug.«

Essen, dachte sie. Sie würde sich wieder einmal richtig satt essen.

»Komm morgen Mittag wieder hierher«, sagte sie dann. »Um dieselbe Zeit.«

Des Herrn Tag ist nahe im Tal der Entscheidung.

Die Entscheidung war gefallen.

II

Marktstraße 17 a. Das war die Adresse der gynäkologischen Praxis von Doktor Köpcke. Die Marktstraße gab es nicht mehr, aber das Gebäude, in dessen Erdgeschoss die Praxis gewesen war, stand noch.

Das Haus hatte durch die Bombenangriffe nur die Vorderfront verloren, so dass sämtliche Wohnungen, die hinter der Fassade lagen, nun für jeden einsehbar waren wie die Zimmer eines gigantischen Puppenhauses. Die Rumpelkammer unter dem Dach, das Wohnzimmer mit den grünen Seidentapeten und dem Kachelofen im dritten Stock, die Küche und das Esszimmer mit dem gewebten Teppich im zweiten Stock. Auf dem Tisch stand noch Geschirr, und darüber baumelte ein Kronleuchter, als ob die Bewohner die Wohnung gerade erst verlassen hätten und jeden Moment wieder zurückkommen könnten.

Jedenfalls war es vor einigen Wochen noch so gewesen. Inzwischen war der Kronleuchter weg, genauso wie das Geschirr und der gewebte Teppich. Plünderer kletterten in die zerstörten Wohnungen und nahmen mit, was sie zu fassen bekamen. Manche hatten Pech, weil ihr Eindringen den brüchigen Mauern den Rest gab, so dass die Häuser einstürzten und sie mitsamt der Beute verschüttet wurden.

Von der Militärverwaltung war das Betreten der zerbombten Grundstücke und Häuser verboten worden, aber wen kümmerten Verbote in diesen Zeiten? Nicht einmal Käthe, die jetzt den offenen Hausflur betrat.

Sie kannte die Praxis, weil sie selbst Patientin bei Doktor Köpcke gewesen war, in all den Jahren, in denen sie und Wolf darauf gewartet hatten, dass sie endlich schwanger wurde. Das Treppenhaus hatte sich nicht verändert. Senfgelbe Lackfarbe an den Wänden, schwarz-weiße Steinfliesen zu ihren Füßen. Die Luft war voller Staub und unter dem Staub lag der vertraute Geruch von Lysol, aber das musste eine Sinnestäuschung sein. Das Haus war vor mehr als zwei Jahren bombardiert worden. Hier wurde nichts mehr desinfiziert.

Sie hörte die Schritte des Mädchens hinter sich und schwitzte, als ob sie den Pelzmantel noch anhätte. Dabei hatte sie ihn am Abend zuvor auf dem Schwarzmarkt hinter dem Hofgarten eingetauscht. Eine Stange Zigaretten hatte ihr ein britischer Soldat dafür gegeben. Einen Teil davon hatte sie gegen Kartoffeln, Speck, Zwiebeln, eine große Schlackwurst und Grieß eingetauscht. Der Äther war am schwierigsten zu besorgen gewesen. Medikamente, Verbandszeug und medizinische Geräte gab es in der ganzen Stadt nicht mehr. Die Ärzte bezogen ihre Vorräte mit viel Glück und Schmiergeld direkt von der Militärverwaltung. Aber Käthe konnte den Engländern ja schlecht erzählen, dass sie das Betäubungsmittel für einen illegalen Eingriff brauchte. Also war sie von einem Händler zum nächsten gerannt, bis sie einen gefunden hatte, der Äther anbot, aber der wollte keine Zigaretten dafür, sondern amerikanische Seife. Und der Seifenverkäufer brauchte Zucker. Käthe tauschte die Schlackwurst gegen einen Sack Zucker, den Zucker gegen Seife, die Seife gegen Äther und bekam obendrein zwei Blasen, an jedem Fuß eine, und noch dazu kostenlos.

Zu Hause kochte sie Kartoffeln, briet Zwiebeln und Speck an und wurde von dem Duft fast ohnmächtig. Sie aß im Dunkeln, weil um acht immer der Strom abgedreht wurde. Sie aß alles auf, obwohl sie sich vorgenommen hatte, einen Teil des Essens für den nächsten Tag aufzubewahren. Sie aß viel zu viel, viel zu schnell, hinterher war ihr schlecht, und sie schämte sich für ihre Gier und vermisste Wolf mehr denn je.

Seit Wochen hatte er ihr nicht so gefehlt wie heute, denn der Hunger hatte ihre Sehnsucht und Einsamkeit vertrieben.

Es hatte eben alles seine guten und schlechten Seiten. Sogar der Hunger.

Am nächsten Morgen der Bibelspruch für den Tag. Sie hatte mit einer Verwünschung aus dem Alten Testament gerechnet oder mit einer Moralpredigt aus einem Paulusbrief. Stattdessen ein Jubelruf aus Psalm 47.

Gott fährt auf unter Jauchzen, der HERR beim Hall der Posaune. Lobsinget, lobsinget Gott, lobsinget, lobsinget unserm Könige! Denn Gott ist König über die ganze Erde, lobsinget ihm mit Psalmen.

Die Wege des Herrn sind unergründlich, dachte Käthe. Und seine Worte auch.

Wo früher der Eingang der Praxis gewesen war, klaffte nun eine leere Zarge. Man hatte die Tür aus den Angeln gerissen und an einem anderen Ort wiedereingesetzt oder verheizt.

Wie oft Käthe diese Schwelle schon überschritten hatte. Beim Eintreten war sie stets voller Hoffnung gewesen, und wenn sie die Praxis dann später wieder verließ, voller Trauer. Aber heute war alles anders, heute war sie voll Unruhe und würde die Praxis hoffentlich erleichtert verlassen.

Das Mädchen hinter ihr seufzte leise, oder war es ein tragender Balken gewesen, der das Geräusch von sich gegeben hatte? Hoffentlich brach nicht ausgerechnet jetzt alles zusammen.

Keine Angst, murmelte Käthe mehr zu sich selbst als zu dem Mädchen und umklammerte ihren Hebammenkoffer mit festem Griff.

Die Schränke und Regale waren leer, aber der Stuhl war noch da. Er stand im Hinterzimmer, mit gespreizten Beinstützen, als habe er die ganze Zeit nur auf sie gewartet.

Käthe blickte sich um.

Die Vorstellung gefiel ihr nicht, dass sie keine Türen schließen und im Grunde jeder von der Straße hereinspazieren und ihnen zusehen konnte. Dem Mädchen ging es genauso, ihr Blick huschte durch den Raum wie eine Maus auf der Flucht vor der Katze.

»Hier?«, fragte sie mit rauer Stimme.

»Was hast du erwartet?«, fragte Käthe. »Es tut mir leid«, fügte sie dann noch hinzu, aber das Mädchen nickte nur.

»Zieh dich aus. Ich hole inzwischen Wasser an der Pumpe. Ich kann es allerdings nicht erhitzen. Es muss so gehen.«

Sie wies auf den Wandschirm in der Ecke, hinter dem sie sich früher selbst entkleidet hatte, während Doktor Köpcke an seinem Schreibtisch gesessen und gewartet hatte.

Das Mädchen zögerte.

»Wir müssen uns beeilen«, sagte Käthe. Es war bereits kurz nach drei. In zwei Stunden wäre es stockdunkel, bis dahin musste sie die Sache hinter sich gebracht haben.

Die Sache.

Den Abort. Warum nannte sie das Ganze nicht beim Namen? Zumindest in Gedanken.

Als sie mit dem Wassereimer zurückkam, trat das Mädchen hinter dem Wandschirm hervor. Sie hatte nur ihre Schuhe und die Strümpfe ausgezogen.

»Den Rock auch«, sagte Käthe und spürte, dass sie nervös wurde, und die Nervosität machte sie ungeduldig.

Sie stellte das Wasser neben den Stuhl und öffnete die Tasche.

Das Mädchen zog sich wieder hinter den Schirm zurück.

Käthe schob einen dreibeinigen Hocker neben den Stuhl, breitete ein Tuch darüber und legte ihre Gerätschaften darauf. Ein Kästchen mit acht Hegar-Stiften und eine Schimmelbuschmaske, die sie vor einigen Wochen in der Praxis gefunden und mitgenommen hatte. Als hätte sie es geahnt. Die Gummistifte, die Maske und ihre Küretten hatte sie am Morgen in kochendem Wasser sterilisiert. Lysol wäre natürlich besser gewesen, aber das war nirgends zu bekommen.

Das Mädchen trug jetzt nur noch das Mieder und einen Hüfthalter.

»Wie heißt du eigentlich?«, fragte Käthe.

Das Mädchen starrte zu Boden, als suchte es dort nach dem Namen, dann blickte es Käthe ins Gesicht. Einen Moment lang kam es Käthe wieder so vertraut vor, aber bevor sie die Erinnerung festhalten konnte, war sie verschwunden.

»Ingrid«, sagte das Mädchen.

»Ein schöner Name«, antwortete Käthe und fragte sich, ob das Mädchen ihn sich gerade ausgedacht hatte. »Und wie alt bist du?«

Das Mädchen verschränkte fröstelnd die Arme vor der Brust.

»Zweiundzwanzig.«

»Wirklich?«, fragte Käthe. Das Mädchen wirkte viel jünger. Dieser magere Körper, die kleinen Brüste, das runde Gesicht, umrahmt von dünnen Zöpfen, die ihr auf den Rücken fielen. Sie wäre hübsch gewesen, wenn ihre Augen nicht so eng zusammengestanden hätten und die Nase weniger spitz gewesen wäre.

»Was spielt das für eine Rolle?«, fragte Ingrid mürrisch.

Keine, da hatte sie natürlich recht. Sie wollte das Kind nicht. Sie hatte Käthe ihren Pelzmantel gegeben und dafür wollte sie nun eine Gegenleistung. *That's a deal,* hatte der Engländer gesagt, der den Pelzmantel gegen Zigaretten getauscht hatte.

Käthe tastete den Bauch durch das Mieder hindurch ab. Er war leicht gewölbt. Hoffentlich war die Schwangerschaft nicht schon viel weiter fortgeschritten, als das Mädchen angegeben hatte.

»Bist du dir ganz sicher, dass es nicht länger als zwei Monate her ist?«, frage Käthe. »Und wie ist es passiert?«

»Zwei Monate«, sagte das Mädchen. »Und es ist passiert, wie solche Dinge eben passieren.«

Wie solche Dinge eben passieren, dachte Käthe. Oder wie sie nicht passieren, obwohl man es sich so wünscht.

»Gesundheitlich ist alles in Ordnung mit Ihnen«, hatte Doktor Köpcke gesagt. »Es ist die Nervosität, die verflixte Anspannung, deshalb klappt es nicht. Aber das wird sich geben, warten Sie mal ab. In ein paar Jahren können Sie nicht mehr schlafen, weil die Blagen die ganze Nacht schreien, dann verfluchen Sie Ihren Kinderwunsch und mich. Glauben Sie, ich weiß, wovon ich rede.«

Er hatte selbst vier kleine Kinder und ständig dunkle Ringe unter den Augen.

Käthe hatte auch Ringe unter den Augen nach den Nächten, in denen sie davon träumte, schwanger zu sein. Ich habe gar nicht mehr damit gerechnet, sagte sie im Traum zu Wolf. Ich bin so glücklich.

Aber dann wachte sie auf und legte ihre Hand auf ihren flachen Bauch und weinte und fand bis zum Morgengrauen keinen Schlaf mehr. Sie wünschte sich so sehr ein Kind. Keine zwei oder drei oder vier wie Doktor Köpcke. Sie wollte nur eines, aber sie bekam es nicht.

Dann war sie vierzig geworden, und danach war die Sehnsucht nach einem Kind plötzlich verschwunden, es war, als habe ihr Körper endlich eingesehen, dass es sinnlos war. Hitler war damals bereits an der Macht gewesen, und während Deutschland mit strammen Schritten auf den Krieg zumarschierte, lebte Käthe auf. Es waren die besten Jahre ihres Lebens, damals, besser noch als die Zeit, in der sie Wolf kennengelernt hatte.

Wolf war erleichtert, als es vorbei war. Das Warten und das Weinen und das Sehnen. »Es sollte nicht sein«, sagte er, wenn Käthe noch einmal darauf zu sprechen kam. »Wer weiß, vielleicht ist es gut so«, sagte er. Und irgendwann dachte Käthe das auch.

Und nun stand sie hier und tastete den Muttermund des schwangeren Mädchens ab, der hart und fest geschlossen war. Das Mädchen presste die Lippen zusammen.

»Tut das weh?«, fragte Käthe.

Ingrid schüttelte den Kopf.

»Ich werde Sie jetzt betäuben«, sagte Käthe. Erst nachdem sie die Worte ausgesprochen hatte, stellte sie fest, dass sie vom Du zum Sie übergegangen war. Zweiundzwanzig. Vielleicht stimmte es ja doch. Obwohl es nicht sehr wahrscheinlich schien.

Das Mädchen zuckte zusammen, als Käthe neben sie trat, die Schimmelbuschmaske in der Hand. »Ganz ruhig«, sagte Käthe. »Sie werden sanft einschlummern, und wenn Sie wieder aufwachen, ist alles gut.«

Die Augen des Mädchens glitzerten feucht.

»Oder möchten Sie das Kind behalten?«, fragte Käthe und dachte, dass der Pelzmantel dann allerdings weg wäre, genau wie die Kartoffeln und der Speck, die sie zum Abendessen verspeist hatte.

»Nein«, krächzte das Mädchen mit der Stimme einer alten Frau.

Vielleicht war sie vergewaltigt worden. Oder einer der Besatzungssoldaten hatte ihr erst schöne Augen und dann ein Kind gemacht, ein Engländer oder ein Amerikaner.

»Also gut«, sagte Käthe. »Dann wollen wir mal.« Sie presste die Maske über Ingrids Mund und Nase, breitete ein Tuch darüber und träufelte dann Äther darauf. Vier, fünf, sechs, sieben, acht, neun, zehn Tropfen. Die kleinste Dosis, das sollte genügen, sie war ja so dünn und schmächtig.

»Und nun zählen Sie bitte«, sagte sie. »Aber laut.«

»Eins, zwei, drei«, begann Ingrid, »… vier, fünf, sechs, sieben, acht …« Sie kam bis fünfzehn. Dann brach ihre Stimme, und sie schlief ein.

Und Käthe wurde sofort ruhiger.

Sie hatte noch nie einen Abort durchgeführt, aber im Evangelischen Krankenhaus hatte sie zweimal bei einer Ausschabung zugesehen. Das war allerdings schon lange her.

Sie erinnerte sich daran, wie Doktor Wagner ihr damals jeden einzelnen Schritt der Operation erklärt hatte, wie dumpf seine Stimme durch den Mundschutz geklungen hatte und an seinen Blick, wenn er seine Augen von den gespreizten Beinen der Patientin auf dem Stuhl hob.

Doktor Wagner.

Der Schöne.

Der Tote.

Käthe führte das Spekulum in die Vagina ein und öffnete dann behutsam die beiden Flügel. Der Muttermund war jetzt gut sichtbar. Sie nahm die Kugelzange, ergriff damit die Cervix und hielt sie fest. Danach führte sie den kleinsten Hegar-Stift ein. Nun, da Ingrid schlief und ihre Muskeln entspannt waren, glitt er erstaunlich leicht durch den Muttermund in den Gebärmutterhals. Ein Stift bereitete dem anderen den Weg und jeder öffnete den Gebärmuttereingang noch ein Stück weiter. Nach dem letzten Stift griff sie zur Kürette.

»Woher wissen Sie, dass alles weg ist?«, hatte sie damals Doktor Wagner gefragt, weniger aus Interesse, sondern weil sie so nervös gewesen war. Er hatte ihr erklärt, dass er nach einem festen Schema vorging. Er fing oben an und arbeitete sich dann Strich für Strich nach unten.

»Und ob da noch was ist, das hat man im Gefühl«, hatte er ihr erklärt.

Käthe hatte nichts im Gefühl, sie hatte so etwas noch nie zuvor gemacht. Von oben nach unten, einen Strich nach dem anderen. Sie arbeitete mit halb geschlossenen Augen und stellte sich vor, wie die Kürette im Inneren der Gebärmutter ihre Bahnen zog. Hier kommt der Sensenmann, dachte sie, oder vielmehr die Sensenfrau. Und schob den Gedanken rasch wieder beiseite.

Nach jeder vollendeten Bahn zog sie das löffelartige Instrument nach draußen und leerte es auf dem Tuch aus. Beim vierten Mal hatte sie den Embryo gefunden.

Sie entfernte zuerst den Rest der Schleimhaut, bevor sie sich das Wesen näher ansah. Oder vielmehr seine Überreste.

Denn der Küretteschaber hatte den Homunculus auseinandergerissen. In den blutigen Geweberesten erkannte Käthe einen winzigen Fuß mit noch winzigeren Zehen, Rippen dünn wie Haarnadeln, Darmschlingen. Einen Teil des Gesichts, die Augen waren geschlossen. Der Schädel war im ersten Drittel der Schwangerschaft noch papierweich, die Kürette hatte ihn zerstört.

Ingrid hatte gelogen. Die Schwangerschaft war weiter fortgeschritten, als sie angegeben hatte, der Fötus war mindestens zwölf Wochen alt. Die Finger und Zehen waren voll ausgebildet, die Brauen zarte Bögen über den geschlossenen Augen.

Sie starrte auf das winzige Wesen und wartete darauf, dass sie etwas fühlte. Trauer, Wut, Betroffenheit, Schuld. Hass auf Ingrid, die dieses Geschenk bekommen hatte, auf das Käthe jahrelang vergeblich gewartet hatte. Und die es von sich wies, als wäre es nichts.

Sie wartete eine ganze Weile lang und empfand nichts.

Danach untersuchte sie das Gewebe, das sie aus der Gebärmutter entfernt hatte. Man muss sorgfältig überprüfen, ob man auch wirklich alles erwischt hat, hörte sie Doktor Wagner sagen. Aber woran sollte sie erkennen, ob die Schleimhaut vollständig war?

Sie schlug das Tuch über den blutigen Überresten zusammen. Aus und vorbei. Gott sei seiner Seele gnädig, dachte sie und fragte sich dann, ob das Kind so etwas bereits besessen hatte. Eine Seele.

Sie sah Ingrid an, die so entspannt auf dem gynäkologischen Stuhl schlief als wäre es ein Bett, die Arme baumelten an den Seiten zu Boden, der Mund war leicht geöffnet. Unter ihren geschlossenen Lidern bewegten sich ihre Augäpfel. Ob sie unter der Narkose träumte?

Käthe fühlte auf einmal eine große Zärtlichkeit in sich, ein Mitleid und eine Wärme, die sie vorhin nicht gespürt hatte, als sie den Fötus untersucht hatte. Sie legte eine Hand an die Wange der Schlafenden, die warm und weich war und so glatt wie die Haut des ungeborenen Kindes. Vor einigen Jahren war Ingrid auch ein winziges Wesen im Leib ihrer Mutter gewesen, und in ein paar Jahren würde ihr junger, schöner Körper schwächer werden, ihre Haut faltig und ihre Knochen mürbe. Sie würde Dinge verlegen, verlernen, vergessen, bis ihr am Ende Hören und Sehen verging. Bis sie starb. Und dann schloss sich der Kreis, und dann war sie dort, wo ihr Kind, das Käthe getötet hatte, jetzt war.

Ingrids Puls war ganz ruhig und gleichmäßig. Käthe wusch das Blut vom Stuhl, sie reinigte den Hocker, dann brachte sie das Wasser nach draußen und räumte auf.

Sie setzte sich auf den Hocker, nahm Ingrids Hand in ihre Hand, fühlte ihren Puls schlagen und wartete.

Als das Mädchen endlich aufwachte, war es dunkel.

»Ahh«, machte Ingrid.

»Es ist alles gutgegangen«, sagte Käthe.

Dabei war es ja eigentlich gar nicht gutgegangen. Es war schlechtgegangen. Für das Kind jedenfalls.

Ingrid setzte sich auf und beugte sich nach vorn, als wollte sie sich selbst zwischen die Beine schauen. Sie würgte und schwankte und Käthe hielt sie fest.

»Langsam«, sagte sie. »Ist Ihnen schlecht?«

»Ich will«, begann Ingrid, brach dann aber mitten im Satz ab und ließ sich wieder nach hinten fallen. Sie schloss die Augen.

Das Gebäude ächzte.

Wenn es nun über uns zusammenstürzt, dachte Käthe. Das wäre etwas. Die Ironie des Schicksals. Mutter, Kind und Sensenfrau, gemeinsam begraben.

»Wir müssen hier raus«, sagte sie leise.

Ingrid nickte, aber anstatt aufzustehen, begann sie zu summen.

Maikäfer, flieg, summte sie. *Der Vater ist im Krieg. Die Mutter ist in Pommerland, Pommerland ist abgebrannt. Maikäfer, flieg.*

Ein bleicher Vollmond stand über der Stadt, als sie die Ruine verließen.

Ingrid machte kleine unsichere Schritte, ein paar Mal taumelte sie fast. Käthe hätte sie gerne gestützt, aber sie hielt ihren Hebammenkoffer in der einen, den Eimer mit dem blutigen Tuch in der anderen Hand.

»Soll ich Sie nach Hause bringen?«, fragte sie und hätte gerne gewusst, wie viel Uhr es war. Um acht begann die Ausgangssperre.

Als Hebamme hatte Käthe eine Sondererlaubnis der Militärverwaltung, sie durfte auch später noch unterwegs sein. Aber wenn einer der Kontrolleure den Eimer und seinen Inhalt genauer untersuchte, dann nützte ihr auch die Sondererlaubnis nichts, dann war sie ihre Zulassung los und kam ins Gefängnis und alles nur wegen eines Pelzmantels. Denn dass sie es aus Mitleid mit dem Mädchen gemacht hatte, das versuchte Käthe sich erst gar nicht einzureden. Dieses Gefühl der Zärtlichkeit für Ingrid war erst gekommen, als sie schon betäubt auf dem Stuhl gelegen hatte.

»Ist es da drin?«, fragte Ingrid und starrte auf den Eimer. »Was machen Sie nun damit?«

»Lassen Sie das meine Sorge sein«, sagte Käthe und wurde sich plötzlich bewusst, dass das die Sache auf den Punkt brachte. Sie hatte Ingrid ihre Last abgenommen, und nun war es ihre Sorge, und es würde auch ihre Sorge bleiben.

»Also dann«, sagte Ingrid. Danach ging sie ein paar Schritte zur Seite und übergab sich auf einen Schutthaufen, und Käthe sah ihr dabei zu.

Als sie fertig war, wandte Ingrid sich einfach ab und ging mit kleinen Schritten den silbrig glänzenden Pfad zwischen den Ruinen hinunter. Der Mond schien so hell, dass ihr Körper einen schwarzen Schatten warf, der neben ihr über die Steine und Trümmer und Scherben glitt. Es hatte etwas Tröstliches. Dieser Schatten, der nicht von Ingrids Seite wich.

Denn Gott ist König über die ganze Erde, lobsinget Ihm mit Psalmen, dachte Käthe.

Dabei gab es nun wirklich keinen Grund, Ihn zu preisen.

Sie begrub das Kind neben der zerbombtem Bergerkirche. Es war ein großes Risiko, mit bloßen Händen ein Loch in den Schutt zu scharren, das Tuch mit den blutigen Überresten darin zu versenken und alles wieder zuzudecken. Wenn jemand sie beobachtete und anzeigte, war sie geliefert.

Sie hatte zuerst überlegt, den Fötus auf einer der wilden Müllkippen zu entsorgen, die überall in der Stadt entstanden waren. Aber das war noch gefährlicher. Auf den Müllbergen trieben sich so viele Menschen herum, die die Abfälle nach Nutzbarem, Brennbarem, Essbarem durchsuchten. Irgendeiner würde den Fötus finden. Irgendeiner würde auf Käthe kommen und die Sache melden.

Und außerdem.

Eine Müllkippe.

Für ein menschliches Wesen.

»Der Herr behüte deinen Ausgang und Eingang«, flüsterte Käthe vor dem Grab des Homunculus, nachdem sie ihre staubigen Hände am Rock abgewischt hatte. Von nun an bis in Ewigkeit.

Sie wartete erneut auf ein Gefühl der Schuld, aber sie spürte nichts. Sie war ein bisschen traurig. Und wieder hungrig. Das war alles.

III

Die Frauen trugen Uniformhosen unter ihren Röcken. Sie standen breitbeinig auf dem Scherbenhaufen, der früher einmal die Königsallee gewesen war, und schaufelten Schutt in Eimer und Schubkarren. Quer durch das Trümmerfeld zogen sich die Schienen einer Lore, die die Reste der alten Stadt fortschaffte. Aus den Augen, aus dem Sinn, dachte Käthe, die die ganze Nacht bei einer Erstgebärenden verbracht hatte, Zwillinge, vier Wochen zu früh, aber gesund. Jetzt wollte sie ins Bett.

Die Lore ratterte an ihr vorbei. Weg mit dem Dreck der Vergangenheit, schnaufte sie, weg mit der trostlosen Gegenwart. Platz da für die Zukunft.

Die Zukunft. Die jungen Frauen, die dort den ganzen Tag schaufelten, schufteten und schleppten, würden sie noch erleben. Für die zahnlose Alte, die man zwischen zwei Schutthaufen vor einen Holzbock gesetzt hatte, wo sie nun mit einem Hammer Ziegelsteine von Mörtelresten befreite, war die Sache dagegen gelaufen. Wenn sie Glück hatte, würde sie aus ihrer Notunterkunft noch in ein neues Haus mit Badewanne und Wasserklosett ziehen. Aber dort würde sie nicht mehr heimisch werden. Die Welt vor dem Krieg – das war ihre Zeit gewesen, und diese Zeit war abgelaufen.

Käthe wandte sich ab, im Weitergehen hörte sie jemand ihren Namen rufen.

»Schwester Käthe!« Eine der Frauen winkte. Nun legte sie sogar ihre Schaufel weg, kletterte von ihrem Schutthaufen herunter und kam auf Käthe zugestolpert.

Käthe seufzte. Wahrscheinlich eine ehemalige Patientin,

die Käthe von ihren Kindern berichten würde. Sie haben mich doch entbunden, wissen Sie noch? Lang ist es her, groß sind die Kinder geworden, Hermann ist kriegsversehrt, und Erwin und Josef sind vor Stalingrad gefallen. Und mein Mann ist verschollen.

Nein, diese Geschichten wollte Käthe nicht hören. Sie wollte überhaupt nichts hören. Sie wollte nach Hause, aber die Frau stand schon neben ihr.

»Das ist aber schön, dass wir uns hier treffen!«

Das Gesicht erschien Käthe vertraut, aber nicht vertraut genug, als dass sie es mit einem Namen verband. Sie gähnte verstohlen.

»Weißt du überhaupt, wer ich bin?«, fragte die Frau und nahm ihr Kopftuch ab. Jetzt erkannte Käthe sie.

Die Frau war Lieselotte Hambach.

Lilo.

Käthe und Lilo waren früher einmal sehr vertraut miteinander gewesen. Bevor Lilo geheiratet hatte, hatten sie beide im Evangelischen Krankenhaus gearbeitet. Käthe als Hebamme und Lilo als Kinderkrankenschwester. Lilo war hübsch und frech und flott gewesen und hatte alle Männer aus der Fassung gebracht. Nicht nur die Ärzte und Pfleger, sondern auch die jungen Väter, die auf die Kinderstation kamen, um ihre neugeborenen Sprösslinge zu begutachten. Erwartungsvoll traten sie an die Glasscheibe, und dann kam Lilo und präsentierte den Säugling und brachte die armen übernächtigten Ehemänner fast zum Kollabieren. Dieser große rote Mund, diese Augen, diese Brüste, dieser Hintern. Das runzelige schreiende Etwas, das Lilo ihnen mit verführerischem Lächeln präsentierte, wurde plötzlich nebensächlich.

Schon in ihrem ersten Jahr als Schwesternschülerin erwarteten alle, dass die flotte Lilo sich im Nu einen Doktor angeln und vor den Traualtar schleppen würde. Und alle fühlten sich bestätigt, als Lilo vier Jahre später wirklich den Gynäkologen Doktor Hambach heiratete. Dabei lagen sie falsch.

Nicht Lilo hatte sich den Doktor geangelt. Doktor Hambach hatte sich Lilo geangelt.

Das wusste Käthe, denn letztendlich war die Verbindung nur ihretwegen zustande gekommen.

Doktor Hambach lernte Lilo als Schwesternschülerin kennen und verliebte sich augenblicklich Hals über Kopf in sie. Natürlich sprach er nicht über seine Gefühle, schon gar nicht mit Käthe. Sie wusste trotzdem Bescheid, so wie alle anderen auch. Sobald Schwester Lieselotte den Raum betrat, zeigte er alle Symptome. Atemnot, Verwirrtheit, Sprachstörungen, Schwindel, Zittern, Schwitzen. Vermutlich begleitet von Herzrasen, Ohrensausen, Übelkeit und Bauchschmerzen, aber das ließ sich nicht mit Sicherheit sagen, man konnte ja nicht in ihn hineinschauen.

Der Fall war dennoch klar.

Und so aussichtslos.

Denn Doktor Hambach machte alles falsch.

Er versuchte Lilo zu beeindrucken, indem er sich jung, frech und lustig gab. Aber Doktor Hambach war nicht jung, frech und lustig. Er war zehn Jahre älter als Lilo und ein ernster, gewissenhafter, rechtschaffener Mann. Ein guter Frauenarzt. Ein kluger Kopf. Es tat Käthe in der Seele weh, wie er sich wegen Schwester Lieselotte zum Narren machte. Aber was sollte sie tun? Sie konnte ihm in dieser Beziehung kaum Ratschläge geben.

Sie tat es dennoch.

»Doktor«, sagte sie, nachdem sie wieder einmal miterleben musste, wie er Lilo und einer kichernden Schwesternschar einen schlüpfrigen Witz erzählte und danach umständlich die Pointe erklärte, weil keiner sie verstanden hatte. »Doktor«, sagte Käthe, »ich an Ihrer Stelle würde mich nicht länger abrackern.«

»Wie bitte?«

»Schwester Lieselotte beeindrucken Sie so bestimmt nicht«, sagte Käthe.

»Wie bitte?«, fragte Doktor Hambach noch einmal und nahm seine Brille ab, rieb sich die Augen und setzte sie wieder auf, weil er es einfach nicht glauben konnte, dass Käthe so mit ihm sprach.

»Ich weiß wirklich nicht …«

»Aber ich«, sagte Käthe. »Ich mische mich nur ungern ein. Aber ich kann das einfach nicht mehr mitansehen.«

Doktor Hambach wirkte, als ob er noch einmal »*Wie bitte?*« fragen wollte, aber das hatte er ja nun schon zweimal gesagt, also ließ er es bleiben.

»Wenn Sie Schwester Lieselotte für sich interessieren wollen, müssen Sie Ihre Taktik ändern«, sagte Käthe.

»Meine Taktik, soso«, sagte Doktor Hambach. »Was wissen Sie denn von solchen Dingen, Schwester Käthe?«

»Eine ganze Menge«, sagte Käthe. Auch wenn sie so gut wie keine Erfahrungen mit der Liebe gemacht hatte, so durchschaute sie die Mechanik zwischenmenschlicher Beziehungen doch genau. Jedenfalls besser als Doktor Hambach.

»Aha«, sagte Hambach. »Und was schlagen Sie vor?«

Er lächelte dabei süffisant und tat so, als ob er sie nicht ernst nahm, als ob ihn die ganze Unterhaltung nicht kümmerte. Er wusste aber, dass Käthe ihm das nicht abnahm, und diese Erkenntnis machte ihn verlegen, und die Verlegenheit machte ihn wütend. So wütend, dass er am liebsten mit der Faust auf den Tisch gehauen hätte und aus dem Zimmer gerannt wäre. Aber dazu war er wiederum zu verzweifelt. Und zu verliebt.

Er hatte natürlich längst begriffen, dass er keine Chance bei Schwester Lieselotte hatte. Wenn die Sache so weiterlief, wie sie lief.

»Zeigen Sie ihr die kalte Schulter«, sagte Käthe. »Hofieren Sie sie nicht länger, sondern behandeln Sie sie mit größtem Gleichmut. Ein paar Monate lang. Und dann laden Sie sie zum Essen ein.«

Doktor Hambach wiegte den Kopf hin und her.

»Nehmen Sie sie ernst«, fuhr Käthe fort. »Und sprechen

Sie mit ihr über ernsthafte Dinge. Über ihre Arbeit oder ein gutes Buch oder über Politik.«

»Über Politik?«, wiederholte Doktor Hambach so ungläubig, als habe Käthe ihm vorgeschlagen, Lieselotte in ein zwielichtiges Etablissement zu entführen und betrunken zu machen. Denn trotz seiner Verliebtheit war auch ihm entgangen, wie gründlich satt es Schwester Lieselotte hatte, dass ihr die Männer immer nur auf die Brüste starrten.

Daraufhin zuckte zuerst Doktor Hambach mit den Schultern und dann auch Käthe, und sie wechselte das Thema. Sie hatte gesagt, was zu sagen war, und getan, was sie konnte. Der Rest lag bei ihm.

»Und wenn in der Zwischenzeit ein anderer kommt und ihr schöne Augen macht und sie mir wegschnappt, was dann?«, brach es aus Doktor Hambach heraus, als Käthe das Sieb für den Autoklaven zusammengepackt hatte und den Raum gerade verlassen wollte.

»Der Erfolg der Strategie lässt sich nicht garantieren«, sagte Käthe kühl. »Aber es ist meines Erachtens Ihre einzige Chance.«

Danach redeten sie nie wieder über die Angelegenheit, aber Käthe merkte, dass Doktor Hambach ihre Ratschläge befolgte.

Er verzichtete in Lilos Gegenwart auf dümmliche Witze, anzügliche Bemerkungen und jegliche Anbiederung. Stattdessen beobachtete er ihre Arbeit als Kinderkrankenschwester und stellte fest, dass sie gut war. Manchmal lobte er sie, oft kritisierte er sie und bemerkte, dass sie sich seine Kritik zu Herzen nahm und umsetzte.

Nach drei Monaten lud er sie zum Essen ein, und sie akzeptierte.

Dennoch dauerte es noch ganze drei Jahre, bis sie ihn heiratete.

»Sie will zuerst ihre Ausbildung fertig machen«, erklärte Doktor Hambach Käthe.

»Das ist vernünftig«, sagte Käthe.

»Finden Sie? Ich weiß nicht. Wenn wir uns beide sicher sind, und das sind wir, sollten wir die Sache doch nicht länger aufschieben. Außerdem wollen wir Kinder, und ich bin nicht mehr der Jüngste.«

»Ich bitte Sie«, sagte Käthe. »Dafür ist noch genügend Zeit. Und eine gute Ausbildung hat noch keiner Frau geschadet.«

Doktor Hambach akzeptierte es, was blieb ihm auch anderes übrig? Er ertrug es sogar, dass Lilo nach ihrer Schwesternprüfung noch ein ganzes Jahr auf der Kinderstation arbeitete. Aber dann war Schluss. Dann wurde geheiratet.

Zu Lilos Abschied gab es einen Umtrunk im *Roten Ochsen* in der Florastraße, zu dem auch Käthe eingeladen war. Lilo hatte zu viel Sekt getrunken und schwankte, als Käthe sie hinterher zurück zum Schwesternwohnheim begleitete. »Ich bin so glücklich«, beteuerte sie, als sie vor ihrer Zimmertür standen. »Ich bin wirklich so glücklich, das musst du mir glauben.«

Sie ergriff Käthes Hände und umklammerte sie so fest, als wäre es ihr letzter Halt und unter ihren Füßen ein tiefer Abgrund.

»Ich glaube dir ja«, sagte Käthe. »Du und der Doktor, ihr werdet sehr glücklich miteinander werden.«

Lilo nickte und strahlte, und dann begann sie zu weinen.

»Was ist denn los?«, fragte Käthe erschrocken.

»Und wenn wir nun doch nicht glücklich sind, was dann? Er ist doch schon recht alt und ich bin jung und habe mein Leben noch vor mir. Und wenn er mich nicht mehr liebt, ist es einfach für ihn. Dann geht er ins Krankenhaus und hat seine Arbeit, und alles ist wie bisher. Aber ich sitze den ganzen Tag zu Hause und wische Staub und werde trübsinnig. Und wenn ich mir ein Kleid kaufen will oder einen neuen Kochtopf, dann muss ich ihn um Erlaubnis fragen. Und wenn ich die Wände im Flur hellblau streichen will, muss ich ihn ebenfalls fragen. Und wozu war ich nun drei

Jahre lang Schwesternschülerin und habe ein Zeugnis mit Auszeichnung, wenn es nun doch alles für die Katz war?«

»Nichts war für die Katz«, sagte Käthe. »Du wirst selber Kinder kriegen, und dann nützt dir dein Wissen. Und Doktor Hambach wird dir ein guter Ehemann sein, der dir nichts verbietet.«

»Aber er könnte«, sagte Lilo. »Und ich kann ihm nichts. Sobald wir verheiratet sind, bin ich ihm mit Haut und Haaren ausgeliefert.«

Sie hickste laut, und dann hielt sie sich betreten die Hand vor den Mund.

»Hoppla«, sagte sie. »Ich rede und rede. Dabei sollte ich längst schlafen. Gute Nacht.«

Lilo verschwand in ihrem Zimmer, und Käthe ging den Flur hinunter zu ihrem Raum und dachte, dass Lilo übertrieb, denn Doktor Hambach war ein durch und durch guter Mensch, der Lilo niemals unterdrücken und gängeln würde. Aber andererseits. Wenn man recht darüber nachdachte, stimmte es natürlich. Jahrelang hatte Doktor Hambach davon geträumt, Lilo zu bekommen. Nun hatte er sie. Was, wenn er nach der Hochzeit feststellte, dass sie doch nicht nach seinem Geschmack war? Dass er lieber eine dickere, dünnere, dümmere, klügere, größere, kleinere, ältere, jüngere, blonde, brünette oder rothaarige Frau hätte? Dann konnte er Lilo das Leben zur Hölle machen, und sie konnte ihm gar nichts.

»So etwas würde er doch niemals tun«, sagte Käthe laut.

Aber er könnte, hörte sie Lilo wieder sagen. Wenn er wollte, könnte er es.

Als Käthe in jener Nacht zu Bett ging, war sie erleichtert. Im Gegensatz zu Lilo hatte sie den Richtigen noch nicht gefunden. Sie musste sich nicht entscheiden. Noch nicht.

Obwohl sie zehn Jahre älter war als Lilo, obwohl bei ihr die Zeit wirklich drängte und die Uhr tickte und die Schwestern und Ärzte im Evangelischen Krankenhaus überzeugt waren, dass der Zug längst abgefahren war. Dieser Topf findet keinen Deckel mehr, murmelten sie. Dieser Acker bleibt unbestellt. Und was es sonst noch an Metaphern gab.

Aber genau wie sie sich in Lilo getäuscht hatten, täuschten sie sich auch in Käthe. Der Richtige kam vier Jahre später. Am 26. August 1932 trat Wolf in ihr Leben, da war Käthe fünfunddreißig. Aber das war eine andere Geschichte.

Lilos Geschichte mit Doktor Hambach war glücklich verlaufen. Zumindest soweit Käthe sie kannte. Ein Jahr nach ihrer Hochzeit hatte Käthe Lilo von ihrer Tochter Hilde entbunden, wieder zwei Jahre später von ihrem Sohn Gerd. Hin und wieder traf man sich bei Festlichkeiten oder wenn Lilo ihren Mann vom Krankenhaus abholte. Ein paarmal hatte Käthe die Hambachs sogar besucht, sie verstand sich nach wie vor gut mit Lilo, die nach den beiden Schwangerschaften so prall geworden war wie ein reifer Pfirsich und noch schöner.

Aber dann lernte Käthe Wolf kennen und verließ das Evangelische Krankenhaus und arbeitete als freie Hebamme. Ihr Leben änderte sich von Grund auf, die Besuche wurden spärlicher, und irgendwann verloren sie den Kontakt zueinander.

Käthe hatte gehört, dass Hambach das Evangelische Krankenhaus ebenfalls verlassen hatte und als Chefarzt in der Universitätsklinik angefangen hatte. Ob er während des Krieges dort gearbeitet hatte oder eingezogen worden war, wusste sie nicht.

Und jetzt stand da Lilo, mit fast vierzig Jahren und Haaren grau vom Mörtelstaub und war gar nicht mehr prall, sondern dünn und blass, nur ihre Nase war rot, denn es war ein eiskalter Dezembertag.

»Du hast dich überhaupt nicht verändert«, sagte Lilo.

Käthe räusperte sich. »Wie geht es dir?«

»Frag nicht.« Lilo winkte ab und lachte, und in dem Lachen lag eine Erinnerung ihrer pfirsichprallen Schönheit von einst.

»Die Kinder machen, was sie wollen, und meinem Mann geht es nicht gut. Und ich …«, sie zeigte auf das Trümmerfeld. »Das siehst du ja. Mich haben sie verdonnert, Steine zu klopfen. Als Strafe für meine Sünden.«

»Sünden?«, fragte Käthe.

Lilo lachte wieder.

»Und dir? Wie geht es dir?«

»Gut«, sagte Käthe. »Ich meine, den Umständen entsprechend. Ich komme gerade von der Arbeit. Was ist mit Doktor Hambach? Warum geht es ihm nicht gut?«

»Er war im Volkssturm, das letzte Aufgebot«, sagte Lilo. »Drei Tage lang, dann haben ihn die Engländer gefangen genommen und in ein Lager gesperrt. Im Juli ist er wieder zurückgekommen, er hat Glück gehabt, wirklich.«

Käthe nickte.

Sie hatten alle Glück gehabt.

Doktor Hambach hatte Glück gehabt, dass er nicht gefallen war, dass er noch sämtliche Gliedmaßen hatte, dass er in englischer Gefangenschaft gewesen war und nicht in russischer, dass Lilo und den Kindern nichts passiert war, dass sein Haus noch stand, wenn es denn noch stand.

Käthe hatte Glück gehabt, dass sie bis heute keine Todesnachricht von Wolf erhalten hatte und arbeiten konnte und über die Runden kam.

Lilo hatte Glück gehabt, dass sie noch Schutt schaufeln und Schubkarren schieben konnte.

Sogar Herr Wast, der vor dem Krieg das Konfektionsgeschäft *Wast & Söhne* geführt hatte und im Krieg den Laden, die Söhne, beide Beine und eine Hand verloren hatte, behauptete, dass er Glück gehabt hätte. »Anderen ist es schlimmer ergangen«, sagte er, sagten alle.

Das Gebot der Stunde war: Man darf nicht jammern. Bloß nicht unterkriegen lassen. Und nicht nach hinten schauen. Unter keinen Umständen nach hinten schauen.

Denn hinter ihnen allen lagen die Konzentrationslager und die Massengräber, aus denen Leichen und Skelette in gestreiften Lumpen quollen, die knochigen Hände zu Fäusten geballt. Schaut, was ihr uns angetan habt, schrien die Skelette mit zahnlosen Mündern. Ihr habt Glück gehabt, aber wir nicht, uns hat es erwischt, wir haben eure Schuld getragen und sind geopfert worden für eure Missetaten. Ihr lebt, und wir sind tot. Was geschehen ist, könnt ihr niemals wiedergutmachen. Niemals.

Vor einem die Ungewissheit, hinter einem das Grauen. Da war es doch besser, nach vorn zu blicken.

»Aber mit seinen Händen stimmt etwas nicht«, fuhr Lilo fort. »Er hat das große Zittern, seit er wieder da ist. Dabei ist physisch alles in Ordnung mit ihm. Es müssen die Nerven sein. Es war einfach zu viel für ihn. Er kann die Praxis nicht mehr führen.«

»Das ist schlimm«, sagte Käthe und fragte sich, wovon die Hambachs dann lebten, wenn der Doktor nicht mehr arbeitete. Für die Arbeit als Trümmerfrau gab es eine Lebensmittelkarte für Schwerarbeiter, neunhundert Gramm Fett zusätzlich im Monat. Davon ernährte man keine Familie.

»Na ja«, sagte Lilo. »Es wird schon wieder. Kommt Zeit, kommt Rat. Oder vielmehr Heilung. Warum besuchst du uns nicht mal? Das würde ihn aufmuntern, da bin ich mir ganz sicher.«

»Warum nicht? Gerne«, sagte Käthe, obwohl sie bezweifelte, dass ihr Besuch irgendeinen Einfluss auf Doktor Hambachs Gemütszustand hätte. Im Evangelischen Krankenhaus hatten sie immer gut zusammengearbeitet, der Frauenarzt und die Hebamme, aber privat hatten sie sich nichts zu sagen. Wenn Käthe zum Essen gekommen war, hatte sie sich nur mit Lilo unterhalten.

»Wir wohnen in der Corneliusstraße«, sagte Lilo. »Nummero 98. Das Haus ist nicht schwer zu finden, es gibt ja nicht mehr viele dort.«

»Corneliusstraße 98«, wiederholte Käthe.

»Komm einfach vorbei. Wir freuen uns«, sagte Lilo.

Käthe nickte, und dann standen sie beide da und wussten

nicht mehr, was sie sagen sollten. Was sie einmal miteinander verbunden hatte, war zu Trümmern zerfallen wie die Stadt. So ist es, und so bleibt es auch, dachte Käthe. Vielleicht hätten sie es wiederaufbauen können, mit einiger Mühe und gutem Willen, aber sie hatten beide andere Sorgen und mussten mit ihren Kräften haushalten, und deshalb würden sie nach diesem Treffen in unterschiedliche Richtungen auseinandergehen, und das war's dann.

»Ich muss wieder ran«, sagte Lilo. Dann band sie ihr Kopftuch um und stiefelte zurück auf ihren Schutthaufen, und Käthe ging nach Hause. Sie hatte Kopfschmerzen, die verdankte sie dem unverhofften Wiedersehen. Zu dumm, dachte sie. Warum musste das nun wieder sein? Warum konnte ich sie nicht so in Erinnerung behalten, wie sie früher war?

Und warum, fragte sie sich, als sie schon im Bett lag, die Decke bis zum Kinn gezogen, und ihren Atem wie Zigarettenrauch in die Luft blies, warum steht am Ende eines jeden Lebens immer die Krankheit, die Fäulnis, das Elend, der Verfall? Warum blühen wir auf, nur um wieder zu welken? Warum kann es nicht umgekehrt sein – man wird als hässlicher, alter Mensch geboren, wird dann stärker, mächtiger und schöner, um schließlich frisch und zart und von allen gehätschelt als kleines Kind an der Mutterbrust zu sterben. Nein, das mit der Mutterbrust war natürlich Unsinn. Die Mutter wäre zu diesem Zeitpunkt ja selbst ein Säugling, wenn sie überhaupt noch am Leben wäre.

Käthe gähnte. Und dann dachte sie an Doktor Hambach, dessen Hände bei den Entbindungen ruhig und geschickt gewesen waren, und wie gern sie ihm dabei zugesehen hatte, wenn er einen Dammriss genäht hatte. Kein Stich zu viel und keiner zu wenig. Ein Jammer, hatte Käthe immer gedacht, dass die Mütter diese perfekte Naht nie zu Gesicht bekamen. Und jetzt zitterten seine Finger, und er konnte seine Praxis nicht mehr führen, weil ihn der Krieg und die Gefangenschaft fertiggemacht hatten. Käthe gähnte noch einmal und drehte sich auf die linke Seite und dann auf die rechte und dann zurück auf die linke. Trotz ihrer Erschöpfung fühlte sie sich wie eine zusammengedrückte Sprungfeder.

Sie war todmüde und gleichzeitig hellwach.

Und je länger sie im Bett herumliegen würde, desto nervöser würde sie werden. Sie setzte sich auf und griff nach der Bibel, schloss die Augen, schlug das Buch auf, tippte auf eine der Seiten, öffnete die Augen wieder und las:

Der Hauptmann aber, der dabeistand, ihm gegenüber, und sah, dass er so verschied, sprach: Wahrlich, dieser Mensch ist Gottes Sohn gewesen.

»Na prima«, murmelte Käthe und knallte die Bibel wieder zu.

Das hatte ihr gerade noch gefehlt.

Dieser Hauptmann.

Der war ihr schon immer zuwider gewesen. Der Hauptmann, der dabeistand, als seine Soldaten Jesus kreuzigten. Der zusah und schwieg, obwohl er ein ungutes Gefühl bei der Sache hatte, obwohl er genau spürte, dass da etwas nicht stimmte, dass Pilatus den Falschen verurteilt hatte. Aber anstatt einzuschreiten, hielt er das Maul, schluckte sein Unbehagen hinunter zusammen mit seinen Zweifeln und seinen Bedenken und tat so, als wäre alles in bester Ordnung. Der Neindenker, der Jasager. Käthe dachte an den Herrenausstatter Grünbaum, der sein Geschäft in der Flinger Straße gehabt hatte, Herrn Grünbaum, dessen Namen man lange Zeit gar nicht mehr erwähnt hatte oder wenn, dann nur im Flüsterton. Aber jetzt durfte man ihn wieder laut aussprechen und durfte auch wieder sagen, dass man die ganze Zeit der Meinung gewesen war, dass auch Herr Grünbaum Gottes Sohn war und seine Enteignung, Vertreibung, Ermordung ein Unrecht.

Von dem Hauptmann war später keine Rede mehr in der Bibel. Markus erwähnte ihn nicht mehr und die anderen Evangelisten auch nicht. Vielleicht hatte er sich ja aus Reue erhängt wie Judas. Vielleicht war er depressiv geworden oder hatte das Zittern bekommen wie Doktor Hambach.

Ich bezweifle das allerdings, dachte Käthe. Er hat sich einmal an die Brust geschlagen, und dann war die Sache für ihn erledigt. Dann hat er sein Leben weitergelebt. Der Dreckskerl, der elende.

Mit diesem Gedanken schlief sie dann doch ein und wachte nachmittags um drei mit einem sauren Geschmack auf der Zunge wieder auf. Sie erhob sich und trank ein Glas Wasser mit einem halben Teelöffel Zucker. Frühstück und Mittagessen zugleich.

Für die Zwillingsentbindung hatte sie eine Kette mit einem herzförmigen Anhänger erhalten. Pures Gold, hatte man ihr erklärt, aber vermutlich war es Blech, mit einer dünnen Goldschicht überzogen.

Sie würde versuchen, das Schmuckstück gegen etwas Essbares einzutauschen. Der Schwarzmarkt am Hofgarten war für so etwas am besten geeignet, da gab es Polen, die ganz verrückt auf Gold waren.

Käthe schlang sich ein dunkles Tuch um den Kopf, das sie unter dem Kinn zusammenband und tief in die Stirn schob. Unter ihren Rock zog sie die Hosen an, die sie sich aus einer alten Wehrmachtsuniform genäht hatte. Sie warf einen Blick in die Spiegelscherbe neben ihrem Bett, fand sich hässlich und schlüpfte in die klobigen Männerstiefel und verließ das Haus.

Klonkklonkerklonk machten Käthes Stiefel auf der Treppe.

Neben dem Schwarzmarkt lag ein Straßenstrich. Aber so, wie Käthe aussah, würde keiner auf falsche Gedanken kommen. So, wie sie aussah, hätte sie nur ein Blinder mit einer Hure verwechseln können. Und taub hätte er dazu auch noch sein müssen. Denn die Schuhe der Nutten klickerten und klackerten wie Murmeln in einer hohlen Hand.

Aber kaum hatte sie das Haus verlassen, näherte sich ihr einer. Ein hagerer, baumlanger Kerl mit hochgeschlagenem Mantelkragen und Hut, der auf sie zuhastete, als habe er auf sie gewartet. Vielleicht hatte er ja wirklich auf sie gewartet, dachte Käthe und umklammerte den Haustürschlüssel in ihrer Tasche. Sobald er frech wurde, sobald er Anstalten machte, nach ihr zu greifen, würde sie ihm damit in die Augen stechen. Nur keine Angst zeigen, dachte Käthe. Wenn man Angst zeigt, kann man einpacken, dann ist man geliefert.

»Was wollen Sie?«, fragte sie mit fester Stimme und wich dabei keinen Schritt zurück, auch wenn es ihre ganze Willenskraft kostete.

Aber der Kerl wich auch nicht zurück, er blieb direkt vor ihr stehen und starrte sie von oben herab an.

»Ingrid schickt mich«, sagte der Kerl. »Sie sagt, dass sie mir helfen können.« Und schob dabei den Ärmel seines Mantels nach oben und enthüllte eine silberne Damenuhr an seinem Handgelenk.

»Wobei soll ich Ihnen helfen?«, fragte Käthe und stellte gleichzeitig fest, dass das Handgelenk sehr schmal und zart war, zu schmal und zart für einen Mann.

Genau wie das Gesicht. Ein blasses Gesicht, aus dem eine Vogelschnabelnase stach. Große braune Augen, ein weicher, voller Mund.

»Sie sind ja eine Frau«, sagte Käthe.

»Ich heiße Trudi«, sagte die Frau. »Ingrid hat mich zu Ihnen geschickt.«

»Ich weiß nicht, was Ingrid Ihnen erzählt hat«, sagte Käthe. »Aber ich bin keine … ich bin nicht das, was Sie denken. Ich kann Ihnen auf keinen Fall helfen.«

»Bitte«, sagte Trudi. »Die Uhr hat meiner Mutter gehört. Sie ist aus echtem Silber. Sie müssen mir helfen. Mein Mann schlägt mich tot, wenn er zurückkommt. Und es war nicht meine Schuld, wirklich nicht. Ich bin eine ehrbare Frau, ich lasse mich nicht mit anderen Männern ein …«

»Wenn es ein Engländer war, müssen Sie es melden«, sagte Käthe. »Gehen Sie zur Militärverwaltung und zeigen Sie ihn an. Die haben eine Klinik, in der sie Ihnen helfen.«

»Nein«, erklärte Trudi. »Ich kann das nicht. Ich will das

nicht. Ich weiß, was sie dort mit den Frauen machen, ich kenne eine, die war auf der Verwaltung und hat einen Engländer angezeigt. Sie haben sie stundenlang verhört wie einen Verbrecher, und dann musste sie sich nackt ausziehen und zwei Ärzte haben sie untersucht. Und nur weil sie blaue Flecke und einen gebrochenen Arm hatte, haben sie es weggemacht. Aber bei mir finden sie nichts, meiner hat mich nicht geschlagen. Ich hab mich auch nicht gewehrt. Ich hatte Angst, dass er mich umbringt, also habe ich stillgehalten.«

»Es geht nicht«, sagte Käthe. »Wirklich, es tut mir leid.« Am liebsten hätte sie sich umgedreht und wäre einfach weggegangen.

»Ingrid haben Sie doch auch geholfen«, sagte Trudi.

»Das war eine Ausnahme«, sagte Käthe, und dann erschrak sie. Vielleicht war das Ganze eine Falle. Vielleicht war die Frau ein Spitzel. Und Käthe hatte soeben zugegeben, dass sie Ingrids Kind abgetrieben hatte.

Was für ein Unsinn. Diese Zeiten waren vorbei. Die Nazis waren ganz versessen darauf gewesen, dass die deutschen Frauen Kinder bekamen, egal auf welchem Wege sie entstanden waren, solange sie nur nicht von Juden waren. Oder behindert. Aber die englische Militärregierung scherte sich einen feuchten Dreck um das Wachstum des deutschen Volkes. Den Engländern war es vollkommen egal, was die Deutschen miteinander anstellten, solange sie sich nicht auf offener Straße erschossen.

Sehen wir das Ganze doch einmal realistisch, dachte Käthe. Die Frau ist arm dran. Ein Soldat hat sie vergewaltigt, na gut, vielleicht hat er sie auch nicht vergewaltigt, vielleicht hat sie ihm schöne Augen gemacht und ist mit ihm tanzen gegangen und hinterher weich geworden. Auf jeden Fall hat sie jetzt ein Kind im Bauch, und wenn ihr Mann aus der Gefangenschaft zurückkommt, wirft er sie aus dem Haus. Und der Engländer ist natürlich auch über alle Berge. So oder so, wenn sie dieses Kind bekommt, ist sie geliefert.

»Haben Sie Mitleid«, flüsterte Trudi, die Käthes Zweifel

witterte wie ein hungriger Wolf ein verirrtes Schaf. »Versetzen Sie sich bloß in meine Lage.«

Käthe dachte an den kleinen Homunculus, der im Trümmerfeld hinter der Berger Kirche ruhte. Wenn sie ihn nicht aus Ingrid herausgeschabt hätte, wäre er jetzt schon fast doppelt so groß. Falls Ingrid sich in der Zwischenzeit nicht umgebracht hätte.

Mit viel Glück hätte er die ganze Schwangerschaft überlebt und dann? Vermutlich wäre sein Leben die Hölle geworden.

»Also gut«, sagte sie leise. »Kommen Sie morgen früh um acht in die Marktstraße.«

Trudi griff nach Käthes Händen. »Danke«, flüsterte sie. »Gott segne sie.«

Gott, dachte Käthe, als Trudi weg war. Was hat Gott damit zu tun? Er sitzt dort oben in seinem Himmel, und Jesus sitzt zu seiner Rechten, und über ihnen schwebt der Heilige Geist, aber für uns Menschenwürmer und unsere Belange interessieren sie sich noch weniger als die englische Militärregierung.

Dieses Mal war es ein Spaziergang, ein Kinderspiel, eine leichte Übung. Trudis Schwangerschaft hatte gerade erst begonnen, Käthe fand den Embryo sofort, obwohl er nur ein paar Wochen alt war und noch nicht einmal richtige Gliedmaßen entwickelt hatte. Kurz nach dem Eingriff wachte Trudi wieder auf und wirkte sofort so munter wie nach einem gesunden Nachtschlaf.

»Hat es geklappt?«, fragte sie und schaute dabei furchtsam und angeekelt zugleich zu dem Eimer, in dem das blutige Tuch lag und darunter waren die gebrauchten Instrumente und das Menschenkind.

»Alles in Ordnung«, sagte Käthe. »Sie werden ein bisschen bluten, ansonsten ist die Sache überstanden.«

Trudi beugte sich nach vorn und küsste Käthes Hände, die gerade eben ihr Kind ermordet hatten.

»Kann ich … meinen Sie, dass ich jetzt noch Kinder bekommen kann?«, fragte sie, als sie wieder draußen auf der Straße standen.

»Warum denn nicht?«, fragte Käthe. »Es ist alles in Ordnung mit Ihnen.«

Trudi reichte ihr die Uhr.

»Erzählen Sie es bitte niemandem«, sagte Käthe, während sie einen winzigen Moment darüber nachdachte, ob sie die Uhr wieder zurückgeben sollte, aber dann ließ sie sie doch in ihrer Manteltasche verschwinden. Das Goldherz von der letzten Entbindung hatte sich als billige Kupferlegierung herausgestellt, auf dem Schwarzmarkt hatte ihr niemand auch nur ein Ei dafür geben wollen.

»Kommen Sie sofort zu mir, wenn Ihre Blutung stärker wird. Oder wenn Sie Fieber bekommen. Und Sie müssen mir versprechen, dass Sie die Sache nicht weitererzählen. Ich bin Hebamme, nichts anderes.«

»Nein, nein«, sagte Trudi. »Natürlich nicht.«

Käthe begrub den Embryo neben der Bergerkirche, und während sie das Loch zuschüttete, ertappte sie sich bei dem Gedanken, dass sie beim nächsten Mal eine andere Stelle suchen musste, damit es nicht zu auffällig würde. Und das erschreckte sie. Dass sie an ein nächstes Mal dachte, obwohl die Sache doch abgeschlossen war.

Aber tief in ihrem Inneren hatte sie schon bei Ingrid gewusst, dass es weitergehen würde. Es war nicht nur das großzügige Honorar, es war die Erleichterung in den Gesichtern der Frauen und ihre Dankbarkeit. Als sie sich von Käthe verabschiedete, hatte Trudi glücklicher ausgesehen als die meisten Frauen, die Käthe in den letzten Monaten entbunden hatte.

IV

Erzählen Sie es niemandem, hatte Käthe zu Trudi gesagt. Das Ganze muss unter uns bleiben, hatte sie Ingrid ermahnt. Aber eine von ihnen oder alle beide hielten sich nicht daran und erzählten es herum, und das Gerücht, dass es da eine Engelmacherin gab, die ihr Handwerk verstand und bezahlbar war und verschwiegen, breitete sich aus wie Bakterien in einer Petrischale mit Nährlösung.

Am 21. Dezember stand die nächste Frau vor Käthes Tür und bat um Hilfe. Das war Elsa. Und weil es kurz vor Weihnachten war und weil die ersten beiden Male so einfach und unkompliziert verlaufen waren, willigte Käthe schließlich ein. Und ging mit Elsa in die Praxis in der Marktstraße.

Das war ein Fehler. Sie hätte es wissen müssen. Noch bevor Elsa auftauchte, hätte sie es wissen müssen. Als sie am Morgen die Bibel aufschlug und die Losung für den Tag fand. Ein Ausschnitt aus dem ersten Buch der Chronik.

Kaleb, der Sohn Hezrons, zeugte mit Asuba, seiner Frau, die Jeriot. Und dies sind ihre Söhne: Jescher, Schobab und Ardon. Als aber Asuba starb, nahm Kaleb Efrata, die gebar ihm Hur. Hur zeugte Uri. Uri zeugte Bezalel.

Die Botschaft war klar. Eines geht aus dem anderen hervor. Ein Mensch zeugt den anderen. Von Adam und Eva bis zur Babylonischen Gefangenschaft, bis zu Jesus Christus, bis zur Gegenwart spannt sich ein großer Bogen.

Aber damit der Enkel den Urenkel hervorbringen konnte, musste die Großmutter den Vater zur Welt bringen.

Wenn die Großmutter aber abtrieb, weil der Großvater in einem russischen Lager saß oder auf einem Soldatenfriedhof in Ostpreußen lag und das Kind nicht von ihm war, sondern vom Feind, dann wurde der Lauf der Dinge unterbrochen und die göttliche Vorsehung gestört, und das dritte, vierte, hundertste und tausendste Glied würde niemals ins Leben gerufen werden.

Käthe schob ihre Bedenken einfach zur Seite, weil sie Elsa nicht wegschicken konnte. Genauso wenig wie sie Ingrid und Trudi hatte wegschicken können.

Bei Ingrid war es der schiere Hunger gewesen, der Käthe dazu gebracht hatte, ihr zu helfen. Bei Trudi war es Mitleid. Bei Elsa empfand Käthe ein tiefes Gefühl der Verbundenheit. Sie blickte in ihr verweintes, verlebtes Gesicht und wusste genau, wie es in ihr aussah. Sie konnte sie nicht wegschicken.

Elsa war viel älter als Ingrid und Trudi, Käthe schätzte sie auf Mitte vierzig. Ein paar Jahre jünger als sie selbst. Sie erzählte nicht, wie sie an das Kind gekommen war. Sie erwähnte nur, dass sie schon vier hatte, die erwachsen waren, und nicht mehr damit gerechnet hatte, dass sie noch schwanger werden könnte.

»Das passiert öfter, als man glaubt«, sagte Käthe. »Ihr Körper gibt jetzt alles, um sich noch einmal zu vermehren, bevor die Menopause einsetzt. Da werden sämtliche Kräfte mobilisiert, sozusagen.«

Elsa nickte, aber Käthe war sich nicht sicher, ob sie ihr überhaupt zugehört hatte.

Sie wollte nicht wissen, warum sie schwanger war. Sie wollte diesen Zustand beenden. Irgendwie, egal wie.

»Es ist eine solche Schande«, flüsterte Elsa und zitterte dabei vor Angst oder aus Abscheu über sich selbst. »In meinem Alter.«

Sie musste gar nicht damit drohen, dass sie sich erhängen oder von der Pontonbrücke springen würde, die die Engländer vor ein paar Wochen über den Rhein gebaut hatten. Käthe verstand auch so, dass es ihr ernst war. Dass sie nur noch eine Hoffnung hatte, und das war Käthe, und wenn diese sie enttäuschte, dann würde sie eben klag- und kampflos untergehen.

»Niemand wird davon erfahren«, sagte Käthe.

Elsa glühte vor Fieber. Und sie zitterte auch nicht aus Angst oder Scham, sondern vor Schüttelfrost. Das stellte Käthe aber erst fest, als sie schon in der Praxis waren und Elsa sich bereits entkleidet hatte.

»Sie sind krank«, sagte sie erschrocken. »So kann ich den Eingriff nicht vornehmen. Kommen Sie wieder, wenn es Ihnen besser geht.«

Elsa sah Käthe nur an. Was glaubst du eigentlich?, fragte der Blick. Was meinst du, warum ich Fieber habe?

Und Käthe verstand. Sie war offensichtlich nicht die Erste, die hier Hand anlegte. Elsa war vorher schon bei jemand anders gewesen. Bei einer Bekannten oder einem Quacksalber. Oder sie hatte selbst versucht, die Schwangerschaft zu beenden. Hatte blind in ihrem Unterleib herumgestochert, mit einer Stricknadel oder einem Kleiderbügel, und war in die Gebärmutter eingedrungen. Vielleicht war der Fötus sogar schon tot, aber offenbar hatte Elsas Körper ihn nicht abgestoßen. Wenn sie geblutet hätte, wäre sie ja nicht zu ihr gekommen.

»Bei wem waren Sie?«, fragte Käthe. »Und wie lange ist das her?«

Elsa zitterte. »Bitte, helfen Sie mir«, sagte sie leise. »Retten Sie mich, ich flehe Sie an.«

Wenn es überhaupt noch etwas zu retten gibt, dachte Käthe. Wenn Elsa Pech hatte, war bereits eine Sepsis eingetreten, dann gab es nichts mehr, was Käthe für sie tun konnte. Dann war sie verloren. »Sie müssen in ein Krankenhaus«, sagte sie. »Sie brauchen ärztliche Hilfe. Und Medizin.«

»Ich gehe nicht ins Krankenhaus«, sagte Elsa.

»Liegt es am Geld?«, fragte Käthe. »Machen Sie sich darum keine Gedanken. Man wird Ihnen auch so helfen.«

»Und hinterher?«, fragte Elsa.

Hinterher. Hinterher würde man Elsa anzeigen und vielleicht sogar verurteilen und einsperren. Es war ja nicht von der Hand zu weisen, dass sie versucht hatte, ihr Kind zu töten.

»Ich kann nichts für Sie tun«, sagte Käthe. »Wirklich, ich kann das nicht verantworten.« Wenn die Sache schiefging und Elsa starb, dann würde keiner mehr nach dem ersten Eingriff fragen, dann war Käthe für alles verantwortlich, dann war sie dran.

»Versuchen Sie es«, sagte Elsa, verschränkte die Arme vor der Brust und zog die Schultern hoch, als könnte sie dadurch das Zittern unterdrücken. »Bitte.«

Was soll's?, dachte Käthe. Untersuchen kann ich sie ja mal. Obwohl sie genau wusste, dass das nur der erste Schritt war, auf den der zweite folgen würde.

Elsa nahm sehr unbeholfen und umständlich auf dem Stuhl Platz. Käthe musste ihr dabei helfen und die Beine auf die Stützen heben. Lass die Finger davon, hörte sie eine Stimme in ihrem Kopf, aber gleichzeitig führte sie das Spekulum ein.

Elsa zuckte zusammen, als sie die Flügel öffnete.

»Ganz ruhig«, sagte Käthe und beugte sich nach vorn.

Der Scheideneingang war rot entzündet, aus einer Wunde neben der Cervix sickerte Eiter wie Nektar aus einer Blüte. Der Muttermund selbst schien unverletzt.

»Wie ist das passiert?«, fragte Käthe.

Elsa antwortete nicht. Sie hielt die Augen geschlossen und die Lippen fest aufeinandergepresst.

Käthe schloss das Spekulum wieder und half Elsa, sich aufzurichten. Erst jetzt öffnete sie die Augen.

»Wie haben Sie sich verletzt?«, fragte Käthe. »Ich muss das wissen.«

»Mit einer Spritze. Ich habe gehört, dass es abstirbt, wenn man die Gebärmutter mit Seifenlösung ausspült.«

»Sie haben versucht, die Spritze in die Gebärmutter einzuführen?«

Elsa zitterte und schwieg.

Was soll's?, dachte Käthe. Mehr als eine gründliche Ausschabung können sie im Krankenhaus auch nicht machen.

Elsa hatte aufgehört zu beben. Sie schlief jetzt. Aber ihr Zittern war auf Käthes Finger übergegangen.

»Ruhig«, murmelte sie.

Als Hebamme musste man unter allen Umständen einen kühlen Kopf bewahren, das hatte sie in all den Jahren gelernt.

Aber sie war ja keine Hebamme.

Elsas Puls war normal, siebzig Schläge in der Minute. Käthes Herz jagte dagegen so schnell wie das des Kindes in der Gebärmutter, der nicht wusste, was ihm blühte. Sie stand auf und trat ans Fenster, durch das eiskalte Winterluft in den Raum strömte, weil es keine Fensterscheibe gab. Sie starrte in einen mit Trümmern bedeckten Innenhof. In einem zersprungenen Waschbecken saß eine Katze und fraß einen Vogel.

Als Käthe den zappelnden Vogel sah und wie die Katze eine Weile mit ihm spielte, bevor sie ihm mit großem Genuss die Kehle durchbiss, ergriff sie eine große Wut auf Gott, der eine Welt erschaffen hatte, in der so etwas geschah. Eine Welt, in der einer den anderen jagen und fressen musste, um zu überleben. In der sich Tier und Mensch gegenseitig den Garaus machten, in der Männer Lust daran fanden, Frauen zu vergewaltigen und Mütter ihre Kinder töteten.

Und dann gibst du den Menschen auch noch Gebote, sagte Käthe zu Gott. Du sollst nicht töten. Du sollst nicht stehlen. Liebet einander, wie ich euch geliebt habe. Aber den Drang zum Töten und den Hass und die Bosheit, die hast du doch in uns hineingelegt, so wie du den Keim in Elsas Leib gelegt hast. Aber da mache ich dir einen Strich durch die Rechnung, aus diesem Keim wird nichts. Kein Enkel und auch kein Stammvater. Die Linie wird jetzt und hier von mir unterbrochen.

»Wenn du mir nicht ein Zeichen gibst, dass es anders sein

soll«, fügte sie leise hinzu. Obwohl sie natürlich wusste, dass man mit Gott nicht handeln kann.

Käthe blickte aus dem Fenster und wartete. Die Katze ließ gerade den Schwanz des Vogels fallen und leckte sich die Pfoten und begann sich zu putzen. Sonst geschah nichts. Kein Regenbogen zeigte sich am Himmel. Kein Engel erschien. Und das Haus stürzte auch nicht zusammen.

»Also gut«, sagte Käthe. »Dann wollen wir mal.«

Sie ging zurück zu Elsa, fühlte noch einmal ihren Puls, hob ihr Lid und sah, dass sie tief und fest schlief.

Noch ein Blick zum Fenster. Kein Zeichen.

Käthe führte das Spekulum ein, griff zu der Zange, zog und dehnte den Muttermund, bis sie in die Gebärmutter eindringen konnte. Der Uterus war unverletzt, offensichtlich hatte Elsa ihren Abtreibungsversuch aufgegeben, nachdem sie sich die erste Wunde zugefügt hatte.

Käthe entfernte die Schleimhaut und stieß dabei auf das Kind. Der Schaber riss es auseinander. Zwei Ärmchen, die Beine, der Rumpf, der Kopf. Die Schwangerschaft war weit fortgeschritten gewesen. Das stellte Käthe fest, als sie die einzelnen Körperteile nach der Kürettage kontrollierte. Das Gesicht und der Körper des Fötus waren von einem zarten Flaum überzogen, und die kleinen Hände hatten nicht nur Fingernägel, sondern wiesen sogar schon winzige Rillen in den Fingerspitzen auf. Ein Fingerabdruck, den es unter Milliarden Menschen noch nie gegeben hatte und nie mehr wieder geben würde.

Die abgerissene Hand mit dem für immer zerstörten Fingerabdruck lag da, als wollte sie nach etwas greifen. Käthe würgte plötzlich an ihren Tränen und einer Sehnsucht, die sie erfüllte, als wäre sie nie weg gewesen. Sie begann zu weinen, und nachdem sie einmal damit begonnen hatte, gab es kein Halten mehr, die Wasserströme erhoben sich, sie erhoben ihr Brausen und schwemmten alles Mögliche aus Käthes Herzen hervor und rissen es fort. Das Verlangen nach dem Kind, das sie nie gehabt hatte, und die Sehnsucht nach dem Mann, den sie verloren hatte, und die Angst, dass Elsa an ihrer verhassten Schwangerschaft zugrunde gehen würde.

Die Tränen brannten auf ihren Wangen und tropften auf das zerrissene Leben, das vor ihr ausgebreitet lag.

Aber Heulen nützte nichts, das hatte noch nie etwas gebracht, also hörte Käthe wieder auf damit und schlug das Tuch über den Überresten zusammen.

Sie sah Elsa an, die immer noch fest schlief, selbst unter der Narkose wirkte sie angespannt. Den Kopf zur Seite geneigt, die Lippen fest geschlossen. Mater dolorosa.

Bevor Käthe das Spekulum schloss, kontrollierte sie noch einmal den Muttermund. Der gesamte Scheideneingang war jetzt von Eiter bedeckt.

Nein, es führte kein Weg daran vorbei, Elsa musste in ein Krankenhaus.

Müsste in ein Krankenhaus. Aber sie würde nicht hingehen. Lieber würde sie sterben.

Corneliusstraße 98, dachte Käthe. Doktor Hambach. Auch wenn er das Zittern hat, auch wenn er nicht mehr als Frauenarzt arbeitet, so kann er mir doch einen Rat geben und vielleicht sogar ein Medikament gegen die Entzündung verabreichen. Hambach durfte allerdings unter keinen Umständen erfahren, dass Käthe den Abort vorgenommen hatte. Der Doktor hatte Abtreibungen immer aufs Schärfste verurteilt, auch in den Zwanzigerjahren, als die Gesetzgebung noch liberaler gewesen war als unter den Nationalsozialisten.

Er ist Arzt, dachte Käthe. Er muss mir helfen.

Sie räumte auf, wischte die Instrumente ab und legte sie in den Eimer. Elsa machte keine Anstalten aufzuwachen. Offensichtlich hatte Käthe die Ätherdosis zu großzügig bemessen.

Käthe setzte sich auf den Hocker, schloss die Augen und fühlte, wie die Erschöpfung und die Müdigkeit sich über sie stülpten wie eine Glocke und die Gedanken aus ihrem Kopf saugten. Sie nickte ein, und erst als sie fast vom Stuhl fiel, schreckte sie mit einem Ruck hoch.

Es war ein düsterer Wintertag, und die Sonne war die ganze Zeit hinter einer dichten Wolkendecke verborgen gewesen, aber als Käthe den Kopf hob, riss die Wolkendecke auf und die Sonne trat hervor und sandte einen Strahl hinunter auf die zerbombte Stadt und durch das zerbrochene Fenster der Frauenarztpraxis, dorthin, wo der gynäkologische Stuhl stand, auf dem Elsa schlief. Ein Strahl wie ein Fingerzeig, und er landete genau vor Käthes Füßen.

Da war das Zeichen, das wusste Käthe sofort. Gott hatte es ihr gesandt.

Aber was es ihr sagen sollte, verstand sie nicht.

Die Corneliusstraße war geräumt. Hier fuhren Militärfahrzeuge und mit Schutt beladene Lastkraftwagen an Obdachlosen vorbei, die in Erdhöhlen hausten. Käthe beschleunigte ihre Schritte. Die Soldaten auf den Wagen und die Elendsgestalten am Straßenrand machten ihr gleichermaßen Angst.

Im Vorübergehen sah sie eine Frau vor einem Ofen aus Ziegeln hocken, in dem ein paar Holzscheite glühten. Die Frau saß und stierte mit leerem Blick auf ihre Kinder, die zwischen Felsbrocken und Erdhaufen spielten. Vielleicht dachte sie an vergangene Zeiten. An Zeiten, in denen sie in einem gemauerten, verputzten Haus gelebt hatten, und ein Mann da gewesen war, der morgens zur Arbeit ging und abends nach Hause kam und am Samstag eine Lohntüte voll Geld mitbrachte. Mit dem Geld ging die Frau in den Laden und kaufte Brot, Käse, Butter, parfümierte Seife, Wurst, Schnürsenkel, Waschpulver, saure Gurken und trug alles nach Hause und machte Essen und wusch und putzte und brachte die Kinder zu Bett, jedes in sein eigenes. Und wenn sie schliefen, kochte die Frau Tee, und der Mann schaltete den Volksempfänger ein, und Tee trinkend hörten sie zu, wie der Reichspropagandaminister Goebbels sie und den Rest des deutschen Volkes fragte, ob sie den totalen Krieg wollten. Der Mann war gleich dafür, weil es so, wie es bisher in der Welt gelaufen war, ja nicht mehr weitergehen konnte, und die Deutschen von den anderen Nationen ausgebeutet und übervorteilt und von dem jüdischen Pack ausgesaugt wurden. Die Frau stippte ein Stück Biskuitkuchen in den Tee und dachte für sich, dass die Dinge schlechter laufen könnten. Solange samstags die Lohntüte gefüllt wurde, konnte man doch nicht klagen, vor ein paar Jahren hatte es noch ganz anders ausgesehen. Aber sie wollte keinen Streit und scherte sich nicht um Politik, das war Männersache, und als Goebbels zum zweiten Mal die gleiche Frage schrie und die Menschen im Radio tobten vor Begeisterung und der Mann aufsprang, seine Faust zur Zimmerdecke reckte und »Heil Hitler« brüllte, da nickte die Frau und sagte auch »Heil Hitler«. Und dann: »Leise, du weckst noch die Kinder auf.«

Und es war wie im Märchen, ihre Wünsche wurden wahr, und siehe, die Erde verwandelte sich in ein Schlachtfeld, und der Mann wurde eingezogen und erschossen und das Haus zerbombt und der Sohn eingezogen und erschossen und der Rest der Familie in die Steinzeit katapultiert, und da saß die Frau nun. Und versuchte, die Erinnerung an die zivilisierte Welt festzuhalten. Aber das war schwer, sie begann ihr langsam zu entgleiten und zu verblassen wie ein Porträtbild, das der Fotograf nicht richtig fixiert hatte. Wie absurd ihr die Vorstellung nun erschien, dass man auf einen Knopf drückte, und es wurde Licht oder die Musik spielte oder der Reichspropagandaminister sprach zu einem.

Und wenn die Frau hinter einem Mauerrest den Rock hob und urinierte, dachte sie manchmal daran, dass sie früher ein Wasserklosett hatten und fließend kaltes und warmes Wasser, aber dann kam ihr dieser Gedanke so fantastisch vor, dass sie sich nicht mehr sicher war.

Das Haus ist nicht schwer zu finden, es gibt ja nicht mehr viele dort, hatte Lilo zu Käthe gesagt, und sie hatte recht. Die Nummer 98 war schon von weitem zu erkennen. Ein dreistöckiges Mietshaus mit Backsteinfassade, das sich leicht über die Straße zu neigen schien. Die ehemals dunkelrote Front war schwarz verkohlt, die Fensterscheiben fehlten, und zwischen dem Erdgeschoss und dem ersten Stock zog sich eine geschwungene Girlande aus Einschusslöchern. Die Spuren des Krieges waren unübersehbar, und dennoch wirkte das Gebäude auf eine eigenartige Weise intakt.

In einem der Fenster im ersten Stock stand ein winziger dürrer Weihnachtsbaum, mit Lamettastreifen aus Zigarettenpapier geschmückt, auf der Spitze ein krummer Stern aus Seidenpapier. Trostlos und tröstend zugleich. Das ist Lilos Wohnung, dachte Käthe.

Müller, Fuchs, Hasenclever, las sie auf den Klingelschildern neben der Tür. Franke, Bohn, Block, Michalski. Der Name Hambach war nicht dabei, vermutlich stammten die Schilder noch aus der Zeit vor dem Krieg. Namen von Evakuierten, Verschollenen, Verbrannten, Toten.

Die Haustür ließ sich aufziehen. Käthe trat in den Flur und ging auf die Treppe zu und nach oben zu der Wohnung mit dem Weihnachtsbaum am Fenster. Es passt zu Lilo, dass sie es sich gemütlich macht, dachte sie.

Vielleicht würde der Doktor selbst die Tür öffnen, dachte Käthe, als sie an der Glockenschnur zog. Er würde sie misstrauisch ansehen und nicht erkennen, so wie Käthe Lilo fast nicht mehr wiedererkannt hätte.

Es waren aber weder Lilo noch der Doktor, die öffneten. Es war eine winzige alte Frau mit zweifarbigem Haar. Oben auf dem Scheitel ein breiter Streifen in der Farbe verwitterten Holzes, umgeben von einem gekräuselten schwarzen Kranz.

»Sie wünschen?«, fragte die Frau.

»Ich suche Familie Hambach«, sagte Käthe.

Die Frau hob die Hand und zeigte auf die gegenüberliegende Tür, die sich im selben Moment öffnete, und da stand Lilo, als hätte die Frau sie dorthin gezaubert.

»Käthe«, sagte Lilo. »Das ist aber eine Freude. Ich hätte nicht gedacht … da wird Hambach sich aber freuen.«

Hambach. So hatte sie den Doktor früher schon immer genannt, als wäre Hambach sein Vorname und nicht Erich.

Käthe suchte nach Worten, sie wollte bei Lilo vorfühlen, wie es um den Doktor stand, sie wollte sich langsam an ihn herantasten. Aber sie war ja nicht allein mit Lilo, da stand immer noch die Alte und lauschte und machte keine Anstalten, in ihre Wohnung zurückzugehen.

»Eine alte Bekannte, Frau Doktor?«, fragte sie neugierig.

»Alles in Ordnung, Frau Kosslick«, sagte Lilo und lächelte in Richtung der Alten. Dann zog sie Käthe am Oberarm in die Wohnung und schloss die Tür.

»Sie ist so aufdringlich«, sagte sie und lehnte sich von innen gegen die Tür, als befürchtete sie, dass ihre Nachbarin sie aufdrücken könnte. »Sie wurde auf der Flucht von ihrer Familie getrennt, und nun ist sie bei der alten Baumann untergebracht, die ist blind und taub und versteht die Welt nicht mehr. Und Frau Kosslick langweilt sich zu Tode und sucht verzweifelt Anschluss. Eh man sich versieht, sitzt sie bei uns im Wohnzimmer, und dann geht sie den ganzen Tag nicht mehr.«

»Sie hat einen Weihnachtsbaum im Fenster stehen«, sagte Käthe. »Ich dachte, es wäre eure Wohnung. Wegen des Baums.«

»Das war wirklich unser Baum«, sagte Lilo. »Hambach wollte ihn nicht, da hab ich ihn den beiden Alten gegeben.«

Hambach wollte ihn nicht, dachte Käthe. Sie spürte, dass das keine Nebensächlichkeit, sondern eine wichtige, vielleicht sogar die alles entscheidende Frage war: Warum ertrug Hambach keinen Weihnachtsbaum in seiner Wohnung? Aber jetzt war nicht die Zeit, darüber nachzudenken. Sie musste das Gespräch auf Elsa bringen, so elegant wie möglich. Aber nachdem sie die Hambachs jahrelang nicht gesehen hatte, konnte sie auch nicht einfach so mit der Tür ins Haus fallen.

»Ich will euch gar nicht lange stören«, begann sie, doch nun ging die Zimmertür am Ende des Flurs auf und eine junge Frau trat heraus und kam auf Käthe und Lilo zu. Sie kam auf sie zu und wurde dabei immer jünger, je näher sie kam:

Zwanzig, neunzehn, achtzehn, siebzehn, sechzehn, da stand sie vor ihnen und war Lilos Tochter.

»Hilde«, sagte Käthe. »Na so was. Bist du das wirklich?«

Kein Kind mehr. Ein Backfisch mit hochgestecktem Haar und gezupften Brauen, größer als Käthe und viel dünner. Ihre Größe schien ihr selbst nicht geheuer zu sein, sie stand leicht vornübergebeugt, die Schultern gekrümmt, und machte sich klein. Ihr Kleid hatte bessere Zeiten gesehen, der Samtstoff war einmal himmelblau gewesen, und nun war er aufgerieben, ausgewaschen, verblichen. Nur unter den Achseln und unten am Saum leuchtete noch ein Rest der früheren Herrlichkeit. Es hing von Hildes mageren Schultern wie von einer Wäscheleine, und unter dem Kleid ragten die Beine heraus wie zwei Stöcke und endeten in grauen Wollsocken und grünen Pantoffeln.

Du armes Kind, dachte Käthe. Du könntest es so gut haben, du könntest aufs Lyzeum gehen, Klavier- und Ballettstunden nehmen, zum Frühstück gäbe es heiße Schokolade und am Nachmittag Tee mit Petit Fours. Du wärest lebensprall und hübsch, wie es deine Mutter in deinem Alter war. Und stattdessen das hier, nichts als Elend und Hunger und zerschlissene Kleider. Dieser verdammte Krieg.

»Sie ist groß geworden, nicht wahr?«, sagte Lilo. »Hilde, erinnerst du dich noch an Schwester Käthe?«

Nein, ganz offensichtlich erinnerte sich Hilde nicht, und sie hatte auch überhaupt kein Interesse daran, herauszufinden, wer Käthe war. Sie kickte ihre Pantoffeln von den Füßen und schlüpfte in ein Paar abgetretene Schuhe.

»Hilde«, sagte Lilo warnend.

Hilde hielt einen Moment inne und starrte Käthe an. Sie hatte ihre gezupften Augenbrauen mit einem Kohlestift nachgezogen, zu einem Ausdruck immerwährenden Erstaunens.

»Ich habe dich zur Welt gebracht«, sagte Käthe und lächelte, aber ihr Lächeln prallte an Hilde ab. »Das kannst du natürlich nicht wissen.«

»Ach ja? Und ich dachte, das wäre sie gewesen«, sagte Hilde und wies mit dem Kopf auf Lilo, die rot anlief, das konnte man sogar im Halbdunkel des Flurs erkennen.

Käthe lachte, aber Hilde verzog keine Miene und Lilo auch nicht. Hilde riss einen Mantel von der Garderobe neben der Tür und schlüpfte hinein. Er war ihr zu klein, die Ärmel endeten zehn Zentimeter über den Handgelenken.

»Reiß dich zusammen, Hilde«, zischte Lilo.

Hilde zuckte mit den Schultern.

»Wo willst du denn überhaupt noch hin, um diese Zeit?«, fragte Lilo.

»Weg«, sagte Hilde.

»Du spinnst wohl. Es ist gleich dunkel, und ich will nicht, dass du dich noch auf der Straße herumtreibst. Das ist viel zu gefährlich. Du weißt doch …«

Während sie noch redete, öffnete Hilde die Tür.

»Auf Wiedersehen«, sagte sie in die Worte ihrer Mutter hinein.

Bevor Lilo sie daran hindern konnte, war sie im Flur, und dann hörten sie ihre genagelten Absätze auf der Treppe klappern, zuerst laut und schnell und dann leiser und dann gar nicht mehr.

»Hilde!«, rief Lilo.

Wie auf ein Stichwort öffnete sich die gegenüberliegende Wohnungstür, und die Alte streckte ihren schwarz-weiß gestreiften Kopf heraus.

»Ist etwas nicht in Ordnung?«, fragte sie. »Ich habe Ihre Stimme gehört, Frau Doktor.«

»Es ist nichts«, sagte Lilo. »Entschuldigen Sie die Störung, Frau Kosslick.«

Frau Kosslick warf ihr einen betrübten Blick aus rot geränderten Augen zu.

Lilo schloss die Tür.

»Sie treibt mich zum Wahnsinn«, sagte sie, und Käthe war sich nicht ganz sicher, ob sie damit Hilde meinte oder die Kosslick.

»Halbstarke«, sagte Käthe. »Wir waren doch früher nicht anders.«

»Doch«, widersprach Lilo. »So hätte ich mich nicht aufgeführt.«

Und Käthe natürlich auch nicht. Sie war die Jüngste von sechs Kindern gewesen. Wenn sie ihren Eltern gegenüber so frech gewesen wäre wie Hilde zu Lilo, hätte ihr Vater sie übers Knie gelegt, auch mit sechzehn Jahren noch.

»Die Zeiten haben sich geändert«, sagte sie und fühlte sich plötzlich uralt. »Ich muss dich etwas fragen«, begann sie dann, aber bevor sie weiterreden konnte, wurde sie wieder unterbrochen.

»Lieselotte!«, rief eine Männerstimme. »Was ist denn da draußen los? Lieselotte?«

Lilo atmete tief ein und nickte Käthe aufmunternd zu, so als stünden sie beide vor dem Examen und drinnen im Wohnzimmer wartete die Prüfungskommission auf sie.

»Dann wollen wir mal«, sagte sie.

Hambach hatte eine Decke über den Knien, die Zeitung auf dem Schoß und saß am Fenster, dessen untere Hälfte zugemauert war, die obere hatten sie mit Drahtglas versehen.

»Du ahnst ja gar nicht, wer hier ist«, rief Lilo.

Doktor Hambach sah Käthe an und erkannte sie sofort wieder, da war sie sich sicher. Aber im Gegensatz zu seiner Frau versetzte ihn das Wiedersehen nicht in Begeisterung. Es ließ ihn kalt, so kalt, dass er fröstelte und seine Decke ein Stück höher zog, und bei dieser Gelegenheit sah Käthe seine Hände.

Sie zitterten nicht nur, sie wackelten und wedelten und bebten von oben nach unten und von links nach rechts. Als ob sie einen eigenen Willen hätten, der Doktor Hambachs Willen entgegengesetzt war, als ob sie Käthe zuwinken wollten und Hambach wollte das verhindern.

»Guten Tag, Herr Doktor«, sagte Käthe.

»Guten Abend, Schwester. Das ist ja eine Überraschung«,

sagte Hambach, wobei seine Stimme zum Ende des Satzes hin abrutschte.

»Ich bin gerade zufällig vorbeigekommen«, sagte Käthe. Eine Lüge, die die Überleitung zu dem eigentlichen Grund ihres Besuchs noch schwieriger machte, als sie ohnehin schon war.

»Setz dich doch«, sagte Lilo. »Was kann ich dir anbieten? Einen Tee?«

»Nein danke«, sagte Käthe. »Ich will euch keine Umstände machen.«

Lilo zögerte, wahrscheinlich wäre sie gerne für eine Weile in der Küche verschwunden, um Tee zu kochen, und hätte Käthe und ihren Mann allein gelassen.

»Also gut«, sagte Lilo und setzte sich auf einen abgewetzten Sessel, und Käthe setzte sich neben sie.

»Immer noch im Einsatz, um das Wachstum des deutschen Volkes zu mehren?«, fragte Hambach Käthe und lachte leise, als wäre das eine wirklich scharfsinnige Bemerkung.

»Man tut, was man kann«, sagte Käthe und suchte nach einer Überleitung zu Elsa und der missglückten Abtreibung, aber bevor sie sie gefunden hatte, ergriff Lilo das Wort und fing wieder von der alten Kosslick von gegenüber an und von Hilde, die immer frecher wurde, und dass Gerd hoffentlich nicht so aufmüpfig würde wie seine ältere Schwester.

Sie redete und redete und Käthe nickte und warf dann und wann kurze Kommentare zwischen ihre Sätze. Was du nicht sagst, das ist ja wohl ein starkes Stück, also, so was, aus Kindern werden Leute. Hambach zog manchmal die Augenbrauen hoch, ansonsten beteiligte er sich nicht an der Unterhaltung, aber Käthe spürte deutlich, dass er nur darauf wartete, dass sie endlich wieder ging und er seine Zeitung aufnehmen und weiterlesen konnte. Und Lilo spürte es auch und wusste, dass Käthe es spürte, und das war ihr so peinlich, dass sie immer schneller und lauter sprach.

Das ist ja ganz unerträglich, dachte Käthe. Wäre ich bloß nicht gekommen.

Aber dann dachte sie wieder an Elsas entzündete Scheide, und dass sie nicht zu ihrem Vergnügen hier war.

Aber wegen Lilos hektischem Geplauder konnte sie keinen klaren Gedanken fassen und entfernte sich innerlich immer weiter vom eigentlichen Anlass ihres Besuchs.

»Also«, sagte Doktor Hambach, nachdem Lilo ihre Kinder abgehandelt hatte und zu den ehemaligen Kolleginnen aus dem Evangelischen Krankenhaus übergegangen war. Zu den meisten hatte sie keinen Kontakt mehr, aber Schwester Nora hatte sich verlobt, verheiratet und vier Kinder bekommen, und Schwester Hildegard war bei einem Bombenangriff ums Leben gekommen, und Schwester Resi, Elfriede und Thekla waren aufs Land gezogen, Thüringen, Halle, Leipzig, irgendwo da, auf jeden Fall in die russische Besatzungszone.

»Also«, sagte Doktor Hambach. »Ich glaube nicht, dass Schwester Käthe sich dafür interessiert, was aus den alten Schachteln geworden ist.«

»Natürlich interessiert mich das«, widersprach Käthe und lachte verlegen, weil das eine glatte Lüge war.

»Aber mich interessiert es nicht«, sagte Hambach. »Im Gegenteil sogar. Es langweilt mich fürchterlich.«

»Hambach!«, rief Lilo und stand auf. »Wie kannst du es wagen …«

Den Rest des Satzes schluckte sie hinunter, zusammen mit den Tränen, die ihr plötzlich in den Augen standen. Sie schluckte eine ganze Weile lang, da immer neue Tränen nachkamen, und Käthe schluckte auch.

»Du liebe Zeit«, sagte sie. »Das wollte ich nicht, ganz bestimmt nicht. Bitte, setz dich wieder, Lilo.«

Aber Lilo blieb stehen und starrte hasserfüllt auf ihren Mann, der den Blick nicht von seinen zitternden Händen hob, und dann entschloss sich Käthe von einer Sekunde auf die andere, nicht mehr länger um den heißen Brei herumzureden, sondern direkt zur Sache zu kommen. Schlimmer als die Situation war, konnte sie nicht mehr werden.

»Ich bin wegen einer Patientin hier«, sagte sie. »Ich habe

sie vor ein paar Jahren entbunden, und nun ist sie gestern bei mir aufgetaucht, weil sie Hilfe braucht. Sie war bei einer Engelmacherin, die einen Abort bei ihr vorgenommen hat und es verpfuscht hat. Die arme Frau ist übel zugerichtet, die Gebärmutter ist verletzt und eitert stark.«

»Sie muss in ein Krankenhaus«, sagte Hambach. »Haben Sie ihr das nicht gesagt?«

»Natürlich«, sagte Käthe. »Aber sie will nicht. Sie schämt sich. Lieber stirbt sie, als dass sie sich einem Arzt anvertraut.«

»Was erwarten Sie von mir?«, fragte Hambach. »Wie soll ich ihr helfen? Ich kann sie ja schlecht aus der Ferne heilen. Und außerdem – mit diesen Fingern ist gar nichts mehr anzufangen.«

Zum Beweis hob er seine Hände aus dem Schoß, die zitterten und zappelten und wackelten und unsichtbare Fliegen verscheuchten.

»Da läuft gar nichts mehr.« Doktor Hambach lachte spöttisch und schob die Hände dann wieder unter die Decke, wo sie noch eine Weile weiterzappelten, bis sie endlich zur Ruhe kamen.

»Sie müssen die Patientin ja gar nicht untersuchen«, sagte Käthe. »Vielleicht kennen Sie ein Mittel, das die Entzündung beruhigt oder eindämmt.«

»Ich kann Ihnen ein Rezept schreiben, aber was wollen Sie damit anfangen?«, fragte Hambach. »In welcher Apotheke wollen Sie es einlösen? Es gibt doch nichts mehr in dieser verdammten Stadt, in diesem verdammten Land.«

»Haben Sie keine Idee, wie ich ihr vielleicht helfen könnte?«, fragte Käthe und bemühte sich, ruhig zu bleiben, auch wenn es ihr schwerfiel. Er bedauert sich selbst, dachte sie. Er glaubt, dass er das Leid der ganzen Welt auf seinen Schultern trägt oder vielmehr in seinen verdammten Händen. Seine Frau und seine Kinder nimmt er gar nicht mehr zur Kenntnis. In seiner Welt ist nur Raum für sein eigenes Elend.

»Tut mir leid«, sagte der Doktor. »Ich kann Ihnen nicht helfen. Und ich möchte jetzt …«

»Gut«, unterbrach ihn Käthe und stand auf. »Ich gehe ja schon. Entschuldigen Sie die Störung.«

»Penicillin«, sagte Hambach, als sie schon an der Tür war. »Das ist das neue Zaubermittel, das könnte sie retten.«

»Penicillin?«, fragte Käthe.

»Ein Engländer hat das Mittel entdeckt, man hat ihm gerade in Schweden den Nobelpreis dafür verliehen. Es wurde bei Kriegsverletzungen und gegen den Wundbrand sehr erfolgreich eingesetzt. Penicillin wird injiziert, aber es ist sehr teuer und kaum zu bekommen. Für Deutsche ein Ding der Unmöglichkeit. Es sei denn, man hat einen Draht zu den Besatzern.«

»Und sonst?«, fragte Käthe.

»Was hat die Frau denn genau? Wenn es nur ein Abszess in der Gebärmutter ist, hat sie noch gewisse Überlebenschancen. Sie müssen den Eiter absaugen. Danach eine Spülung mit Desinfektionsmitteln, einige Kollegen schwören auf Silberlösungen, aber auch die sind heutzutage schwer zu bekommen. Wenn die Keime bereits in die Blutbahn übergegangen sind, ist eine Sepsis nur noch eine Frage der Zeit, dann kommt jegliche Hilfe zu spät und sie ist verloren«, sagte Hambach und schlug seine Zeitung auf und begann zu lesen, als ob die Angelegenheit erledigt wäre, als ob Käthe den Raum bereits verlassen hätte. Seine Hände, die die Zeitung hielten, waren jetzt ganz ruhig

»Danke«, sagte sie. »Auf Wiedersehen.«

Sie hatte den Eindruck, dass er kurz nickte, aber vielleicht täuschte sie sich auch.

»Er benimmt sich unmöglich«, sagte Lilo. »Es tut mir leid.«

Sie hatte Käthe in die Küche gezogen und nun standen sie neben einem Spülstein, in dem sich schmutziges Geschirr türmte. Auf dem Tisch: vier benutzte Gedecke, Tassen, ein Topf Kunsthonig, ein Wasserkrug. Käthe stellte sich vor, wie die Hambachs zusammen aßen. Der Vater schweigend, Mutter und Tochter stritten sich, und der Sohn hörte zu oder stritt ebenfalls.

»Wo ist Gerd eigentlich?«, fragte sie.

Lilo zuckte mit den Schultern. »Er treibt sich irgendwo herum«, sagte sie. »Die Jungen machen sich einen Spaß daraus, Kartoffeln oder Kohlen zu klauen. Sie steigen in Schrebergärten ein oder klettern auf Züge und raffen zusammen, was sie tragen können. Es ist kriminell und viel zu gefährlich. Ich sollte ihm die Ohren lang ziehen, aber ohne das Diebesgut wären wir vermutlich längst verhungert oder erfroren. Irgendwann …«, begann sie und brach den Satz dann einfach ab, als hätte sie bereits genug gesagt.

Käthe seufzte. »Ach Lilo, du tust, was du kannst.«

»Ich tue, was ich kann, aber das ist nicht genug«, sagte Lilo. »Die Kinder entgleiten mir. Und Hambach … du hast ja mitbekommen, wie es um ihn steht. Er ist verstört, er ist wie verwandelt.«

Käthe nickte und dachte an Wolf, der im Gegensatz zu Hambach bei den Russen war, die ihre Kriegsgefangenen schlimmer als Tiere behandelten. Sagte man. Aber vielleicht war es ja übertrieben, so wie auch die Geschichten übertrieben gewesen waren, die man sich über die Amerikaner und Engländer erzählt hatte, die sich ja nun alles in allem sehr human verhielten.

Wenn Wolf zurückkäme und so zynisch, verbittert und hasserfüllt wie Hambach wäre, dachte Käthe, wenn er sie und sich selbst verachtete und beschimpfte, was dann? Vielleicht wäre es in diesem Fall ja besser …, dachte sie, begann sie zu denken, aber dann erschrak sie darüber, dass ihr so etwas überhaupt in den Kopf kommen konnte.

»Diese Frau«, sagte Lilo langsam. »Von der du gerade erzählt hast.«

»Was ist mit ihr?«, fragte Käthe.

»Schlimm«, sagte Lilo. »Eine Bekannte von mir hat mir von einer erzählt, die nach einer Abtreibung gestorben ist.«

Käthe fragte sich, worauf Lilo hinauswollte.

»Es ist so unnötig«, fuhr Lilo fort. »Ich meine, du als Hebamme könntest ihnen doch helfen. Bei dir könnte man sicher sein, dass der Eingriff ordentlich gemacht wird und alles gut verläuft.«

Sie schwieg einen Moment, und Käthe schwieg auch und überlegte erschrocken, ob Lilo etwas wusste. Aber woher sollte sie etwas wissen? Das war ja ganz unmöglich.

»Und Bedarf gibt es genug, in diesen Zeiten«, sagte Lilo.

»Ich verstehe nicht«, sagte Käthe kühl.

Lilo zuckte mit den Schultern. »Ich meine ja nur«, sagte sie.

»Ich mache mich dann lieber mal auf den Heimweg«, sagte Käthe. »Inzwischen ist es dunkel und …«

»Ich kenne einen englischen Offizier, einen Sergeant«, unterbrach Lilo sie. »Vielleicht kann er dieses Mittel besorgen, von dem Hambach gesprochen hat.«

»Penicillin«, sagte Käthe.

»Oder zumindest Desinfektionsmittel. Dann könnte man eine Spülung vornehmen.«

»Das wäre gut«, sagte Käthe. Und gleichzeitig fragte sie sich: Was willst du dafür? Warum willst du mir helfen?

»Es wäre vermutlich nicht ganz billig«, sagte Lilo.

»Die Frau hat einen Goldring«, sagte Käthe und zog ihn aus der Tasche. »Den würde sie ihm dafür lassen. Mehr ist allerdings nicht zu holen.«

Lilo las die Gravur auf der Innenseite des Rings.

E ∞ JB 1928

»Ein Ehering«, sagte sie traurig, und Käthe nickte.

»Na ja«, meinte Lilo dann. »Was nützt ihr der Ring auch, wenn sie tot ist.«

Was vorbei ist, ist vorbei.

Was für ein dummer, banaler Satz, dachte Hambach.

Und so falsch.

Alles, was einmal geschehen war, trieb Wurzeln, und dann

wuchs es aus dem Boden der Vergangenheit in die Gegenwart hinein. Ein Keimblatt, ein Stängel, Triebe, Zweige, Äste, Blätter und ein Stamm. Was einmal geschehen war, das war nicht mehr aus der Welt zu schaffen.

Er hatte die Vergangenheit vergraben, an einem fernen Ort tief unter der Stadt.

Und wenn später seine Enkel kommen und nachfragen würden, dann würde er antworten: Das waren andere Zeiten. Das könnt ihr euch gar nicht vorstellen, was wir damals durchgemacht haben, unter welchem Druck wir standen. Das kann ich mir selbst nicht mehr vorstellen. Wenn ihr wüsstet, würde er sagen.

Seine Enkel würden nicken. Das wollen wir gar nicht so genau wissen, würden sie sagen, das ist zum Glück lange vorbei.

Aber da wäre einer, der würde nicht nicken. Der würde vielleicht den Spaten holen und graben und sich nicht entmutigen lassen. Der würde auf die Leichen stoßen und wüsste Bescheid. Der da ist schuld, der hat das Blut ja noch an den Händen, würde er schreien. Es ist nichts so fein gesponnen, es kommt doch an die Sonnen, würde er schreien. Mörder! Heuchler!

Und was könnte Hambach ihm entgegnen?

Was weißt denn du! Du hast nicht in meiner Haut gesteckt, dich haben sie nicht bedroht. Dir wollten sie nicht an den Kragen. Du bist in Sicherheit und zeigst mit dem Finger auf mich und verstehst nichts.

Das könnte er antworten. Und seinen Enkel darauf hinweisen, dass man die Totenruhe besser nicht stört. Denn wenn man grub, zu tief grub, dann kam alles in Bewegung und stürzte ein. Das konnte doch keiner wollen.

Lass die Vergangenheit in Ruhe und mich auch, sagte Hambach zu seinem Enkel, der noch nicht geboren war.

Aber der Enkel mit dem Spaten, der Enkel, der es wissen wollte, würde nicht so leicht einlenken. Ich lasse dich nicht in Ruhe, würde er sagen. Ich will, dass alles in Bewegung kommt und die Schuldigen hinter Gitter. Und wenn du schuldig bist, musst du dafür geradestehen und alle anderen auch.

Die anderen, denen sie jetzt in Nürnberg den Prozess machten. Die Aufseher, die Richter und Staatsanwälte, die Parteioberen und die Parteiunteren. Vor allem die.

Aber ich bin nicht wie diese, mit diesen Verbrechern habe ich nichts gemein, dachte Hambach. Sie haben Menschenversuche gemacht, sie haben Gefangene gequält, sie haben Unschuldige an die Wand gestellt und erschossen.

Sie haben die gleiche Ausrede wie du, entgegnete der Enkel mit dem Spaten ungerührt, mitleidslos. Sie sagen, dass man sie unter Druck gesetzt hat. Sie jammern, dass sie keine Wahl gehabt hätten.

Ruhe, schrie Hambach in Gedanken. Ich will endlich Ruhe, kannst du nicht still sein? Kannst du deinen Großvater nicht mit ein bisschen Respekt behandeln?

Er haderte und rechtete mit seinem Enkel, der noch nicht einmal geboren war, und während er sich verteidigte, keimte die Vergangenheit in der Dunkelheit und brach der Trieb durch die Decke des Bunkers und wuchs ans Licht.

V

So geht es nicht mehr weiter, dachte Lilo.

Das sah doch ein Blinder mit dem Krückstock, dass das keinen Sinn mehr hatte. Ihr Mann war nicht mehr der, der er früher gewesen war, und er würde auch niemals mehr so werden. Er war kriegsversehrt, an Leib und Seele. Lilo musste jetzt die Familie ernähren und zusammenhalten, und das schaffte sie nicht, indem sie Steine schleppte.

Sie hätte wieder als Krankenschwester arbeiten können, im Evangelischen Krankenhaus hätten sie sie mit Kusshand genommen und in jedem anderen Hospital auch. Aber als Krankenschwester wäre sie Tag und Nacht im Einsatz, und von dem wenigen Geld, das sie dort verdiente, konnten sie sich nichts kaufen.

Nein danke, das konnte sie sich nicht leisten.

Sie brauchte eine Arbeit, die etwas abwarf. Lebensmittel, Kleidung, Kohle, Möbel, Geld für die Miete. Und was man sonst noch zum Leben brauchte.

Und da war Käthe aufgetaucht. Und Käthe, das merkte Lilo sofort, Käthe hatte etwas, das Lilo nicht hatte.

Käthe war satt.

Man sah es in ihren Augen. Käthes Augen suchten nicht nervös die Gegend ab, während sie sich mit einem unterhielt. Sie glänzten auch nicht krankhaft wie die Augen der Leute, die sich selbst bereits aufgegeben hatten.

Ihr Blick war ruhig. Ein bisschen stumpf. Aber ruhig.

Sie hatte sich nicht nur satt gegessen, sie hatte auch die Gewissheit, dass sie wieder etwas zu essen bekäme, wenn der Hunger zurückkehrte. Sie war wie ein Tier im Zoo, resigniert, aber ganz sicher, dass die Fütterungen zur festgesetzten Zeit erfolgen würden, dass sie sich gar nicht erst auf die Suche nach Nahrung machen musste.

Das alles sah Lilo in Käthes Augen. Und dass Käthe ein schlechtes Gewissen hatte, sah sie auch.

Und als Käthe dann von der misslungenen Abtreibung anfing, da wusste Lilo Bescheid. Da kannte sie Käthes Geheimnis.

Und mit einem Mal hatte sie zwei Fäden in der Hand. Der eine Faden war Käthe, der andere Sergeant Samuel Winston. Wenn man die beiden Fäden zusammenbrachte und miteinander verknüpfte, dachte Lilo, dann bildete sich mit etwas Glück ein Netz, das Lilo und ihre ganze Familie tragen würde.

Und sie beschloss, dass sie diese Chance nutzen würde.

Sie hatte Sergeant Samuel Winston beim Tanztee im Parkhotel kennengelernt.

Lilo gehörte natürlich nicht zu den geladenen Gästen, dazu musste man Einfluss und Beziehungen haben, und die fehlten ihr. Sie hatte über eine Bekannte eine Stelle als Aushilfskellnerin ergattert. Die Bezahlung war erbärmlich, aber Lilo hatte darauf spekuliert, dass man den Bedienungen anschließend den übrig gebliebenen Kuchen und das Gebäck mit nach Hause geben würde, doch so war es nicht.

Es blieb nämlich nichts übrig. Die geladenen Doktoren, Professoren, Künstler und Fabrikbesitzer, ihre Gattinnen oder Mätressen steckten alles ein, was sie nicht an Ort und Stelle verzehren konnten. Die Teller, Tassen und Tabletts, die nach dem Tee wieder zurück in die Küche getragen wurden, waren so leer geputzt, dass man sich das Spülen eigentlich hätte sparen können.

»Frau Doktor Schmittbauer hat sich ein Stück Sahnetorte in die Handtasche gestopft«, sagte Elli, der Lilo die Aushilfsstelle verdankte. »Ich hab's genau gesehen. Dabei ist die doch wirklich fett genug.«

»Die kriegen den Hals nicht voll«, sagte Ursula neidisch. »Und an uns denkt keiner.«

Das stimmte zwar in ihrem Fall, aber nicht bei Lilo. Denn Sergeant Samuel Winston – Warrant Officer zweiten Grades –, der ebenfalls an dem Tanztee im Parkhotel teilnahm, dachte sehr wohl an Lilo, und zwar äußerst wohlwollend. Obwohl sie im Vergleich zu früher dürr und ausgehungert war und kein Vater in der Säuglingsabteilung ihretwegen noch kollabiert wäre, fand der Sergeant sie offenbar doch so ansprechend, dass er ihr eine Nussecke schenkte, die er in eine Serviette wickelte und in ihre Schürzentasche steckte.

»Ich darf das nicht annehmen«, sagte Lilo nervös. »Not allowed«, sagte sie.

»Yes it is«, sagte der Sergeant. »Of course it is.« Und stand sofort auf und rannte zum Hoteldirektor und ließ es sich schriftlich geben, dass Lilo die Nussecke behalten dürfte, mit Unterschrift und Stempel des Hotels.

Und nach dem Tanztee wartete er vor dem Dienstbotenausgang, bis Lilo mit dem Spülen fertig war, und lud sie in einen Jazzclub ein.

»Good music«, sagte er. »Such fun. You'll love it.«

»But my husband loves it not«, sagte Lilo. »Sorry.«

Was glaubst du eigentlich?, dachte sie dabei. Dass ich für eine Nussecke zu haben bin? Du spinnst wohl. Schau dich doch bloß einmal an.

Sergeant Samuel Winston zeichnete sich wirklich nicht durch Schönheit aus. Er hatte ein langes, trauriges Gesicht, unreine Haut und hellrotes Haar. Seine Ohren waren riesig und unter seinen Augen hingen dicke Tränensäcke, obwohl er nicht viel älter als Lilo war. Vielleicht sogar jünger.

»Never mind«, sagte Winston. Er brachte Lilo sogar in seinem Militärfahrzeug nach Hause, obwohl sie auch das zuerst nicht akzeptieren wollte.

»Not allowed. You are in trouble when people see us.«

Fräulein Not-allowed nannte er sie daraufhin, obwohl sie doch gar kein Fräulein mehr war.

Und gab ihr eine Karte mit der Adresse seiner Unterkunft in Oberkassel und seine Telefonnummer.

»Just in case«, sagte er.

Just in case. Als ob er es geahnt hätte. Denn zwei Wochen später bekam Hilde hohes Fieber und Husten.

Lilo machte Wadenwickel und kochte Lindenblütentee und rieb ihr die Brust mit Zwiebelsaft ein, alles ohne Wirkung. Das Fieber stieg immer weiter, Hilde wurde apathischer und Lilo panischer.

»Das Fieber muss gesenkt werden«, sagte Hambach. »Wir brauchen Phenacetin. Oder Metamizol.«

»Oder ein Wunder«, gab Lilo gereizt zurück. »Das ist zumindest ein realistischer Wunsch.«

Hambach rang seine zitternden Hände und ging aus dem Zimmer.

Und Lilo ging in sich. Sie hatte ihren Mann immer geliebt und jetzt liebte sie den kläglichen, zitternden Rest, den der Krieg von ihm übrig gelassen hatte, und hielt sich mit einer großen Verzweiflung und einer immer kleiner werdenden Hoffnung an dieser Liebe fest. Aber davon konnten sie sich beide nichts kaufen, keine Nussecken und schon gar keine Medizin für Hilde.

Manchmal muss man eben hart sein, dachte Lilo.

Dann ging sie zum Fernmeldeamt, um Samuel Winston anzurufen, aber als sie den Hörer bereits in der Hand hatte, hängte sie ihn wieder ein, rannte nach Hause und zog ihren engen Rock an und die Bluse, die sich Hilde aus Fallschirmseide genäht hatte. Dann ließ sie sich von Gerd Nähte auf die Beine malen, vom Oberschenkel bis zum Knöchel. Und schminkte sich die Lippen.

»Was hast du denn vor?«, fragte Gerd neugierig. »Willst du etwa tanzen gehen? Hilde geht es heute noch schlechter als gestern.«

Sie ging zu Fuß nach Oberkassel, zu den Villen am Rheinufer, die aussahen, als hätte der Krieg nie stattgefunden. Die Besitzer waren allerdings enteignet worden. Diejenigen, die nicht aufs Land geflohen waren, hatte man in die ehemaligen Dienstbotenkammern unter dem Dach umquartiert. Da saßen nun die einstigen Generaldirektoren und Fabrikanten mit ihren Frauen und froren und ärgerten sich, dass sie die Wände nicht isoliert und die Dächer nicht abgedichtet hatten.

In den riesigen Wohnungen mit den Stuckdecken und Kristalllüstern wohnten dagegen die britischen Besatzer. Je herrschaftlicher die Villa, desto höher der Rang. Sergeant Samuel Winston war ganz am Ende des Kaiser-Wilhelm-Rings in einem schmalen Haus untergebracht, dessen Fassade deutliche Spuren von Bombenschäden aufwies.

Sei's drum, dachte Lilo und ließ dem Officer vom Portier ausrichten, dass sie da sei und ihn erwartete.

Winston kam sofort herunter und war einerseits erfreut und andererseits peinlich berührt, weil sie ihn einfach so besuchte, wo ihm doch als Angehörigem der Britischen Armee der Kontakt zu Deutschen generell untersagt war und zu deutschen Frauen erst recht.

»Kennen Sie die Pension Guckner auf der Luegallee?«, fragte Lilo auf Deutsch. »Nummer 19, near the new bridge. Ich warte vor dem Eingang auf Sie.«

Dann drehte sie sich um und stolzierte davon. Und obgleich der Officer fast kein Deutsch verstand, hatte er die Botschaft begriffen, denn er ließ Lilo keine zehn Minuten warten, bis er auftauchte. Sie hatte damit gerechnet, dass er sofort ein Zimmer in der Pension anmieten würde, aber er ging mit ihr in ein Café, wo ihnen die Bedienung einen Platz im Hinterzimmer anwies.

»What's the matter?«, fragte Winston. Und Lilo erklärte es ihm und machte deutlich, dass sie zu jeder, wirklich jeder Gegenleistung bereit wäre, wenn er Medizin für ihre Tochter besorgen würde.

Da winkte er dem Kellner, bezahlte den Kaffee und verschwand, und eine halbe Stunde später kam er mit den Tabletten und einer Flasche Hustensaft wieder.

»And now?«, fragte Lilo.

»You give it to her. It will make her feel better.«

»Was verlangen Sie dafür?«, fragte Lilo und merkte, wie ihr linkes Auge nervös zu zucken begann. Es war, als blinzelte sie Winston zu, dabei war ihr wirklich nicht nach Blinzeln zumute.

»What?«, fragte er. »O no«, rief er dann bestürzt. »Nothing. It's alright. Don't worry.«

Machen Sie sich keine Sorgen, hieß das, so viel verstand Lilo immerhin, aber das konnte ja wohl nicht wahr sein. Nichts im Leben war ohne Gegenleistung, wenn einem einer etwas gab, wollte er auch etwas dafür. Und Winston bildete da keine Ausnahme, denn er zögerte nur einen kurzen Moment, dann fuhr er fort:

»Well. There is something you could do.«

Lilo nickte und unterdrückte ein Seufzen.

»You can teach me German«, sagte Winston.

»What?«, fragte Lilo.

Teach me German. War das eine versteckte Anzüglichkeit, die sie nicht verstand? Was wollte ein Engländer heutzutage mit Deutsch anfangen? Es war verschwendete Liebesmüh, diese Sprache zu lernen. Das Land war am Boden, die Kultur am Ende.

»Why you want learn German?«, radebrechte sie.

»Für zu verstehen besser die Land«, sagte Winston. »Und die Volk. Okay?«

Lilo überlegte kurz. »Okay«, sagte sie dann. Sie hatte schließlich nichts zu verlieren.

Seitdem traf sie sich jeden Sonntagnachmittag mit ihm im Hinterzimmer des Cafés. Sie brachte Gerds alte Deutschfibel mit. Auf dem Umschlag waren ein kleiner pausbäckiger Junge und ein blond bezopftes Mädchen zu sehen, die Schulranzen auf den Rücken, die rechten Arme schräg nach oben gestreckt. »Heil Hitler«, sagte Winston und lachte, als wäre es ein Witz.

Dann ließ er sich von Lilo die Geschichten und Gedichte vorlesen und notierte unbekannte Wörter fein säuberlich in ein Vokabelheft, um sie später auswendig zu lernen.

»ABC, die Katze lief im Schnee«, las Lilo.

Katze – cat, schrieb Winston auf.

Laufen, lief – run, ran

Schnee – snow.

Lilo blätterte um.

»There was another one«, sagte Winston.

»Das lassen wir aus.«

»Why? I want to hear it.«

»No«, sagte Lilo.

»Yes«, beharrte Winston.

Also bitte schön, wenn er unbedingt darauf bestand:

Jo chen möch te so gerne zum Jung volk, aber er ist noch zu jung. Im Ja nuar wird er zehn Jahre alt. Juch he! Zu Weih nach ten wünscht er sich al les, was ein Jung volk pimpf braucht.

»What's Jungvolk?«, fragte Winston und hatte das Wort schon in sein Heft geschrieben. »What's pimpf?

»Not more important«, sagte Lilo. »Vergessen Sie's.«

Nach den Deutschstunden erzählte Winston ihr von seinem Leben in England, von seiner Verlobten Mary und dass ihre Eltern ihn nicht mochten, weil er schon vierzig war und Mary erst neunundzwanzig.

Und dass er Mary trotzdem heiraten wollte.

»Because she's the love of my life«, sagte Winston feierlich.

Lilo lag eine spöttische Antwort auf der Zunge, aber sie schluckte sie hinunter. The love of my life. Zwischen Winston und Mary lagen Hunderte von Kilometern. Er lebte sein Leben, sie lebte ihres, und dazwischen lag der Ärmelkanal. Das machte die Liebe so romantisch. Und so bequem.

Aber von der wirklichen Liebe hatte Winston keinen blassen Schimmer. Er wusste nicht, wie es war, wenn man zusehen musste, wie die Liebe des Lebens mit zitternden Bewegungen davonflatterte. Und wie man sie immer wieder einfing und irgendwo einsperrte, an immer entlegenere Orte. Aber sie fand doch wieder einen Ausweg und entschwand, und irgendwann würde man sie nicht mehr zu fassen bekommen, dann war sie weg.

Winston blickte verträumt ins Leere und rührte in seiner Kaffeetasse.

»Haben Sie ein Foto von ihr?«, fragte Lilo.

Er zuckte zusammen. Ja, sicher hatte er das. Er holte seine Brieftasche heraus und zeigte es ihr. Mary hatte ein rundes Pfannkuchengesicht und zusammengewachsene Augenbrauen. Keine Schönheit, was er wohl an ihr fand?

»Warum heiraten Sie sie nicht gleich?«, fragte sie Winston. »Wenn Sie doch beide so verrückt nacheinander sind.«

»In einem Jahr gehe ich zurück«, erklärte Winston. »Dann habe ich genug Geld verdient. Dann wird geheiratet.«

Ein Jahr hat zweiundfünfzig Wochen, rechnete Lilo. Das bedeutet zweiundfünfzig Mal Kaffee und Kuchen und Lebensmittel. Wenn alles gutgeht.

Denn Winston zahlte gut für die Deutschstunden, da gab es nichts zu meckern. Nach dem Unterricht schenkte er Lilo immer einen Beutel weiße Brötchen oder schwarzen Tee oder Jelly Beans. Und den Kaffee, den sie während der Stunde tranken, bezahlte er auch. Den Kaffee trank Lilo sofort, alles andere nahm sie mit nach Hause und teilte es auf: ein Drittel für Hambach, ein Drittel für Hilde, ein Drittel für Gerd.

Alle drei griffen begierig zu und verschlangen ihren Anteil und fragten niemals, nicht ein einziges Mal, was Lilo am Sonntagnachmittag machte und mit wem sie sich traf.

Fragen brachten nur Probleme, das hatten sie alle in den letzten Jahren gelernt. Es war ratsamer zu schweigen und zu schlucken.

Auch Lilo fragte nur sich selbst und niemals Winston, warum er ausgerechnet sie ausgesucht hatte, um ihm Deutsch beizubringen. Und was er wirklich von ihr wollte.

Er unternahm keinerlei Annäherungsversuche. Einmal hatte er Lilo gefragt, ob sie ihn abends in den Jazzclub begleiten würde, aber da schob sie sofort wieder Hambach vor. »Meinem Mann würde das nicht gefallen«, sagte sie.

Er nickte, bevor sie den Satz zu Ende gebracht hatte. Dabei hätte es Hambach aller Wahrscheinlichkeit nach nicht einmal mitbekommen, wenn Lilo abends das Haus verlassen hätte. Er zog sich ja immer gleich nach dem Abendessen ins Schlafzimmer zurück.

Winstons Deutsch wurde immer besser, er verstand jetzt schon die längeren Texte auf den hinteren Seiten der Fibel.

Sol da ten! Sol da ten! Schnell her bei! Sie sind schon da! Schul ter an Schul ter mar schie ren sie in glei chem Schritt und Tritt. So möchte ich auch ein mal mar schie ren. Doch ich ge he ja noch zur Schu le. A ber wenn ich äl ter bin, ge he ich auch zu den Sol da ten, las er.

Und dann schrieb er sich die Wörter Soldat, Schulter und marschieren auf.

Alt, älter, am ältesten, schrieb er. Old, older, the oldest.

»Ich muss dringend ein neues Buch besorgen«, sagte Lilo. »Diese Fibel ist ja unerträglich.«

»Why?«, fragte Winston. »It's funny. Der Junge will Soldat werden.«

Lustig fand er das. Vor einem knappen Jahr war er noch mit Panzern, Bomben und Handgranaten auf die kleinen Hitlerjungen losgegangen, und jetzt fand er es lustig.

Am Morgen nach Käthes Besuch meldete Lilo sich krank. »Eine hartnäckige Grippe«, erklärte sie der Kollegin, die morgens immer bei Hambachs vorbeikam, um Lilo zur Arbeit abzuholen. »Wahrscheinlich kann ich erst nach Weihnachten wieder zur Arbeit.«

Und als die Kollegin weg war, ging Lilo zum Fernmeldeamt und rief Winston an.

»Ich muss mit Ihnen sprechen«, sagte sie, als sie ihn endlich am Apparat hatte. »Wir müssen uns sehen.«

»Aber nicht heute«, sagte Winston. »I'm going home for Christmas.«

»Was?«, schrie Lilo so laut, dass die Frau, die vor der Fernsprechkabine wartete, vor Schreck zusammenzuckte. »Davon haben Sie mir überhaupt nichts gesagt!«

»It was a surprise«, erklärte Winston. »Eine Überraschung. Wonderful, isn't it?«

»Aber vorher müssen Sie mich treffen«, sagte Lilo. »Es geht um Leben und Tod«, fügte sie dramatisch hinzu.

»Also gut«, meinte Winston widerwillig. Mittags ginge es vielleicht noch, vor seiner Unterkunft, aber bitte diskret.

Punkt zwölf Uhr mittags stand Lilo vor seinem Haus am Kaiser-Wilhelm-Ring und wartete. Zuerst diskret an der nächsten Straßenecke, dann vor dem Haus, und als Winston sich immer noch nicht blicken ließ, fragte sie den Portier nach ihm.

»Der Herr Winston ist nicht da«, sagte der Portier.

»Und wann kommt er?«

»Keine Ahnung, woher soll ich das wissen?«, fragte der Portier. »Ich bin ja bloß der Hausmeister. Hier drin dürfen Sie allerdings nicht warten. Deutsche haben keinen Zutritt. Es sei denn, Sie haben eine Sondererlaubnis.«

Also setzte sich Lilo auf einen Poller gegenüber dem Eingang. Hinter ihr floss der Rhein und auf dem Rhein trieben Eisschollen und langsam, aber sicher gefroren ihre Füße ebenfalls zu Eisschollen. Also stand sie auf, stampfte auf und ab, schlug ihre Hände gegen die Oberarme, blies in ihre Fäuste und verfluchte Winston und sich selbst und Käthe, die eigentlich keine Schuld traf, aber egal. Winston saß bestimmt schon im Flugzeug nach England oder bestieg gerade die Fähre.

Wie lange sie wohl schon hier auf und ab ging? Eine Viertelstunde oder eine halbe oder mehr? Wegen Winston war sie nicht zur Arbeit gegangen und würde auch nicht bezahlt werden, und die Schwerarbeiterzulage könnte sie auch vergessen.

»Verdammt«, murmelte Lilo und wollte abhauen, da bog sein Wagen um die Ecke.

»Endlich!«, rief Lilo. »Ich warte schon seit einer halben Ewigkeit.«

»Sorry«, sagte Winston. »Ich wurde aufgehalten.« Sein Blick glitt nervös von Lilo zu seinem Fahrer, zu dem Portier und wieder zurück zu Lilo.

»Sie müssen mir unbedingt etwas besorgen«, sagte Lilo. »Eine Medizin.«

»Impossible«, unterbrach Winston sie. »Ich habe keine Zeit. Der Transport geht in einer halben Stunde, da muss ich mit. Wenn ich wiederkomme, dann …«

»Was?«, schrie Lilo. »Wenn Sie wiederkommen, ist alles zu spät! Und überhaupt: Ich warte seit einer verdammten Stunde auf Sie, und nun sagen Sie mir, dass Sie keine Zeit haben?«

Es war ein Fehler, ihn anzuschreien, das merkte sie sofort, denn er trat einen Schritt zurück und machte ein Gesicht, als ob sie ihm auf die blank gewichsten Stiefel gespuckt hätte.

Ich muss schnell einlenken, dachte Lilo. Mich entschuldigen, ihn anlächeln. Aber ihr Gesicht war eingefroren, das Lächeln verrutschte zur Fratze, und Winston wirkte noch befremdeter.

Seine Augen wanderten zu seinem Wagen, als ob er flüchten wollte. Auf dem Rücksitz lag ein Stapel Päckchen, erkannte Lilo, Päckchen, die in rotes Papier eingewickelt und mit weißen Schleifen verziert waren. Lilo fragte sich, was um alles in der Welt Winston hier in Deutschland besorgt hatte, um es seinen Lieben in England zu schenken, es gab doch nichts. Vielleicht hatte er ein paar verkohlte Ziegelsteine und Glasscherben eingepackt.

Lilo zwang sich, leiser zu sprechen. »Samuel«, sagte sie und nannte ihn zum ersten Mal beim Vornamen. »Ich brauche Hilfe«, flüsterte sie fast und zog dabei den Ring aus der

Tasche. »My good friend, very sick, wir brauchen Penicillin, sonst stirbt sie.«

Winston nahm den Ring entgegen, betrachtete ihn befremdet und gab ihn ihr dann wieder zurück. »Sorry«, sagte er. »Ich muss wirklich los.«

Den seh ich niemals wieder, dachte Lilo. Zweiundfünfzig Tassen Kaffee, der Kuchen, die Leckereien, alles, was er sonst noch für mich hätte tun können. Verflogen, verloren, verspielt.

Winston nickte ihr noch einmal zu und wandte sich dann ab. Er wollte sie wirklich und wahrhaftig einfach so stehen lassen.

»Halt«, sagte sie und verstellte ihm den Weg. »Wenn Sie mir nicht helfen, dann …«

»Was dann?«, fragte Winston.

»Dann gehe ich zur Militärverwaltung«, drohte Lilo. »Sie wissen doch ganz genau, was los ist, wenn rauskommt, dass Sie sich monatelang mit einem deutschen Fräulein getroffen haben. Dann schmeißt man sie aus der Armee. Dann entlässt man Sie unehrenhaft. Dann können Sie Ihre Mary vergessen.«

Offensichtlich hatte Winston inzwischen sehr gut Deutsch gelernt, denn er verstand sie genau, obwohl sie sehr leise und sehr schnell sprach. Er riss die Augen auf und wurde gleichzeitig sehr blass. »What?«, flüsterte er. »You are …«, begann er. Dabei trat er einen Schritt auf sie zu, um sie einzuschüchtern.

»Das wird Ihnen noch leid tun«, sagte er, aber er machte Lilo keine Angst. Sie hatte nämlich nichts zu verlieren und er alles, das war ein gutes Gefühl.

»Ich brauche Penicillin«, erklärte sie mit fester Stimme. »Und ich bin bereit, dafür zu bezahlen. Aber ich brauche es jetzt, heute noch. Sonst ist es zu spät. Sonst ist alles zu spät.«

Er ließ sie eine Stunde im Café warten, dann brachte er ihr eine Ampulle mit dem Medikament, während der Fahrer draußen auf der Straße wartete.

»Für eine Anwendung«, sagte er.

Als sie ihm den Ring gab, wirkte er einen Moment lang, als wollte er ihn ihr ins Gesicht schleudern, aber dann steckte er ihn doch ein. Gold war schließlich Gold, und die Gravur ließ sich entfernen, dann konnte er ihn seiner Mary schenken.

Lilo hatte inzwischen genügend Zeit zum Nachdenken gehabt und hätte sich ohrfeigen können, dass sie Winston so hart angegangen war. Ich blöde Kuh, dachte sie. Warum hab ich ihm nicht erzählt, dass das Mittel für Gerd ist oder meinetwegen auch für Hambach? Eine besorgte Mutter, eine liebende Ehefrau, das hätte er verstanden. Tränen und Verzweiflung hätte er verstanden, aber kein Geschrei und keine Erpressungen. Damit habe ich die Sache gründlich vermasselt. Er war ein Goldesel, und ich jage ihn fort. Ist denn das zu fassen?

»Ich muss mich bei Ihnen entschuldigen«, sagte sie in demütigem Ton, mit niedergeschlagenen Augen. »Ich war von Sinnen vor lauter Angst um meine Freundin, ich habe mich Ihnen gegenüber unmöglich benommen. Bitte, können Sie mir noch einmal vergeben?«

Winston musterte sie mit kaltem Blick. Jetzt war er obenauf, und sie lag am Boden, und das gefiel ihm viel besser als die Situation vorhin.

»I can't understand you«, sagte er und drehte sich um und marschierte aus dem Café, in seinen Wagen, aus diesem Land, zu seiner Mary, die ihn liebte und die er liebte. Diesmal durfte Lilo ihren Kaffee selbst bezahlen.

Merry Christmas, dachte sie, als sie über die Pontonbrücke zurück in die Stadt ging. Vom Himmel fielen nasse Schneeflocken, Gott weinte oder lachte Tränen über Lilo.

Die Brücke dröhnte und vibrierte, wenn ein Militärfahrzeug darüberfuhr, Lilo spürte die Erschütterung in ihrem ganzen Körper. *Dummesding*, machte die Brücke, *dummesdingdummesdingdummesding.*

Winston war immer großzügig und freundlich zu ihr gewesen, er hatte ihre Notlage nie ausgenutzt, er hatte sie gut bezahlt. Er war ein feiner Kerl.

Wenn sie mit Käthe ins Geschäft kommen wollte, hätte sie ihn gut brauchen können, aber das konnte sie jetzt vergessen.

Dummesdingdummesdingdummesding.

Lilo schob die Hände noch tiefer in die Manteltasche. Es war so kalt, sie konnte ihre Finger nicht mehr spüren.

Vielleicht gibt es ja gar kein Geschäft, dachte sie. Vielleicht hat Käthe die Wahrheit gesagt, und es geht wirklich nur um eine Patientin in Not. Eine einmalige Angelegenheit, und den Rest hab ich mir zusammengereimt.

Dann war die ganze Mühe umsonst, dann bin ich für nichts und wieder nichts zu Winston gerannt und hab ihn vertrieben.

Je länger sie darüber nachdachte, desto plausibler erschien ihr der Gedanke. Sie musste stehenbleiben, weil ihr plötzlich ganz schwindlig wurde. Ich hab mir das alles nur eingebildet, dachte sie. Und einen Moment lang war sie versucht, die Ampulle mit dem Penicillin im hohen Bogen über das Brückengeländer in den Rhein zu schleudern.

Aber dann kam von hinten wieder ein Militärlaster, die Ladefläche voller englischer Soldaten, die johlten und pfiffen, als sie Lilo sahen.

Sie ging hastig weiter, den Blick zu Boden gesenkt, als ob sie das Gejohle nicht hörte.

Komm zu mir nach Hause, wenn es dir gelungen ist, etwas zu besorgen, hatte Käthe am Abend zuvor zu Lilo gesagt. Sie hatten aber mit keinem Wort darüber gesprochen, was für Lilo dabei herausspringen würde, wenn sie das Penicillin besorgte.

Vielleicht erwartete Käthe ja, dass sie es aus reiner Nächstenliebe tat.

Nächstenliebe kann ich mir nicht leisten, murmelte Lilo.

Der Laster ratterte an ihr vorbei.

Dummesdingdummesdingdummesding, machte die Brücke.

Natürlich versuchte es Käthe zuerst einmal mit Ausflüchten. Abtreibungen, ich doch nicht, wo denkst du hin. Die Frau war in einer Notlage und hat mich um Hilfe gebeten. Aber Lilo ließ nicht locker, sondern bohrte und bohrte, und als sie am Ende die Ampulle sogar wieder einsteckte und so tat, als wollte sie gehen, da knickte Käthe ein.

Und packte aus.

Drei Abbrüche hatte sie bereits vorgenommen, gestand sie. In der ausgebombten Praxis von Doktor Köpcke.

»Aber das wird nicht mehr vorkommen«, erklärte sie Lilo. »Die Sache mit Elsa hat mir die Augen geöffnet. Sie hätte mir ja auf dem Stuhl verbluten können, und ich wäre völlig machtlos gewesen. Und dann hätte ich sie auf dem Gewissen gehabt.«

»So leicht verblutet man nicht. Und bei einem Abort schon gar nicht«, meinte Lilo kühl.

»Aber die Gebärmutter ist entzündet. Und wenn sich die Bakterien ausbreiten und ins Blut übergehen, dann ist sie verloren«, sagte Käthe. »Das hat dein Mann gestern bestätigt.«

»Ja, aber das wäre doch nicht deine Schuld«, sagte Lilo. »Der andere Quacksalber, der sie vor dir behandelt hat, der hat das zu verantworten.«

Käthe zuckte mit den Schultern. »So etwas kann jedem passieren. Und wenn sie stirbt, nachdem ich sie behandelt habe, fragt keiner mehr, bei wem sie vorher war. Dann bin ich geliefert.«

»Unsinn«, sagte Lilo. »Und außerdem: Willst du den Pfuschern, die ihr Handwerk nicht verstehen und bloß aufs Geld aus sind, etwa das Feld überlassen?«

»Wovon redest du eigentlich?«, fragte Käthe. »Ich verstehe kein Wort.«

»Natürlich verstehst du mich«, sagte Lilo. »Das ist doch wohl nicht so kompliziert. Die Zeiten sind hart, die Leute haben nichts zu essen und kein Dach über dem Kopf und wissen nicht, wie es weitergehen soll. In so einer Situation schafft sich doch keiner Kinder an. Vor allem, wenn sie nicht vom eigenen Mann sind, sondern von einem Besatzungssoldaten oder weiß der Teufel von wem. Die armen Frauen wissen nicht mehr ein noch aus, und in ihrer Verzweiflung rennen sie zu der Engelmacherin, die schon die Nachbarin auf dem Gewissen hat, oder sie greifen zur Stricknadel und versuchen es eigenhändig wegzumachen. So etwas kann man doch nicht unterstützen.«

»Aber …«, begann Käthe, doch Lilo war schneller.

»Du bist Hebamme, du weißt, wie man Kinder auf die Welt bringt, und du weißt auch, wie man verhindert, dass sie auf die Welt kommen. Und ich bin Krankenschwester, ich helfe dir dabei.«

»Das kann doch nicht dein Ernst sein«, sagte Käthe. »Denk doch nur einmal daran, was dein Mann dazu sagen würde.«

»Mein Mann«, meinte Lilo, »sagt schon lange nichts mehr. Er hat jegliches Interesse an der Welt verloren und an mir auch. Ich werde es ihm nicht auf die Nase binden, was wir vorhaben, aber falls er es herauskriegt, wird er es verkraften.«

»Aber ich verkrafte es nicht«, sagte Käthe. »Ich kann es doch nicht zu meinem Beruf machen, Kinder zu ermorden.«

»Denk doch an die Frauen, denen du geholfen hast. Warum hast du es getan?«

»Weil ich es eben getan habe. Aber damit ist jetzt Schluss.«

»Weil du es tun musstest. Und du wirst es wieder tun. Du weißt doch genauso gut wie ich, dass in ein paar Tagen die Nächste vor der Tür steht und dich um Hilfe anfleht, und wenn du sie wegschickst, macht sie es selbst oder geht ins Wasser. Wenn du dich für einen von beiden entscheiden musst, die Mutter oder das Kind, für wen entscheidest du dich dann? Wen rettest du?«

Käthe seufzte. »Ach«, sagte sie dann. »So einfach ist die Sache nicht.«

»Doch«, sagte Lilo. »Genau so ist es und nicht anders.«

»Ich kann auch nicht mehr in diese Praxis«, sagte Käthe.

»Das Haus bricht mir über dem Kopf zusammen. Es ist viel zu gefährlich.«

»Darüber habe ich auch schon nachgedacht«, sagte Lilo. »Und ich weiß schon einen Ausweg.«

VI

»Wir müssen es von Anfang an richtig angehen«, erklärte Lilo, die lange genug im Krankenhaus gearbeitet hatte, um zu wissen, dass eine Operation vor allem eine Frage der perfekten Organisation war. Man brauchte einen Operationstisch, steriles Besteck, Desinfektionsmittel, eine Narkoseschwester und eine Springerin, die dem operierenden Arzt die Instrumente anreichte. Handschuhe, Mundschutz, sterile Kittel und Tücher und Mullbinden.

»Du träumst wohl«, sagte Käthe. »So was gibt es heutzutage nicht mal in den Krankenhäusern und für uns schon gar nicht. Woher willst du denn sterile Instrumente nehmen? Oder eine Narkoseschwester?«

»Die Narkose übernehme ich«, sagte Lilo. »Und ich mache auch die Springerin. Zumindest am Anfang.«

»Am Anfang?« Käthe schnappte nach Luft. »Und dann? Was hast du denn vor?«

»Einiges«, versprach Lilo. »Und mit dem Desinfektionsmittel müssen wir sehen. Man kann es auf dem Schwarzmarkt kaufen, wenn man Dollars hat oder Wertgegenstände. Man kriegt so gut wie alles auf dem Schwarzmarkt«, sagte sie. Oder bei den Engländern, dachte sie und hätte sich wieder dafür ohrfeigen können, dass sie Winston so rüde behandelt hatte.

»Hast du Dollars?«, fragte Käthe. »Ich nicht. Und Wertgegenstände auch nicht.«

»Du sollst ja auch nicht dafür bezahlen«, sagte Lilo. »Die Frauen müssen schon selber dafür aufkommen. Wir sind ja nicht die Heilsarmee.«

»Und wo, bitte schön, willst du die Eingriffe vornehmen?«, fragte Käthe. »Bei euch in der Küche etwa? Die Praxis können wir auf Dauer nicht nutzen. Das wäre viel zu auffällig.«

»Das ist mir klar. Es gibt ein Haus auf der Bilker Allee, da ist der Keller frei.«

»Und da willst du einfach so einziehen?«

»Ich kenne den Hausbesitzer. Herrn Schimanek. Er organisiert Umzüge.«

»Du willst also einfach so zu diesem Schimanek spazieren und ihn bitten, dass wir in seinem Keller eine illegale Praxis eröffnen dürfen?«

»Herr Schimanek ist ein guter Bekannter«, sagte Lilo vage. »Ich werde einmal vorfühlen, wie er zu der Sache steht.«

»Aha«, sagte Käthe. »Und was ist, wenn Herrn Schimanek die Idee nicht gefällt und er lieber zur Militärpolizei rennt, als uns seinen Keller zu vermieten?«

»Das«, sagte Lilo, »würde Schimanek niemals tun. Dafür lege ich meine Hand ins Feuer.«

Lilo kannte Herrn Schimanek erst seit ein paar Monaten.

Ein Zufall hatte sie zusammengeführt – oder vielmehr ein Todesfall, der von Lilos Tante Gudrun nämlich. Nachdem die alte Dame die Nazis, den Krieg und die Bombennächte überstanden hatte, hatte sie sich im Juli 1945 den Finger an einer rostigen Dose aufgerissen und war innerhalb weniger Tage an einer Blutvergiftung gestorben.

Weil Gudrun keine Kinder hatte, war Lilo die Alleinerbin, aber sie erfuhr erst zwei Wochen nach dem Tod ihrer Tante von deren Ableben. Bis zu diesem Zeitpunkt hatten Plünderer und Diebe die Wohnung der Verstorbenen bereits durchsucht und alles mitgenommen, was sich wegtragen ließ. Übrig gelassen hatten sie nur das schwere Küchenbüfett und die alte zerkratzte Badewanne, und diese beiden Stücke wollte Lilo sich keinesfalls entgehen lassen, auch wenn sie keine Ahnung hatte, wie sie sie in ihre Wohnung schaffen sollte.

Hambachs zitternden Händen war das nicht zuzumuten, und für sie und die Kinder waren die Möbel viel zu schwer.

Die Lösung für dieses Problem fand sich auf dem Nachhauseweg – als Schimaneks Lastkraftwagen Lilo überholte. SCHIMANEK – UMZÜGE UND TRANSPORTE war mit weißer Farbe auf die schmutzige Plane geschmiert, die die Ladefläche abdeckte. Lilo rannte dem Wagen hinterher, bis er vor einem zerbombten Haus auf der Bilker Allee zum Stehen kam und ein Mann aus der Fahrerkabine sprang. Ein Mann, der recht groß war, aber klapprig wie ein Skelett und bleich wie der leibhaftige Tod und kahl wie ein Baum im Winter. Das war Schimanek.

Lilo war mehr als skeptisch, ob dieser Mann mit den dürren Armen und den noch dürreren Beinen ihr wirklich helfen konnte. Ob so einer ein Küchenbüfett aus dem dritten Stock hinunter auf die Straße schleppen und in seinen Lastwagen hieven konnte.

Wenn sie nicht ganze zehn Minuten lang hinter dem Wagen hergerannt und außer Atem und nass geschwitzt gewesen wäre, hätte sie einfach wieder kehrtgemacht. Aber so ging sie auf Schimanek zu und fragte ihn, ob er an dem Auftrag interessiert wäre. »Die Sachen sind schwer«, erklärte sie. »Vielleicht haben Sie einen Kollegen oder Kompagnon, der mit anpacken kann.«

»Ich mach alles allein«, sagte Schimanek. »Wann brauchen Sie mich?«

»Am besten sofort«, erklärte Lilo. »Sonst sind die letzten Stücke auch noch weg, wie der Rest der Einrichtung.«

»Bitte einsteigen und Türen schließen«, sagte er.

Und in der Wohnung schraubte er das Ober- und Unterteil des Büfetts auseinander, hängte die Türen aus und trug die Einzelteile mit einer Leichtigkeit nach unten, als wären sie aus Plüsch. Bei der Badewanne musste Lilo mit anpacken, aber nur, weil sie so sperrig war, dass sie sonst nicht durch die Tür gegangen wäre.

In der Corneliusstraße baute er alles in Windeseile wieder zusammen und als Lilo ihm eine Tasse Kaffee-Ersatz anbot, sagte er nicht Nein.

Er streckte die Hand aus, um die Kaffeetasse entgegenzunehmen, und dabei sah Lilo die Nummer auf seinem Unterarm.

»Was haben Sie denn da?«, fragte Lilo.

»151 207«, sagte Herr Schimanek. »Das ist meine Nummer.«

Und als er Lilos verständnislosen Blick sah, erzählte er ihr seine Geschichte.

In seinem ersten Leben war Herr Schimanek Rheinmetaller gewesen. Wie schon sein Großvater und sein Vater vor ihm hatte er nach der Schule eine Lehre zum Stahlarbeiter gemacht. Aber er hatte nicht lange am Förderband gestanden. Weil er weder auf den Kopf noch auf den Mund gefallen war, hatte man ihm schon nach zwei Jahren eine Stelle im Büro angeboten, und nach kurzer Zeit hatte er eine eigene Sekretärin und ein großes Büro mit Panoramafenster und ein Haus am Rheinufer und eine schöne blonde Frau.

Als die Nazis an die Macht kamen, war er zweiunddreißig Jahre alt und hatte noch viel vor. Aber die Nazis hatten noch viel mehr vor. Und weil sie bald mehr über Schimanek wussten, als Schimanek über sich selbst wusste, bereiteten sie seinen hochfliegenden Plänen ein Ende, holten ihn zurück auf den Boden der Tatsachen und stießen ihn mit dem Kopf voran in den Dreck, und zwar so tief, dass er darin steckenblieb.

Das Wissen der Nazis über Herrn Schimanek kam nicht von ungefähr. Es kam von Herrn Blasius, der ebenfalls bei Rheinmetall arbeitete, allerdings in einem Büro ohne Panoramafenster. Herr Blasius hatte sich die Mühe gemacht, Schimaneks Leben unter die Lupe zu nehmen, und hatte sich auch nicht gescheut, einen ausführlichen Brief zu verfassen, auf eigene Kosten ins Polnische übersetzen zu lassen und an den Bürgermeister zu schicken, aus dessen Gemeinde die Großeltern von Schimanek stammten. Den Namen des Dorfes hatte er von Schimanek selbst, der ihn bei einem Betriebsausflug erwähnt hatte.

Und Herr Blasius bekam Antwort, einen Brief, den er aus dem Polnischen ins Deutsche übersetzen ließ, für die Kosten kam er wiederum selbst auf. Und dann wusste er Bescheid.

Er wusste, dass Schimanek in Wirklichkeit nicht Schimanek, sondern Szymanek hieß.

Er wusste, dass Schimaneks Großeltern väterlicherseits und mütterlicherseits aus Polen nach Düsseldorf ausgewandert waren und dass Schimanek somit ein reinrassiger Pole war.

Er wusste, dass seine Großeltern Juden waren, auch wenn sie ihren Glauben schon in Polen nicht mehr praktiziert und in Deutschland zu vertuschen gesucht hatten.

Und weil Herr Blasius ein pflichtbewusster Bürger und außerdem Parteimitglied war, behielt er dieses Wissen nicht für sich, sondern gab es an den Ortsgruppenleiter weiter, der es an den Kreisleiter meldete, der es dem Gauleiter schrieb. Und das Ende vom Lied war, dass Schimanek aus seinem Büro ausziehen und ins Konzentrationslager einziehen musste.

Da war Schimaneks erstes Leben zu Ende, und das zweite begann.

Und Blasius übernahm das Büro, die Sekretärinnen und Telefonistinnen, irgendeiner musste die Arbeit ja tun.

Schimanek verlor im Lager sämtliche Zähne, zwei Zehen und einen Finger, er verlor seine Frau, die sich von ihm scheiden ließ, und sein Haus, das enteignet wurde. Nachdem die Amerikaner das Lager befreit hatten, kehrte er nach Düsseldorf zurück und bewarb sich auch wieder um seine alte Stelle, aber Rheinmetall war ausgebombt und litt zudem unter Auftragsmangel, der Krieg war ja vorbei. Eine Wiedereinstellung sei nicht möglich, bedauerlicherweise, sagte der Personalchef, als er Schimanek seine Papiere wieder zurückgab. Vielleicht melden Sie sich in einem Jahr wieder oder auch nicht.

Schimanek dachte kurz darüber nach, sich umzubringen, aber dann entschied er sich dagegen. So leicht würde er es den anderen nicht machen, die ihn abgesägt, verraten und bereits abgeschrieben hatten.

Von seiner Entschädigung kaufte er sich einen defekten Lastkraftwagen, den er wieder zum Laufen brachte, und einen Eimer weißer Farbe. SCHIMANEK UMZÜGE UND TRANSPORTE schrieb er mit großen Lettern auf die Plane. Einmal links und einmal rechts. Und dann spuckte er in die Hände, und los ging's.

»Im Konzentrationslager waren Sie also«, sagte Lilo, nachdem Herr Schimanek ihr von seinen zwei Leben erzählt hatte. »Ich habe das im Film gesehen.«

Ein Film, den die Amis gedreht hatten, um der ganzen Welt und den Deutschen selbst die Augen zu öffnen. Er war in einer ehemaligen Sporthalle gezeigt worden, und alle Trümmerfrauen waren zwangsverpflichtet worden, sich ihn anzuschauen. Lilo hatte den Vorführraum mit zitternden Knien und einem Würgen im Hals verlassen, das sie jetzt plötzlich wieder spürte. »Schlimm. Das kann man sich kaum vorstellen, dass das wirklich passiert ist.«

Schimanek nahm einen Schluck Kaffee-Ersatz, spülte damit seinen Mund aus und schluckte ihn hinunter. Dann lächelte er. Sein Lächeln wirkte immer ein bisschen übertrieben, weil die falschen Zähne seines Gebisses viel zu ebenmäßig waren und viel zu weiß leuchteten.

»Wenn man es selbst miterlebt hat, erscheint einem der Film noch harmlos«, sagte Schimanek.

Das Würgen in Lilos Hals wurde stärker, es kam auch noch ein Frösteln hinzu, dabei schien draußen die Julisonne. Natürlich war ihr klar, dass zahllose Juden verschleppt worden waren, dass es Schikanen und Exekutionen gegeben hatte. Das wusste jeder, der die letzten dreizehn Jahre miterlebt hatte. Aber das, was die Amerikaner in ihrem Film gezeigt hatten, das war Propaganda, das musste Propaganda sein. Man kannte das ja, dass sich der Sieger nach dem Krieg als Retter darstellte und den Gegner erniedrigte. So hatte Lilo sich das eingeredet, nachdem sie den Film gesehen hatte. Aber nun saß da einer, der es miterlebt hatte.

»Man denkt immer, dass es nicht mehr schlimmer geht«, sagte er. »Schon als sie mich bei Rheinmetall rausgeworfen haben, hab ich das gedacht. Dass es nun nicht mehr schlimmer werden könnte. Dabei war das erst der Anfang. Danach ging es noch viele Stufen abwärts, und immer wenn ich glaubte, dass ich nun am Boden angekommen wäre, dann rutschte ich noch ein Stück tiefer. Der Absturz ist endlos, es gibt nichts, was ein Mensch einem anderen Menschen nicht antun würde. Erst wenn man tot ist, ist es vorbei, jedenfalls hoffe ich das.«

»Was waren das nur für Menschen?«, fragte Lilo.

»Wen meinen Sie? Die Häftlinge?«

»Die Aufseher. Die Wärter, die Verwalter, die Ärzte. Die Männer und Frauen, denen sie jetzt in Nürnberg den Prozess machen. Und der Rest, den sie nicht erwischt haben.«

»Nicht alle von ihnen haben es gerne getan«, sagte Schimanek. »Viele musste man zwingen. Aber manche, die man gezwungen hat, fanden ihren Spaß daran.«

Er starrte in seine Kaffeetasse und zuckte mit den Schultern.

»Es waren ganz normale Menschen«, sagte er. »Das ist es ja gerade. Sie waren so wie Sie und ich. Und vielleicht wären Sie und ich ja auch so wie diese. Wenn man uns an ihren Platz gestellt hätte.«

»Nein«, sagte Lilo. »Ich nicht. Ich ganz gewiss nicht.«

»Sagen Sie das nicht«, sagte Schimanek. »Wenn es hart auf hart kommt, können Sie keinem vertrauen, noch nicht einmal sich selbst. Nicht im Guten und nicht im Schlechten.«

»Wie halten Sie das aus?«, fragte Lilo.

»Was?«, fragte Schimanek.

»Dass das Leben jetzt einfach so weitergeht. Als ob nichts gewesen wäre.«

»Ach so«, sagte Schimanek und nahm noch einen Schluck Kaffee-Ersatz und spülte und schluckte und schwieg wieder.

»Dieser Kollege, der Sie angeschwärzt hat«, sagte Lilo. »Was ist aus dem geworden?«

»Herr Blasius«, sagte Schimanek und lehnte sich auf seinem Stuhl zurück, wobei er die Hände im Nacken verschränkte. »Oh, der hat jetzt ein noch viel größeres Büro und zwei Sekretärinnen und ist mit meiner geschiedenen Frau verheiratet.«

»Was?«, rief Lilo. »Das kann doch wohl nicht wahr sein! Warum zeigen Sie den Kerl nicht an? Ach was, anzeigen! Eigenhändig erwürgen würde ich ihn. Diesen Verräter, diesen Mistkerl! Warum unternehmen Sie denn nichts gegen ihn? Die Umstände haben sich doch geändert, jetzt sind andere an der Macht, jetzt können Sie es ihm zeigen. Oder wollen Sie ihn einfach so davonkommen lassen?«

Schimanek lächelte wieder sein Falsches-Gebiss-Lächeln.

»Ich habe nur einen Scherz gemacht«, sagte er. »Ich habe keine Ahnung, was aus Blasius geworden ist. Ich will es auch gar nicht wissen.«

»Wirklich nicht?«, fragte Lilo. »Das nehme ich Ihnen nicht ab.«

»Das nehme ich mir selbst nicht ab«, sagte Schimanek. »Aber ich muss es mir einreden, immer und immer wieder, und ich muss mich davon überzeugen, wenn ich nicht den Verstand verlieren will.«

»Warum? Wäre es nicht besser, ihn zur Rede zu stellen? Damit er begreift, was er angerichtet hat, damit er sich wenigstens schämt? Und wenn er Ihnen frech kommt, dann gehen Sie zu Blasius' Vorgesetztem und packen aus und dann …«

»Und dann?«, fragte Schimanek. »Bekommt Blasius einen Anschiss. Oder auch nicht. Und dann? Geschieht nichts mehr. Blasius bleibt in seinem Büro, und ich bleibe in meinen Lastwagen.«

»Das glaube ich nicht. Die Nazis sind weg vom Fenster, aber gründlich! Und Leute wie Blasius bezahlen jetzt für das, was sie angerichtet haben.«

»Meinen Sie? Hitler ist weg und Goebbels und Göring und noch ein paar andere von den großen Tieren. Aber die Übrigen, die spioniert und informiert und intrigiert und profitiert haben, die sind noch da. Und wenn man einen von ihnen absägt oder meinetwegen auch erwürgt, dann ist da der Nächste und der Übernächste, und alle kann man nicht erwürgen, es sind einfach zu viele. Und das ist das Schlimme, das ist das, was ich vergessen will. Dass so viele mitgemacht haben.«

Er schwenkte den Rest seines Kaffee-Ersatzes in seiner Tasse, als wäre es Cognac, und leerte sie dann in einem Zug. Dann wischte er sich mit seiner vierfingrigen Linken über den Mund.

»Da sitzen wir nun und trinken unseren Muckefuck, Sie und ich, und plaudern. Und ich habe keine Ahnung, ob sie nicht auch dabei waren. Ob Sie nicht auch denunziert haben und mitgelaufen sind.«

»Ich?«, fragte Lilo entsetzt.

»Tut mir leid«, sagte Schimanek. »Ich hätte nicht davon anfangen sollen. Normalerweise fange ich auch nicht davon an. Ich weiß nicht, was heute in mich gefahren ist.«

Er stellte seine Tasse mit Nachdruck auf den Tisch und erhob sich.

»Nehmen Sie es mir nicht übel.«

»Keineswegs«, sagte Lilo. »Bestimmt nicht.«

Sie stand ebenfalls auf und stellte zu ihrer Verwunderung fest, dass sie sich nicht elend und traurig fühlte, sondern sehr zuversichtlich. So zuversichtlich wie schon lange nicht mehr. Trotz Schimaneks Geschichte oder vielmehr deswegen. Aber warum das so war, verstand sie nicht.

»Ich würde sie gerne wiedersehen«, sagte sie.

Ich würde sie gerne wiedersehen. Wie klang das denn? Als ob sie ein Verhältnis mit Schimanek anfangen wollte. Nichts lag ihr ferner.

»Jederzeit«, sagte Schimanek. »Es ist mir ein Vergnügen. Sie wissen ja, wo Sie mich finden.«

Als sie die Tür schloss, hörte sie Hambach rufen.

»Wer war das?«, fragte er, als sie den Kopf ins Wohnzimmer steckte.

»Herr Schimanek«, sagte Lilo. »Ein Möbelpacker. Er hat mir Tante Gudruns Schrank und die Badewanne gebracht. Jetzt muss ich die Sachen nur noch gründlich schrubben.«

Hambach zog seine Decke mit zitternden Fingern ein Stück höher, als ob er Lilo daran erinnern wollte, dass er ihr dabei ganz bestimmt nicht helfen konnte.

Und als sie durch den Flur zurück zur Küche ging, begriff sie plötzlich, woher dieses zuversichtliche, dieses hoffnungsvolle Gefühl kam, das Schimanek in ihr ausgelöst hatte.

Es kam daher, dass Schimanek all das Schreckliche erlebt und dennoch nicht aufgegeben hatte, sondern kämpfte und sich nicht unterkriegen ließ. Und wenn einer wie Schimanek das konnte, einer, den man mit dem Kopf voran in die Scheiße gestoßen hatte und immer tiefer und tiefer hineingetreten hatte, dann konnte es jeder andere genauso schaffen.

Auch Hambach. Gerade Hambach.

Wenn ich wenigstens wüsste, was du erlebt hast, sagte Lilo in Gedanken zu ihrem Mann, während sie wieder in die Küche ging. Aber ich habe keinen blassen Schimmer, was los war, in dieser Zeit im Krieg und in der britischen Gefangenschaft. Du erzählst mir ja nichts.

Das Schweigen ihres Mannes hatte schon vor dem Krieg begonnen. Irgendwann war es Lilo aufgefallen, dass er nichts mehr von seiner Arbeit erzählte. Dass er stattdessen über das Wetter redete oder über die Kinder oder über die Nachbarn, die nach zehn Uhr abends noch einen Höllenlärm veranstalteten. Wenn Lilo das Gespräch auf die Arbeit im Krankenhaus brachte, wich er ihr aus. Wenn sie ihm von den Schiefenbuschs erzählte, die man in ein Lager gebracht hatte, weil sie Kommunisten waren, oder dass Doktor Breugel ab sofort nur noch Juden behandeln durfte, dann murmelte er etwas Unverständliches und wechselte das Thema.

Was immer dir geschehen ist, dachte Lilo, es kann nicht halb so schlimm gewesen sein wie das, was Schimanek passiert ist. Also warum, verdammt noch mal, sitzt du nun da und betrachtest tagaus, tagein deine zitternden Hände und bemitleidest dich selbst? Warum stehst du nicht auf und tust etwas, irgendetwas?

Ich bin aber nicht Schimanek, antwortete ihr Mann in ihren Gedanken.

Wer bist du dann?, dachte Lilo. Ich kenne dich nicht mehr, ich verstehe dich nicht mehr. Und wir waren uns doch einmal so nahe. Was ist geschehen, kannst du mir das nicht wenigstens sagen?

Aber um eine Antwort auf diese Frage zu bekommen, hätte Lilo wieder zurück ins Wohnzimmer gehen und mit Hambach reden müssen. Weil sie das jedoch schon so oft versucht hatte und nie mehr aus ihm herausbekommen hatte als ein Seufzen oder ein Kopfschütteln oder ein Augenverdrehen, ging sie in die Küche, füllte einen Eimer mit Wasser und Schmierseife und begann Tante Gudruns Küchenbüfett zu schrubben.

Seit diesem Tag im Sommer sahen sich Lilo und Schimanek öfter. Sein Geschäft boomte, deshalb hatte er wenig Zeit, aber manchmal schaute er auf eine Tasse Tee bei Lilo vorbei und manchmal auch auf eine Tasse Bohnenkaffee, den er selbst mitbrachte. Er brachte immer etwas mit. Ein Glas Marmelade, ein Stück Drahtglas, ein neues Ofenrohr, weil er mitbekommen hatte, dass das alte einen Riss hatte.

Er baute es auch gleich ein und wollte kein Geld dafür annehmen.

Lilo hatte ihn und Hambach einander vorgestellt und war sich von vornherein sicher gewesen, dass Hambach Schimanek ablehnen würde, so wie er alles und jeden ablehnte, und so war es auch.

Hambach wechselte ein paar nichtssagende Floskeln mit Schimanek, und als Lilo gerade anfing, etwas über Schimaneks Vergangenheit und seine zwei Leben zu erzählen, blickte er demonstrativ in seine Zeitung.

»Du liebe Zeit«, sagte Schimanek hinterher. »Deinen Mann hat es aber schlimm erwischt. Oder war er schon immer so?«

»Nein«, sagte Lilo. »Du hättest ihn einmal vor dem Krieg erleben sollen. Er war ein völlig anderer Mensch.«

»Ja«, sagte Schimanek und nickte. »Das waren wir alle.«

»Das stimmt«, sagte Lilo. »Trotzdem. Ich verstehe nicht, warum er sich so gehen lässt. Er sitzt in seinem Sessel und bedauert sich. Von morgens bis abends. Von Montag bis Sonntag.«

»Das glaube ich nicht«, sagte Schimanek.

»Was glaubst du nicht?«, fragte Lilo.

»Ich glaube nicht, dass er sich bedauert.«

»Sondern?«, fragte Lilo.

Schimanek zuckte mit den Schultern. Er kannte Hambach ja nicht, im Gegensatz zu Lilo. Und die kannte ihn auch nicht mehr.

VII

Das Haus, in dem Schimanek lebte, hatte im Krieg den Kopf verloren. In einer Bombennacht waren das Dach und die drei Etagen darunter abgebrannt. Nur das Fundament und die Grundmauern waren verschont geblieben, und Schimanek hatte beschlossen, dass das die ideale Behausung für ihn darstellte. Er hatte dem Besitzer die Ruine für hundert Reichsmark und drei Packungen Zigaretten abgekauft, den Schutt weggekarrt, die Trümmer beseitigt und die Mauern des Erdgeschosses wieder repariert. Er hatte Wasserrohre und Leitungen verlegt, Drahtglas in die leeren Fensterhöhlen eingesetzt und das Ganze mit einem Dach aus Ruberoidplatten abgedeckt.

»Ein Bungalow«, erklärte er Lilo stolz. »Das ist in Amerika der letzte Schrei.«

Drei Räume hatte sein Haus. Eine Küche, in der er auch aß und sich wusch. Ein Schlafzimmer. Und sein Büro, in dem ein Schreibtisch stand und auf dem Schreibtisch eine Schreibmaschine.

Und ein Keller. Oder vielmehr ein Raum im Tiefparterre, der noch voller Schutt war, aber wenn man ihn ausräumte, würde man ihn nutzen können.

»Eine Abtreibungsklinik«, sagte Schimanek. »Habe ich das richtig verstanden? Du und deine Bekannte, ihr wollt in meinem Keller eine Abtreibungsklinik einrichten?«

»Klinik ist übertrieben«, sagte Lilo und klappte dabei ihre Handtasche auf und zu, so nervös war sie. »Es wäre auch nur vorübergehend. Bis wir eine andere Unterkunft finden.«

»Nein«, sagte Schimanek. »Das kommt überhaupt nicht

infrage. Ich will das nicht in meinem Haus haben. Das Töten.«

»Gut.« Lilo klappte ihre Handtasche ein letztes Mal zu und erhob sich. »Dann eben nicht.«

»Nimm's mir nicht übel«, sagte Schimanek. »Aber mein Maß an Toten ist gestrichen voll.«

»Was sollen sie denn deiner Meinung nach machen, die Frauen, die jetzt schwanger werden und die Kinder nicht kriegen wollen?«, fragte Lilo. »Glaub mir, mir wäre es auch lieber, wenn die Kinder zur Welt kämen und die Frauen Männer hätten, die für sie sorgen, und wenn jeder ein Dach über dem Kopf hätte und ein Bett und genügend Essen und die Sonne den ganzen Tag schiene. Aber die Welt ist, wie sie ist, das müsstest du doch am besten wissen. Und wenn ich jetzt ein Kind erwarten würde, dann würde ich es auch wegmachen lassen, und wenn ich selbst dabei draufgehen würde.«

Schimanek klapperte mit seinem Gebiss, das tat er immer, wenn er nachdachte. Es war eine unangenehme Angewohnheit, weil sein Kopf dann wie ein Totenschädel aussah, aber Lilo hatte sich inzwischen daran gewöhnt.

»Also gut«, meinte er nach einer Weile. »Du hast recht. Man kann die Augen nicht vor der Realität verschließen.«

»Also gut?«, wiederholte Lilo. »Wirklich? Die Sache muss natürlich unter uns bleiben, das ist klar.«

»Ich schweige wie ein Grab«, sagte Schimanek und klapperte mit seinem Gebiss.

Schimanek war ein Mann der Tat, und Lilo schob die Dinge auch nicht gerne auf die lange Bank. Gleich am nächsten Morgen begannen sie, den Schutt aus dem Keller zu schaufeln und auf das Nachbargrundstück zu kippen. Sie gruben, schleppten und schufteten bis zum Nachmittag.

»Schluss«, sagte Lilo, nachdem sie die dreißigste Schubkarre mit Steinbrocken über die Rampe nach draußen gehievt hatte. »Ich kann nicht mehr.«

Sie ließ sich auf einen Mauerrest sinken, blickte sich um und seufzte.

»Man sieht überhaupt keinen Unterschied.«

»Das ist immer so am Anfang«, tröstete Schimanek sie. »Aber in ein paar Tagen ist hier klar Schiff, du wirst schon sehen.«

»Beim nächsten Mal bringe ich Käthe mit. Dann geht es noch schneller.«

»Hervorragend«, sagte Schimanek. »Und jetzt mache ich uns ein Butterbrot. Und eine Tasse Kaffee.«

»Ich befürchte, das wird nichts mehr«, erklärte Lilo. »Ich muss mich noch waschen und umziehen, wir müssen doch gleich in die Kirche.«

»In die Kirche?«, fragte Schimanek.

»Weihnachten«, sagte Lilo. »Heute ist Heiligabend. Schon vergessen?«

»Ach du liebe Zeit«, meinte Schimanek. »Die Geburt des Herrn. Na, für mich als Juden gilt das ja nicht.«

Lilo war sich nicht sicher, ob er das ernst meinte oder ob es ein Scherz war. Schimanek war doch genauso wenig Jude wie sie selbst. Er hatte erst durch die Nazis von seinen jüdischen Großeltern erfahren. Aber vielleicht war er durch die anderen Juden im Lager zum Glauben gekommen.

Schimanek stand auf und klopfte sich den Staub von der Hose. Lilo erhob sich ebenfalls.

»Warte«, sagte Schimanek. »Ich muss dir noch etwas geben.«

Er verschwand über die Rampe nach oben und kam mit drei Päckchen wieder zurück.

»Für deine Kinder«, sagte er. »Und für dich.«

»Bist du verrückt?«, fragte Lilo. »Warum machst du denn so etwas? Wenn ich das geahnt hätte. Und ich habe gar nichts für dich.«

»Es ist nichts Besonderes«, sagte Schimanek. »Frohe Weihnachten. Und jetzt sieh, dass du nach Hause kommst. Lass deine Familie nicht länger warten.«

»Möchtest du nicht mitkommen?«, fragte Lilo. »Du brauchst ja nicht in die Kirche zu gehen. Aber wir könnten hinterher zusammen essen.«

Auch wenn es nicht viel gab. Ein paar Kartoffeln und Heringe. Einen halben Laib Brot und für die Kinder jeweils einen Teelöffel Butter. Frau Kosslick hatte ihnen zwei Äpfel geschenkt, das wäre der Nachtisch.

»Nein«, sagte Schimanek. »Danke für das Angebot, aber da muss ich ablehnen. Für mich ist der Heiland noch nicht geboren, das haben mich die vergangenen Jahre gelehrt. Für mich ist es ein Abend wie jeder andere auch, und genau so werde ich ihn verbringen.«

Als Lilo nach Hause kam, war Hilde noch nicht da. Sie wusch sich und zog sich um und kämmte sich die Haare und trank ein Glas Wasser gegen den bohrenden Hunger. Dann machte sie das Geschenk auf, das Schimanek ihr gegeben hatte. Es war ein winziges Fläschchen Parfüm. Chanel No 5. Der Duft, den Lilo schon vor dem Krieg verwendet hatte. Sie drehte den Flakon auf, hob die Öffnung zur Nase und schloss die Augen. Und sah sich und Hambach in einem Restaurant. Er hatte Champagner bestellt, und nachdem sie angestoßen hatten, reichte er Lilo ein kleines Kästchen, in dem sie einen Ring fand. Einen Verlobungsring. »Wenn du mich willst«, sagte Hambach. Danach küssten sie sich und Hambach sagte: »Du riechst so gut, du riechst besser als alles andere auf der Welt.«

Lilo legte ihren Zeigefinger auf die Öffnung und drehte den Flakon um. Ein Tropfen hinter das linke Ohr, ein Tropfen hinter das rechte.

»Danke«, sagte sie leise, obwohl Schimanek sie ja gar nicht hören konnte. Dann verschloss sie das Fläschchen wieder und schob es in die Kiste unter dem Bett, in der sie ihre Socken und die Unterwäsche aufbewahrte.

Als sie damit fertig war, war Hilde immer noch nicht da.

Hambach stand schon im Flur, zog seinen Mantel an und

Gerd schlüpfte in seine Schuhe. Um sechs Uhr begann die Christvesper.

»Wo bleibt sie nur?«, murmelte Lilo. »Wir können doch nicht ohne sie gehen.«

»Hast du ihr nicht gesagt, dass wir um vier losmüssen?«, fragte Hambach. »Es ist ein weiter Weg und der Kirchsaal wird überfüllt sein.«

»Doch«, sagte Lilo, obwohl sie sich nicht ganz sicher war. Sie war am Morgen so in Eile gewesen. Vielleicht hatte sie vergessen, Hilde die Uhrzeit zu nennen.

»Wo ist sie denn?«, erkundigte sich Hambach.

»Woher soll ich das wissen?«, fragte Lilo gereizt. »Ich war nicht zu Hause, ich habe gearbeitet.«

Allerdings nicht auf der Königsallee, aber das musste sie Hambach ja nicht auf die Nase binden.

»Also wirklich«, erklärte Hambach. »Wo treibt sie sich nur herum? Ach, was soll's. Das Fest ist eine Farce. Am liebsten würde ich …«, sagte er und verstummte.

Am liebsten würdest du wieder auf deinen Sessel oder gleich ins Bett, dachte Lilo. Aber das kam nicht infrage. Sie würden gemeinsam in die Kirche gehen und danach Weihnachten feiern, alle vier.

»Warum geht ihr beide nicht einfach schon?«, schlug sie vor. »Ich warte hier auf Hilde, und dann kommen wir nach.«

Sie lauschte ins Treppenhaus, und sobald sie hörte, wie unten die Haustür ins Schloss fiel, schlüpfte sie in ihren Mantel und verließ ebenfalls die Wohnung. Ihr war plötzlich eingefallen, wo Hilde sein könnte.

Es gab einen Luftschutzbunker in der Graf-Adolf-Straße, die noch vor wenigen Monaten Adolf-Hitler-Straße geheißen hatte. Davor traf sich Hilde immer mit ihren Freunden, jedenfalls hatte Lilo sie schon zweimal dort gesehen, als sie von der Arbeit nach Hause gekommen war. Und auch diesmal war sie da, Lilo erkannte sie schon von weitem, ihre blonden Locken waren ein heller Fleck in der Dämmerung.

Sie rauchten alle, aber natürlich keine amerikanischen Zigaretten, sondern selbstgedrehte aus Zeitungspapier, gefüllt mit Birkenlaubbuchenrindekaffeesatztabak, und hielten sich an den glühenden Stängeln fest, als wäre es ihr letzter Halt.

Hinter ihnen der Bunker, der sich in der Dämmerung zusammenduckte, als wollte er sich unsichtbar machen vor lauter Scham, dass er als einziges Gebäude den Krieg überlebt hatte. All die schönen Häuser mit den bunten Fassaden, den schmiedeeisernen Balkons und Erkern waren zerstört und ausgebrannt, aber der hässliche Quader mit den senkrechten Sichtschlitzen stand, obwohl in seiner unmittelbaren Nähe acht Stabbrandbomben, zwei Luftminen und sechzehn Streubomben detoniert waren.

Bestimmt war er bewohnt, vielleicht hausten ja sogar ein paar von Hildes Freunden darin. Die Leute bezogen schließlich alles, was ein Dach hatte. Gartenhäuser, Lagerhallen, sogar Bushaltestellen. Erlaubt war es nicht, die Bunker waren schließlich öffentliches Eigentum, aber die Militärverwaltung war froh um jeden Deutschen, der ein Dach über dem Kopf hatte. Man schaute nicht hin, fragte nicht nach.

Hilde unterhielt sich mit einem Kerl mit dunklem, speckigem Haar, dessen weite Hosenbeine in Wehrmachtsstiefeln steckten. Er war viel größer als sie und blickte auf sie hinunter und sie blickte zu ihm empor.

Der Zigarettenrauch, der aus ihrer Nase kam, vermischte sich mit dem Rauch des jungen Mannes, und die Atemwolken aus ihren Mündern vermischten sich ebenfalls.

Hilde war verliebt, das war Lilo auf den ersten Blick klar. Das hätte jeder sofort erkannt, so wie sie ihn anschaute. Auch dem jungen Mann konnte es nicht entgangen sein, sofern er nicht vollkommen vernagelt war.

Ob er Hildes Gefühle teilte? Das ließ sich wiederum nicht erkennen. Sein Lächeln hatte etwas Spöttisches, fand Lilo.

Lilo stand da in der Dunkelheit, die sich langsam auf die Stadt senkte, sah ihrer verliebten Tochter beim Rauchen zu und kämpfte mit der Versuchung, einfach wegzugehen, abzuhauen, in die Christvesper zu Hambach und Gerd. Ich habe sie nicht gefunden, tut mir leid.

Noch hatte Hilde sie nicht bemerkt.

Aber wenn sie ihre Mutter erblickte, würde sie das Gesicht verziehen oder die Augen verdrehen oder beides zusammen, und das wollte Lilo nicht. Also wandte sie sich um, aber es war zu spät. Eins der Mädchen hatte sie entdeckt und offensichtlich auch erkannt, denn sie zupfte Hilde am Ärmel, die daraufhin den Blick von ihrem Angebeteten losriss und in Lilos Richtung schaute, das Gesicht verzog und die Augen verdrehte.

»Was willst du denn hier?«, fragte Hilde und blies Lilo einen Schwall Kräutertabakrauch entgegen, als wollte sie sie damit wegpusten.

»Dreimal darfst du raten«, sagte Lilo. »Ich hab dich überall gesucht. Weißt du nicht, was für ein Tag heute ist?«

»Heiligabend! Das hab ich ganz vergessen«, japste das Mädchen, das Hilde am Ärmel gezupft hatte. Jetzt erkannte Lilo sie auch. Es war Erika Nolting, die Tochter von Rosa Nolting, die mit Lilo auf der Kö arbeitete. Erika war früher mit Hilde in eine Klasse gegangen. Aber als das Lyzeum im November wieder geöffnet worden war, hatte ihre Mutter sie abgemeldet. Stattdessen schickte sie Erika zum Trümmerräumen, das brachte zwar nicht viel ein, aber sinnvoller, als die Zeit in der Schule zu vertrödeln, war es allemal, fand Rosa Nolting.

»Du heiliger Strohsack, ich muss nach Hause!« Erika ließ ihre Zigarette fallen, obwohl sie sie erst halb geraucht hatte, und trat sie nicht einmal aus, so eilig hatte sie es auf einmal. Sie nickte Lilo hastig zu, und dann war sie verschwunden.

»Na und?«, fragte Hilde.

»Was – na und?«, wiederholte Lilo verständnislos. »Es ist Heiligabend und wir wollen in die Kirche. Kommst du etwa nicht mit?«

»Was soll ich denn da?«, fragte Hilde.

Die anderen Jugendlichen grinsten verlegen auf ihre kaputten Schuhe. Nur der junge Mann, in den Hilde verliebt war, sah Lilo an, genauso spöttisch, wie er vorher Hilde angesehen hatte.

Warum stellt sie ihn mir nicht vor?, dachte Lilo verärgert. Warum lässt sie mich hier herumstehen wie einen lästigen Bittsteller, wie einen Dienstboten? Wir waren nicht streng genug, wir hätten sie mit mehr Härte erziehen sollen. Das haben wir nun von unserer Nachgiebigkeit.

Rosa Nolting hätte Erika an den Ohren weggezogen, wenn ihre Tochter es gewagt hätte, sie so zu behandeln. Ich lass mir doch von dem jungen Gemüse nicht auf der Nase herumtanzen, sagte sie immer.

Bei Rosa gab es keinen Widerspruch, und es wurde auch nicht gemeckert.

Richtig so, dachte Lilo.

»Du kommst jetzt mit«, sagte sie laut zu Hilde. »Und zwar sofort.«

Und dann wandte sie sich um und lief mit großen Schritten und wild klopfendem Herzen zurück in Richtung Corneliusstraße. Sie denkt gar nicht daran, mir zu gehorchen, fuhr es ihr durch den Kopf. Sie steht da und lacht mich aus, zusammen mit diesem Kerl, dessen Namen ich nicht mal kenne.

Sie musste ihre ganze Willenskraft aufbringen, sich nicht umzudrehen. Stur geradeaus zu gehen, einen Fuß vor den anderen zu setzen, als würde es sie überhaupt nicht kümmern, ob Hilde nun kam oder nicht.

»Verdammt«, zischte Hilde. »Musste das sein?«

Da war sie, neben Lilo. Sie war ihr tatsächlich gefolgt.

»Musstest du mich vor all den anderen wie ein kleines Kind behandeln?«

»Wenn du dich wie ein kleines Kind aufführst, dann wirst du auch so behandelt«, sagte Lilo. »Wer war der Kerl?«

»Das geht dich gar nichts an«, fauchte Hilde und reckte

das Kinn in die Höhe und machte so große Schritte, dass Lilo Mühe hatte, neben ihr zu bleiben.

Die Ruine der Johanneskirche. Im Krieg war der halbe Dachstuhl ausgebrannt. Man hatte ihn notdürftig geflickt, mit Dachpappe, Stroh, verkohlten Brettern. Aber die Konstruktion war alles andere als dicht, überall im Kirchenraum standen Eimer, um das Regenwasser aufzufangen, das sich ständig neue Wege bahnte.

Heute regnete es nicht. Aber es war eiskalt. Selbst der Tannenbaum hinter dem Altar schien zu frieren. Die Strohsterne, mit denen man ihn geschmückt hatte, schaukelten fröstelnd in der Zugluft, die spärlichen Kerzenflammen zitterten.

In den Bänken saßen und standen die Leute dicht an dicht, als gäbe es etwas umsonst.

Es gab ja auch etwas umsonst. Hoffnung gab es. »Siehe, ich verkündige euch große Freude«, sang der Chor, der fast nur aus Frauen bestand, weil die Männer entweder gefallen oder in Kriegsgefangenschaft waren. »Große, große Freude.«

»Denn euch ist heute der Heiland geboren in der Stadt Davids, die da heißt Bethlehem«, verkündete der Pastor.

Hambach stand neben Hilde, ein bisschen abseits von Lilo und Gerd. Sie hörte, wie er sich räusperte, und fragte sich, was er gerade empfand. Was er jetzt dachte. Ob er wie sie die freudige Erwartung spürte, die in der zerstörten Kirche lag wie ein Frühlingsduft. Wir sind arm dran, sagten die verhärmten Gesichter der Gemeindeglieder, sagten auch ihre ausgemergelten Körper, ihre durchlöcherten Kleider, ihre abgetretenen Schuhe. Aber das Schlimmste ist überstanden, der Krieg ist vorbei, und die Nazis sind Vergangenheit. Die nächsten Jahre werden hart, aber unsere Kinder werden es einmal besser haben als wir.

Unsere Kinder, dachte Lilo und sah Hilde an, die verdrossen zu Boden starrte. Selbst mit gesenktem Kopf war sie fast so groß wie Hambach. Wo sind die Jahre hin?, dachte Lilo.

Du warst doch gerade eben noch so winzig und hilflos, und nun bist du fast erwachsen. Und ein Rätsel, du bist mir genauso ein Rätsel wie dein Vater.

Lilo hatte ein paar Tannenzweige besorgt und Kerzenreste zusammengeschmolzen, und als sie nach dem Gottesdienst nach Hause kamen, zündete sie sie an.

Und musste dabei wieder an den kleinen Weihnachtsbaum denken, den sie vor zwei Wochen im Stadtwald gestohlen und nach Hause gebracht und geschmückt hatte. Sie war nicht die Einzige, die sich auf diese Weise einen Baum beschafft hatte, die halbe Stadt saß an diesem Abend unter geklauten Tannen und Fichten, aber Hambach war außer sich geraten, als er es herausbekommen hatte. »Das kann ja wohl nicht wahr sein«, hatte er gerufen.

Er hatte darauf bestanden, dass sie den Baum wegbrachte, zurück in den Wald, auf den Müll, egal, nur weg damit.

Wie lächerlich das war. Sich über einen gestohlenen Christbaum aufzuregen, in einer Zeit, in der kein Stein mehr auf dem anderen stand, in der jeder tun und lassen konnte, was er wollte, weil alle nur damit beschäftigt waren zu überleben. Es war lächerlich, aber Lilo konnte nicht darüber lachen. Sie war die halbe Nacht unterwegs gewesen, um den Baum zu holen, und nun so etwas.

»Denk doch wenigstens an die Kinder«, sagte sie. »Wir hatten schon im letzten Jahr keinen Baum. Es war so traurig damals.«

»Ich denke ja an die Kinder«, erwiderte Hambach. »Ich will nicht, dass sie Christi Geburt unter einem gestohlenen Baum feiern. Und im letzten Jahr war Krieg, daran muss ich dich ja wohl kaum erinnern. Im letzten Jahr sind jede Nacht Bomben gefallen. Deshalb waren wir völlig am Ende und nicht, weil wir keinen Baum hatten.«

»Es ist doch nur ein ganz kleiner Baum«, versuchte Lilo es noch einmal, obwohl sie einsah, dass die Größe des Baums keine Rolle spielte.

Hambach würdigte sie keiner Antwort mehr, sondern ging ins Wohnzimmer und setzte sich in seinen Sessel. Im Kanonenofen bollerten die Kohlen, die Gerd von den Zügen am Güterbahnhof gestohlen hatte.

Nun stand der Baum bei Frau Kosslick, das war vielleicht gut so. Immerhin musste die Arme Weihnachten mit der alten Baumann verbringen, getrennt von ihrer Familie. Wir hätten die beiden einladen sollen, dachte Lilo mit schlechtem Gewissen. Wenn mir die Kosslick nur nicht so zuwider wäre. Und dann dachte sie an Schimanek, der jetzt ebenfalls allein war. Vielleicht hörte er Schlagermusik auf dem alten Grammophon, das er in den Trümmern eines alten Hauses gefunden und repariert hatte. Das machte er oft abends, hatte er Lilo einmal erzählt.

Sie reichte Hambach die Familienbibel. »Lies uns das Weihnachtsevangelium vor«, forderte sie ihn auf und erwartete, dass er sich weigern würde. Aber seine zitternden Finger griffen nach dem Buch, und er las die ganze Geschichte vom Gebot des Kaisers Augustus bis zur Geburt des Herrn.

Danach sang Lilo *Zu Bethlehem geboren*, und Hambach und Gerd brummten dazu. Und Hilde nagte an ihrem linken Zeigefingernagel und dachte wahrscheinlich an den Halbstarken vom Bunker. Und dann gab es Geschenke.

Einen Schal für Hilde und Socken für Hambach und Gerd, die hatte Lilo aus einem alten Pullover gestrickt.

Einen zerbeulten Kochtopf für Lilo, ein verkohltes Buch für Hambach und einen zerkratzten Spiegel für Hilde. All das hatte Gerd in den Ruinen der Stadt gefunden.

Taschentücher für Lilo, Hambach und Gerd, im Kreuzstichmuster bestickt von Hilde.

Und Bücher, die im Zeitungsformat gedruckt waren. Die hatte Hambach besorgt. Gerd bekam eine Abenteuergeschichte und Hilde und Lilo Liebesromane.

Lilo überflog die erste Zeile, strich über das raue, billige Zeitungspapier und fragte sich, wann sie die Zeit finden sollte, das Buch zu lesen, und freute sich, dass Hambach überhaupt daran gedacht hatte, etwas zu besorgen.

Hilde und Gerd packten Schimaneks Geschenke aus.

»Oh«, machte Hilde verzückt und hielt einen Lippenstift hoch.

»Ah«, rief Gerd und klappte ein Schweizer Taschenmesser auf und ein und wieder auf und stach damit in die Luft. »Das ist bombig!«

Lilo und Hambach sahen sich an, und als Lilo lächelte, lächelte Hambach zurück.

Das war auch ein Geschenk.

VIII

Dieser Schimanek war Käthe suspekt.

Sicher, er hatte ein schweres Schicksal, war im Konzentrationslager gewesen und hatte alles verloren, was er besessen hatte. Und alles ohne Schuld, ohne Grund, weil seine Großeltern die falsche Nationalität und die falsche Religion gehabt hatten.

Vor dem Krieg war er ein großes Tier bei Rheinmetall gewesen, hatte Lilo ihr erzählt. Und in ein paar Jahren wäre er bestimmt wieder obenauf, da war sich Käthe ganz sicher.

»Und? Wirfst du ihm das vor?«, meinte Lilo.

Nein, natürlich nicht. Schimanek machte das Beste aus seinem Leben. Im Gegensatz zu Hambach zitterte er nicht, er hatte sich im Griff. Und alles andere auch.

Und dennoch.

Käthe fühlte sich unbehaglich in Schimaneks Gegenwart. Ganz im Gegensatz zu Lilo, die förmlich aufblühte, wenn er auftauchte. Sie sah etwas in ihm, das Käthe verborgen blieb, sosehr sie sich auch bemühte, es zu erkennen.

Schimanek war ein hilfsbereiter Mann, er tat viel für Lilo und sie, und er verlangte keine Gegenleistung dafür. Noch nicht, dachte Käthe und ärgerte sich gleichzeitig, dass sie so misstrauisch war und nicht ein Mal an das Gute, Uneigennützige, Edle im Menschen glauben konnte.

Nachdem sie gemeinsam den Kellerraum von Schutt und Trümmern befreit hatten, verlegte Schimanek eine Wasserleitung nach unten und ein Abwasserrohr nach draußen. Er installierte einen rostigen Wasserhahn und ein zerkratztes Waschbecken, die er irgendwo in den Trümmern gefunden hatte. Er brachte ihnen den gynäkologischen Stuhl aus Doktor Köpckes zerbombter Praxis, obwohl Käthe große Bedenken hatte.

»Wir können uns den Stuhl doch nicht einfach unter den Nagel reißen.«

»Warum nicht?«, meinte Lilo. »Doktor Köpcke ist tot, und wenn seine Erben etwas mit dem Stuhl hätten anfangen können, dann hätten sie ihn sicher längst geholt. Niemand braucht dieses Teil. Außer uns natürlich.«

»Woher weißt du, dass Köpcke tot ist?«, fragte Käthe.

»Er war im Volkssturm und ist gefallen«, sagte Lilo. »Ich weiß nicht mehr, wer mir das erzählt hat. Aber es liegt doch auf der Hand. Wenn er noch am Leben wäre, hätte er die Praxis längst wiedereröffnet.«

Hambach ist auch noch am Leben und praktiziert trotzdem nicht mehr, dachte Käthe.

Schimanek baute aus Trümmersteinen, versengtem Holz und einer Metallplatte ein Regal, in das er Baumwolltücher legte und eine Flasche Desinfektionsmittel stellte.

»Woher hast du das Desinfektionsmittel?«, fragte Lilo fassungslos.

»Das ist mein Gründungsgeschenk für euch«, sagte Schimanek. »Aber nun lasse ich euch in Ruhe.«

Das glaubst du doch wohl selbst nicht, dachte Käthe.

Aber so wie Schimanek es gesagt hatte, war es auch.

Nachdem der Kellerraum fertig war, ließ er sich nicht mehr bei ihnen blicken. Vielleicht hatte er Käthes Unbehagen ihm gegenüber bemerkt, vielleicht fühlte er sich in ihrer Gegenwart genauso unwohl wie sie sich in seiner.

»Was du dir immer denkst«, sagte Lilo. »Schimanek ist ein vielbeschäftigter Mann, er hat gar nicht die Zeit, uns ständig Gesellschaft zu leisten.«

Lilo ging tagsüber zum Arbeitsdienst und klopfte Steine, und Käthe half Frauen, ihre Kinder auf die Welt zu bringen. Sie hatte nicht viel zu tun, es gab viel weniger Geburten als in den Kriegsjahren.

»Es gibt ja auch kaum noch Männer«, sagte Lilo, als sie sich Ende Januar in Schimaneks Keller trafen, um die Lage zu besprechen. »Wahrscheinlich war es doch eine Schnapsidee, diesen Raum hier einzurichten. Dabei war ich mir so sicher, dass es klappen würde.«

»Macht nichts«, meinte Käthe. »Mir war von Anfang an nicht wohl bei der Sache.«

»Diese Frau, für die ich das Penicillin besorgt habe«, begann Lilo. »Und die anderen ...«

»Was ist mit denen?«, fragte Käthe.

»Du hast ihnen sicherlich gesagt, dass sie niemand etwas von der Sache erzählen dürfen.«

»Natürlich«, sagte Käthe. »Ich wollte ja nicht, dass sich herumspricht, was ich getan habe.«

»Aber jetzt wäre es ganz gut, wenn es sich herumsprechen würde«, sagte Lilo nachdenklich.

Nach dem Eingriff hatte Elsa sich geweigert, Käthe ihre Adresse zu geben. »Ich will nicht, dass meine Leute von der Sache erfahren«, erklärte sie. »Sie haben Ihr Bestes getan. Alles Weitere liegt nun in Gottes Hand.«

»Nichts da. Wenn wir nichts gegen die Entzündung unternehmen, dann sterben Sie, und damit ist Ihrer Familie gewiss nicht geholfen. Ich will versuchen, Medizin für Sie zu besorgen. Also, wo kann ich Sie finden?«

»Ich arbeite in einer Kolonne am oberen Ende der Friedrichstraße«, sagte Elsa.

»Aber nicht in den nächsten drei Tagen«, sagte Käthe. »In den nächsten drei Tagen bleiben Sie im Bett und ruhen sich aus. Haben Sie verstanden?«

»Natürlich«, sagte Elsa, aber ihre Augen sagten etwas anderes. »Ich ruhe mich aus. Aber ich brauche keine Medizin. Ich könnte sie auch gar nicht bezahlen. Es wird schon so gehen.«

»Unsinn«, sagte Käthe. »Sie sagen mir jetzt, wo Sie wohnen. Ich muss das wissen. Und wenn ich Medizin für Sie auftreiben kann, bringe ich sie vorbei. Sie können mich später bezahlen, wenn es Ihnen wieder besser geht. Ihre Familie wird nichts davon erfahren.«

Elsa zögerte.

»Elsa«, sagte Käthe in scharfem Ton. Das wirkte eigentlich immer. Die Patientinnen waren meist froh, wenn Käthe das Kommando übernahm und sie die Verantwortung abgeben konnten.

»Elisabethstraße 17«, sagte Elsa. »Wir wohnen im Parterre.«

Das mit dem Parterre hätte sie nicht zu sagen brauchen, die Mietskaserne bestand nämlich nur noch aus dem Erdgeschoss, die anderen Stockwerke waren unbewohnbar. Die Wohnungstür ging von dem ehemaligen Treppenhaus ab, das mit Schutt und Asche und verkohltem Holz angefüllt war.

Ein junges Mädchen öffnete und führte Käthe in das einstige Wohnzimmer, in dem die Außenwand fehlte. Sie hatten die Öffnung wie einen Stall mit Brettern vernagelt. Durch die Schlitze drang ein bisschen Licht und sehr viel Kälte ins Zimmer.

Elsa lag auf einer Matratze in der Zimmerecke und zitterte und glühte wie ein Ofen.

Eine junge Frau hockte vor ihr und fuhr erschrocken hoch, als Käthe den Raum betrat. Das war Trudi.

»Was wollen Sie hier?«, zischte sie Käthe an.

»Und Sie?«, fragte Käthe genauso entgeistert zurück.

Aber dann ging ihr ein Licht auf.

Käthe begriff, dass Trudi Elsas Tochter war. Trudi hatte ihrer Mutter von ihrem Schwangerschaftsabbruch erzählt und wie gut Käthe ihre Sache gemacht hatte.

Und daraufhin war Elsa, die auch schwanger war und bereits versucht hatte, sich das Kind wegmachen zu lassen, ebenfalls zu Käthe gegangen, hatte ihrer Tochter jedoch nichts davon erzählt.

Käthe ging vor Elsa in die Hocke und fühlte ihren Puls. Elsas Handgelenk schien noch magerer als vor zwei Tagen. Ihre

Lippen waren blau und rissig, die Mundwinkel verkrustet, als hätte einer mit dem Messer hineingeschnitten.

»Sie sind's«, flüsterte sie, als sie Käthe sah, und drückte sich dabei enger an die Wand, als könnte sie dadurch dem ganzen Elend und den fragenden Blicken ihrer Töchter entkommen.

Der Puls war kaum zu spüren. Neben der Matratze stand ein Eimer mit nassen Lappen. Elsas Töchter hatten vergeblich versucht, das Fieber mit Wadenwickeln zu senken. Wenn das Penicillin nicht anschlug, war sie verloren.

»Ich muss Ihre Mutter untersuchen«, sagte Käthe zu den Schwestern. »Würden Sie uns bitte allein lassen?«

Plötzlich kam Leben und Bewegung in die Kranke, sie rappelte sich hoch und saß da, schwankend wie eine Betrunkene. »Das will ich nicht«, protestierte sie mit krächzender, aber überraschend fester Stimme. »Ich lasse mich nicht untersuchen.«

»Was ist hier eigentlich los?«, fragte Trudi unsicher und sah ihre jüngere Schwester an, die noch ratloser wirkte.

»Fragen Sie Ihre Mutter«, gab Käthe zurück.

»Ich lasse mich nicht untersuchen«, krächzte Elsa, als wäre das die Antwort.

»Also gut«, sagte Käthe. »Legen Sie sich wieder hin, bitte. Ich habe Medizin mitgebracht. Ich gebe Ihnen jetzt eine Spritze, und dann geht es Ihnen wieder besser.«

Oder auch nicht. So, wie sie Elsas Zustand einschätzte, wären bestimmt mehrere Penicillin-Injektionen nötig, damit sie wieder auf die Beine kam. Aber wer sollte dafür aufkommen? Der Ring, mit dem Elsa die Abtreibung bezahlt hatte, war weg. Und Käthe hatte an der ganzen Sache keinen Pfennig verdient.

»Was machen wir nur, wenn es nicht besser wird?«, fragte Trudi, als sie Käthe anschließend zur Tür brachte.

»Es wird schon wirken«, sagte Käthe, die sich dieselbe Frage stellte. »Ich schaue morgen noch einmal vorbei, dann sehen wir weiter.«

»Gut«, sagte Trudi und dann schloss sie sehr schnell die Tür zwischen sich und Käthe.

Das war neu, dachte Käthe, als sie nach Hause ging. Dass es den Frauen unangenehm war, mit ihr gesehen zu werden. Dass sie sie förmlich aus dem Haus drängten, weil sie sich schämten. Weil Käthe sie an etwas erinnerte, das sie für immer vergessen wollten.

Das war neu und es war kein gutes Gefühl, dachte sie auch am nächsten Tag, als sie Elsa besuchte und überrascht feststellte, dass es ihr viel besser ging. Dieses Penicillin war ja ein Teufelszeug. Das Fieber war fast weg, Elsa sah nicht mehr so blass aus und lag auch nicht mehr im Bett, sondern saß auf einem Stuhl.

»Danke der Nachfrage«, sagte sie, als Käthe sich nach ihrem Befinden erkundigte. »Sie hätten sich gar nicht hierherbemühen müssen. Ich bin so gut wie gesund. Wie viel sind wir Ihnen denn schuldig?«

Dabei flackerte ihr Blick ängstlich von Käthe zur Wand, zur Tür, zu Trudi und wieder zurück zu Käthe. Die jüngere Tochter stand hinter Elsa und hielt die Stuhllehne fest, als habe sie Angst, dass der Stuhl oder sie selbst plötzlich umfallen könnte.

Käthe zögerte. Machen Sie sich darüber keine Gedanken, wäre natürlich die schönste und edelste Antwort. Aber die konnte sie sich nicht leisten, dafür war ihr Magen zu leer und ihr Dachzimmer zu kalt. Geben Sie mir, so viel sie können, klang zu gierig. Zahlen Sie, wenn Sie es sich leisten können, war zu unbestimmt.

»Wir haben nichts«, sagte Trudi. »Wirklich nicht. Sie haben ja schon meine Uhr und Mutters Ehering. Sie können das Haus durchsuchen, da ist nichts von Wert mehr übrig.«

»Sie hat recht«, meldete sich nun zum ersten Mal die Jüngere zu Wort. »Bei uns ist nichts mehr zu holen.«

Käthe blickte fassungslos von einer zur anderen. Sie hatte Trudi in ihrer Not geholfen und ihrer Mutter das Leben gerettet. Aber so, wie die beiden die Sache jetzt drehten und wendeten, hatte sie nur aus Berechnung und Eigennutz und Gier gehandelt. Die Engelmacherin. Die Halsabschneiderin. Die Hexe, die gewissenlose.

Sie suchte nach einer Erwiderung, die scharf genug war, aber bevor sie sie fand, sagte Elsa: »Hört auf. Natürlich werden wir zahlen. Sobald wir wieder etwas haben, werden wir zahlen, darauf können Sie sich verlassen. Ich gebe Ihnen mein Wort darauf.«

Käthe nickte und fühlte sich noch erbärmlicher als zuvor. Sie wollte sich verteidigen, sie wollte klarstellen, wer hier der Wohltäter war und wer profitierte. Aber ihr fiel nichts ein. Kein Wort und schon gar kein Satz.

»Ich gehe jetzt.« Das war alles.

»Gut«, sagte Trudi erleichtert und brachte Käthe zur Tür. »Vielen Dank für Ihre Mühe.«

Sie bot Käthe nichts zum Trinken an, sie gab ihr nichts mit auf den Weg. Auch das war neu.

Nach Entbindungen gab es zumindest ein Glas Most oder eine Tasse Tee und bei Zwillingen manchmal sogar Bohnenkaffee.

Für tote Kinder gab es nichts.

Nach dem Abort waren die Frauen froh und erleichtert, dass Käthe die Last von ihnen genommen hatte. Aber danach wandelte sich die Erleichterung in Scham. Und in Angst, dass an die Öffentlichkeit dringen könnte, was man getan hatte. Was Käthe getan hatte.

»Auf Wiedersehen«, sagte Trudi, bevor sie die Tür schloss, aber was sie eigentlich sagen wollte, war: Bitte nicht. Bloß nicht.

Und jetzt saß Käthe mit Lilo in Schimaneks Keller und wartete auf Kundschaft.

Was mache ich eigentlich?, dachte Käthe. Ich habe doch einen Beruf, der mich einigermaßen ernährt. Und als Hebamme ist es meine Pflicht, das keimende Leben zu schützen. Wie komme ich dazu, diesen Raum hier einzurichten und darauf zu warten, dass Frauen auftauchen, die sich ihr Kind wegmachen lassen wollen?

Ihr Magen knurrte laut und durchdringend, und das war die Antwort auf ihre Frage.

Lilo lachte.

»Wir sollten einen Aushang machen. Was meinst du, wie schnell wir die Bude voll hätten.«

»Was meinst du, wie schnell wir hinter Gittern säßen«, sagte Käthe.

»Da hast du auch wieder recht. Aber im Gefängnis geben sie einem wenigstens etwas zu essen.«

»Davon werden deine Kinder nicht satt«, meinte Käthe.

»Meine Kinder bekommen Schulspeisung. Aber sie müssen ihre Suppe jetzt immer mit nach Hause bringen. Wir verdünnen sie mit Wasser, das ist dann unser Mittag- und Abendessen. Es reicht hinten und vorn nicht.«

Käthe dachte an das Kind, das sie sich immer gewünscht und nie bekommen hatte. Wenn sie vor dem Krieg schwanger geworden wäre, dann wäre ihr Sohn oder ihre Tochter jetzt sieben. Mitten in der Entwicklung und immer hungrig. Und Wolf wäre verschollen. Vielleicht war es ein Segen, dass es nie dazu gekommen war. Auch wenn es sich nicht so anfühlte.

»Wir müssen einen Weg finden, dass die Frauen auf uns aufmerksam werden«, sagte Lilo. »Kannst du es nicht bei deinen Patientinnen publik machen?«

»Wie stellst du dir das vor?«, fragte Käthe entgeistert. »Hier ist ihr neugeborenes Kind, herzlichen Glückwunsch. Beim nächsten Mal rufen Sie mich aber früher, damit es gar nicht erst so weit kommt.«

Lilo kicherte. »Nein. Du musst es natürlich subtiler anstellen.« Sie erhob sich. »Na, mir fällt schon noch was ein. Wenn die Sache einmal ins Rollen gekommen ist, wird es ein Selbstläufer. Da bin ich mir ganz sicher. Es wäre doch zu schade, wenn all die Mühe umsonst gewesen wäre.«

Wen Gott liebt, den züchtigt er, hatte Käthes Vater früher immer gesagt. An diesen Spruch musste Käthe nun häufig denken, wenn sie die Heilige Schrift aufschlug und die Augen schloss, um die Losung für den Tag zu wählen. Wie Züchtigungen kamen ihr die Bibelsprüche vor, wie Ohrfeigen und Schläge in die Magengrube und Tritte gegen das Schienbein.

Du sollst nicht! Wage es nicht!, schrien die Sätze, auf die ihr Finger zeigte. Der Gottlose soll verflucht sein! Wer sich gegen den Herrn erhebt, soll umkommen! Und zwar schändlich, wie Isebel, deren Fleisch die Hunde fraßen auf dem Acker von Jesreel.

Die Verwünschungen und die Drohungen begleiteten Käthe durch den Tag und waren ihr weder Hilfe noch Trost, sondern allenfalls ein Rätsel. Sie schleppte sie wie eine Last, bis sie sich abends ins Bett legte. Und am nächsten Morgen trat ein neuer Fluch an die Stelle des alten.

Gottes Wort war kein Stecken und Stab, die sie stützten, auch kein Licht auf Käthes Weg, sondern ein Schatten, der ihr Leben verfinsterte. Und warum, bitte schön, tat sie sich das an?

Es war nicht so, dass Käthe an Gottes Existenz zweifelte. Sie war sich vollkommen sicher, dass es ihn gab. Schließlich erkannte sie ihn auf Schritt und Tritt, in all den wunderbaren und schrecklichen Dingen, aus denen die Welt bestand. Sie sah ihn in bunt gemusterten Schmetterlingsflügeln, in behaarten Kolibakterien unter dem Mikroskop und in den porzellanzarten Augenlidern eines neugeborenen Kindes. Sie hörte ihn im Röcheln eines Sterbenden, im Magenknurren und im Fauchen einer Katze und schmeckte ihn in jedem Bissen Brot. Wohin man auch blickte, was man auch unternahm, überall begegnete man Gottes Werk. Nur ein Mensch ohne Gefühl und Verstand konnte annehmen, dass das alles zufällig oder aus sich selbst heraus entstanden war.

Genauso überzeugt wie von der Existenz Gottes war Käthe aber inzwischen auch von der Tatsache, dass es zwischen ihr und ihm keine Verbindung gab. Sie drang nicht zu ihm durch. Mochte der Pfarrer auch beteuern, dass jedes Gebet und jedes Flehen gehört würden, so spürte sie doch deutlich, dass all ihre Versuche, mit Gott in Kontakt zu treten, vergebliche Liebesmüh und reine Zeitverschwendung gewesen waren. Er war einfach eine Nummer zu groß für sie. Und für all die anderen Menschen auch.

Im Vergleich zu ihm sind wir Küchenschaben, dachte Käthe. Wie soll man da miteinander kommunizieren? Wie wir es auch versuchen, er wird uns nicht verstehen. Ich könnte mich ja auch beim besten Willen nicht in eine Küchenschabe hineinfühlen.

Trotz dieser Überzeugung schlug sie jeden Morgen die Bibel auf und suchte ihre Losung für den Tag. Allerdings verstand Käthe die Bibel nicht als Gottes Wort, sondern als das Wort der Menschen. Denn Menschen hatten die Bibel geschrieben, und das nicht an einem Tag, sondern in Jahrhunderten. Jeder Satz war bereits durch Millionen von Köpfen gegangen und war von Tausenden Zungen geformt worden, und das hatte die Worte der Schrift griffig und rund geschliffen wie Kiesel.

Aber auch hart.

Ein letztes Mal, dachte Käthe. Eine letzte Chance will ich der Sache geben. Und wenn wieder ein Fluch dabei herauskommt, ist Schluss. Ein für alle Mal.

Sie schlug die Bibel auf, schloss die Augen, wählte die Stelle und las:

Aber Michal, Sauls Tochter, hatte kein Kind bis an den Tag ihres Todes.

Käthe starrte ungläubig auf den Satz, unter dem ihr Zeigefinger lag, und spürte plötzlich ganz deutlich einen eiskalten Atem im Nacken. Offensichtlich hatte sie sich getäuscht, offensichtlich gab es doch eine Verbindung zwischen Gott und den Menschen und den Küchenschaben. Gott der Herr, der Rätselhafte und Allmächtige, beobachtete seine Tochter Käthe, und in dem Moment, in dem sie sich von ihm abwenden wollte, machte er sich bemerkbar. Und wie. Er verspottete sie. Du hast Hunderte von Kindern auf die Welt gebracht, sagte er, und wolltest ein Einziges für dich, aber ich habe es dir nicht gegeben.

Sie schlug die Bibel zu, doch dann legte sie sie nicht zurück auf den Hocker neben ihrem Bett, sondern oben auf den Schrank.

Ich habe keine Zeit mehr für diesen Unsinn, dachte sie. Ich brauche etwas zu essen.

Bei Abels gab es Palmfett gegen Marken. Als Käthe aus dem Haus getreten war, hatte sie die Schlange vor dem Laden gesehen und sich sofort angestellt, ohne zu wissen, was sie drinnen erwartete. Es war ja auch egal. Was immer Dorothee zu verkaufen hatte, Käthe würde es brauchen können.

»Sauerkraut«, sagte die Frau vor ihr zu ihrer Nachbarin. »Ich hab gehört, dass sie Sauerkraut reinbekommen haben.«

Sauerkraut. Käthes Magen begann auf Kommando zu knurren. Her damit!, knurrte er. Quatsch, sagte ihr Kopf. Dir kann man ja wohl alles erzählen. Wenn Dorothee wirklich Sauerkraut auf Lager hätte, dann würde sie es bestimmt nicht gegen Marken verscherbeln, sondern gegen Kerzenwachs, Zuckerrüben oder Butter eintauschen. Und zwar heimlich. Wer am meisten bietet, bekommt den Zuschlag.

Käthe fragte sich, wie Dorothee es immer wieder schaffte, an seltene Lebensmittel oder Luxusgüter wie Seife oder Zahnpasta zu kommen. Ob sie Beziehungen zu den Engländern hatte? Vielleicht hatte Heinrich ja während seiner Gefangenschaft Kontakte geknüpft.

Zu dumm, dass ich sie nicht besser kenne, dachte sie, während sie sich langsam voranschob, Zentimeter um Zentimeter auf die Ladentür zu. Als Dorothee vor fünf Jahren in den Umständen gewesen war, hatte Käthe keine Zeit gehabt und Dorothee an eine andere Hebamme verwiesen, Schwester Uta, die Dorothee dann auch entbunden hatte. Auch die Geburt des zweiten und dritten Kindes hatte Uta begleitet.

Nun war sie ganz dicke mit den Abels und wusste immer als Erste, wenn es etwas gab.

Und ich?, dachte Käthe. Hab damals die Pfarrersfrau entbunden für ein *Vergelts Gott!* Und das Kind war auch noch behindert, und irgendwie fällt so etwas doch immer auf die Hebamme zurück.

Eine halbe Stunde lang bewegte sie sich zentimeterweise auf die verheißungsvolle Tür zu, aber als sie endlich über die Schwelle trat, fiel ihr ein, dass sie ihre Marken zu Hause vergessen hatte. Sie steckten vorn in der Bibel, die nun auf dem Schrank lag.

»Ohne Marken kein Fett«, sagte Dorothee Abels. »Ich kann da keine Ausnahme machen. Das musst du verstehen.« Hinter Käthe kam Gemurmel auf, ein sanftes Brausen der Zustimmung.

»Ich hab sie ja«, sagte Käthe. »Nur eben zu Hause. Ich bin zufällig hier vorbeigekommen und habe die Schlange gesehen und mich angestellt …«

Dorothees Blick brachte sie zum Verstummen. Gib's auf, sagte der Blick. Vielleicht stimmt es, was du sagst, vielleicht aber auch nicht. Und dann hast du mein Palmfett und ich bin die Gelackmeierte.

Käthe blickte sich um. Hinter ihr stand Frau Sommerau, deren Tochter sie erst kürzlich von Frau Sommeraus erstem Enkel entbunden hatte. Und weil alles so gut verlaufen war, hatte Frau Sommerau Käthe hinterher in die Arme geschlossen und an sich gedrückt und ihr versichert, dass sie ihr das niemals, niemals vergessen würde. Aber nun hatte sie es offensichtlich doch vergessen, jedenfalls ergriff sie nicht Käthes Partei, sondern umklammerte ihre eigene Lebensmittelkarte, als wäre es ein Freifahrschein zum Paradies. Ihre Fingerknöchel waren ganz weiß.

Käthe wandte sich wieder an Dorothee. »Wir kennen uns doch nun schon so lange …«, begann sie und sah, wie aus Dorothees Nasenwurzel vier Falten sprossen und in ihre Stirn hineinwuchsen und wie sich ihr Mann hinter ihr mühsam erhob und ächzend und stöhnend nach seinen Krücken griff, die neben ihm an der Wand lehnten. Nachdem er den Krieg unversehrt überstanden hatte, hatte er sich in der englischen Gefangenschaft beim Holzhacken ins Bein gehauen. Man hatte es amputieren müssen, sonst wäre er an einer Blutvergiftung gestorben.

Jetzt komm du nicht auch noch an, dachte Käthe. Ihr könnt mich doch alle mal kreuzweise. Und wollte nur noch weg.

»Warte.« Heinrich war an den Ladentisch getreten. Er griff in seine Tasche und holte seine eigene Lebensmittelkarte heraus, riss zwei Fettmarken ab und gab sie Käthe. Dann humpelte er zurück zu seinem Stuhl an der Wand, ohne seine Frau eines Blickes zu würdigen.

Hinter Käthe murmelten die Frauen, aber was sie sagten, konnte Käthe nicht verstehen.

»Vielen Dank, Heinrich«, sagte Käthe.

»Nur geliehen«, sagte Heinrich.

Zum Abendessen gab es zwei Scheiben Brot, dünn mit Palmfett bestrichen. Käthes hungriger Magen hätte auch sechs Scheiben vertragen oder vielleicht sogar zwanzig, aber den letzten Rest Brot brauchte sie für den nächsten Tag.

Weil sie so hungrig war, wälzte sie sich lange hin und her, aber dann schlief sie doch und träumte davon, dass sie durch einen tief verschneiten Wald ging. Ihre Füße waren kalt und schwer, und sie fühlte sich unendlich müde, aber sie durfte sich nicht hinlegen. Denn wenn sie sich hingelegt hätte und eingeschlafen wäre, dann wäre sie unweigerlich erfroren. »Gib auf«, hörte sie jemanden sagen. »Gib einfach auf und ruhe in Frieden.« Und als sie sich umdrehte, um zu sehen, wer mit ihr gesprochen hatte, sah sie einen Schlitten auf sich zurasen, der von sechs bellenden Hunden gezogen wurde, und auf dem Schlitten saß Wolf.

»Wolf!«, rief Käthe und streckte ihre Arme nach ihm aus. Der Schlitten kam neben ihr zum Stehen, aber Wolf stieg nicht aus und Käthe konnte nicht einsteigen. Ihre Stiefel waren mit Schnee gefüllt, ihre Füße waren viel zu schwer, sie konnte sie keinen Zentimeter vom Boden heben.

»Schau nur, all das Holz«, sagte Wolf. »Bis zum Abend muss ich es gespalten haben.«

Und jetzt erkannte Käthe, dass an den Schlitten, auf dem Wolf saß, ein weiterer Schlitten angebunden war, und auf dem lagen riesige Baumstämme.

»Wenn ich es nicht schaffe, erschießen mich die Russen«, sagte Wolf.

»Aber weit und breit ist kein Russe in Sicht«, erwiderte Käthe. »Schnell, hilf mir in den Schlitten! Lass uns fliehen!«

Wolf sah sie traurig an, und dann hob er die Axt und hieb damit auf sein Bein ein. Einmal und zweimal und dreimal, die Schläge dröhnten und Käthe schrie und konnte sich doch nicht rühren und die Schläge dröhnten und davon wachte sie schließlich auf und starrte voller Entsetzen in die Dunkelheit ihrer kleinen Dachkammer. Die Schläge dröhnten immer weiter, nur Wolf war nicht mehr zu sehen.

Das Geräusch kam von der Tür. Jemand stand draußen im Treppenhaus und hämmerte dagegen. Wolf, dachte Käthe und hörte das Hämmern plötzlich nur noch aus der Ferne, weil das Blut in ihren Ohren so laut rauschte. Sie sprang aus dem Bett, rannte zur Tür und riss sie auf.

Da stand nicht Wolf.

Da stand eine Frau.

Eine Nonne mit einem flackernden Windlicht in der Hand.

Wieder ein Traum, dachte Käthe. Sie war gar nicht aufgewacht, sondern nur von einer Traumebene auf die andere gesunken.

»Schwester Käthe?«, fragte die Nonne. »Frau Arensen?«

»Das bin ich«, sagte Käthe und wartete darauf, dass etwas Absonderliches geschah, wie es in ihren Träumen immer der Fall war. Dass der Nonne plötzlich Flügel wuchsen und sie über Käthes Kopf hinweg in die Wohnung flatterte wie eine große Fledermaus.

»Ich bin Schwester Cordia«, sagte die Nonne. »Aus dem Marienhospital.«

»Ich träume«, sagte Käthe.

Schwester Cordias Augen weiteten sich. »Wie bitte?«

»Das ist doch ein Traum, oder?«, erkundigte sich Käthe, die plötzlich verunsichert war.

Schwester Cordia räusperte sich. Sie verströmte einen leichten Geruch nach Kampfer und Chloroform.

In Träumen riecht man nichts, dachte Käthe. Ich muss also wach sein.

»Es tut mir leid, dass ich Sie geweckt habe«, sagte Schwester Cordia.

Was wollte sie hier? Eine katholische Klosterschwester, die Käthe noch nie zuvor gesehen hatte, mitten in der Nacht. Schlechte Nachrichten, dachte Käthe. Etwas anderes kann es gar nicht sein.

»Was ist mit meinem Mann?«, flüsterte sie. »Ist er tot?«

»Nicht doch!« Die Nonne hob beide Arme gleichzeitig und sah einen Augenblick lang wirklich aus wie ein mächtiger Vogel. »Ich komme, um Ihre Hilfe zu erbitten. Sie sind doch Hebamme?«

Käthe nickte mit trockenem Mund.

»Wir brauchen Sie«, sagte Schwester Cordia. »Eine schwierige Geburt, die sich schon seit Stunden hinzieht. Unsere Hebammen sind alle krank, und der Arzt ist nicht zu erreichen. Wir wissen nicht mehr ein noch aus.«

»Ich bin aber evangelisch«, sagte Käthe, aber das war Schwester Cordia egal, jedenfalls in diesem Moment.

Die Gebärende war sechzehn oder fünfzehn oder noch jünger. Ein Kind mit einem riesigen Bauch. Ein Kind mit einem Kind im Bauch, das nicht herauswollte, und man konnte es ihm nicht verdenken.

»Sie weigert sich, ihren Namen zu nennen«, erklärte Schwester Cordia Käthe. »Und wer der Vater ist, verrät sie uns auch nicht.«

Sie bemühte sich nicht einmal, ihre Stimme zu senken, aber das Mädchen schien sie und Käthe gar nicht wahrzunehmen. Sie lag zusammengekauert auf einer Liege, die Augen stumpf, die Lippen zusammengepresst, das Gesicht bleich und glänzend wie geschmolzenes Kerzenwachs.

»Wie lange ist sie schon hier?«, fragte Käthe.

»Seit zehn«, erklärte Schwester Cordia. »Aber die Hebamme, die eigentlich Nachtdienst hat, hat sich heute ein Bein gebrochen, und Schwester Ursula ist zu ihrer Mutter aufs Land gefahren, und unsere dritte Hebamme hat Fieber. Und Doktor Neubauer geht einfach nicht ans Telefon, dabei ist er sonst die Zuverlässigkeit in Person …«

»Ist denn kein anderer Frauenarzt im Haus?«

»Ein Assistenzarzt«, sagte Schwester Cordia. »Aber wir können ihn nicht finden. Deshalb bin ich ja zu Ihnen gekommen. Es war Schwester Benedictas Idee, Sie aufzusuchen. Es war gar nicht einfach herauszubekommen, wo Sie wohnen.«

»Ist sie denn überhaupt schon untersucht worden?«, fragte Käthe.

»Wer?«, fragte Schwester Cordia. »Ach so. Nein. Natürlich nicht. Ich bin Kinderkrankenschwester, ich habe von solchen Dingen keine Ahnung. Aber nun sind Sie ja da, Gott sei Dank.« Sie wischte sich erleichtert den Schweiß von der Stirn und nickte zufrieden, so als sei das Kind soeben gesund zur Welt gekommen. Aber davon waren sie noch weit entfernt.

»Es liegt verkehrt«, stellte Käthe fest, nachdem sie das Mädchen untersucht hatte. »Eine Steißgeburt.«

Sie war jetzt so wach, als ob sie einen Liter Bohnenkaffee getrunken hätte. Eine Steißgeburt bei einer Erstgebärenden, noch dazu einem so jungen Mädchen. Und kein Arzt in der Nähe. Das war lebensgefährlich. Das konnte sie nicht verantworten, aber weglaufen konnte sie jetzt auch nicht.

Das Mädchen stöhnte leise.

»Wir brauchen einen Arzt«, sagte Käthe. »Unbedingt. Holen Sie diesen Doktor her oder wenigstens den Assistenten.

Es kann doch nicht wahr sein, dass auf einer Entbindungsstation kein Frauenarzt ist.«

»Ich habe Ihnen doch schon gesagt, dass das gar nicht Doktor Neubauers Art ist.« Schwester Cordias Stimme klang jetzt schärfer. »Schwester Benedicta hat mehrmals versucht ihn anzurufen, aber …«

»Wo wohnt er?«, fragte Käthe und wartete die Antwort gar nicht erst ab. »Schicken Sie jemanden hin. Er muss sofort kommen.«

»Hier ist aber niemand …«, begann Schwester Cordia, doch als sie Käthes Gesicht sah, verzichtete sie auf den Rest des Satzes und verschwand.

Das Mädchen stöhnte wieder, lauter als zuvor. Als wollte sie Käthe daran erinnern, dass sie auch noch da war.

»Ganz ruhig«, sagte Käthe. »Das wird schon, machen Sie sich keine Gedanken.«

Sie untersuchte den Muttermund, der bereits sechs oder sieben Zentimeter geöffnet war. Der kindliche Steiß dehnte den Geburtskanal viel langsamer als ein Kopf. Wahrscheinlich lag das Mädchen schon seit Stunden in den Wehen.

Mitten in der Untersuchung kam Schwester Cordia wieder zurück und blickte Käthe so fasziniert über die Schulter, als sähe sie so etwas zum ersten Mal. Vielleicht sah sie es ja auch zum ersten Mal.

»Können Sie das Kind denn noch drehen?«, fragte sie.

»Dazu ist die Geburt zu weit fortgeschritten. Der Steiß ist bereits in den Geburtskanal eingetreten. Was ist mit dem Arzt?«

»Ich habe eine Lernschwester losgeschickt.«

»Sehen Sie?«, sagte Käthe zu dem Mädchen, obwohl es nichts zu sehen gab. »Es wird alles gut.«

Das Mädchen wimmerte. Das Mädchen schwitzte. Käthe schwitzte auch.

Ihr war einmal eine Steißgeburt unter den Händen weggestorben, weil der Kopf im Geburtskanal steckengeblieben war. Es war eine Hausgeburt gewesen. Seitdem empfahl sie allen Schwangeren mit Steißlagen dringend, für die Entbindung ein Krankenhaus aufzusuchen. Aber was nützte einem ein Krankenhaus, wenn kein Arzt zugegen war?

Sie fragte sich, warum das Mädchen allein hier war. Waren seine Eltern tot oder scherten sie sich nicht um ihre Tochter oder hatten sie von der Schwangerschaft gar nichts mitbekommen? Das Mädchen war recht stämmig gebaut. Manche Frauen hielten eine Schwangerschaft bis zum Schluss geheim. Vor ihren Familien, vor dem eigenen Ehemann, manchmal sogar vor sich selbst. Sie nahmen die Wahrheit einfach nicht zur Kenntnis und hofften, dass sich die Sache von selbst erledigte. Aber das passierte natürlich nicht. Nach neun Monaten kamen die Wehen und mit den Wehen kam das Kind, das war so sicher wie das Amen in der Kirche. Und auf die Wehen und das Kind folgte oft der Tod, weil die Mütter, die keine Mütter sein wollten, die schreckliche Wahrheit einfach aus dem Weg schafften.

Dieses Mädchen jedoch hatte sich nicht in einen Keller oder auf einen Dachboden zurückgezogen, um heimlich zu gebären und das Kind hinterher in den Rhein zu werfen.

»Es ist gut, dass Sie hierhergekommen sind«, sagte Käthe.

Schwester Cordia schnaubte. »Viel zu spät ist sie gekommen«, sagte sie. »Und angemeldet war sie auch nicht.«

»Das ist ja wohl das geringste Problem«, sagte Käthe.

Der Muttermund hatte sich inzwischen noch weiter geöffnet. Der Steiß des Kindes war bereits sichtbar. Zumindest war es keine Fußlage, die Beine waren nach oben gestreckt.

»Alles bestens«, sagte Käthe und fragte sich, wo der Arzt blieb und ob die Schwester wirklich eine Lernschwester zu ihm geschickt hatte. Sie war erstaunlich schnell wieder in den Kreißsaal zurückgekommen.

Der Bauch des Mädchens war prall wie ein Apfel. Die Kontraktionen folgten jetzt im dichten Abstand aufeinander. Wenn eine Welle auslief, rollte bereits die nächste heran.

»Uaaahh!«, machte das Mädchen und klang dabei wie

einer der Kater, die nachts vor Käthes Dachfenster heulten. »Ihaaaauu.«

»Es dauert nicht mehr lang«, sagte Käthe. »Sie müssen jetzt auf den Stuhl.«

Gemeinsam mit Schwester Cordia half sie dem Mädchen von der Liege und führte sie zum Kreißbett in der Mitte des Raumes.

»Wollen Sie mir nicht wenigstens Ihren Vornamen verraten?«, fragte Käthe. »Wie soll ich Sie denn nennen?«

Das Mädchen biss die Lippen zusammen und schüttelte den Kopf, aber dann öffnete sie den Mund wieder und brach in ein lautes Heulen aus. Ein Gebrüll, das die gynäkologischen Instrumente auf der Ablage zum Klirren brachte und Käthes Ohren zum Klingeln und Schwester Cordia zum Toben.

»Nun ist es aber gut«, rief sie wütend, als das Mädchen eine Pause machte, um Luft zu holen. »Was ist denn das für ein Lärm? Du bist nicht die Einzige hier auf der Station und so ein Geschrei macht die Sache nicht besser. Als das Kind in dich hineingekommen ist, hast du doch auch nicht so geschrien. Jetzt ist es zu spät. Reiß dich zusammen!«

»Was wissen denn Sie davon, wie das Kind in die Kleine hineingekommen ist?«, fragte Käthe. »Waren Sie dabei?«

Aber diese Frage hörte Schwester Cordia nicht, denn das Mädchen riss sich nicht zusammen, sondern brüllte nur noch lauter.

»Legen Sie Ihre Beine bitte auf die Stützen«, befahl Käthe. »Ich kann Sie sonst nicht untersuchen.«

Aber das Mädchen hörte sie genauso wenig wie Schwester Cordia. Sie warf den Kopf in den Nacken, dehnte den Bauch nach oben, klemmte die Knie zusammen und heulte wie ein Tier.

Schwester Cordia wirkte gleichermaßen missbilligend und entsetzt. Wahrscheinlich bereute sie es jetzt, dass sie sich nicht persönlich auf die Suche nach dem Doktor gemacht hatte.

Das Mädchen kreischte und brüllte, aber was sie brüllte, war nicht zu verstehen. Vielleicht brüllte sie gar nicht auf Deutsch, sondern in irgendeiner anderen Sprache.

»Sie muss die Beine öffnen«, schrie Käthe und griff nach dem linken Bein und gab Cordia ein Zeichen, dass sie das rechte nehmen sollte. Sie hoben sie auf die Beinstützen, Cordia hielt die Knöchel fest, während Käthe einen Dammschnitt vornahm. Danach wurde das Gesäß des Kindes geboren. »Es ist ein Junge«, rief Käthe, aber auch dieser Satz ertrank im Gebrüll.

Das Mädchen schrie und presste, und der Bauch wurde geboren, und nun erschienen auch der Oberkörper und die Arme des Kindes. Aber dann ging es nicht mehr weiter.

Der Kopf steckte fest. Wenn Käthe jetzt nicht rasch handelte, würde das Kind ersticken. Sie schob ihren Arm unter den Körper des Neugeborenen und ließ ihre Hand in den Körper der Mutter gleiten, bis sie das Köpfchen des Kindes erreicht hatte. Da war das Kinn, da der kleine Mund, in den Käthe ihren Zeigefinger steckte, damit der Kopf sich im richtigen Winkel beugte. Ihre andere Hand umfasste die Schultern des Kindes und zog es nach unten, bis der Nacken erschien und dann der Haaransatz. Ein ohrenbetäubender Schrei, und dann war das Kind geboren.

»Der Veit-Smellie-Handgriff«, hörte Käthe Doktor Wagner sagen, sie hörte seine Stimme so klar und deutlich, als schwebte er neben ihr.

Aber natürlich war er nicht da, da stand nur Schwester Cordia und starrte fassungslos auf das Neugeborene. »Ach, du heiliger Strohsack«, murmelte sie.

Und jetzt erst erkannte auch Käthe, was ihr in der Aufregung der Geburt und vor lauter Blut und Schleim entgangen war.

Das neugeborene Kind war ein Negerjunge.

IX

Während Schwester Cordia das Kind badete, kam Doktor Neubauer.

Atemlos stürzte er in den Kreißsaal und knöpfte sich im Laufen den weißen Kittel zu, den er jetzt eigentlich nicht mehr brauchte, denn inzwischen hatte das Mädchen auch die Plazenta ausgestoßen. Alles war überstanden.

Doktor Neubauer schob Käthe dennoch zur Seite und bestand darauf, die Nachgeburt selbst auf ihre Vollständigkeit zu überprüfen. Danach untersuchte er das Mädchen und erklärte, dass der Dammschnitt genäht werden müsse.

»Nur zu«, sagte Käthe. »Nähen ist schließlich Männersache.«

Da blickte er auf und musterte sie mit zusammengezogenen Augenbrauen.

»Ich weiß nicht, was diese Bemerkung soll«, sagte er. »Unser Telefon war gestört. Und ich konnte ja nicht ahnen, was hier los ist.«

Dann griff er zu Nadel und Faden.

Käthe trat neben das Mädchen, das die Lippen nun wieder aufeinanderpresste und mit trübem Blick ins Leere starrte. Es war schwer vorstellbar, dass sie gerade eben noch wie am Spieß geschrien hatte.

»Das haben Sie gut gemacht«, sagte Käthe leise. »Es war eine schwere Geburt, aber jetzt ist es geschafft. Und Ihr Kind ist ganz gesund. Herzlichen Glückwunsch.«

Das Mädchen reagierte nicht. Sie schaute mit leeren Augen durch Käthe hindurch. Vielleicht dachte sie daran, wie satt und glücklich sie gewesen war, vor gar nicht langer Zeit, und wie schön sie gewesen war, damals, als Jim oder Jonny oder Jack sie umworben hatte. Vielleicht dachte sie an die rosa Nelken und den Gin und die Dosen mit Corned Beef, die er ihr geschenkt hatte, und wie sie zusammen getanzt hatten. *My angel*, hatte er sie genannt, sie war sein Engel, und er war ihr Held. Und ihr Leben war voller Musik, bis er sie verlassen hatte, um nach Amerika oder England zurückzugehen, wo seine Frau und die Kinder schon auf ihn warteten. Und das Ende vom Lied durfte das Mädchen alleine singen, das dicke Ende, das nun folgte.

Vielleicht dachte das Mädchen aber auch an etwas ganz anderes. Oder an gar nichts. Vielleicht war sie ja schwachsinnig.

»Sie haben einen Sohn«, fuhr Käthe dennoch fort. »Gleich können Sie ihn in ihren Armen halten.«

Da füllten sich die leeren Augen plötzlich mit Tränen und das Mädchen weinte, ohne einen Ton von sich zu geben. Käthe stand hilflos daneben. Und unten nähte der Doktor, ohne von alldem etwas mitzubekommen.

»Was geschieht denn nun mit den beiden?«, fragte Käthe, nachdem sie sich gewaschen und umgezogen hatte.

»Sie will ihn nicht«, sagte Schwester Cordia. »Sie wollte ihn nicht einmal in den Arm nehmen. Na ja, vielleicht ist es besser so. Vielleicht findet sich ja eine Familie, die ihn aufnimmt. Dann ist es natürlich von Vorteil, wenn die Bindung zur Mutter gar nicht erst entsteht.« Sie schüttelte traurig den Kopf. »Wenn er bloß nicht schwarz wäre.«

»Und was ist mit dem Mädchen?«, fragte Käthe. »Was machen Sie mit ihr?«

»Wir behalten sie erst einmal hier. Sie soll sich ausruhen, und morgen früh muss sie uns ihren Namen verraten.«

»Und wenn sie ihn nicht nennt?«

»Das ist nicht unsere Angelegenheit«, seufzte Cordia. »Das ist Sache der Polizei.«

»Du liebe Zeit«, murmelte Käthe. »Das arme Ding.«

»Ja«, sagte Schwester Cordia. »Das arme Ding. Die Alten sind nur noch damit beschäftigt zu überleben und die Jugend gerät außer Rand und Band, ohne dass es einer mitbekommt. Die Kinder haben doch überhaupt keinen Halt mehr. Und keine Moral. Manchmal denke ich, einiges war doch besser, als Hitler …«

»Sagen Sie das nicht«, fiel ihr Käthe ins Wort. »Sagen Sie das bitte bloß nicht.«

Und dann ging sie nach Haus und als sie in ihrer Dachkammer eintraf, wurde es gerade hell.

In den nächsten Tagen dachte sie ununterbrochen an den kleinen Jungen.

Auch an das Mädchen.

Aber vor allem an das Kind.

Was nun aus ihm werden würde.

Wenn Wolf zu Hause gewesen wäre, hätte sie den Jungen sofort zu sich geholt. Keiner will ihn haben, hätte sie zu Wolf gesagt. Und wir haben uns immer ein Kind gewünscht. Nun ist es da, und ich freue mich.

Wolf wäre skeptisch gewesen, zumindest am Anfang. In unserem Alter, hätte er gesagt. Das geht doch nicht und überhaupt, wie sollen wir ihn ernähren, es reicht doch schon für uns beide kaum.

Aber Käthe hätte ihn überzeugt. Besser als im Waisenhaus hat er es bei uns allemal, hätte sie erklärt.

Wenn Wolf da gewesen wäre.

Aber er war ja nicht da.

Er war in Russland und hackte Holz in einem Lager und hackte sich dabei vielleicht ins Bein, aber die Russen waren nicht wie die Engländer, die schickten einen nicht nach Hause, nur weil man ein Bein verloren hatte.

»Die Russen sind wie die Tiere«, sagte Frau Kosslick immer, Lilos Nachbarin, die aus Schlesien geflohen war und die Russen hautnah erlebt hatte. »Ich könnte Ihnen Dinge erzählen, aber die will ja keiner hören …«

Damit hatte sie recht, diese Dinge wollte wirklich keiner mehr hören. Frau Baumann nicht, in deren Wohnung Frau Kosslick untergekommen war. Und Käthe schon gar nicht.

Weil sie sich verzweifelt an der Hoffnung festklammerte, dass es in den russischen Lagern vielleicht doch nicht so schlimm war, wie alle immer sagten. Weil sie glauben wollte, dass die Russen auch nicht schlimmer waren als die Amis oder Engländer oder Franzosen. Keine Bestien, sondern Menschen.

Obwohl das ja bekanntlich die schlimmste aller Gattungen war.

Vielleicht sollte ich den kleinen Jungen trotzdem zu mir nehmen, überlegte Käthe. Auch wenn es hart wird, irgendwie werde ich es schon schaffen. Wo ein Wille ist, ist auch ein Weg.

Sie versuchte sich vorzustellen, was Wolf sagen würde.

Nie und nimmer, würde er sagen. Schlag dir das aus dem Kopf. Wer soll denn auf den Kleinen aufpassen, wenn du arbeitest? Und du musst arbeiten, um Geld zu verdienen. Nein, es geht nicht, und im Übrigen würden sie dir das Kind auch gar nicht geben.

Würde er sagen.

Oder auch nicht.

Vielleicht würde er ihr auch Mut zusprechen.

Wenn es dein Herzenswunsch ist, dann tue es.

Mit jedem Tag, den sie getrennt waren, entglitt er ihr mehr. Manchmal hatte sie Mühe, sich sein Gesicht ins Gedächtnis zu rufen. Alle Fotografien von ihm waren verbrannt. Ihr war nichts geblieben, außer ihren Erinnerungen.

Als er sie zum ersten Mal zum Tanzen ausgeführt hatte, gingen sie in den *Grünen Anker*, eine Kellerbar in Flingern, in der amerikanische Jazzmusik gespielt wurde. Käthe war sehr wachsam und vorsichtig gewesen und aufs Äußerste entschlossen, sich nicht wieder zu verlieben. Die Geschichte mit

Doktor Wagner war gerade überstanden, mehr oder weniger jedenfalls, sie brauchte weiß Gott keine neue Enttäuschung.

»Oje«, sagte Käthe, als Wolf sie zum Tanzen aufforderte. »Ich befürchte, ich muss Ihnen einen Korb geben. Ich kann überhaupt nicht tanzen.«

»Dann bring ich es Ihnen bei«, erklärte Wolf. »Kommen Sie, und zieren Sie sich nicht, wir sind doch hier unter uns.«

Das stimmte natürlich nicht, die Tanzfläche war zum Brechen voll mit jungen Menschen, die sämtliche Körperteile schüttelten und rüttelten, die sich drehten und bogen, als hätten sie nur Sehnen, aber keinen einzigen Knochen im Körper.

Zu ihrer Erleichterung versuchte Wolf gar nicht erst, ihr den Shimmy beizubringen. Er ging erst dann mit ihr auf die Tanzfläche, als die kleine Kapelle ein gemäßigtes Tempo vorlegte. »Wir wollen es ja nicht gleich übertreiben«, sagte er.

Sie tanzten Foxtrott, zwei lange Schritte und ein kurzer. Erst ging Käthe rückwärts, dann schritt sie nach vorn, und dazwischen machten sie immer eine Vierteldrehung. Auf diese Weise durchwanderten sie die ganze Tanzfläche. Am Anfang stolperte Käthe ständig, und wenn Wolf sie nicht festgehalten hätte, wäre sie vielleicht sogar gefallen.

»Nicht denken«, sagte er. »Nur bewegen.«

Als ob das so einfach wäre.

Er bestellte eine Flasche Sekt. »Für mich bitte keinen Alkohol«, sagte Käthe, die froh war, dass sie endlich wieder mit dem Trinken aufgehört hatte. Wolf lachte, als wäre das ein wirklich gelungener Scherz. Als die Flasche kam, akzeptierte sie doch ein Glas, stieß mit ihm an und leerte es auf einen Zug. Danach ging es viel besser mit dem Tanzen.

»Sehen Sie?«, sagte Wolf. »Sobald man nicht mehr darüber nachgrübelt, klappt es ganz hervorragend.«

Er schenkte ihr noch ein zweites Glas Sekt ein, und nachdem sie auch das geleert hatte, versuchte sie sogar einen Shimmy zu tanzen, aber das gefiel ihr nicht.

»Was für ein Gezappel«, sagte sie. »Das ist nichts für mich.«

»Für mich auch nicht«, sagte Wolf. »Mir ist es lieber, wenn man sich beim Tanzen in den Armen liegt.«

Auf diese Bemerkung hin brauchte sie noch ein Glas Sekt. Und nun war die Flasche leer, und Wolf bestellte noch eine.

»Wenn ich noch einen Schluck Alkohol trinke, werde ich ohnmächtig«, verkündete sie, als sie auch die zweite Flasche geleert hatten. »Entweder Sie bestellen mir eine Limonade …«

»Oder?«, fragte Wolf.

»Oder ich bestelle sie selbst«, sagte Käthe.

Also kaufte er Limonade und tanzte einen langsamen und einen sehr schnellen Foxtrott und einen Walzer und noch einen Foxtrott mit ihr.

»Man möchte es nicht glauben, dass Sie es heute Abend erst gelernt haben«, meinte er, als die Musiker ihre Instrumente einpackten. »Sie sind ein Naturtalent.«

»Und Sie sind ein Schmeichler«, sagte Käthe und gähnte. »Bringen Sie mich nach Hause, schnell, bevor ich wieder nüchtern werde und mich für den ganzen Unsinn schäme, den ich heute Nacht von mir gegeben habe.«

Er brachte sie zurück zum Schwesternwohnheim und bedankte sich für den gemeinsamen Abend. »Den schönsten, den ich seit langem erlebt habe.«

»Ach kommen Sie«, sagte Käthe und musste schon wieder gähnen, aber nicht weil er sie langweilte, sondern weil sie den ganzen Tag im Kreißsaal gestanden hatte und zum Umfallen müde war. »Werden Sie jetzt bloß nicht sentimental.«

Da lachte er, und dann küsste er sie.

Und sie küsste ihn.

Ihr Kuss war voller Hingabe und Leidenschaft, die nicht Wolf galt, sondern Doktor Wagner, der Käthe nie geküsst hatte. Aber das wusste Wolf natürlich nicht.

»Meine Güte«, sagte er beeindruckt, als sie sich voneinander lösten, weil im Schwesternwohnheim Licht anging. »Das hätte ich nicht von Ihnen erwartet.«

»Da können Sie mal sehen, wie man sich täuschen kann«, sagte Käthe, und dann ging sie ins Haus. Sie ging langsam und konzentriert und hielt den Blick auf ihre Füße gerichtet, weil sie auf keinen Fall schwanken wollte.

Am Abend darauf ging sie mit ihm ins Kino, obwohl ihr Kopf dröhnte und sie besser im Bett geblieben wäre. Sie sahen eine Tonfilm-Operette mit Willy Fritsch, von der Käthe nichts mitbekam, weil sie die ganze Zeit darüber nachdachte, was Wolf wohl von ihr hielt. Sie konnte es selbst nicht fassen, dass sie ihn geküsst hatte. Wie sie ihn geküsst hatte.

Ganz abstoßend konnte er sie nicht finden, sonst wäre er heute Abend nicht gleich wieder aufgetaucht.

Sie fragte sich auch, ob er sie wieder küssen würde. Und wie sie darauf reagieren würde. Heute bin ich nicht betrunken, dachte sie. Heute werde ich ihn ohrfeigen, wenn er es versucht.

Schweigend gingen sie durch den Hofgarten nach Hause. Es war eine milde Vollmondnacht, die Sonnenwärme des Tages lag unter den hohen Kastanien wie unter einer Glocke. Irgendwo sang ein Nachtvogel und Nachtfalter tanzten dazu um die Straßenlaternen. In einhunderteinundfünfzig Tagen käme Hitler an die Macht, und auf den Tag genau in sieben Jahren würde der nächste Krieg ausbrechen und Käthe und Wolf voneinander trennen, aber davon ahnten sie damals noch nichts.

Käthe dachte auch nicht an die Zukunft, sondern immer noch an den Kuss vom Vorabend und freute sich fast darauf, Wolf zu ohrfeigen, wenn er es wieder versuchte. Aber als sie am Schwesternwohnheim angekommen waren, gab er ihr nur die Hand.

»Auf Wiedersehen, Schwester Käthe«, sagte er. »Es war mir ein Vergnügen.«

»Auf Wiedersehen, Herr Arensen.« Sie wollte ihre Hand wieder aus seiner ziehen, aber er hielt sie immer noch fest. Das gefiel ihr und gefiel ihr auch wieder nicht.

»Sehen wir uns wieder?«, fragte er.

»Warum nicht?«

»Wann haben Sie Feierabend?«

»Morgens um sieben.«

»Wie bitte?«

»Nächste Woche habe ich Nachtdienst. Ich arbeite von halb elf bis zum Morgen.«

»Hervorragend. Dann hole ich Sie abends um sieben ab. Wir gehen etwas essen oder spazieren, und um halb elf bringe ich Sie wieder hierher.«

Sie zögerte. Was sprach dagegen? Nichts. »Also gut.«

Er lächelte. »Das hätte ich nicht gedacht.«

»Was?«

»Dass ich auch nur die Spur einer Chance bei Ihnen hätte. Als ich Sie damals im Flur des Krankenhauses gesehen habe, da wirkten Sie so … unnahbar.«

»Ach wirklich?«, fragte sie ihn, und dann fragte sie sich selbst, ob er nun enttäuscht war, dass sie ganz anders war, als er es sich vorgestellt hatte. Ob es ihm vielleicht sogar missfiel, dass sie sich gleich am ersten Abend von ihm hatte küssen lassen, dass sie sich so bereitwillig auf ihn eingelassen hatte, als habe sie nur auf ihn gewartet.

Es gefiel den Männern nicht, wenn eine Frau zu bereitwillig war. Männer wollten kein leichtes Spiel, sie wollten den Kampf und die Auseinandersetzung und Frauen, die sich so lange widersetzten, bis sie sie erobert hatten.

»Wirklich«, sagte Wolf. »Also, dann hole ich Sie morgen Abend hier ab.«

»Nein«, sagte Käthe. »Morgen Abend geht es doch nicht. Ich hab schon etwas anderes vor. Das ist mir gerade eben wieder eingefallen.«

»Ach so«, sagte Wolf enttäuscht. »Vielleicht übermorgen?«

»Übermorgen ginge es«, sagte Käthe.

»Dann komme ich übermorgen.« Er hob den Hut, grüßte und wollte gehen, aber dann blieb er doch noch einmal stehen. »Ich bin sehr froh.«

»Worüber?«, fragte Käthe.

»Dass wir uns getroffen haben.«

»Sind Sie das?«, fragte Käthe. »Freuen Sie sich lieber nicht zu früh. Sie wissen doch überhaupt nichts von mir.«

»Das stimmt«, gab Wolf zu. »Noch sind sie mir ein Rätsel. Aber ich möchte es gerne lösen.«

»Das ist nicht so einfach«, sagte sie und warf den Kopf so abrupt in den Nacken, dass sie fast den Hut verlor.

»Ich weiß«, sagte er und lächelte. »Aber ich bin ein sehr geduldiger Mensch.«

Und das war er wirklich.

Nachdem ihre Liebe so überaus stürmisch begonnen hatte, schien er plötzlich alle Zeit der Welt zu haben. Sie trafen sich oft. Er führte sie zum Essen aus, er ging mit ihr tanzen und ins Theater. Er erzählte, und er hörte ihr zu.

Er machte keinerlei Anstalten mehr, sie zu küssen. Er half ihr aus dem Taxi und in den Mantel, ansonsten vermied er jede Berührung. Im Kino nahm er nicht einmal ihre Hand. Aber er wollte alles über sie wissen.

Sie erzählte ihm von ihrer Kindheit in Remscheid und dass sie Diakonisse hatte werden wollen, aber nach einer Probezeit in Kaiserswerth erkannt hatte, dass sie das Leben in der Gemeinschaft der frommen Frauen nicht ertrug. »Dieses Gezanke um Nichtigkeiten war zermürbend«, sagte sie.

»Da sind Sie Hebamme geworden.«

»Die Ausbildung hab ich schon bei den Diakonissen begonnen. Aber dann bin ich von Kaiserswerth nach Düsseldorf gezogen und habe die Lehre im Evangelischen Krankenhaus beendet.«

»Und Sie?«, fragte sie dann Wolf. »Wie ist Ihr Leben bislang verlaufen?«

»Oh, da gibt es gar nicht viel zu berichten«, behauptete Wolf. Er war Kürschner, das Handwerk hatte er bei seinem Vater gelernt, und als dieser vor ein paar Jahren gestorben war, hatte Wolf den Betrieb übernommen. »Ich habe eigentlich immer davon geträumt, einmal etwas ganz anderes zu machen. Etwas Neues anzufangen. Aber es ist nicht dazu gekommen. Nun bin ich Kürschner, wie er es war, und führe die Handgriffe aus, die ich ihn habe machen sehen, und rieche sogar schon wie er.«

»Das ist aber doch auch schön«, sagte Käthe. »Etwas von seinem Vater zu übernehmen und weiterzuführen. Das stelle ich mir ungeheuer befriedigend vor.«

Ihr eigener Vater war im Jahr zuvor gestorben und hatte Käthe nichts hinterlassen, kein materielles Erbe und kaum eine Erinnerung. Sie war sein jüngstes Kind gewesen, er hatte sie zeit seines Lebens nicht zur Kenntnis genommen. Wenn die Mutter sich über Käthe beschwerte, legte er sie übers Knie, aber selbst die Schläge verabreichte er ihr mit einer gewissen Gleichgültigkeit.

»Ja«, sagte Wolf nachdenklich. »Und nein. Manchmal denke ich, es war einfach zu naheliegend. Vielleicht wäre es besser gewesen, wenn ich einen anderen Weg gegangen wäre. Und nicht in seinem Leben angekommen wäre, sondern in meinem eigenen.«

Er erzählte ihr von seinen zwei Lehrlingen und einem Gesellen, dass er ein schönes Haus hatte und Hunde liebte. Aber das Wichtigste verschwieg er.

Das Wichtigste erzählte er ihr erst, nachdem sie sich fast zwei Monate kannten und nahezu jeden Abend miteinander verbracht hatten und die Sonntage ohnehin.

Als sie gerade wieder angefangen hatten, sich zum Abschied zu küssen, da erzählte er ihr, dass er verheiratet war.

X

Rosa Nolting hatte einen siebten Sinn für die Geheimnisse anderer Menschen. Sie roch es förmlich, wenn jemand etwas verbarg, vor allem dann, wenn es ihr nützlich sein konnte.

Sie wusste früher als alle anderen, wann es irgendwo Rauchfleisch, Brennspiritus, Lodenstoff, Kernseife, Waschpulver oder Bindfaden gab. Sie wusste, welcher Schwarzmarkt am wenigsten kontrolliert wurde oder dass der Förster im Stadtwald bei Holzdiebstählen ein Auge zudrückte, wenn man ihn mit Zigaretten entschädigte.

Sie freundete sich mit Gisela Küppersheim an, einen Tag, nachdem Gisela einen Major der Britischen Armee kennengelernt hatte, und zwei Tage, bevor sie ein Verhältnis mit ihm anfing. Und Lilo war sich ganz sicher, dass das kein Zufall war, sondern Berechnung. Weil Rosa niemals etwas tat, ohne genau zu wissen, warum sie es tat.

Rosa brachte Lilo und Käthe ihre erste Patientin.

Und das, bevor sie auch nur einer Menschenseele von der Abtreibungsklinik erzählt hatten. Aber Rosa spürte, dass da etwas war, etwas Geheimes, etwas Illegales, etwas, das ihr von Nutzen sein konnte. Und begann sofort, im Nebel zu stochern und im Trüben zu fischen und nachzuhaken.

»Ich muss einmal mit dir reden«, raunte sie Lilo zu, als sie sich morgens an der Lore trafen, so wie sie sich früher immer im Stadtpark getroffen hatten. Damals hatten sie ihre Kinderwagen vor sich hergeschoben, jetzt schob jede von ihnen eine Schubkarre voller Schutt. Rosa wuchtete ihre Karre als Erste auf die Rampe, stemmte dann die Griffe nach oben und kippte den Inhalt in den Waggon auf den Schienen.

Rrrrrrrrooommmmsssschh, machte der Schutt und staubte.

»Worum geht's denn?«, fragte Lilo.

»Nicht jetzt«, sagte Rosa, ohne Lilo anzusehen.

In der Pause setzten sie sich abseits von den anderen auf einen Fenstersims aus Marmor, der einmal zu einem großen Gebäude gehört hatte, und das große Gebäude hatte zu einer Bank gehört, und die Bank hatte zwei Juden gehört, aber nun waren die Juden tot und das Gebäude zerstört, und die Bank gehörte der Allgemeinen Deutschen Credit-Anstalt.

»Dein Mann ist doch Frauenarzt«, begann Rosa, nachdem sie in ihr Butterbrot gebissen hatte, auf dem keine Butter war, sondern Rübenmus.

»Er war Frauenarzt«, korrigierte Lilo. »Seit der Gefangenschaft kann er nicht mehr praktizieren. Die Hände.«

»Na ja«, sagte Rosa und biss wieder in ihr Brot und kaute und schwieg.

»Brauchst du einen Frauenarzt?«, fragte Lilo.

»Erika«, sagte Rosa.

»Eine gute Bekannte von mir ist Hebamme. Sie kann dir bestimmt eine Empfehlung geben.«

Rosa aß, kaute, schwieg.

»Worum geht es denn?«, fragte Lilo und ahnte es natürlich bereits.

»Eine Hebamme brauchen wir jedenfalls nicht«, sagte Rosa.

Erika war schwanger, darum ging es. Noch nicht einmal siebzehn und dann so etwas.

»Die dumme Pute«, sagte Rosa. »Versaut sich ihr ganzes Leben damit. Jetzt sitzt sie zu Hause und heult.«

»Wer ist denn der Vater?«, fragte Lilo.

»Rüdiger Schad. Der Nachbarsjunge. Der ist achtzehn und leidet angeblich unter asthmatischem Husten. Jedenfalls ist seine Mutter vor einem Jahr von einem Doktor zum anderen gelaufen, bis sie einen gefunden hat, der ihr das bestätigt hat. Damit man ihren kleinen Liebling bloß nicht zum Volkssturm einzieht. Und dann geht der kleine Liebling hin und schwängert meine Erika. Asthmatisch, dass ich nicht lache!«

»Ist das denn sicher, dass Erika schwanger ist?«, fragte Lilo.

»Natürlich ist das sicher. Sie ist sechs Wochen über der Zeit. Vorgestern hat sie mir alles gestanden, das dumme Ding. Rüdiger will sie heiraten. Verdient keinen Pfennig und hat nichts gelernt, aber meine Erika heiraten, damit ich dann alle drei durchfüttere, das könnte ihm so passen!«

»Immerhin stellt er sich der Verantwortung«, wandte Lilo ein, doch das hörte Rosa gar nicht.

»Jetzt suchen wir jemanden«, sagte sie und beugte sich dabei so dicht zu Lilo hinüber, dass diese das Rübenmus in ihrem Atem riechen konnte. »Du weißt schon.«

Lilo nickte und schickte ein stummes Dankgebet zum Himmel. Obwohl Gott dafür vermutlich der falsche Ansprechpartner war. Abtreibung war ja eher ein Metier des Teufels.

»Einen, der ihr hilft, suchen wir«, flüsterte Rosa. »Dein Mann kennt doch bestimmt jemanden.«

»Mein Mann nicht«, sagte Lilo. »Aber ich.«

Endlich, dachte Lilo. Endlich würde ihr Geschäft ins Rollen kommen. Endlich zahlten sich die Mühe und Anstrengung aus, die sie und Käthe und Schimanek in den Kellerraum gesteckt hatten.

Aber dann machte ihr Käthe fast noch einen Strich durch die Rechnung.

Sie hatte Bedenken. Ernsthafte Bedenken, den Abort durchzuführen. Weil Erika mit rot geschwollenen Augen in Schimaneks Keller erschien und vor lauter Heulerei auf keine von Käthes Fragen antworten konnte.

An ihrer Stelle antwortete Rosa, die mit finsterem Gesicht und vor der Brust verschränkten Armen neben ihrer Tochter saß und Käthe versicherte, dass die Schwangerschaft noch ganz am Anfang sei. Sechs, sieben Wochen, wenn überhaupt. Und das Mädchen sei auch vollkommen gesund.

»Sie müssen uns helfen«, beschwor sie sie. »Das Kind

macht sich doch fürs Leben unglücklich, wenn es diesen Nichtsnutz heiratet.«

»Schauen Sie sich Ihre Tochter doch einmal an«, gab Käthe zurück. »Das sieht doch ein Blinder, dass das Mädchen ganz durcheinander ist. Sie sollte sich die Sache gründlich überlegen. Vielleicht möchte sie das Kind ja doch behalten.«

»Wie bitte?«, fragte Rosa streng. »Das ist doch wohl nicht Ihr Ernst! Erika, sag der Schwester, dass das nicht wahr ist.«

Erika hob ihr tränennasses Gesicht und sah zuerst ihre Mutter an und dann sah sie Käthe an, und dann ließ sie den Kopf wieder sinken.

»Erika!«, zischte Rosa. Erika schüttelte den Kopf und würgte an ihrer Scham und schluckte laut. Sie öffnete den Mund wie ein Goldfisch, aber sie brachte kein Wort heraus, weil ihre Zähne vor Angst klapperten und ihre Lippen vor Verzweiflung bebten und immer neue Tränen aus ihren Augen quollen und immer mehr Rotz aus ihrer Nase lief.

»Sie will es nicht«, sagte Rosa. »Das ist ja wohl offensichtlich. Es wäre ja auch der helle Wahnsinn. Ich möchte ...«

»Ich weiß, was Sie möchten«, unterbrach Käthe sie. »Aber bevor ich den Abbruch vornehme, muss ich allein mit Erika sprechen.«

»Warum das denn?«, fragte Rosa. »Das kommt überhaupt nicht infrage. Ich bin ihre Mutter.«

Käthe erhob sich. »Dann tut es mir leid.«

Lilo schoss ebenfalls in die Höhe. »Nicht so schnell«, sagte sie. »Ich bin mir sicher, dass wir eine Lösung finden werden.«

»Bist du das?«, fragte Käthe kalt. »Dann mach du es doch.«

Nun stand auch Rosa auf. »Also gut. Ich verlasse jetzt den Raum, wenn Sie durchaus darauf bestehen. Ich weiß zwar nicht ...« Sie verstummte und sah ihre Tochter an. Wie sie dort saß und ihre Knie umklammerte, auf ihre Schenkel heulte und sich selbst bemitleidete. Rosa schüttelte den Kopf, voller Unverständnis und Verachtung, und Lilo wusste genau, was in ihr vorging. Dass Erika sich hatte schwängern lassen, war die eine Sache, das war nun eben passiert. Diese

Flennerei jedoch, die fand Rosa unerträglich. Am liebsten hätte sie ihre Tochter bei den Schultern gepackt und so lange geschüttelt, bis die Rädchen in ihrem Kopf wieder ineinandergriffen und der Verstand ordentlich ratterte. Bis Erika wieder funktionierte.

Du warst dir so sicher, dass du sie im Griff hast, dachte Lilo mit einer Schadenfreude, die sie selbst überraschte. Aber jetzt merkst du, dass doch nicht alles so läuft, wie du es gerne hättest.

Da warf Rosa den Kopf in den Nacken und stolzierte aus dem Raum, als hätte Lilo den Gedanken laut ausgesprochen.

Die Abtreibung sollte am Samstagnachmittag vorgenommen werden. Da hatten sie schon um vier Uhr Feierabend, und bis um acht gab es immer Strom.

Lilo hatte mit Rosa das Honorar verhandelt, wohlweislich ohne Käthe.

»Du weißt doch, wie es bei uns aussieht«, sagte Rosa. »Seit Hubert nicht mehr ist, muss ich die vier allein durchbringen. Da bleibt nichts übrig, das muss ich dir ja nun kaum erklären.«

Die vier. Das war nun wieder übertrieben. Hans und Jochen waren schließlich erwachsen und konnten für sich selbst sorgen. Blieben nur noch zwei, Erika und Bärbel, damit war es ausgeglichen, denn auch Lilo hatte zwei Kinder zu ernähren und dazu noch einen Mann, der nichts zum Lebensunterhalt beitrug.

»Dein Schwager hat doch eine Kaninchenzucht«, sagte Lilo. »Er soll uns ein trächtiges Weibchen geben, dann ist die Sache in Ordnung.«

Ein trächtiges Kaninchen als Lohn für einen Schwangerschaftsabbruch. Das hatte etwas Frivoles, aber Rosa bemerkte die Ironie der Sache gar nicht.

»Ein trächtiges Weibchen!«, keuchte sie. »Wie soll ich das denn bezahlen? Oder glaubst du, mein Schwager lässt es mir umsonst, aus Mitleid für seine Nichte? Dann hast du dich aber getäuscht. Das lässt ihn nämlich kalt, ob Erika ins Elend stürzt oder nicht.«

»Du wirst schon einen Weg finden«, sagte Lilo. »Wenn du zu einer Engelmacherin gehst, dann kommst du nicht so billig weg, das garantiere ich dir. Und die meisten arbeiten auch noch schlecht. Aber bitte, probier es ruhig aus. Deine Erika wird schon sehen, was sie davon hat.«

Rosa hatte gezetert und gejammert und geschimpft, aber Lilo war hart geblieben. Jetzt saß das trächtige Kaninchen in Schimaneks Hinterhof in einem Käfig, den Schimanek aus versengtem Holz und einem alten Fliegengitter gebaut hatte. Und daneben stand ein zweiter Käfig für die Jungen, man konnte ja nicht vorausschauend genug sein.

Käthe wusch sich die Hände und zog dann die Baumwollhandschuhe über, die Lilo ausgekocht und in Desinfektionsmittel gespült hatte. Die Instrumente lagen auf einem weißen Tuch auf einem hohen Servierwagen. Es war fast wie in einem richtigen OP, nur nicht ganz so keimfrei, sie hatten schließlich keinen Autoklaven.

Erika stand am Fenster und rauchte mit zitternden Fingern eine Zigarette, wie ein zum Tode Verurteilter, dem die Gefängniswärter einen letzten Wunsch zugestanden hatten. Rosa saß daneben auf einem Hocker und presste die Lippen aufeinander. Vermutlich dachte sie an das Kaninchen, das sie lieber selber gegessen hätte, anstatt es Lilo zu überlassen.

»Ich möchte Sie bitten, den Raum zu verlassen«, sagte Käthe zu Rosa, ohne sie dabei anzusehen.

Rosa zog die Luft durch die Nase ein, es klang wie das Zischen einer Schlange. Erikas Mund entströmte ein Schwall Rauch wie ein langer, stummer Hilfeschrei. Gleich wird sie ohnmächtig, dachte Lilo.

»Es ist besser so, Rosa«, sagte Lilo. »Im Krankenhaus würden Sie dich bei einer Operation auch nicht zusehen lassen.« Ihre Stimme klang ganz ruhig, aber gleichzeitig begann sie zu schwitzen. Käthe würde keinen Handschlag tun, solange

Rosa ihr dabei über die Schulter blickte, da war sie sich ganz sicher. Und Rosa würde bestimmt darauf bestehen, im Raum zu bleiben, weil sie Käthe misstraute und Lilo auch.

Meinetwegen kann sie bleiben, dachte Lilo. Solange sie sich ruhig verhält, ist es kein Problem. Hauptsache, alles verläuft gut, und Erika ist hinterher das Kind los und wir behalten das Kaninchen. Denn mit den Jungen plante Lilo, eine eigene Zucht zu beginnen.

Wenn Käthe doch nur ein bisschen pragmatischer gewesen wäre. Aber sie war dickköpfig und engstirnig und rechthaberisch. Sie kann es sich ja auch leisten, dachte Lilo bitter. Sie hat keine Kinder zu ernähren und keinen versehrten Mann zu versorgen. Wenn sie in meiner Lage wäre, könnte sie sich ihre moralischen Bedenken nicht mehr erlauben.

»Also gut«, sagte Rosa und erhob sich. Sie warf Erika noch einen unsicheren Blick zu, dann ging sie zur Tür. Erika hob ihre Hand, die die Zigarette hielt, dabei rieselte ein grauer Strang Asche zu Boden.

»Also gut«, sagte Rosa noch einmal. Ihre Knie zitterten, aber vielleicht bildete Lilo sich das auch nur ein.

»Sie müssen keine Angst haben«, sagte Käthe zu Erika oder zu Rosa oder zu allen beiden. »Wir wissen genau, was wir tun. Es wird alles gutgehen.«

Und es ging alles gut. Die Schwangerschaft war noch ganz am Anfang, der Embryo war winzig und eine halbe Stunde nach dem Abort wachte Erika wieder auf und konnte gar nicht glauben, dass das alles gewesen sein sollte. Dass sie nun das Kind und alle Sorgen los war.

Sie wollte sich aufsetzen, aber Käthe schob ihren Oberkörper mit sanftem Druck zurück auf den Stuhl.

»Warten Sie noch ein Weilchen«, sagte sie. »Nicht, dass Sie uns hier umkippen.«

Erika nickte verschreckt, und dann kam Rosa wieder in den Raum und war so weiß wie der frisch gefallene Schnee vor dem Fenster.

»Alles in Ordnung«, sagte Käthe. »Lassen Sie Ihre Tochter noch eine halbe Stunde ruhen, dann können Sie sie nach Hause bringen.«

Als sie weg waren, räumten Käthe und Lilo den Raum auf. »Was machen wir damit?«, fragte Lilo und deutete mit dem Kinn auf den Eimer in der Ecke, den Käthe mit einem Tuch bedeckt hatte, darunter war der blutige Abfall. Erikas Gebärmutterschleimhaut und ihr abgetriebenes Kind, das Lilo nur ganz kurz zu Gesicht bekommen hatte, bevor Käthe beides in den Eimer gekippt hatte. Zu ihrer Erleichterung war das Kind von der Kürette auseinandergerissen worden und nicht mehr als menschliches Wesen zu erkennen gewesen.

»Begraben können wir es nicht, der Boden ist hart gefroren«, sagte Lilo.

»Wir werden es verbrennen«, sagte Käthe.

Sie öffnete die Klappe der kleinen Brennhexe, mit der sie den Raum mehr schlecht als recht heizten, und kippte den Embryo und die Reste der Schleimhaut aus dem Eimer ins Feuer. Und genau in diesem Augenblick klopfte es an der Tür und Lilo rief: »Herein«, und da kam Schimanek ins Zimmer. Und blieb wie angewurzelt stehen und starrte Käthe an und den leeren Eimer in ihren Händen und das blutige Tuch, das sie nicht in den Ofen geworfen hatte. Sein Blick wanderte zu der offenen Herdklappe. Und dann drehte er sich um und verließ den Raum wieder, ohne ein Wort zu sagen.

Lilo sah Käthe an.

Käthe sah Lilo an.

»Geh ihm nach«, sagte Käthe.

Lilo ging nach oben und klopfte an Schimaneks Wohnungstür, aber er machte nicht auf. Sie hämmerte gegen die Tür, doch er reagierte nicht. Vielleicht war er gar nicht zu Hause, sondern weggelaufen, nachdem er gesehen hatte, was Käthe und Lilo getan hatten.

Aber du wusstest doch, was wir machen, dachte Lilo. Was hast du denn erwartet? Dass wir die Reste in Gläser einwecken und so lange aufbewahren, bis wir sie draußen begraben können?

»Mach auf, Schimanek!«, rief sie laut. »Ich muss mit dir reden.«

In der Wohnung blieb alles still.

Er ist da drin, dachte Lilo und stellte sich vor, wie er dasaß und aus dem Fenster starrte, so wie Hambach in der Corneliusstraße aus dem Fenster starrte. Und beide dachten sie darüber nach, wie unmoralisch und kalt und hart Lilo war. Dabei hatte sie keine Wahl, sie tat eben, was sie tun musste.

Na warte, dachte Lilo. So gehst du nicht mit mir um, du nicht, Schimanek. Und sie hastete aus dem Haus und um das Haus herum zum Ende des Grundstücks, wo die Mauer, die alles umgab, zerfallen war. Und kletterte über die Trümmer in den Innenhof und dachte dabei, dass sie die Mauer schnellstens reparieren mussten, wenn sie das Kaninchen behalten wollten. Hier konnte ja jeder raus und rein, wie es ihm passte. Dann trat sie an Schimaneks Wohnzimmerfenster und schaute hinein und tatsächlich, da saß er. Auf seinem Stuhl vor dem Schreibtisch, er hatte die Ellenbogen auf den Tisch gestützt und den Kopf in seine Hände gelegt. Er dachte nach. Vielleicht weinte er auch.

Aber Lilo hatte kein Verständnis für ihn, sie war zornig. Warum hockte Schimanek da und heulte, anstatt die verdammte Tür zu öffnen und mit ihr zu reden? Schrei mich an oder wirf mich raus oder schlag mir ins Gesicht, dachte sie. Aber behandele mich nicht wie Luft.

Sie klopfte an die Scheibe.

Schimanek fuhr erschrocken hoch und schüttelte den Kopf.

Er wollte, dass sie ihn in Ruhe ließ, aber sie dachte gar nicht daran. Sie blieb einfach stehen und wartete, bis er das Zimmer verließ und zur Hintertür kam und sie öffnete.

»Was ist los?«, fragte Lilo.

»Das fragst du noch?«, fragte Schimanek. Dann schüttelte er wieder den Kopf und nagte zuerst mit den unteren Schneidezähnen an seiner Oberlippe und danach mit den oberen Schneidezähnen an der Unterlippe. »Geh weg«, sagte er. »Ich will jetzt allein sein.«

Aber Lilo ging nicht, sondern trat noch näher an ihn heran und legte ihre Hände auf seine Schultern, nicht zärtlich, sondern mit einem harten, festen Griff. »Schau mich an, Schimanek«, sagte sie. »Ich will, dass du mir ins Gesicht siehst.«

Da hob er den Kopf und sah sie an und seine Augen waren harte, schwarze Kiesel in einem Flussbett, in dem schon lange kein Wasser mehr geflossen war.

»Ich bin kein Hellseher, Schimanek«, sagte Lilo. »Wenn du nicht mit mir sprichst, dann kann ich dich nicht verstehen.«

»Du kannst mich auch so nicht verstehen«, sagte Schimanek. »Du bist nicht dort gewesen, du hast das nicht miterlebt. Das kann man nicht beschreiben.«

Lilo nickte. »Sollen wir uns einen anderen Raum für die Praxis suchen? Ist es das?«, fragte sie dann. »Erträgst du es nicht, dass wir das dort unten machen?«

Das. Warum nahm sie das Wort nicht in den Mund, warum sprach sie es nicht aus?

»Weißt du, wie das im Lager war? Die Schornsteine haben niemals aufgehört zu rauchen. Weil sie so viele Leichen hatten, die sie verbrennen mussten, Tag und Nacht.«

»Das war etwas anderes, Schimanek«, sagte Lilo. »Das Mädchen, dem wir geholfen haben, war siebzehn. So alt wie meine Tochter. Ein Kind. Wir haben etwas beendet, was noch gar nicht richtig angefangen hatte. Und es war gut so, dass wir es beendet haben, für alle Beteiligten war es gut so.«

»Woher willst du das wissen?«, fragte Schimanek. »Woher willst du wissen, dass es für das Kind gut war? Vielleicht wäre es ein glücklicher Mensch geworden.«

»Weil ich es eben weiß. Weil ich Erika kenne und ihre Mutter und die Umstände.«

»Also gut. Vielleicht wäre es ein unglücklicher Mensch geworden. Ich bin auch ein unglücklicher Mensch. Genau wie dein Hambach. Aber leben wollen wir trotzdem.«

»Es war noch kein Mensch«, sagte Lilo. »Es war eine Möglichkeit.«

»Eine Möglichkeit. Jetzt ist es eine Unmöglichkeit. Ihr habt es entschieden.«

»Die Mutter hat es entschieden. Sie wollte es nicht. Wir haben ihr nur geholfen.«

Schimanek nickte.

»Willst du, dass wir ausziehen?«, fragte Lilo und dachte daran, dass es nahezu unmöglich war, irgendeine Unterkunft in der Stadt zu finden, und ihre Praxis war auch noch illegal. Wenn Schimanek sie rauswarf, war es vorbei, genauso schnell wie es begonnen hatte.

»Glaubst du an Gott, Lilo?«, fragte Schimanek.

Lilo zögerte. »Nein«, sagte sie dann. Es war das erste Mal, dass sie das zugab, einem anderen und sich selbst gegenüber. *Nein.* Das Wort war ein scharfes Messer und schnitt. Die Wunde brannte, aber sie konnte das Wort nicht mehr zurücknehmen, weil es stimmte.

Sie hatte ihren Glauben verloren.

Das Messer schnitt nicht nur in ihre eigene Haut, es durchtrennte auch etwas, das zwischen ihr und ihrem Mann bestanden hatte, eine Brücke, eine der letzten Verbindungen. Hambach und Lilo hatten beide nie viel über ihren Glauben gesprochen, aber vor dem Krieg war er ein fester Bestandteil ihres Lebens gewesen. Hambach hatte vor dem Essen den Segen gesprochen und Lilo hatte mit den Kinder gebetet, bevor sie sie abends ins Bett gebracht hatte.

Sonntags waren sie in die Kirche gegangen, und bevor sie Kinder gehabt hatten, hatten sie sogar einmal wöchentlich an einem Bibelabend in der Gemeinde teilgenommen, wenn ihre Arbeitszeiten es zugelassen hatten.

Sie waren Mann und Frau und hatten zwei Kinder, und der Schöpfergott hielt seine gnädige oder auch ungnädige Hand über sie. Das waren die Gewissheiten, mit denen sie einmal gelebt hatten. Jetzt war es vorbei.

Wann der Zerfall ihres Glaubens begonnen hatte, konnte

Lilo nicht ausmachen. Und noch weniger einen Anlass, einen Grund dafür.

Inzwischen besuchten sie den Gottesdienst nur noch sporadisch. Die Kinder gingen längst alleine ins Bett, und selbst wenn die ganze Familie einmal zusammen am Mittagstisch saß, sprach Hambach keinen Segen mehr.

Und Lilo, die ihr ganzes Leben lang immer gebetet hatte, bevor sie eingeschlafen war, hatte aufgehört mit Gott zu sprechen. Eines Abends war sie einfach eingeschlafen, ohne die Hände zu falten. Und in der nächsten Nacht wieder. Vielleicht lag es an ihrer Erschöpfung, jede Nacht Fliegeralarm, jede Nacht die Angst, dass es nun vorbei sein könnte. Und der Hunger, der ständige Hunger.

Nach einer Woche oder zwei hatte sie es wieder versucht. Lieber Gott, hatte sie gebetet. Da bin ich wieder. Hörst du mich? Und hatte auf Antwort gewartet, aber es kam keine. Da war kein Gott, der sie hörte, da war überhaupt kein Gott.

Da war kein Sinn im Leben. Man wurde hilflos und arm geboren, und genauso ging man auch wieder zugrunde. Wenn man Glück hatte, erlebte man dazwischen ein paar gute Jahre. Wenn man Pech hatte, starb man schon mit siebzehn im Krieg.

Die Bedeutungslosigkeit ihrer Existenz war erschreckend. Noch erschreckender war die Tatsache, wie schnell sie sich damit abgefunden hatte, dass das Leben so viel erbärmlicher war, als sie es immer geglaubt hatte.

Lilo war sich fast sicher, dass es Hambach genauso ging wie ihr. Dass auch er längst nicht mehr an Gott glaubte. Aber sie wagte nicht, ihn darauf anzusprechen.

Ihr Glaube war eine Gemeinsamkeit gewesen. Der Unglauben dagegen war nichts, und nichts konnte einen nicht verbinden.

»Und du?«, fragte Lilo Schimanek.

»Nach allem, was ich erlebt habe, hoffe ich doch schwer, dass es ihn nicht gibt«, sagte Schimanek und lachte. »Wäre doch furchtbar, wenn hinter all den Abscheulichkeiten der letzten Jahre ein göttlicher Plan stünde. Da gefällt mir der Gedanke völliger Willkür entschieden besser.«

Lilo nickte unglücklich, weil sie wider alle Vernunft gehofft hatte, dass Schimanek, ausgerechnet Schimanek, etwas äußern könnte, das ihren Glauben auf wundersame Weise wiederherstellte.

Schimanek schien das zu spüren, jedenfalls klapperte er eine Weile gedankenverloren mit seinem Gebiss. »Wir werden es wissen, wenn wir tot sind«, sagte er schließlich.

»Was ist jetzt mit dem Keller?«, meinte Lilo. »Wie sollen wir es machen? Wenn du jedes Mal einen Nervenzusammenbruch bekommst, wenn wir einen Eingriff vornehmen …«

»Einen Eingriff?«, fragte Schimanek mit hochgezogenen Augenbrauen.

»Nenn es, wie du es willst«, sagte Lilo. »Aber wir brauchen klare Verhältnisse.«

Schimanek nickte, das konnte er nachvollziehen. Niemand schätzte klare Verhältnisse mehr als er.

»Es gefällt mir nicht, und es wird mir niemals gefallen«, meinte er. »Aber ich will auch nicht, dass du weggehst. Es gibt nicht mehr viele Menschen, die mir etwas bedeuten. Eigentlich habe ich niemanden außer dir.«

»Schimanek …«, begann Lilo und wollte ihm versichern, dass sich nichts zwischen ihnen ändern würde, wenn sie die Praxis an einem anderen Ort einrichten würden oder seinetwegen wieder schließen müssten. Aber das stimmte nicht, alles würde sich ändern, das wusste er so gut wie sie.

»Macht weiter«, sagte er. »Ich halte mich da raus. Ich werde euch nicht mehr behelligen. Und ich komm auch nicht mehr zu euch runter. Wenn ihr was von mir wollt, müsst ihr zu mir kommen.«

»Einverstanden. Dann machen wir jetzt einen Mietvertrag.«

»Einen … was? Hast du den Verstand verloren? Wozu brauchen wir drei denn einen Vertrag?«

»Damit wir wissen, woran wir sind.«

Schimanek kratzte sich an seinem kahlen Schädel.

»Also gut«, sagte er dann und grinste. »Was wollt ihr mir denn zahlen?«

Lilo zuckte mit den Schultern. Ein Kellerraum mit einer Brennhexe und fließend Wasser, das war in diesen Zeiten ein Vermögen wert, auch das war ihnen beiden klar. Aber sie hatte kein Vermögen und Käthe auch nicht.

»Du weißt ja, wie es bei uns aussieht.«

»Du hast von dem Geld angefangen, nicht ich. Also, wie viel wollt ihr zahlen?«

»Fünf Mark in der Woche?«

Schimanek nickte. Vermutlich hätte er auch genickt, wenn sie fünf Groschen gesagt hätte oder fünfzig Mark.

»Dann schuldet ihr mir dreißig Mark für die letzten Wochen«, sagte er.

»Der Mietvertrag gilt erst nach der Schließung«, erklärte Lilo. »Ich werde ihn heute noch erstellen. Aber mit dem Geld musst du dich erst mal gedulden. Schreib es an, ja?«

Schimanek seufzte.

Während seine Frau in Schimaneks Keller Rosa Noltings erstes Enkelkind abtrieb, saß Hambach in seinem Lehnstuhl und dachte nach. Er dachte darüber nach, dass sich angeblich noch keiner an einem bösen Wort den Magen verdorben hatte.

Das ist eine Lüge, dachte Hambach, der es wissen musste. Denn er hatte alles hinuntergeschluckt, was es zu schlucken gab. Böse, schlimme, verletzende, wahre Worte. Ganze Sätze. Ereignisse. Erinnerungen. Alles weg.

Weil er keinem damit wehtun wollte, den anderen nicht, aber vor allem sich selbst nicht, hatte er alles geschluckt. Doch nun lag es ihm im Magen. Schwer. Und spitz. Bei jeder Bewegung drückte es und stach.

Deshalb blieb er die ganze Zeit sitzen und rührte sich so wenig wie möglich. Auf diese Weise war es einigermaßen erträglich.

Aber das war doch kein Zustand.

Kein Leben.

Sagte seine Frau.

Spuck es doch endlich aus, sagte sie. Es quält dich nur, solange du es für dich behältst. Wenn es erst einmal draußen ist, bist du frei.

Immer nur heraus mit der Sprache. Als ob das so einfach wäre, dachte Hambach und lachte lautlos.

Die Worte lagen ihm im Magen, sie ließen sich nicht verdauen, sie ließen sich nicht auswürgen. Sie waren längst ein Teil von ihm.

Er wurde sie nicht mehr los.

XI

Mitte März zog Käthe zu den Hambachs in die Corneliusstraße.

Das Nachbarhaus in der Benrather Straße war überraschend eingestürzt. Mitten in der Nacht hatten die morschen Balken nachgegeben, das Dach war auf die Straße gerutscht und eine tragende Mauer eingebrochen. Danach gab es auch für den Rest des Gebäudes kein Halten mehr. Der dicke Herr Schleyer, der es am Abend zuvor wieder einmal nicht ins Bett geschafft hatte, sondern auf seinem Lehnstuhl eingeschlafen war, sauste beim Zusammensturz des Hauses mitsamt dem Sessel vom dritten Stock ins Erdgeschoss, wo er erstaunlicherweise wohlbehalten ankam. Am nächsten Tag erzählten sich die Nachbarn, dass er auf dem Klosett gesessen hatte und mit heruntergelassenen Hosen in die Tiefe gefahren sei. Die Geschichte kam so gut an, dass sie noch Jahrzehnte später in der Stadt die Runde machte.

Das Haus war jedenfalls hin, und sieben der achtundsechzig Bewohner hatten nicht so viel Glück gehabt wie Herr Schleyer und waren jetzt tot. Blieben einundsechzig Personen, die eine neue Bleibe brauchten.

Weil die Notunterkünfte überfüllt waren, verfügte die Militärverwaltung, dass sämtliche Bewohner des zerstörten Hauses auf die umliegenden Gebäude zu verteilen seien. Die Anwohner protestierten, schließlich waren ihre Häuser auch so schon voll, aber es nützte nichts. Wer mehr als fünfzehn Quadratmeter zur Verfügung hatte, musste eine weitere Person aufnehmen. Vorübergehend, hieß es, aber was damit gemeint war, wurde nicht erklärt.

Käthes Dachgeschosszimmer maß genau siebzehn Quadratmeter, wenn man die Flächen unter den Dachschrägen mit einrechnete, auf denen nicht einmal ein Zwerg hätte aufrecht stehen können. Die Hauswirtin teilte ihr Fräulein Holsmeyer als Mitbewohnerin zu und gab ihnen beiden den guten Rat, den Raum mit einem Leintuch zu unterteilen. »Man braucht ja schließlich seine Privatsphäre«, sagte sie, bevor sie sich wieder verzog.

Fräulein Holsmeyer hatte vor dem Krieg als Klavierlehrerin gearbeitet, aber bei den Pfingstangriffen war ihr Flügel in Flammen aufgegangen, und seitdem litt sie unter Depressionen. Sie betrachtete Käthes dunkle Dachkammer mit trübsinnigem Blick.

»Hier kann man doch nicht leben.«

»Zu zweit wird es allerdings eng«, erwiderte Käthe. »Haben Sie denn keine Verwandten, bei denen Sie unterkommen können?«

»Meinen Sie, dann wäre ich jetzt hier?« Fräulein Holsmeyers Augen glitten suchend durch den Raum. Vielleicht überlegte sie, ob man ihn besser der Länge nach oder der Breite nach teilte. Wie immer man auch vorging, das Fenster und der Ofen würden immer auf der einen Seite bleiben. »Na, ich hoffe, Sie schnarchen nicht.«

»Es ist noch viel schlimmer«, sagte Käthe. »Ich bin Hebamme. Ich muss ständig nachts raus.«

»Na, dann nehmen Sie besser den vorderen Teil des Raumes«, sagte Fräulein Holsmeyer prompt. »Sonst machen Sie mich ja jedes Mal wach.«

Der vordere Teil des Raums war der ohne Fenster und Ofen.

Nachmittags nahmen Käthe und Lilo eine Abtreibung vor. Ihr Geschäft lief inzwischen so gut, dass Lilo überlegte, ihre Arbeit als Trümmerfrau aufzugeben. Rosa hatte ihnen gleich drei neue Patientinnen vermittelt, und seit Käthe die Frauen nach getaner Arbeit nicht mehr zu Stillschweigen verpflichtete, zog die Nachricht ihre Kreise und ein Abort folgte auf den anderen.

»Ich muss eine Frau in meiner Wohnung aufnehmen«, erzählte Käthe Lilo, nachdem sie die Narkose verabreicht hatten und die Patientin schlief. »Kannst du dir das vorstellen? Ich weiß gar nicht, wie das gehen soll.«

»In welcher Wohnung?«, fragte Lilo. »Meinst du deine Kammer unter dem Dach? Da sollt ihr zu zweit hausen? Das ist doch eine Zumutung.«

»Befehl der Militärverwaltung«, sagte Käthe. »Widerspruch zwecklos.«

Lilo hob das Lid der Schlafenden und kontrollierte die Pupillen.

»Warum ziehst du nicht zu uns?«, erkundigte sie sich. »Neben der Küche ist noch ein Zimmerchen frei, das war früher einmal die Dienstbotenkammer. Es ist natürlich winzig. Aber zumindest hättest du deine eigenen vier Wände.«

»Und Hambach?«, fragte Käthe, während sie die Kugelzange einführte. »Das würde ihm doch gewiss nicht gefallen, wenn ich bei euch wohnen würde.«

»Wer weiß schon, was Hambach gefällt und was nicht«, sagte Lilo und reichte Käthe den ersten Hegar-Stift. »Ich frage ihn heute Abend, dann wird er es mir sagen.«

Hambach knurrte, als Lilo sich nach seiner Meinung erkundigte. Das konnte Ja bedeuten oder auch Nein. Lilo wartete eine Weile, aber als nichts mehr folgte, nahm sie es für ein Ja.

Und Käthe zog ein.

Sie überließ Fräulein Holsmeyer die ganze Dachkammer und sogar ihren Herd und fühlte sich trotzdem schuldig, als sie ihre Habseligkeiten in zwei Koffer stopfte und Fräulein Holsmeyer ihr dabei zusah.

»Sie haben es gut«, seufzte Fräulein Holsmeyer. »Für Sie geht es aufwärts, aber für mich wird es immer schlimmer.«

»Na hören Sie mal«, sagte Käthe. »Nun haben Sie den

Raum für sich allein. Da können Sie sich doch nicht beklagen.«

Anstelle einer Antwort tupfte Fräulein Holsmeyer sich eine Träne aus dem Auge.

Käthe schleppte ihre beiden Koffer die schadhafte Treppe hinunter. *Klonkklonkerklonk* machten ihre Männerstiefel auf den Stufen. Ein letztes Mal polterte sie an Frau Flausenbergs Wohnung im dritten Stock vorbei und im zweiten bei der Schmitz, die nur noch vier Wochen zur Entbindung hatte, wenn überhaupt. Tut mir leid, dachte Käthe, Sie müssen sich eine andere Hebamme suchen oder müssen jemanden in die Corneliusstraße schicken, wenn es so weit ist. Aber wer weiß, ob ich es von dort aus rechtzeitig zur Entbindung schaffe. Beim sechsten Kind geht es schnell, schneller, am schnellsten. Doch das ist nicht mein Problem, sondern Ihres, dachte Käthe. Und schämte sich für ihre Gedanken. Die Sache mit dem Kohlkopf damals, da hätte die Schmitz nicht so ein Theater machen dürfen.

Sie trug die beiden Koffer aus dem Haus und zur Friedrichstraße, wo Schimanek sie mit dem Lastwagen abholen wollte, und musste an eine Radiosendung denken, die sie wenige Tage zuvor gehört hatte. »Nun geht es wieder aufwärts«, hatte der Reporter versprochen und dabei das R gerollt wie ein Opernsänger. »Wir Bürger Deutschlands packen gemeinsam an und bauen auf, was zerstört wurde.«

Was zerrstörrt wurrde.

Als ob das Land von einer Naturkatastrophe heimgesucht worden wäre. Als ob die Bürger Deutschlands nicht selbst schuld wären an der Zerstörung.

Außerdem war es mehr als fraglich, dachte Käthe, ob die Zukunft die Wunden heilen würde, die die Nazis und der Krieg geschlagen hatten. Wunschdenken, nichts als Wunschdenken.

Die Kinder, die jungen Leute, sie würden darüber hinwegkommen. Für sie gab es nicht nur ein Morgen, sondern auch ein Übermorgen.

Aber die Älteren, wie Fräulein Holsmeyer, wie Käthe, die ihr Leben zwar noch nicht gelebt hatten, aber doch schon einen großen Teil davon, würden sie ihre Verluste jemals verwinden?

Die toten Männer, die gefallenen Söhne und Brüder, die geschändeten Schwestern. Die verlorene Heimat.

Ich werde mich niemals damit abfinden, dass Wolf tot ist, dachte Käthe.

Im selben Moment hupte Schimanek und sprang aus dem Wagen, um ihr zu helfen. Hager und bleich und kahl kam er auf sie zu und lächelte dabei sein Gebisslächeln.

Der leibhaftige Tod, dachte Käthe. Und trotzdem lässt er sich nicht unterkriegen.

Und sie wusste nicht, ob sie das tröstlich finden sollte oder grauenvoll.

Sie hatte wieder damit begonnen, die Bibel zu lesen.

Eines Morgens hatte sie danach gegriffen, ohne darüber nachzudenken, was sie tat. Hatte sie aufgeschlagen und gesucht und gefunden. Und ganz offensichtlich war Gott inzwischen besänftigt oder hatte resigniert, denn sie wurde nicht länger mit Flüchen und Verwünschungen bedacht.

Die Losung des heutigen Tages kam aus dem Johannesevangelium.

Das habe ich euch in Bildern gesagt. Es kommt die Zeit, dass ich nicht mehr in Bildern mit euch reden werde, sondern euch frei heraus verkündigen von meinem Vater.

Du wirst alles verstehen, hieß das. Warte nur ab, hab Geduld.

Irgendwann geht dir ein Licht auf, irgendwann fällt es dir wie Schuppen von den Augen. Dann begreifst du den Sinn des Ganzen.

Aber wann?, fragte Käthe. Wann ist es endlich so weit?

Es kommt die Zeit, sagte Gott.

Durch den Umzug verlor Käthe nicht nur die Schmitz als Patientin, sondern auch sämtliche andere Patientinnen. Die Corneliusstraße war einfach zu weit von der Altstadt entfernt. Man konnte ja kaum erwarten, dass der Mann erst durch die halbe Stadt lief, um die Hebamme zu holen, wenn seine Frau in den Wehen lag. »Ich werde mir so schnell wie möglich ein Telefon zulegen«, hatte Käthe all ihren Schwangeren versprochen. Aber was nützte einem diese Aussicht, wenn das Kind in den nächsten Stunden oder Tagen zur Welt kommen sollte?

»In Bilk wirst du rasch neue Patientinnen finden«, sagte Lilo. »Und außerdem ist es ganz gut, dass du dir nicht mehr jede zweite Nacht um die Ohren schlagen musst. Wir haben schließlich genug anderes zu tun.«

Inzwischen waren es zwei oder drei Frauen in der Woche, die Käthes und Lilos Hilfe in Anspruch nahmen. Und die sie gut dafür bezahlten, mit Kleidern oder Fett oder Speck, mit Uhren, Schuhen, Batterien, selbstgebranntem Schnaps oder Dieselöl. Die Waren stapelten sich bereits in Lilos Flur, und Hambach und den Kindern erzählten sie, dass es der Lohn für Käthes Entbindungen war. Einmal in der Woche gingen Käthe und Lilo mit den Sachen, die sie nicht selbst benötigten, auf den Schwarzmarkt und tauschten sie gegen Lebensmittel und Medikamente ein.

Sie aßen sich jetzt abends immer satt. In drei Wochen hatte Käthe zwei Kilo zugenommen. Und Lilo wurde auch wieder prall und schön und die Männer auf der Straße begannen ihr nachzupfeifen wie in alten Zeiten.

»Jetzt brauchen wir nur noch jemanden, der uns die Wäsche macht«, sagte Lilo. »Und alles ist perfekt.«

Aber so weit waren sie noch nicht. Alle zwei Wochen schleppten sie den großen Waschzuber in die Küche und füllten ihn mit Seifenlauge, und dann wurde die schmutzige Wäsche eingeweicht und eingeseift und gespült und ausgewrungen, und am Schluss hängten sie die nassen Kleider und Laken und Tücher an die Leinen, die sich quer durch die

Küche zogen. Früher hatte Lilo einmal im Monat große Wäsche gemacht, aber seit es in Schimaneks Keller so gut lief, mussten sie alle zwei Wochen ran.

»Ich kann mir auch etwas Angenehmeres vorstellen.« Käthe klatschte ein Oberhemd auf das Waschbrett und bearbeitete es mit einem Stück Seife, das entsetzlich nach ranzigem Fett stank. »Aber wenn man es zu zweit macht, geht es einem leichter von der Hand.«

»Noch einfacher wäre es zu dritt«, sagte Lilo. »Ich frage mich, wo Hilde wieder steckt. Sie hatte mir fest versprochen, uns heute zu helfen.«

Käthe fragte sich nicht, wo Hilde steckte. Sie wusste es. Nach der Schule traf sie sich immer mit ihren Freunden an dem alten Luftschutzbunker in der Graf-Adolf-Straße.

Käthe hatte sie schon zweimal dort gesehen. Aber Hilde hatte sie nicht bemerkt, dafür war sie viel zu beschäftigt gewesen. Mit Küssen war sie beschäftigt gewesen. Auf offener Straße, am helllichten Tag hatte sie mit einem jungen Mann poussiert. Ihre Freunde, die dabeistanden, konnten ihr dabei zusehen und jeder, der zufällig vorüberging. Wie sie ihre Arme um den Hals des Burschen schlang, und wie er seine Hände auf ihren Hintern legte, dabei war sie gerade einmal siebzehn.

Beide Male war Käthe kurz davor gewesen, Hilde zur Rede zu stellen. Was machst du denn da, schämst du dich eigentlich nicht? Beide Male war sie einfach weitergegangen und hatte auch hinterher nichts gesagt. Nichts zu Hilde und zu Lilo auch nicht.

Weil Hilde doch nur mit den Schultern gezuckt hätte. Kümmere dich um deine eigenen Angelegenheiten, hätte sie geantwortet. Was hast du mir denn zu befehlen? Ich misch mich doch auch nicht in deinen Kram.

»Sie hat einen Verehrer«, sagte Käthe zu Lilo.

»Ich weiß«, sagte Lilo.

»Ich hab sie zusammen gesehen«, sagte Käthe.

Lilo wrang ein Paar Unterhosen aus und legte sie in den

Korb zu den anderen nassen Sachen. »Ich weiß, dass sie sich mit einem Jungen trifft«, sagte sie, ohne Käthe dabei anzusehen.

»Es ist kein Junge«, erklärte Käthe. »Sondern ein junger Mann. Und sie trifft sich auch nicht nur mit ihm. Sie poussieren auf offener Straße.«

Und auch sie vermied den Blick der anderen, als sie das sagte.

Stattdessen starrte sie auf ihre Hände, die mit der stinkenden Kernseife immer noch über Hambachs Hemd rieben, hin und her und hin und her, dabei war es längst eingeseift.

»Was soll ich denn machen, Käthe?«, fragte Lilo. »Sie ist siebzehn. Ich kann sie schlecht einsperren.«

»Hast du Erika vergessen?«, meinte Käthe. »Wenn Hilde so weitermacht, dann haben wir sie bald auf dem Stuhl.«

»Käthe!«, rief Lilo voller Empörung. »Nun ist es aber genug!«

Käthe ließ das Hemd in den Bottich mit der Seifenlauge gleiten und zwang sich, den Kopf zu heben und Lilo anzusehen. »Was denkst du eigentlich?«, fragte sie.

»Wie bitte?«

»Glaubst du, nur weil Hilde deine Tochter ist, ist sie klüger oder vorsichtiger als die anderen? Sie ist siebzehn. Wie lange wird sie diesem Burschen widerstehen können, wenn er sie bedrängt? Irgendwann wird sie nachgeben, wenn sie es nicht schon längst getan hat. Beim ersten Mal passiert nichts, wird sie denken. Und beim zweiten Mal auch nicht. Und nach einer Weile redet sie sich ein, dass auch in Zukunft nichts passieren wird, dass sie eine Ausnahme ist, anders als die anderen. Und außerdem sind sie doch vorsichtig. Und dann ist sie schwanger. Du musst mit ihr reden.«

»Was soll ich ihr denn sagen?«, fragte Lilo, die auf einmal sehr blass war.

»Frag sie, ob er wenigstens Präservative nimmt«, sagte Käthe. »Und erzähl ihr von Erika.«

Vor ein paar Tagen war noch einmal Schnee gefallen, und das schlammige Wasser in den Rissen und Schrunden der Stadt war zu schmutzigem Eis gefroren, als ob der Winter nicht lang und hart genug gewesen wäre. Das Wohnzimmer war der einzige warme Raum in der Wohnung. Dort saß Hambach von morgens bis in die Nacht und starrte in sein Buch oder aus dem Fenster. Abends setzten sich auch Hilde und Gerd mit an den Ofen, lasen oder spielten Karten. Lilo dagegen werkelte bis tief in die Nacht in der kalten Küche, sie bügelte Hemden oder wischte den Boden. Und danach ging sie sofort schlafen. Nie setzte sie sich zu Hambach, und Hambach ging auch nicht zu ihr in die Küche. Sie lebten in zwei Welten in einer Wohnung und ihre Liebe war weg.

Käthe ließ sich von Hambachs abweisender Art nicht abschrecken. Das erste Mal war er sichtlich irritiert, als sie den Raum betrat, ein Tablett in den Armen, auf dem eine Kanne Hagebuttentee und zwei Tassen standen. Seine linke Augenbraue zog sich in die Stirn und hing noch immer dort, als Käthe sich setzte.

»Ich hoffe, ich störe nicht«, sagte Käthe. »Aber in meiner Kammer ist es schlichtweg zu kalt.« Hambach zuckte mit den Schultern, hob mit zitternden Händen sein Buch und begann zu lesen. Die Augenbraue senkte sich langsam wieder auf ihre ursprüngliche Position.

Käthe schielte auf den Buchtitel.

New Manual of Gynecology and Obstretics.

Ein englisches Fachbuch über Gynäkologie. Das war allerdings beeindruckend. Nicht nur, dass Hambach Englisch las, sondern dass er sich überhaupt noch mit Frauenheilkunde und Geburtshilfe beschäftigte.

Käthe hätte ihn gerne gefragt, ob er darauf hoffte, irgendwann wieder praktizieren zu können oder ob er selbst ein Werk zur Frauenheilkunde verfassen wollte. Und woher er das Buch hatte, da er doch so gut wie nie die Wohnung verließ.

Lilo und Hambach waren ausgebombt worden, bevor sie

in die Corneliusstraße gezogen waren, und aus ihrer früheren Wohnung hatten sie so gut wie nichts gerettet.

Aber Käthe stellte keine Fragen, Hambach wünschte ganz offensichtlich keine Unterhaltung. Er akzeptierte jedoch schweigend, dass ihm Käthe eine Tasse Tee einschenkte und hinstellte. Halb voll, denn wenn man sie bis zum Rand füllte, verschüttete er auf dem Weg zum Mund die Hälfte.

Sie griff nach einer zerfledderten Fachzeitschrift, die auf dem Fenstersims lag. *The Gynecologist.* Käthe hatte in der Schule ein paar Jahre Englisch gelernt, *one, two, buckle my shoe, three, four, knock at the door.* Das war so ziemlich alles, was sie davon behalten hatte. Sie blätterte durch die Zeitschrift und hatte größte Mühe, auch nur die Überschriften zu verstehen.

Aspects of premature ovarian failure.

Chronical cervical infections, diagnosis and therapies.

Ethical perspectives on abortions and euthanasia.

Die ethischen Aspekte von Abtreibung und Euthanasie. Das interessierte sie, darüber hätte sie gerne mehr erfahren. Aber schon nach den ersten zwei Sätzen kapitulierte sie und ließ die Zeitschrift sinken. Sie verstand kein Wort.

»Dort liegt ein Wörterbuch«, sagte Hambach und wies mit dem Kopf zum Schrank, ohne aufzusehen.

»Mein Englisch ist viel zu schlecht«, sagte Käthe. »Und der Text ist schwierig. Da würde mir auch ein Wörterbuch nichts nützen.«

»Man liest sich ein«, meinte Hambach, immer noch, ohne den Blick zu heben. »Am Anfang kam es mir auch wie Chinesisch vor, aber inzwischen lese ich es recht flüssig.«

Sie versuchte es noch einmal. *Some general theoretical considerations concerning the structures of abortion providers …* Es war sinnlos, auch in hundert Jahren würde sie sich in diesen Text nicht einlesen. Hambach hingegen schien den Artikel gelesen und verstanden zu haben, immerhin hatte er einzelne Wörter und ganze Sätze unterstrichen, einige Abschnitte hatte er am Rand mit Ausrufezeichen versehen.

Kopfschüttelnd blätterte sie weiter. Ob sie Hambach fragen sollte, was in dem Bericht stand? Wahrscheinlich wäre es klüger, ihn nicht auch noch mit der Nase darauf zu stoßen, dass sie sich für das Thema Abtreibung interessierte.

Vielleicht ahnt er ja bereits etwas, überlegte sie plötzlich. In keinem der anderen Artikel fanden sich so viele Unterstreichungen und Anmerkungen wie in dem Text über Abtreibung. Ganz offensichtlich hatte er sich diesem Thema mit dem größten Interesse gewidmet. Vielleicht unterschätzte ihn Lilo. Vielleicht wusste er längst Bescheid, vielleicht kannte er sogar die Praxis in Schimaneks Keller, weil er Lilo einmal gefolgt war. Aber warum hatte er Lilo dann nie darauf angesprochen?

Vielleicht akzeptiert er es stillschweigend, dachte Käthe.

Früher war Doktor Hambach ein entschiedener Abtreibungsgegner gewesen. So wie alle anderen Frauenärzte im Evangelischen Krankenhaus.

Man kann sich doch an fünf Fingern abzählen, was passiert, wenn Aborte legalisiert werden, hieß es immer. Welche Frau bliebe dann noch treu, welches Mädchen ginge unberührt in die Ehe, wenn man die Folgen eines Seitensprungs einfach so beseitigen könnte?

Aber während seine Kollegen sich hauptsächlich um die Volksmoral sorgten, stand für Doktor Hambach das Kind im Mittelpunkt. »Abtreibung ist Mord«, sagte er. »Ein besonders perfider und heimtückischer Mord. Denn das Wesen, das vorsätzlich aus dem Leben geschafft wird, hat nicht die Spur einer Chance. Es ist den Tätern hilflos ausgeliefert.«

Die Pflicht des Arztes sei es, Leben zu retten und nicht zu vernichten. Das hatte er damals gesagt, aber zwischen damals und heute lagen tiefe Bombenkrater und hohe Leichenberge. Vielleicht hatte Hambach seine Meinung geändert, vielleicht sah er die Sache heute ähnlich pragmatisch wie Lilo.

Diese Frauen brauchen Hilfe. Und ich kann sie ihnen geben.

Sagte Lilo. Sagte auch Käthe, wenn auch nicht so überzeugt wie Lilo.

Und Hambach?

Nein. Hambach nicht, dachte Käthe. Er würde auf das Kind verweisen, das weitaus hilfloser und schwächer war als die Mutter. Das Kind braucht meine Hilfe zuerst, würde er sagen.

Käthe erinnerte sich plötzlich an eine Patientin, die sich eigenhändig den Uterus und die Blase durchlöchert hatte, um ein Kind loszuwerden, das bei einem Seitensprung entstanden war. Doktor Hambach hatte sie operiert. 1935 war das gewesen, in Käthes letztem Jahr im Evangelischen Krankenhaus. »Mit einer Fahrradpumpe hat sie es versucht«, hatte er damals kopfschüttelnd erklärt. »Wenn die Verzweiflung groß genug ist, ist einem jedes Mittel recht.«

Die Frau kam nach ihrer Rekonvaleszenz ins Zuchthaus. Vier Jahre ohne Bewährung.

»Dabei war sie doch wirklich schon genug gestraft«, hatte Käthe gesagt. »Sie wird bleibende Schäden davontragen, und wenn sie Pech hat, lässt sich ihr Mann von ihr scheiden und dann war wirklich alles umsonst.«

Aber Hambach hatte kein Mitleid. Schließlich hatte niemand die Frau dazu gezwungen, sich selbst zu verstümmeln. Sie hätte ihr Kind austragen und zur Adoption freigeben können.

Dabei war er nicht kalt oder herzlos. Wenn er mitbekam, dass eine Frau ihre Schwangerschaft aus wirtschaftlicher Not oder Verzweiflung beenden wollte, dann half er nach besten Kräften. Er kannte alle wohltätigen Einrichtungen, die Familien und ledige Mütter unterstützten. Einmal hatte er eine verzweifelte junge Frau sogar selbst in ein Entbindungsheim begleitet und sie überzeugt, ihr Kind dort zu gebären.

»Ein Abort ist furchtbar«, sagte er. »Nicht nur für das Kind, auch für die Mutter. In den meisten Fällen zieht die Sache entsetzliche seelische Folgen nach sich.«

Elf Jahre war das her, überlegte Käthe. Dass sie und Hambach zusammengearbeitet und über solche Dinge gesprochen hatten. Eine Ewigkeit war das.

Und jetzt. Hatte er das Zittern und konnte keine Tasse mehr halten, ohne den Inhalt zu verschütten, geschweige denn ein Spekulum.

Sie legte die Fachzeitschrift weg.

Als sie den Kopf hob, merkte sie, dass Hambach sie musterte. Und plötzlich war sie sich ganz sicher, dass er alles wusste. Und merkte, wie ihr heiß wurde, die Hitze stieg aus ihrem Körper in ihren Kopf und brachte ihn zum Glühen, das passierte ihr oft in letzter Zeit. Das waren die Wechseljahre, ihr Körper veränderte sich. Oder war es Scham über das, was sie und Lilo in Schimaneks Keller taten? Unsinn, dachte Käthe.

»Was ist?«, fragte sie trotzig.

»Geben Sie so schnell auf?«, erkundigte er sich. Sie brauchte einen Moment, bis ihr bewusst wurde, dass er über die Zeitschrift sprach.

»Es ist mir zu schwierig«, sagte Käthe und fragte sich, ob er mit ihr spielte, und beschloss unvermittelt, die Flucht nach vorn anzutreten. »Vielleicht können Sie mir ja helfen. Übersetzen Sie mir doch den Artikel.«

Mit zitternder Hand führte er die Teetasse zum Mund, trank einen Schluck, stellte sie mit lautem Klirren zurück auf die Untertasse und zuckte mit den Schultern.

»Was interessiert Sie denn?«

Und wenn er doch keine Ahnung hat?, fragte sich Käthe. Und wenn ich ihn erst jetzt auf die Spur bringe? Aber nun gab es kein Zurück mehr. Sie schlug den Artikel wieder auf und reichte ihm die Zeitschrift, wobei ihre Hände jetzt ebenfalls zitterten.

»Sie haben sich ja schon eingehend damit beschäftigt, wie ich an Ihren Markierungen erkenne«, sagte sie, lauter als nötig, um das Beben in ihrer Stimme zu übertönen, und musste an den Bibelspruch des heutigen Tages denken.

Wer seine Sünde leugnet, dem wird's nicht gelingen, wer sie aber bekennt und lässt, der wird Barmherzigkeit erlangen.

Hambach nahm die Zeitschrift entgegen und blickte auf die Seite, schweigend und desinteressiert zuerst, aber dann veränderte sich sein Gesichtsausdruck. Er runzelte die Stirn, zog die Brauen zusammen, ein Grollen, nur ganz kurz, dann hatte er sich wieder unter Kontrolle.

Da haben wir's, dachte Käthe. Jetzt sind seine letzten Zweifel ausgeräumt. Jetzt weiß er Bescheid.

Hambach starrte in die Zeitschrift, zitterte, schlug sie zu, zitterte, legte sie weg und schüttelte den Kopf. Seine bebende Hand griff wieder nach seinem Buch.

»Herr Doktor?«, fragte Käthe irritiert und fand es auf einmal unpassend, dass sie ihn immer noch mit Herr Doktor anredete, als wäre er ihr Chef und sie seine Untergebene. Dabei lebten sie unter einem Dach wie Verwandte. »Was ist denn nun mit der Übersetzung? Können Sie mir den Inhalt nicht zusammenfassen?« Wie laut und fordernd ihre Stimme klang. Als wäre sie nicht die Schuldige, sondern die Anklägerin.

Er schüttelte den Kopf. »Mir geht es genau wie Ihnen. Der Artikel ist auch mir zu schwierig.«

»Aber Sie haben ihn doch gelesen.«

»Das Heft ist gebraucht, ich habe es aus einem Antiquariat.«

Du lügst, dachte Käthe. Ich weiß es ganz genau. Aber warum du lügst, weiß ich nicht.

Und sie beschloss, dass sie es herausfinden würde.

Diese verdammte Zeitschrift, dachte Hambach.

Warum hatte er sie nicht längst in den Ofen geworfen?

Dann hätte Schwester Käthe sie nicht gefunden und hätte auch den Artikel nicht entdeckt. Schwester Käthe, die nichts verstand, kein Englisch und auch sonst nichts. Die aber etwas ahnte, sonst hätte sie ihn nicht ausgerechnet auf diesen Artikel angesprochen.

Die Zeit heilt alle Wunden, dachte Hambach. Aber das war falsch. Bei dem Mädchen, das ihm die Männer damals gebracht hatten, würde nichts verheilen. Genauso wenig wie bei den anderen Frauen. Genauso wenig wie bei ihm selbst.

Wenn ich die Uhr zurückdrehen könnte, dachte er. Dann würde ich mich anders entscheiden. Dann würde ich Nein sagen, laut und deutlich und sofort. Nein. Nicht mit mir.

Sein Glück war vorüber gewesen, in dem Moment, in dem die Männer seine Praxis betreten hatten. Er hatte es aber nicht begriffen, er hatte nicht einsehen wollen, dass es aus und vorbei war. Dass es nur noch eine Frage gab: wie er abtreten wollte. Stolz und mit hoch erhobenem Haupt. Oder zitternd und feige und schuldig.

Er hatte alles erreicht, was ein Mann erreichen konnte. Er war eine Respektsperson, hatte eine eigene Praxis und ein gutes Einkommen und genoss sein Leben, wenn er sonntags mit Frau und Kindern über die Wupper paddelte oder in den Zoo ging und im Sommer die Rosen beschnitt und im Winter Schneemänner baute.

Und hatte die Augen davor verschlossen, dass die anderen auf der Straße standen, vor den Arbeitsämtern, vor den Suppenküchen. In langen Schlangen standen sie da und ballten die Fäuste und schrien nach einem starken Mann. Und der starke Mann hörte sie und warf sein braunes Netz aus und fischte. Der starke Mann fing die Verzweifelten und Resignierten aus den Fluten ihres Elends und zog sie an Land.

Und dafür waren sie ihm dankbar und machten ihn zu ihrem Führer.

Und dann kam Bewegung ins Land.

Hambach hatte geglaubt, dass ihn das nichts anginge, dass er sein Leben als Frauenarzt, Familienvater, Sonntagsausflügler, Zoobesucher, Rosenzüchter, Schneemannbauer ungehindert weiterleben könnte. Sein Glück im Winkel, im Augenwinkel des Bösen. Aber Hitler hatte einen weiten Blick und sah Hambach.

Und kam zu ihm.

Jeder muss seinen Teil zur gerechten Sache beitragen, sagten die Männer, die ihm die Mädchen brachten.

Jeder. Auch du.

Und da hatte Hambach Angst bekommen und hatte seinen Teil beigetragen.

Er hatte sich die Finger schmutzig gemacht, und nun zitterten sie von der Anstrengung.

Und Schwester Käthe ahnte etwas, da war er sich ganz sicher. Gestehen Sie, Doktor Hambach, sagte sie, auch wenn sie die Worte nicht aussprach. Wenn Sie endlich gestehen, dann geht es Ihnen besser, glauben Sie mir.

Aber er gestand nichts. Weil das nichts verbessert hätte. Weil es nicht mehr zu ändern war. Weil diese Wunden nicht heilen würden, was auch geschah.

XII

Lilo überlegte lange, ob sie Hilde von Erika erzählen sollte. Um sie zu warnen, um sie zur Vernunft zu bringen. Aber wenn sie von Erikas Schwangerschaft anfing, dann musste sie auch von dem Abort erzählen, und dann würde herauskommen, dass sie und Käthe den Abbruch durchgeführt hatten. Und nicht nur diesen.

Was würde Hilde dann von mir denken?, fragte sich Lilo.

Sie erzählte Hilde also nur ganz allgemein von einem Mädchen, der Tochter einer Arbeitskollegin, die schwanger geworden war und das Kind hatte wegmachen lassen. »Sie war gerade einmal siebzehn, so wie du«, sagte sie und erreichte damit natürlich gar nichts. Hilde zuckte nur mit den Schultern.

»Ich hoffe, du lässt dir das eine Lehre sein«, sagte Lilo.

»Inwiefern.« Hilde war so gelangweilt, dass sie es nicht einmal schaffte, am Ende des Wortes die Stimme zu heben.

»Du verstehst mich ganz genau. Ich weiß doch, dass du dich mit diesem jungen Mann triffst.«

»Ich habe keinen blassen Schimmer, von wem du sprichst«, behauptete Hilde.

»Von dem Kerl, mit dem ich dich an Heiligabend gesehen habe«, sagte Lilo nun schon etwas lauter, obwohl sie sich fest vorgenommen hatte, sich nicht aufzuregen, das brachte schließlich gar nichts. »Und Käthe hat euch auch gesehen«, sagte Lilo.

Jetzt sah Hilde sie immerhin an.

»Käthe?«, fragte sie, als ob sie den Namen zum ersten Mal hörte.

»Du könntest ihn mir wenigstens einmal vorstellen«, sagte Lilo. Dabei war das doch vollkommen egal. Es ging schließlich vor allem darum, dass Hilde nicht mit diesem Burschen ins Bett ging oder dass sie sich zumindest schützte, wenn sie mit ihm ins Bett ging. »Was glaubt ihr eigentlich?«, fragte Hilde. »Da ist überhaupt nichts. So ein Quatsch!«

Sie stand auf und verließ den Raum, und kurz danach knallte die Wohnungstür. Das vertraute Geräusch, das alle ihre Auseinandersetzungen beendete.

Lilo besorgte auf dem Schwarzmarkt Kondome und legte sie unter Hildes Bettdecke, damit Gerd sie nicht sah oder womöglich noch Hambach. Aber am nächsten Tag fand sie die Packung im Papierkorb. Ungeöffnet.

Sie nahm sich fest vor, nicht lockerzulassen. Sie würde Hilde beobachten, und sobald sie mehr wusste, würde sie sie zur Rede stellen und zur Einsicht bewegen. Sie würde keinesfalls tatenlos zusehen, wie sie ihr entglitt und womöglich auf die schiefe Bahn geriet.

Was habe ich bloß falsch gemacht?, dachte Lilo. Warum ist alles immer so kompliziert mit diesem Mädchen?

Sie war schon als Kind schwierig gewesen. Als sie noch klein war, hatte sie sehr an Lilo gehangen und wollte partout nicht in den Kindergarten und wollte auch später nicht in die Schule, weil sie sich vor dem Lehrer und den anderen Kindern fürchtete. Lilo hatte ihr zugeredet und hatte sie die ersten Tage sogar persönlich zur Schule gebracht, bis ins Klassenzimmer, bis zum Pult. Aber dann hatte Hilde immer zu weinen begonnen, vor den anderen Kindern, und Hambach und Lilo hatten beschlossen, dass es besser wäre, wenn Hilde allein zur Schule ginge wie die anderen auch. Besser für Hilde. Besser für Lilo, die nach dem tränenreichen Abschied im Klassenzimmer jedes Mal Kopfschmerzen bekam.

Du wolltest doch immer, dass ich selbständig werde. Und jetzt bin ich selbständig und es passt dir auch nicht, sagte Hilde in Lilos Kopf.

Du bist ja gar nicht selbständig, dachte Lilo. Du bist unvernünftig und kindisch und hängst dich an diesen Jungen, der dein Leben zerstören wird.

Das weißt du doch gar nicht, sagte Hilde, und damit hatte sie natürlich recht.

Immerhin war Gerd nicht so kompliziert wie Hilde. Unser Sonnenschein, dachte Lilo, obwohl er die Hälfte seines Lebens im Krieg verbracht hat. Oder gerade deshalb. Gerd hat es von Anfang an verstanden, das Schöne und Gute und Heitere im Leben zu sehen. Es stach ja auch hell genug aus der Düsternis empor.

Hilde sah dagegen immer zuerst das Haar in der Suppe, den Sprung in der Tasse, den Schmutzfleck auf dem Rocksaum. Es fiel ihr schwer, Freundschaften zu schließen. Oder auch nur Bekanntschaften. Im Grunde war Erika immer ihre einzige Freundin gewesen. Eigentlich erstaunlich, dass Hilde nichts von deren Schwangerschaft gewusst hatte. Vielleicht hat sie es doch gewusst, dachte Lilo. Sie erzählt mir ja nichts.

Ich habe keine Ahnung, was in meiner Tochter vorgeht, dachte sie. Wenn Hilde eines Abends nicht nach Hause käme, wüsste ich nicht, wo ich sie suchen sollte. Und bei Gerd ist es genau dasselbe, dachte sie, und dann wurde sie wütend. Auf Hambach.

Der sie nicht unterstützte. Obwohl Lilo doch so viel für ihn tat. Obwohl sie das Geld verdiente und die Lebensmittel heranschaffte und die Familie ernährte. Warum kümmerte er sich nicht wenigstens um die Kinder? Das ist doch nicht zu viel verlangt, dachte Lilo. Dass er seine Kinder erzieht.

Aber das tat er nicht. Er saß nur da, zitterte und las und zitterte und schwieg.

Er war eine Drohne. Und Lilo die Arbeitsbiene.

Das muss sich ändern, beschloss Lilo. Er kann sich nicht immer aus der Affäre ziehen. Er muss sich wieder mehr um uns kümmern. Ich werde mit ihm reden, nahm sie sich vor.

Und vielleicht hätte sie es diesmal sogar getan, der Kinder zuliebe, doch dazu kam es nicht, weil etwas anderes geschah.

Sergeant Samuel Winston trat wieder in ihr Leben.

Es war ein Samstag, Lilo und Käthe hatten in Schimaneks Keller drei Aborte durchgeführt. Das war ein absoluter Rekord, und als sie nach Hause gingen, waren sie beide so erschöpft, dass sie das Militärfahrzeug vor dem Haus gar nicht bemerkten. Erst als Winston ausstieg und auf sie zukam, erkannte Lilo ihn.

»Du liebe Zeit«, murmelte sie und blieb stehen. Käthe blieb ebenfalls stehen und sah Lilo alarmiert an, aber es war zu spät, auch nur ein Wort zu wechseln, denn Winston stand bereits vor ihnen.

»Guten Abend, die Damen«, sagte er in seinem schönsten Deutsch.

»Winston«, stammelte Lilo. »Sir. Das ist aber eine Überraschung.«

Sie reichte ihm die Hand und stellte ihn dann Käthe vor und überlegte dabei fieberhaft, warum er wohl gekommen war.

»Sie wundern sich sicherlich, mich zu sehen«, sagte Winston. Eine erstaunliche Formulierung, wenn man bedachte, dass er vor einem halben Jahr kaum ein Wort Deutsch gesprochen hatte.

»Natürlich wundere ich mich«, gab Lilo zu.

»Ich bin hier«, Sergeant Samuel Winston fuhr sich mit dem Zeigefinger zwischen Hemdkragen und Hals, »um Sie zu fragen, ob Sie mich vielleicht wieder unterrichten wollen.«

»Wie bitte?«, fragte Lilo entgeistert.

»Hören Sie«, sagte Käthe, die die Situation falsch verstand, aber vielleicht verstand sie sie ja auch gar nicht falsch, sondern durchaus richtig. »Frau Hambach und ich hatten einen harten Tag. Wir sind sehr müde und möchten Sie bitten …«

»Oh!«, rief Winston. »Aber natürlich nicht heute. Wir

können uns treffen, wann es Ihnen passt. Whenever you can make it.«

Käthe trat einen Schritt nach vorn, sodass sie zwischen Lilo und Winston stand. »Frau Hambach kann sich dann ja bei Ihnen melden«, sagte sie und lächelte kühl. »Aber jetzt müssen Sie uns entschuldigen.«

Sie griff nach Lilos Hand, aber Lilo dachte an den Äther und das Desinfektionsmittel und die Mullbinden und Tücher und Spritzen, die Winston ihnen würde besorgen können, und wie viel Geld sie dadurch sparen würden, und dass sie nicht mehr so oft zum Schwarzmarkt müssten, um dort mit zwielichtigen Polen, Franzosen oder Engländern zu verhandeln, und zog ihre Hand im letzten Moment weg.

»Morgen ist Sonntag«, sagte sie. »Morgen ginge es. Wir müssten uns allerdings irgendwo in der Nähe treffen. Ich habe keine Zeit für den langen Weg nach Oberkassel.«

»No problem«, sagte Winston und verzog sein trauriges Gesicht zu einem glücklichen Lächeln.

Mary hatte ihm den Laufpass gegeben, das war geschehen.

»Her parents«, sagte Winston. »Sie mochten mich nicht. Von Anfang an.«

Sie trafen sich jetzt in einer Konditorei auf der Bilker Allee, auch hier im Hinterzimmer, weil die Bestimmungen bezüglich der Fraternisierung immer noch nicht gelockert worden waren. Aber Winston hatte eine grandiose Idee, falls irgendein Kamerad oder Vorgesetzter doch auf den Gedanken kommen sollte, Lilo zu überprüfen.

»Wir sagen einfach, dass Sie eine *displaced person* sind«, erklärte er. »Lilo from Poland. Understand?«

Displaced person? Nein, Lilo verstand kein Wort.

»Mein Freund hat ein Mädchen aus Polen«, sagte Winston. »Die Nazis haben sie hierher verschleppt und in einer Fabrik arbeiten lassen. Und nun soll sie wieder zurück. Aber sie geht nicht wieder zurück, weil Richard sie heiraten wird.«

»Was hat das mit mir zu tun? Ich bin schon verheiratet,

falls Sie das vergessen haben.« Und ich bin auch kein Mädchen, dachte sie. Und deines schon gar nicht.

»Natürlich«, sagte Winston geduldig. »Es geht doch nur um unseren Unterricht. Wenn man uns also befragt, dann sagen wir, dass Sie aus Polen sind. Aus … what's the name of the capital?«

»Warschau«, sagte Lilo.

»Aus Warschau. That's it«, sagte Winston zufrieden. »Mit Deutschen dürfen wir nicht fraternisieren, aber bei *displaced persons* ist es kein Problem.« Damit war die Sache für ihn erledigt. Er schlug das Schulbuch auf, das Lilo mitgebracht hatte und in dem die Texte um einiges länger und schwieriger waren als in der Fibel, aber genauso blöd.

Wenn der Führer Geburtstag hat, ist auch für uns ein besonderer Tag. Zu Hause stecken wir Blumen hinter sein Bild. In die Schule nehmen wir auch welche mit. Dort haben wir ein großes, buntes Führerbild. Es hängt so, dass wir es alle sehen können. Darunter stehen immer frische Blumen.

Diese Abschnitte, in denen es um die Liebe der Deutschen zum Führer ging, versuchte Lilo immer zu überschlagen, aber Winston ließ es nicht zu. Er war geradezu fasziniert von Wörtern wie Jungvolk, Gauleiter, Winterhilfswerk, Hakenkreuzflagge und schrieb sie alle auf.

»Sonnwendfeier«, las er andächtig und notierte sich auch diesen Begriff.

»Diese Wörter müssen Sie nicht lernen«, sagte Lilo. »Sie haben ausgedient. Zum Glück.«

»It's not over«, sagte Winston. »Marys Eltern. Wissen Sie, warum sie gegen unsere Verbindung waren?«

»Weil Sie zu alt für Mary sind?«, vermutete Lilo.

»Weil ich Jude bin. Die Engländer sind nicht besser als die Deutschen. Am liebsten würden sie ihre Juden ebenfalls vergasen«, sagte er und sah Lilo dabei so vorwurfsvoll an, als wäre sie an allem schuld.

»Das tut mir leid«, sagte Lilo. »Und Mary? Was sagt sie dazu?«

»Oh Mary«, erwiderte Winston. »Sie ist noch so jung.«

Sie war nicht nur jung, sondern offensichtlich auch reichlich dumm, wenn sie die Wahl ihres Ehemanns ihren Eltern überließ, dachte Lilo. Sie selbst hätte ihre Eltern diesbezüglich bestimmt nicht mitreden lassen, sie hatte ihnen Hambach erst ein paar Tage vor der Verlobung vorgestellt. Allerdings waren ihre Eltern sehr zufrieden mit ihrer Entscheidung gewesen. Trotz Hambachs Alter oder vielleicht gerade deswegen. Sie hielten ihre Tochter nämlich für unreif und sprunghaft und waren sehr erleichtert, dass ihr Auserwählter kein leichtsinniger Luftikus war, kein armer Poet oder Vagabund, sondern Oberarzt und evangelisch.

Sie waren so erleichtert, dass sie kurz nach Lilos und Hambachs Hochzeit beide starben. So als wäre die Sorge um Lilo ihr einziger Lebenszweck gewesen, und nachdem Hambach sie ihnen abgenommen hatte, konnten sie abtreten.

Winston seufzte und rührte Kunsthonig in seinen Kaffee. Vielleicht war es in Wirklichkeit ja genau andersherum, dachte Lilo. Vielleicht hatten Marys Eltern gar nichts mit der Trennung zu tun, vielleicht war es Mary, die genug hatte oder sogar einen anderen. Und der Einfachheit halber hatte sie alles auf ihre Eltern geschoben.

Egal, dachte Lilo. Was kümmerte sie Winstons unglückliche Liebe oder sein Judentum oder seine Hühneraugen? Seine Verbindungen, die interessierten sie.

Sie musste das Gespräch möglichst unauffällig auf den Äther bringen, den sie für die Praxis brauchten, denn für den nächsten Morgen stand schon wieder ein Abort an und ihre Vorräte waren so gut wie aufgebraucht. Sie benötigten auch Desinfektionsmittel, ein Paar neue Handschuhe und Penicillin, falls Entzündungen auftraten.

Aber ihr fiel beim besten Willen keine Überleitung ein.

Vielleicht sollte ich ihm reinen Wein einschenken, dachte sie, aber das war natürlich ein hirnrissiger Gedanke. Winston wäre aus allen Wolken gefallen, wenn er die Wahrheit erfahren hätte. Vielleicht hätte er sie sogar angezeigt.

Die Dinge hatten sich geändert zwischen Lilo und Winston, das merkte Lilo sofort. Aber was sich verändert hatte, konnte sie nicht genau ausmachen.

Es war etwas in seinem Blick, in der Art, wie er sie ansah, als sie ihren Kuchen aß und den Kaffee trank. Es lag Bewunderung darin, aber auch Verachtung, fand Lilo, und beides gefiel ihr nicht. Und sie verstand auch nicht, warum er sie bewundern oder verachten sollte.

Als die Stunde beendet war, erhob sich Winston, und Lilo entschloss sich von einer Sekunde auf die andere, ihn nach dem Äther zu fragen. »Es ist für meine Untermieterin«, erklärte sie. »Sie ist Hebamme.« Sie hoffte, dass Winston nicht wusste, dass eine Hebamme normalerweise keinen Äther brauchte.

Wenn er abgelehnt hätte, ihr zu helfen, hätte sie ihn nicht mehr wiedergetroffen.

Eine Hand wäscht die andere, dachte sie. Du willst etwas von mir, auch wenn ich nicht genau weiß, was es ist. Da musst du mir auch etwas geben, und nur mit Kaffee und Kuchen lass ich mich nicht mehr abspeisen.

Wenn er ihr den Äther nicht gebracht hätte, wäre alles, was danach zwischen ihnen geschah, nicht geschehen, und das wäre mit Sicherheit besser gewesen, besonders für ihn.

Aber Winston schien Lilos Entschlossenheit zu spüren, denn er brachte ihr beim nächsten Treffen eine Flasche Äther und Desinfektionsmittel mit, aber kein Penicillin.

»Penicillin ist sehr schwer zu besorgen«, erklärte er. »Und teuer.«

»Ich brauche es aber unbedingt«, sagte Lilo. »Es ist wichtig.«

»Ich versuche es. Aber ich kann nichts versprechen.«

»Wir können es mit den Lektionen verrechnen, und wenn das nicht reicht, dann sagen Sie mir, was Sie dafür haben wollen«, sagte Lilo.

Da nickte er versonnen und sagte nichts mehr, und schon beim nächsten Mal brachte er ihr mehrere Ampullen Penicillin mit. Und forderte kein Geld und auch sonst nichts dafür, und Lilo war dumm genug zu glauben, dass die Angelegenheit damit erledigt sei.

Sie führten die Eingriffe niemals beim ersten Mal durch, sondern bestellten ihre Patientinnen immer ein zweites Mal in Schimaneks Keller. Beim ersten Mal untersuchte Käthe die Frauen nur und erklärte ihnen, was sie wissen wollten, aber die meisten wollten gar nichts wissen. Danach klärte Lilo das Finanzielle mit ihnen.

»Denken Sie noch einmal darüber nach, ob sie es wirklich machen wollen«, sagte Käthe zum Schluss immer. »Vielleicht möchten Sie das Kind ja doch lieber behalten.«

Lilo fand das übertrieben, das wusste Käthe, auch wenn sie nichts sagte. Und die Frauen fanden es vermutlich ebenfalls übertrieben, jedenfalls hatte keine bisher ihre Meinung geändert. Alle wollten den Abort hinter sich bringen, so schnell wie möglich, am liebsten sofort.

Aber dann kam Waltraud Hofer in die Praxis oder vielmehr: Sie wurde gebracht. Ihre Mutter begleitete sie und saß während des ersten Gesprächs mit finsterem Gesicht neben ihrer Tochter, so wie Rosa neben Erika gesessen hatte.

Käthe wollte lieber mit Waltraud allein sprechen, aber genau wie Rosa weigerte sich auch Frau Hofer, den Raum zu verlassen, und als sie letztendlich doch nachgab und aufstand, fing Waltraud furchtbar an zu weinen und klammerte sich an ihren Arm und wollte ebenfalls weg. »Also gut«, sagte Käthe. »Dann bleiben Sie eben in Gottes Namen beide hier.« Aber danach schilderte sie den Prozess der Abtreibung besonders ausführlich. Nicht weil sie Waltraud verstören wollte, sie spürte nur ihre Bedenken und wollte ihr die Entscheidung nicht zu leicht machen.

Und das gelang ihr. »Sie haben das Kind vollkommen kirre gemacht«, zischte Frau Hofer, als sie zwei Tage später zum vereinbarten Termin erschienen. Ihre Gesichter waren hochrot, denn Frau Hofer war wütend, und Waltraud hatte die ganze Zeit geheult.

»Haben Sie Ihre Meinung geändert?«, fragte Käthe und sah dabei Waltraud an, die aber gar nicht zu Wort kam.

»Nun fangen Sie nicht schon wieder damit an!«, rief Frau Hofer. »Das Kind ist noch nicht einmal volljährig. Und sie hat nicht einen Funken Verstand in sich, sonst wäre sie ja gar nicht erst schwanger geworden.«

Da setzte Käthe die Mutter vor die Tür, und Waltraud begann wieder zu heulen und machte Anstalten, ihr nachzurennen, aber jetzt hatte Käthe genug. »Wenn Sie das Zimmer verlassen, brauchen Sie gar nicht erst wiederzukommen«, sagte sie.

Der strenge Ton wirkte. Waltraud riss sich zusammen und verschwand hinter der spanischen Wand, die Schimanek aus verkohlten Dachlatten zusammengezimmert hatte.

Als sie ohne Rock und Schlüpfer wieder hervortrat, wollte Lilo ihr auf den Stuhl helfen, aber Käthe hielt sie zurück.

»Zuerst will ich es noch einmal aus Ihrem Mund hören«, sagte sie. »Klar und deutlich will ich es hören, dass Sie das Kind nicht haben wollen. Ansonsten mache ich keinen Handschlag.«

Waltraud presste die Lippen zusammen und schüttelte den Kopf, aber das war Käthe nicht genug.

»Gut«, sagte sie geduldig. »Dann frage ich andersherum: Möchten Sie Ihr Kind lieber behalten?«

Waltraud blickte angsterfüllt zur Tür, als erwartete sie, dass ihre Mutter ins Zimmer stürzte wie der Schneider mit der Schere im Struwwelpeter und das Kind eigenhändig aus ihr herausschnitt.

»Ja oder nein?«, fragte Käthe und klang jetzt ganz sanft.

Da begann Waltraud wieder zu schluchzen. »Ja«, weinte sie und nickte so heftig, dass die Tränen flogen und der Rotz spritzte. »Sie dürfen es nicht wegmachen. Sie dürfen das nicht.«

Der Abort wurde nicht durchgeführt, obwohl Frau Hofer Zeter und Mordio schrie und mit der Polizei drohte.

»Wenn Sie uns anzeigen, sind Sie selber dran«, sagte Lilo kalt und gleichgültig, nur Käthe merkte ihr die Angst an.

»So haben Sie doch ein Einsehen.« Frau Hofer verlegte sich jetzt aufs Flehen. »Es war unser Nachbar, der hat sie geschwängert, aber heiraten will er sie nicht, und das kann er auch nicht, weil er nämlich schon verheiratet ist, der elendige Dreckskerl.«

»Hat er Waltraud vergewaltigt?«, fragte Käthe.

Frau Hofer zögerte einen Moment lang, bevor sie antwortete, einen Moment zu lange. »Na ja«, sagte sie. »Gewissermaßen schon.«

Aber Waltraud schüttelte jetzt noch heftiger mit dem Kopf.

»Nein, so war es nicht. Wir haben es getan, weil wir uns lieben, der Heiner und ich. Und seine Alte liebt er schon lange nicht mehr. Er wird sie verlassen und mich heiraten, das hat er mir versprochen.«

Da wich die wutrote Farbe aus dem Gesicht ihrer Mutter, und sie wurde bleich wie Schimanek und der Tod und wenn Lilo nicht geistesgegenwärtig einen Stuhl in ihre Kniekehlen geschoben hätte, wäre sie sicher umgefallen, aber so sank sie nur auf den Sitz.

»Du dumme Gans«, flüsterte sie. »Du hast doch keine Ahnung, du dumme, dumme Gans.«

Danach gingen sie und nahmen den Schinken wieder mit, der als Bezahlung für die Abtreibung gedacht gewesen war.

Und Käthe war jetzt ebenso bleich, wie Frau Hofer gerade noch gewesen war, und Lilo sah auch nicht viel besser aus.

»Stell dir vor, wir hätten es weggemacht«, sagte Käthe. »Und dabei wollte sie es doch behalten.«

»Aber ob es richtig ist, dass sie es behält?«, fragte Lilo leise. »Ich kann die Mutter verstehen, auch wenn sie mir zuwider ist. Der Nachbar wird Waltraud bestimmt nicht heiraten. Das tun sie nie. Wer weiß, wie viele Mädchen er vorher schon geschwängert hat.«

»Du meinst, es war falsch, sie wegzuschicken?«, flüsterte Käthe.

»Natürlich war es falsch«, gab Lilo zurück. »Aber wenn wir ihr geholfen hätten, wäre es ebenso falsch gewesen.«

Dieses Gefühl begleitete Käthe, seit sie ihr blutiges Geschäft vor einem halben Jahr mit Ingrid, dem Maikäfermädchen, begonnen hatte. Dass das, was sie tat, falsch war, aber wenn sie es nicht tat, war es auch falsch.

Es war kein gutes Gefühl, auch wenn die Frauen hinterher froh und erleichtert waren. Auch wenn sich viele von ihnen glücklicher von Käthe verabschiedeten als manche junge Mutter, der sie ein gesundes Kind in die Arme gelegt hatte.

»Feierabend«, sagte Lilo. »Ich hab genug für heute. Ich gehe nach oben und frage Schimanek, ob er einen Schnaps für mich hat. Kommst du mit?«

Käthe schüttelte den Kopf. »Geh nur. Ich räume hier auf.«

»Nicht grübeln«, warnte Lilo. »Du kommst doch auf keine Lösung.«

Da hatte sie recht, es gab ja auch keine Lösung, nur die Entscheidung zwischen falsch und falsch.

Aber Käthe dachte auch gar nicht mehr über Waltraud Hofer nach, sie dachte an Doktor Wagner. Als sie noch in ihn verliebt gewesen war, hatte er ihr einmal anvertraut, dass er während seines Studiums in Berlin das Kind seiner Vermieterin abgetrieben hatte. »Ich stehe zu meiner Tat, es war das einzig Richtige«, hatte er ihr erklärt. »Sie hätten die Frau sehen müssen, ausgemergelt, kraftlos, schwindsüchtig. Sie war nicht in der Lage, ein Kind auszutragen. Aber in der Charité wollte man ihr nicht helfen. Wenn ich nicht gewesen wäre, dann wären sie vermutlich beide draufgegangen, Mutter und Kind.«

Vielleicht aber auch nicht, hatte Käthe damals gedacht. Vielleicht hätten sie auch beide überlebt, und das Kind hätte der Mutter neuen Lebensmut verliehen. Vielleicht wäre es groß und stark und heldenhaft geworden, ein mutiger Mann, der Hitler aus dem Weg geräumt und Doktor Wagner das Leben gerettet hätte.

Alles ist möglich, dachte Käthe. Wenn wir es nicht verhindern.

Wenn ich damals nicht eingegriffen hätte, wäre die Frau gestorben, beharrte Wagner. Dabei hatte er nichts mehr zu sagen, er war doch selbst tot.

Und Käthe war schuld daran, jedenfalls mitschuldig.

XIII

Doktor Wagner hatte seinen Dienst als Frauenarzt im Evangelischen Krankenhaus am 3. August 1931 um acht Uhr begonnen. Und alle Schwestern und Hebammen waren auf der Stelle hin und weg von ihm. Weil er so gut aussah. Und weil er so klug und nett war.

»Und lustig ist er auch«, erzählte Schwester Thekla aufgeregt, als Käthe zur Nachtschicht im Kreißsaal eintraf. »Ein toller Mann, wirklich! Wie schade, dass Sie ihn heute nicht kennengelernt haben.«

»Dazu ist ja wohl noch genügend Zeit«, sagte Käthe. »Oder hat er seinen Dienst gleich wieder gekündigt?«

»Natürlich nicht«, antwortete Thekla entsetzt. »Warum sollte er denn so etwas tun?«

Ein Schaumschläger, dachte Käthe. Ein Frauenheld. Sie war fest entschlossen, sich nicht von Doktor Wagner beeindrucken zu lassen. Schließlich war sie keine naive Lernschwester mehr, sondern eine erfahrene Hebamme und dreiunddreißig Jahre alt.

Zwei Wochen lang wuchs und festigte sich der Entschluss in ihr. Dann lernte sie Doktor Wagner endlich kennen und verliebte sich sofort in ihn, mit einer Leidenschaft und einer Hingabe, wie sie es noch nie erlebt hatte und nie mehr erleben würde.

Doktor Wagner war ein großer, breitschultriger, blonder Mann mit blauen Augen und kräftigen, geschickten Händen. Ein Mann, der in seiner Freizeit Kant, Fichte und Hegel las, der die Gedichte von Benn und George liebte und die Musik von Gustav Mahler. Und lustig war er auch, genau wie

Schwester Thekla erzählt hatte. Und das war keine Nebensache, sondern das Beste überhaupt: Dass er sich auf seine Klugheit und seine Schönheit und seinen Doktortitel nichts einbildete, sondern über sich selbst lachen konnte.

Käthe und Wagner waren seelenverwandt. Das stellte sie gleich am ersten Tag fest, an dem sie Seite an Seite im Kreißsaal standen.

Sie wusste, was er wollte, schon bevor er es sagte. Er erkannte, was sie vorhatte, bevor sie auch nur einen Handgriff tat.

»Mit Ihnen kann man arbeiten«, meinte er beeindruckt nach der Entbindung.

Und lud sie gleich auf ein Bier ein, damit sie sich ein bisschen besser kennenlernten. Und Käthe, die niemals Bier trank und niemals mit Kollegen ausging und mit Ärzten schon gar nicht, willigte auf der Stelle ein.

Danach gingen sie regelmäßig zusammen essen. Oft waren auch andere Ärzte oder Schwestern dabei, aber egal wie viele Personen um den Tisch herum saßen, immer spannte sich ein unsichtbares Band von Wagner zu Käthe, wie ein Nerv, der sie im Innersten berührte. Und sie berührte ihn auch, da war sie sich ganz sicher. Denn wenn sie etwas sagte, hörte er auf zu essen und zu trinken und hörte ihr zu. Und nickte versonnen.

»Besser hätte ich es selbst nicht sagen können.«

Manchmal begann er einen Satz, und sie brachte ihn zu Ende.

Manchmal redeten sie sogar im Chor, weil sie denselben Gedanken hatten.

Käthes Leben öffnete sich und nahm Doktor Wagner auf und schloss sich wieder. Was immer sie tat, worüber sie auch nachdachte, immer war er bei ihr und sah ihr zu und nahm Anteil.

Er war ihr so nah, wie ihr noch nie ein Mensch gewesen war, noch nicht einmal ihre Eltern. Dachte sie.

Aber nach ein paar Wochen merkte sie, dass es nicht weiterging. Dass aus ihrer Freundschaft keine Liebe wurde, aus ihrer Vertrautheit keine Berührung, aus ihrem Sie kein Du.

Gut Ding will Weile haben, versuchte sie sich einzureden. Aber gleichzeitig zog die Unsicherheit in ihr Herz. Und die Eifersucht.

Auch das war neu.

Eifersüchtig war sie bisher nie gewesen, auf wen auch, da sie ja noch nie richtig geliebt hatte.

Aber nun beäugte sie die jungen hübschen Schwestern auf der Entbindungsstation und im Kreißsaal voller Misstrauen, ob Doktor Wagner ihnen vielleicht schenkte, was er ihr verwehrte. Ob er eine besonders umwarb, ob er eine liebte. Vielleicht bereitete ihm Schwester Gertrud schlaflose Nächte? Oder träumte er eher von Schwester Hildegard? Das fragte sich Käthe und kam zu keinem Schluss. Falls Doktor Wagner sich für eine der Jungen, Hübschen, Lebensfrohen besonders interessierte, dann verbarg er es geschickt.

Er hätte sie alle haben können, das musste ihm bewusst sein. Selbst Schwester Nora, die seit einem halben Jahr mit einem Medizinstudenten verlobt war, wäre sofort schwach geworden, wenn Doktor Wagner einfach zugegriffen hätte.

Aber Wagner griff nicht zu. Er war zu allen gleich nett. Er machte keinen Unterschied zwischen Schwester Nora, Schwester Hildegard, Schwester Gertrud, Schwester Resi, Schwester Elfriede, Schwester Hanni, Schwester Thekla und Schwester Käthe.

Für ihn war sie eine von vielen. Oder war sie mehr?

So, wie es zwischen uns ist, ist es doch gut, versuchte sie sich einzureden.

Aber das stimmte nicht. Sie wollte mehr. Sie wollte, dass er genauso viel an sie dachte wie sie an ihn. Sie wollte, dass er endlich den ersten Schritt machte, dass sie sich verlobten und heirateten und Kinder miteinander hätten. Sie dachte an die Ausflüge und Sonntagsspaziergänge, die vor ihnen lagen, an die Gespräche, die sie führen, die Freude und das Leid, das sie miteinander teilen würden. Sie dachte auch an Auseinandersetzungen, die sie aber nicht entzweiten, sondern ihre Liebe nur noch stärkten.

Niemals wäre es bei ihnen so wie bei den Ehepaaren, die man in Cafés oder Gasthäusern oder auf Parkbänken sah. Die Paare, die aneinander vorbeischauten und schwiegen, weil sie sich nichts mehr zu sagen hatten.

Doktor Wagner, dachte Käthe. Und manchmal: Ernst. Denn so hieß er mit Vornamen. Einen unpassenderen Namen hätten ihm seine Eltern nicht geben können, fand Käthe, und deshalb zog sie seinen Nachnamen vor, wenn sie an ihn dachte. Selbst nachts, wenn sie in ihrem Schwesternzimmer im Bett lag und mit ihrer Hand sanft ihre eigene Wange berührte und manchmal sogar ihre Brust und sich vorstellte, dass es seine Hand wäre, dachte sie nicht Ernst, sondern Doktor Wagner.

Wenn sie eine Freundin gehabt hätte, hätte die sie vielleicht gewarnt.

Er ist zu schön, um wahr zu sein, hätte sie Käthe erklärt. Da stimmt doch was nicht.

Aber Käthe hatte keine Freundin, nur Kolleginnen, denen sie sich niemals anvertraut hätte. Lilo war zu diesem Zeitpunkt schon mit Doktor Hambach verheiratet und hatte zwei kleine Kinder. Käthe bekam sie kaum noch zu Gesicht. Und selbst wenn sie noch zusammen im Evangelischen Krankenhaus gearbeitet hätten, so hätte sie ihr bestimmt nichts erzählt.

Später, als sie die Wahrheit kannte, war sie natürlich froh, dass sie keinem etwas erzählt hatte. Allerdings war sie sich ziemlich sicher, dass einige ihrer Kolleginnen es mitbekommen hatten. Wie Käthe den Boden unter den Füßen verloren hatte, wie sie geschwebt war. Vor lauter Liebe.

Nach neun Monaten unerwiderter Leidenschaft hielt Käthe es nicht mehr aus. Sie beschloss, eine Entscheidung herbeizuführen. Sie musste wissen, was Wagner für sie empfand.

Nach der Arbeit lud sie ihn zum Essen ein. Sie gingen in den *Bären* in der Sedanstraße und setzten sich wie immer an den kleinen Tisch am dritten Fenster. Es war das letzte Mal, dass sie hier zu zweit sitzen sollten, aber das wusste Käthe noch nicht.

Sie war furchtbar nervös, und natürlich merkte Wagner sofort, dass etwas nicht stimmte.

»Gibt es etwas zu feiern?«, fragte er.

Käthe schüttelte erschrocken den Kopf. Plötzlich hatte sie jeglicher Mut wieder verlassen. Sie wusste auch beim besten Willen nicht, wie sie das Gespräch auf ihre Liebe bringen sollte. Sie redete von der Arbeit, von dem neuen Röntgengerät, das gerade angeschafft worden war und das schon wieder repariert werden musste.

Nach dem Essen blickte Doktor Wagner verstohlen auf die Uhr. Und plötzlich wurde Käthe bewusst, dass sie gleich wieder nach Hause gehen würde und so weit wäre wie zuvor, und sie spürte jetzt schon die Verzweiflung in sich hochsteigen wie Übelkeit.

Eine Entscheidung. So oder so.

Sie bestellte sich einen Kirschlikör, und als das Fräulein ihn brachte, leerte sie das Glas in einem schnellen Zug, was Doktor Wagner dazu brachte, amüsiert die Augenbrauen zu heben. Danach fühlte sie sich etwas schwindlig, aber mutiger.

Wer wagt, gewinnt, dachte sie und beschloss, gar nicht erst nach Worten zu suchen, sondern Taten sprechen zu lassen.

Und sie streckte ihre Hand aus und legte sie auf Wagners Hand.

HERR, mein Gott, verhilf mir zum Recht nach deiner Gerechtigkeit, dass sie sich nicht über mich freuen.

Diesen Vers aus Psalm 35 hatte sie heute Morgen aus der Bibel ausgewählt. Nun war es nicht Gerechtigkeit, wonach sie strebte, sondern Liebe und Leidenschaft, dennoch nahm sie es in diesem Moment als Zeichen, dass Gott ihren Mut belohnen würde, dass er den Schwestern und den anderen

Ärzten im Krankenhaus zumindest keinen Grund geben würde, über Käthe zu lachen.

Jedenfalls hatte sie das eben noch so gesehen, aber je länger Doktor Wagner dasaß und sich nicht rührte und sie auch nicht ansah, desto tiefer sank ihre Zuversicht und desto stärker wurde die Gewissheit, dass sie gerade einen entsetzlichen Fehler machte.

Wenigstens zieht er seine Hand nicht weg, dachte sie, und in diesem Moment zog er sie weg.

Dann lächelte er sie traurig an, wollte etwas sagen und fand keine Worte. Er schluckte, und sie schluckte, und dann winkte er das Servierfräulein heran, zahlte beide Essen und die Getränke, obwohl Käthe ihn doch einladen wollte, und ging. Er verabschiedete sich freundlich, aber er ging.

»Darf's für Sie noch etwas sein?«, fragte das Fräulein irritiert, als Käthe sitzen blieb.

»Noch einen Likör«, sagte Käthe. »Einen doppelten.«

Nachdem Käthe den Schritt auf Wagner zugetan hatte und Wagner zurückgewichen war, änderte sich alles zwischen ihnen und nichts.

Er wusste jetzt Bescheid, falls er es nicht schon vorher gewusst hatte. Und Käthe wusste auch Bescheid. In der ersten Zeit hatte sie noch die Hoffnung, dass er vielleicht nur zu schüchtern, zu überwältigt gewesen war, um ihren Annäherungsversuch sofort zu erwidern. Er kommt noch, dachte sie wider ihr besseres Wissen und ihr ungutes Gefühl. Aber diese Hoffnung schwand mit jedem Tag, und dann starb sie ganz.

Doktor Wagner war nicht an Käthe interessiert. Er schätzte sie als Hebamme, als gute Arbeitskraft, aber nicht als Frau, jedenfalls nicht als seine. Das gemeinsame Leben, das Käthe sich bereits in so vielen Bildern ausgemalt hatte, würde niemals stattfinden.

Wenn er mich nicht liebt, wen liebt er dann?, fragte sich

Käthe und beobachtete die Schülerinnen und die Schwestern und die anderen Hebammen mit Argusaugen, sobald sie auch nur ein Wort mit Wagner wechselten. Und beobachtete vor allem ihn, wie er die anderen Frauen ansah. War da Verlangen, Zärtlichkeit, Sehnsucht in seinem Blick? Sie entdeckte nichts. Aber sie blickte ja auch die ganze Zeit in die falsche Richtung.

Diese Erkenntnis offenbarte sich ihr zwei Monate später. Anlässlich der Verabschiedung von Chefarzt Doktor Jungklaus in den Ruhestand gab es einen kleinen Umtrunk auf der gynäkologischen Station. Die gesamte Belegschaft war eingeladen, auch Käthe war da, obwohl ihr nicht nach Feiern zumute war, schließlich ging sie davon aus, dass auch Doktor Wagner anwesend sein würde. Seit ihrem missglückten Annäherungsversuch im *Bären* sahen sie sich nur noch bei der Arbeit. Doktor Wagner tat so, als ob nichts geschehen wäre, aber das machte alles nur noch schlimmer.

Käthe sprach den Vorfall allerdings auch nicht an. Weil ihr der Mut fehlte und die richtigen Worte.

Die Verabschiedung fand in dem kleinen Aufenthaltsraum im Erdgeschoss statt. Käthe griff sich als Erstes ein Glas Rheinwein, und nachdem sie sich verstohlen umgesehen hatte, trank sie es in großen Zügen aus. Sie wollte den Alkohol im Blut haben, wenn sie ihn sah. Das würde den Schmerz lindern, dachte sie.

Sie trank viel in letzter Zeit. Früher war sie mit einer Flasche Likörwein ein halbes Jahr ausgekommen, jetzt kaufte sie sich einmal in der Woche eine Flasche. Oder auch öfter.

Der süße Wein legte sich wie ein Zuckerguss auf ihren Liebeskummer und machte ihn so erträglicher. Den Tränen, die Käthe weinte, verlieh er eine liebliche Belanglosigkeit. Morgens wachte sie regelmäßig mit einem schweren Kopf und einem sauren Geschmack im Mund auf und schwor sich, dass sie ab sofort keinen Alkohol mehr anrühren würde. Aber wenn sie nach der Arbeit ihr Zimmer im Schwesternwohnheim aufschloss und die Einsamkeit schon auf sie wartete, dann holte sie als Erstes die Flasche aus dem Schrank und trank auf sich und ihre traurige Lebensgefährtin. Prost.

Käthe stellte das leere Weinglas zurück auf den Tisch und griff verstohlen nach einem vollen.

»Ein belegtes Brot?« Schwester Hildegard tauchte mit einem Tablett voller Brote neben Käthe auf. »Ein Getränk haben Sie ja schon.«

Dieses süffisante Lächeln. Vielleicht war es ja nicht so gemeint. Vielleicht aber doch. Käthe zog die Brauen zusammen.

»Schinken, Käse, Ei«, zählte Schwester Hildegard auf. »Greifen Sie zu.«

»Nein danke«, sagte Käthe. »Ich habe keinen Hunger.«

Nur Durst. Sie trank einen Schluck Wein und sah Schwester Hildegard dabei über den Glasrand hinweg in die Augen. Wage es, dich über mich lustig zu machen.

»Vielleicht später«, sagte die Schwester und verzog sich.

Käthe leerte ihr Glas und verschluckte sich, als Doktor Wagner doch noch den Raum betrat. Er kam ganz offensichtlich von zu Hause, denn er trug keine Arbeitskleidung, sondern legere Wollhosen und einen karierten Pullunder über dem weißen Hemd. Er sah so gut aus und wirkte so entspannt und fröhlich, bis sein Blick auf Käthe fiel, die mit dem Wein in ihrer Luftröhre kämpfte. Da rutschte ihm die Fröhlichkeit aus seinem Gesicht.

Käthe wandte sich rasch ab. Sie stellte sich zu Doktor Hambach, der sich mit einem Kollegen unterhielt, und tat, als ob sie den Herren interessiert zuhörte. Ihr Magen hing an einer Gummischnur und hüpfte auf und ab. Sie stellte ihr leeres Weinglas verstohlen zur Seite und überlegte, ob sie doch ein belegtes Brot nehmen sollte.

Doktor Wagner stand irgendwo auf der anderen Seite des Raums. Käthe konnte ihn nicht sehen, aber sie war sich sicher, dass er mit leicht geneigtem Kopf und leisem Lächeln auf den Lippen einer Unterhaltung folgte, die ihn genauso wenig interessierte wie Käthe Hambachs Gespräch mit Doktor Kuhn. Wahrscheinlich ärgerte er sich, dass er überhaupt gekommen war.

Vielleicht sollte ich meine Stelle kündigen, dachte Käthe plötzlich. So geht es jedenfalls nicht mehr weiter. Nicht für mich und nicht für Wagner.

Und dann hörte sie die beiden Assistenten hinter sich. Sie sprachen ganz leise, sie flüsterten fast. Wenn sie sich normal unterhalten hätten, hätte Käthe gar nicht hingehört. Es war ihr vertraulicher, geheimnisvoller Ton, der sie auf sie aufmerksam machte.

»Unser Ernst ist heute wieder flott, da wird einem ja richtig warm«, raunte Assistenzarzt Rühling in sein Bierglas und lachte affektiert.

»Wenn du ganz lieb bitte, bitte machst, nimmt er dich vielleicht mal mit ans andere Ufer«, flüsterte Herr Bonthoven.

Herr Rühling kicherte und prostete Bonthoven zu.

Käthe begriff zuerst gar nichts. Sie kannte den Begriff *warmer Bruder* genauso wenig wie den Ausdruck *vom anderen Ufer*. Aber nachdem sie eine Weile darüber nachgedacht hatte, begann sie eins und eins zusammenzuzählen. Und schwitzte. Und sah, dass das die Wahrheit war, aber sie wollte es nicht glauben. Lächerlich, dachte sie. Es ist Geschwätz, übelster Tratsch, dachte sie. Die Assistenten sind neidisch, weil Wagner die Schwestern nachlaufen und nach ihnen drehen sie sich nicht einmal um.

Dann stand Fräulein Sommer auf einmal wieder mit ihren Broten neben Käthe und Käthe wurde schlecht. Sie schaffte es gerade noch auf die Toilette, wo sie den Rheinwein wieder von sich gab.

Dann ging sie nach Hause und legte sich ins Bett. Das Zimmer drehte sich um sie, ganz sanft, es war nicht einmal unangenehm. Sie schloss die Augen und fühlte sich wie auf einem Schiff.

Da wird einem ja richtig warm, hörte sie Rühling sagen. Und sah sein anzügliches Lächeln.

Und sah Doktor Wagner, den schönen, großen Mann, den

sie liebte und der sich nicht für sie interessierte und für die anderen Schwestern auch nicht. Schaute er stattdessen den Pflegern nach oder gar seinen Kollegen?

»Das kann ich mir nicht vorstellen«, murmelte sie. »Das wäre mir doch aufgefallen.«

Bonthoven kicherte. Rühling lächelte wissend.

Männer, die andere Männer liebten. Männer, die eine Vorliebe für Frauenkleider hatten, die sich heimlich schminkten. Männer, die sich nicht nach üppigen Frauen, sondern nach mageren Knaben verzehrten.

So etwas gab es, das wusste Käthe natürlich.

Aber Wagner doch nicht.

Wagner war so charmant, so aufmerksam. So stark und männlich.

Wagner war Frauenarzt.

Mit so einer Vorliebe hätte er doch bestimmt einen anderen Beruf gewählt, dachte Käthe.

Andererseits passte es natürlich perfekt.

Nicht unbedingt der Beruf, aber alles andere.

Käthe hatte keine Freundin, die sie um Rat hätte fragen können. Sie hatte nur die Bibel, die einem manchmal weiterhalf und meistens nicht.

Ja, lieber Mensch, wer bist du denn, dass du mit Gott rechten willst? Spricht auch ein Werk zu seinem Meister: Warum machst du mich so? Hat nicht ein Töpfer Macht über den Ton, aus demselben Klumpen ein Gefäß zu ehrenvollem und ein anderes zu nicht ehrenvollem Gebrauch zu machen?, sagte die Bibel.

Da hatte Käthe ihre Antwort. Wagner war ein Gefäß zu nicht ehrenvollem Gebrauch. Er war ein misslungener Topf.

Er war homosexuell. Das war die Antwort und die Lösung aller Rätsel, die Käthe in den letzten Monaten umgetrieben und aufgerieben hatten.

Und ganz offensichtlich war es kein Geheimnis. Immerhin schienen die beiden Assistenzärzte genau Bescheid zu wissen. Das bedeutete, dass Wagner die Neigung nicht nur verspürte, sondern auch auslebte. Vielleicht war er einmal in der Stadt mit einem Jungen gesehen worden. Vielleicht hatte er sich auch mit einem der Pfleger eingelassen.

Abscheulich, dachte Käthe und ging zum Schrank und holte den Likörwein heraus.

Nach dem ersten Schluck begann sie zu weinen. Ganz leise, weil die Wände so dünn waren. Darin hatte sie inzwischen Übung.

Denn auch gestern und vorgestern und die Nächte davor hatte sie weinend getrunken und betrunken geweint.

Heute jedoch war es anders. Heute weinte sie nicht aus Liebeskummer, sondern aus Scham. Sie schämte sich für Doktor Wagner, und sie schämte sich für sich selbst, dass sie auf ihn hereingefallen war.

In den folgenden Tagen und Wochen suchte sie nach Beweisen für Doktor Wagners lästerliche Neigung und fand keine. Auf der gynäkologischen Station arbeiteten außer den Krankenschwestern und Hebammen nur Doktor Hambach und Doktor Kuhn, der die fünfzig bereits überschritten hatte. Und die beiden Assistenten. Aber falls Wagner sich für sie interessierte, so verbarg er es geschickt.

Käthe begann nun doch wieder zu zweifeln. Tagsüber erschien ihr die Vorstellung, dass Wagner Männer liebte, absurd, abends hielt sie den Gedanken für durchaus plausibel. Die Ungewissheit war ein Nährboden für die Hoffnung, die sofort wieder in ihr zu wuchern begann wie ein Geschwür.

Vielleicht ist der arme Mann nur verwirrt, sagte die Hoffnung. Vielleicht braucht er eine starke Frau, die ihn an der Hand nimmt und auf den rechten Weg bringt. Eine Frau wie dich.

Die Liebe erträgt alles, glaubt alles, hält allem stand. Die Liebe heilt alles, auch homosexuelle Neigungen, sagte die Hoffnung.

In den einsamen Nächten mit dem Likörwein war Käthe davon überzeugt, dass sie niemals aufhören würde, Wagner zu lieben. Dass es bis zu ihrem Lebensende so weiterginge. Immer wenn sie Wagner sah, würde ihr heiß und kalt zugleich werden, würde sie sich schämen und ärgern, grämen und freuen. Und darauf warten, dass er irgendwann einmal merkte, dass sie die einzig Richtige war, seine Seelenverwandte, seine Käthe.

Ende Mai kaufte sie jeden zweiten Tag eine neue Flasche Likörwein. Sie ging dafür in die entlegensten Geschäfte, damit sie die Kaufleute nicht wiedererkannten. Die Hebamme, die Trinkerin. Sie hatte morgens auch keine Kopfschmerzen mehr, ihr Körper hatte aufgehört, sich zu wehren.

Am 3. Juni trank sie zum ersten Mal eine ganze Flasche Wein an einem Abend.

Sie war sehr irritiert, als sie sich nachschenken wollte und die Flasche leer war. Dabei hatte sie sie doch soeben erst geöffnet. Sie fühlte sich auch gar nicht betrunken, sie spürte nur eine leichte, süße, glückliche Wehmut und hätte gut und gerne noch ein Glas vertragen oder auch zwei. Und weil sie noch eine zweite Flasche Wein vorrätig hatte, beschloss sie, sie zu öffnen. Nur ein kleines Gläschen zum Abschluss.

Und die Spitze des Korkenziehers steckte schon im Korken, und noch ein, zwei, drei, vier, fünf, sechs Drehungen und dann ein kräftiger Ruck, und da war die Flasche offen, und der Wein duftete.

Da sah Käthe sich plötzlich selbst. Eine frustrierte alte Jungfer, die den Mann nicht bekommen hatte, den sie sich gewünscht hatte, und nun im Selbstmitleid versank und ihre Befriedigung im Alkohol suchte. Und sie sah auch das, was aus ihr werden würde, die zitternden Hände und die Ausflüchte und Lügen und Entschuldigungen, die Verwarnungen der Oberin, und am Ende wäre sie ein Wrack.

Das war erbärmlich, das war noch viel erbärmlicher als Wagners Liebe zu Männern. Käthe stand da, die Flasche in der einen und das Glas in der anderen Hand, aber anstatt sich einzuschenken, ging sie zum Waschbecken, kippte den Inhalt der Flasche aus und sah die goldfarbene Flüssigkeit im weiß-emaillierten Becken, sie bildete einen Teich, in dessen Mitte sich eine Spirale drehte und gluckerte und gurgelte. Die Spirale zog an Käthe und wollte sie mit sich reißen und in den Abgrund spülen, aber Käthe war stark, sie hielt sich mit beiden Händen am Waschbecken fest.

Dann war der Wein weg, das Abflussrohr rülpste zufrieden, und Käthe ging zu Bett.

Sie kaufte keinen Wein mehr und trank auch keinen Wein mehr und hielt das Ganze so lange durch, bis Wolf in ihr Leben trat und sie betrunken machte, aber das war etwas anderes. Das war etwas Neues und Schönes und Echtes.

Doktor Wagner war ein Traum, der schnell verblasste.

Im Sommer 1933 wurde er angezeigt. Man erfuhr nie, wer ihn gemeldet hatte. Ein Neider oder ein Kollege oder ein Konkurrent oder ein gekränkter Geliebter oder eine Krankenschwester, der er wie Käthe das Herz gebrochen hatte.

Die Reichsärztekammer überprüfte die Sache, und das Evangelische Krankenhaus beurlaubte Doktor Wagner, vorläufig, hieß es, bis alle Zusammenhänge geklärt wären. Wir sind ein christliches Haus, hieß es, wir dürfen unseren guten Ruf nicht riskieren, immerhin sind wir auf Spendengelder angewiesen und auf das Wohlwollen der Obrigkeit sowieso. Das sei doch zu verstehen.

Aber Doktor Wagner verstand nichts, er protestierte, dementierte, prozessierte.

Das Gericht lud seine Hauswirtin vor, die von zahlreichen männlichen Übernachtungsgästen berichtete. »Ich wusste von nichts«, sagte die Hauswirtin vorwurfsvoll. »Wer denkt denn auch an so etwas?«

Danach trat ein stadtbekannter homosexueller Tänzer in den Zeugenstand und beschwor, dass Wagner sich mehrmals mit ihm getroffen habe.

»Kam es zur Ausführung des Geschlechtsaktes?«, erkundigte sich der Richter.

»Und wie«, sagte der Tänzer.

Angeblich bot Doktor Wagner dem Kuratorium an, auf einen Großteil seines Gehaltes zu verzichten, wenn man ihm nur nicht kündigte.

Angeblich flehte er das Gericht an, Gnade vor Recht ergehen zu lassen.

Angeblich weinte er sogar.

Es nützte ihm nichts. Er verlor seine Anstellung und seine Zulassung.

Die Krankenhausleitung bedauerte den Vorgang, aber jede weitere Zusammenarbeit war natürlich undenkbar. Das Kuratorium überließ sein weiteres Schicksal den Nazis und wusch seine Hände in Unschuld.

»Warum musste er auch ausgerechnet in einem evangelischen Haus arbeiten?«, sagte Schwester Thekla, als bekannt wurde, dass er entlassen worden war.

Für Doktor Wagner gab es keine Abschiedsfeier, aber an seinem letzten Tag lud er Käthe noch einmal zum Essen ein. Diesmal gingen sie nicht in den *Bären* in der Sedanstraße, dennoch musste Käthe die ganze Zeit daran denken, wie sie damals ihre Hand auf seine gelegt hatte. Und stellte sich plötzlich vor, wie es gewesen wäre, wenn er seine Hand nicht zurückgezogen, sondern ihre ergriffen hätte und sie sogar darum angehalten und geheiratet hätte. Dann wäre für ihn nun alles in schönster Ordnung und niemand wäre auf die Idee gekommen, ihn zu entlassen. Niemand hätte eine Ahnung von seinen Neigungen, vielleicht noch nicht einmal Käthe selbst.

Früher hatten sie sich so viel zu sagen gehabt, sie hatten über ihre Arbeit geredet, über Kunst, Kultur und Politik, und über die meisten Dinge waren sie einer Meinung gewesen. Heute schwiegen sie, während sie auf das Kalbsschnitzel warteten, das sie bestellt hatten.

Wagner blickte aus dem Fenster, und Käthe starrte in ihr Limonadenglas.

»Tja, nun hoffe ich, dass Sie mir nicht nachtragen, was in der Vergangenheit zwischen uns passiert ist«, begann Wagner schließlich, ohne den Blick vom Fenster zu wenden. »Ich habe Sie immer sehr geschätzt. Als Hebamme und … überhaupt.« Er räusperte sich.

Käthe schwitzte und fragte sich, worauf er hinauswollte. Vielleicht wollte er herausfinden, ob sie noch etwas für ihn empfand.

Im Krankenhaus wusste niemand von Käthes Verbindung mit Wolf, der ja offiziell noch verheiratet war. Obwohl er sich bereits vor einem Jahr von seiner Frau getrennt hatte, zog sich die Scheidung hin. Und erst nach der vollzogenen Scheidung konnten sie das Aufgebot bestellen und heiraten und endlich zusammenziehen, aber bis dahin wussten nur die Hambachs von Käthes Liebe.

Wagner wäre aus dem Schneider, wenn ich ihn heiraten würde, dachte Käthe. Auch jetzt noch. Im Krankenhaus wäre man nur allzu erleichtert, die Sache unter den Teppich zu kehren. Vielleicht hat man Wagner ja sogar dazu geraten, sich eine Frau zu suchen. Was lag näher, als auf Käthe zurückzugreifen. Die war doch so verrückt nach mir, die wollte mich damals, bestimmt will sie mich immer noch.

So hast du dir das ausgemalt, dachte Käthe und presste die Lippen zusammen.

»Und Sie wissen ja«, fuhr Wagner fort und starrte dabei unverwandt auf die gelbgrüne Butzenscheibe, deren sanfte Wölbungen ein zartes Tupfenmuster aus Fliegendreck überzog. »Freunde in der Not gehen hundert auf ein Lot.«

Käthe rutschte unbehaglich auf ihrem Stuhl hin und her. Freunde in der Not. Sie und Wagner waren aber keine Freunde, sie waren Arbeitskollegen.

Das Essen kam. Wagner nahm die Gabel in die Linke, das Messer in die Rechte und betrachtete sein Schnitzel, als wüsste er nicht, was er damit anfangen sollte. Seine blonden Schläfen waren von silbergrauen Haaren durchzogen. Das war neu, genau wie die Falten an seinen Augen.

Du Armer, dachte Käthe plötzlich. Was haben sie nur mit dir gemacht.

Und ahnte genauso wie er selbst, dass das erst der Anfang war. Dass es noch viel schlimmer kommen würde.

Denn nach der Arbeit würde Wagner die Wohnung verlieren und mit siebenunddreißig Jahren zu seiner Mutter ziehen, vorübergehend, nur vorübergehend natürlich, aber dann wurde ein Jahr daraus und noch eines, weil er nicht einmal mehr als Pfleger oder Packer oder Botengänger eine Anstellung fand. Deshalb suchte er Trost und fand ihn auch in den Armen eines Mannes, aber ohne eigene Wohnung konnten sie nur in den Hofgarten, und da erwischte sie die Polizei in flagranti mit heruntergelassenen Hosen und stellte sie vor die Alternative, Kastration oder Konzentrationslager. Da entschied sich sein Geliebter für die Kastration, und Wagner, der kein Doktor Wagner mehr war und dessen Vorname auf einmal perfekt zu ihm passte, als hätten seine Eltern das alles vorausgesehen, Wagner entschied sich für das Konzentrationslager und kam nach Dachau, und dort verlor sich seine Spur im Dreck.

Aber selbst wenn Käthe das alles vorausgesehen hätte, so hätte sie ihn doch nicht retten können. Sie liebte ja nun einmal Wolf, und wenn sie Wagner geheiratet hätte, hätte sie Wolf verlassen müssen.

Das konnte keiner von ihr verlangen, dachte sie damals und dachte sie hinterher, und Wagner verlangte es ja auch gar nicht. Er bat sie nur um ihre Freundschaft, aber selbst die gewährte sie ihm nicht. Nach diesem Mittagessen würden sie einander nie wiedersehen.

»Guten Appetit«, sagte Wagner, aber anstatt mit dem Essen zu beginnen, legte er Messer und Gabel wieder zur Seite und seufzte.

Da streckte Käthe ihre Hand aus und legte sie auf seine, und diesmal zog er sie nicht weg.

XIV

Irgendwo knackte ein Ast. Hilde zuckte zusammen. Kam der Bursche schon wieder zurück? Oder war es der Förster? Wenn es nur nicht so finster gewesen wäre.

Die Bäume standen dicht an dicht und kein Stern war am Himmel zu sehen.

Sie hatte keine Ahnung, worauf sie wartete.

Vertrau mir, hatte Kurt gesagt. Ich weiß schon, was ich tue. Glaubst du etwa, ich würde dich in Gefahr bringen?

Was weiß ich denn, dachte Hilde. Kurt war ihr ein Rätsel. Sie wusste nichts über ihn. Sie wusste nur, dass sie ihn liebte. Dass sie ihn mehr liebte, als er sie liebte. Vielleicht hatte sie sich deshalb auf diese hirnrissige Aktion eingelassen. Weil sie spürte, dass sein Interesse an ihr schwand, dass seine Liebe zu ihr langsam schmolz, wie die letzten Schneereste vor ein paar Wochen endlich geschmolzen waren.

Und ihre Mutter legte ihr Kondome unter die Bettdecke. Jetzt, da alles fast vorbei war, kam sie mit den Kondomen an.

Zuerst hatte Hilde geglaubt, dass es ein blöder Scherz war, den Gerd sich erlaubt hatte. Erst dann war sie auf ihre Mutter gekommen. Es war ja auch typisch. Dass sie ihr die Kondome nicht in die Hand drückte, sondern in ihrem Bett versteckte.

Einfach so. Kommentarlos.

Hilde horchte in die Nacht, die keine stille Nacht war, sondern sehr geräuschvoll. Es raschelte, knackte, wisperte, flüsterte.

Hinter den Baumwipfeln tauchte ein einsamer Stern auf und blinzelte auf Hilde herab. Hihi, kicherte der Stern. Deine Mutter meint es doch nur gut mit dir. Sie kann ja nicht ahnen, dass der Kurt dich nicht mehr will.

Seit mehr als fünf Wochen hatte er sie nicht mehr angefasst.

Hilde hatte die Packung in den Müll geworfen, doch ihre Mutter hatte sie wieder herausgefischt. Vielleicht bewahrte sie sie nun für Gerd auf. Oder sie hatte sie zurück zum Schwarzmarkt gebracht und gegen falsches Schmalz eingetauscht, das sie Hilde und Gerd dann abends aufs Brot geschmiert hatte.

Aber gesagt hatte sie nichts.

Bloß nicht darüber reden, dachte Hilde. So war ihre Mutter.

Ihr Vater auch. Ihr Vater war noch schlimmer.

Im Unterholz raschelte etwas. »Hallo?«, rief Hilde und erschrak über den fremden Klang ihrer Stimme. Wer immer da geraschelt hatte, erschrak ebenfalls und rührte sich nicht mehr. Stille.

Ein Käuzchen in einiger Entfernung.

Dann wieder die Stille, die keine Stille war.

Was hätte sie geantwortet, wenn ihre Mutter sie auf Kurt angesprochen hätte?

Lass mich in Ruhe, hätte sie gesagt. Das ist meine Angelegenheit, das geht dich gar nichts an.

Über ihr blinkte der Stern wieder auf.

Wenn du ihr ohnehin nichts erzählst, musst du dich ja nicht wundern, dass sie nicht mit dir spricht, sagte der Stern.

Sie hätte es zumindest versuchen können, dachte Hilde. Vielleicht hätte ich ja doch geantwortet. Aber einfach so die Kondome ins Bett zu legen, das ist das Letzte. Das Allerletzte.

Wie lange stand sie nun wohl schon hier? Fünf Minuten oder eine halbe Stunde oder eine ganze? Es war kalt, obwohl es tagsüber warm gewesen war. Hoffentlich kam der Kerl bald zurück. Hoffentlich kam er überhaupt zurück und war nicht mit dem Geld über alle Berge. Wenn es überhaupt Geld war, was sie ihm gegeben hatte. Sie hatte ja keine Ahnung.

Es ist besser, du weißt nicht zu viel über die Sache, hatte Kurt gesagt. Was du nicht weißt, können sie auch nicht aus dir herausholen.

Sie? Wer waren *sie*?

Sie war nur der Bote, sie wusste von nichts.

Sie fragte sich, wie Kurt reagieren würde, wenn sie ohne die Lieferung zurückkäme.

Vermutlich wäre es dann aus zwischen ihnen. Er würde sie einfach fallenlassen. Ohne mit der Wimper zu zucken, ohne ein Drama daraus zu machen. Ein Drama war nicht seine Art. Er blieb immer ruhig. Ruhig und überlegen.

Als wäre er nicht von dieser Welt.

Im Grunde war er ja auch nicht von dieser Welt, er war ja schon bei den Toten gewesen und wieder zurückgekehrt. Vier Monate vor Kriegsende hatten sie ihn mit dem Volkssturm an die Ostfront geschickt. Sein Gruppenführer war fast siebzig, die Kameraden alle unter achtzehn. Das letzte Aufgebot. Rettet Deutschland, das war der Auftrag.

Hilde wusste nicht, mit welcher Haltung Kurt in den Krieg gezogen war. Ob er damals schon so abgeklärt, so ruhig und kaltblütig gewesen war. Oder Feuer und Flamme für Hitler und die deutsche Sache. Ob er sich freiwillig gemeldet hatte oder eingezogen worden war. Darüber sprach er nicht.

Er erzählte ihr nur von dem Hinterhalt der Roten Armee, in den er und seine Einheit geraten waren. Und wie er gerettet wurde, weil zwei Kameraden vor ihm getroffen wurden und nach hinten kippten und ihn dabei mit zu Boden rissen. Und wie Kurt einfach liegen geblieben war, unter den Körpern der zuerst heulenden, dann winselnden, dann röchelnden, dann langsam verreckenden, dann toten Freunde.

Wie er den ganzen Tag dort ausgeharrt hatte, bis es dunkel wurde. Danach kroch er unter den Leichen hervor und schlich sich weg. Schlich sich vom Schlachtfeld in Oberschlesien durch Sachsen, Thüringen, Hessen-Nassau, Westfalen zurück nach Hause. Und als er nach drei Monaten ankam, da war der Krieg zu Ende und kurz darauf sollte Kurt wieder zur Schule gehen, als wäre nichts gewesen.

Das hältst du doch im Kopf nicht aus, sagte Kurt.

Er war ruhig, ganz ruhig. Seine Hände zitterten nicht, und er schrie auch nicht im Schlaf. Im Gegensatz zu den anderen, im Gegensatz zu Hildes Vater, hatte er sich im Griff.

Kurt war vor dem Krieg aufs Görres-Gymnasium gegangen, ihm fehlte noch ein Jahr bis zum Abitur. »Und nun?«, hatte Hilde ihn gefragt, als die Schulen wieder eröffnet wurden. »Machst du die Schule fertig?«

Daraufhin hatte er nur gelächelt, seine ganz eigene Art des Lächelns, bei der er die Mundwinkel nicht nach oben zog, sondern nach unten.

Nein, natürlich ging er nicht mehr zur Schule, was hätte er dort lernen können, das er nicht bereits wusste? Stattdessen machte er Geschäfte und war kurz davor, das große Geld zu machen. Er kaufte und verkaufte, aber womit er handelte, wusste Hilde nicht. Niemand wusste das.

Kurts Vater war gefallen, eine Schwester war bei einem Bombenangriff verbrannt, die andere an Typhus gestorben. Nur die Mutter war noch da. Sie arbeitete tagsüber in den Trümmern und hatte keinen blassen Schimmer von Kurts Leben.

Sie wusste auch nichts von Hilde. Sie wusste nicht, dass Hilde vor ein paar Wochen jeden Morgen vor ihrem Haus gestanden und darauf gewartet hatte, dass die Luft rein war, dass sie endlich zur Arbeit ging. Sobald die Mutter das Haus verlassen hatte, hatte Hilde sich zu Kurt geschlichen, der in einem Kellerraum auf einer dünnen modrigen Matratze lag und auf sie wartete. Manchmal schlief er auch noch.

Er war kein guter Liebhaber, das war Hilde klar, auch wenn ihr jeglicher Vergleich fehlte, Kurt war ja ihr erster Mann. Aber bei aller Unerfahrenheit spürte sie, dass er sich zu wenig Zeit nahm, weil der Liebesakt ihm genauso wenig bedeutete wie alles andere im Leben. Er küsste Hilde und zog sie dabei aus, beim ersten Mal noch ganz, aber später schob er nur noch ihren Rock hoch und den Schlüpfer nach unten. Dann öffnete er mit der Linken seine Hose, mit der Rechten ihre Beine und legte sich auf sie. Während er in sie eindrang, schob er eine Hand in ihren Büstenhalter und hielt ihre Brust fest, dabei bewegte er sich zuerst langsam und dann immer schneller und zog sich frühzeitig zurück. Dann legte sie Hand an, bis er kam.

Es gab niemals eine Variation in diesem Ablauf.

Sie brauchten kein Kondom, er war sehr vorsichtig.

»Wir wollen schließlich keine bösen Überraschungen«, sagte er, und sie stimmte ihm zu. Ein Kind hätte ihr gerade noch gefehlt.

Erika war es passiert. Ihr Rüdiger hatte nicht aufgepasst, vielleicht hatte er es sogar darauf ankommen lassen. Er hing ja so an Erika, vielleicht hatte er gedacht, dass sie ihn heiraten würde, wenn sie ein Kind von ihm erwartete. Aber da hatte er die Rechnung ohne Erikas Mutter gemacht. Der war der kränkelnde Rüdiger von Anfang an ein Dorn im Auge gewesen, die erwartete eine bessere Partie für ihre Tochter, einen Arzt oder Fabrikanten oder Architekten, aber doch keinen asthmatischen Abiturienten.

Nun war das Kind weg, aber Erika hatte Hilde nicht erzählen wollen, wo sie damit gewesen war. Sie erzählte überhaupt wenig in letzter Zeit. Sie ließ sich auch so gut wie nie am Bunker blicken.

Dieses Mädchen, das mit siebzehn schwanger geworden war, von dem ihr ihre Mutter erzählt hatte. Hilde hatte die ganze Zeit das Gefühl gehabt, dass sie von Erika gesprochen hatte. Aber das war natürlich Quatsch, so vertraut waren ihre Mütter nicht miteinander, dass sie sich so persönliche Dinge erzählt hätten.

Hilde trat von einem Fuß auf den anderen. Wo blieb der Kerl? Wenn er nicht bald auftauchte, dann … was dann? Sie konnte ja schlecht einfach nach Hause gehen, als ob nichts gewesen wäre.

Warum hatte sie ihn vorhin nicht wenigstens gefragt, wie

lange es dauern würde? Stattdessen hatte sie ihm wortlos das Paket in die Hand gedrückt. »Schönen Gruß von Kurt.«

»Okay.« Mehr hatte der Kerl nicht gesagt, bevor er in der Dunkelheit verschwunden war. Okay. Wahrscheinlich Engländer oder Amerikaner. Mit denen machte man die besten Geschäfte, sagte Kurt immer, bei den Deutschen war ja nichts zu holen.

Hilde rauchte eine Zigarette. Als sie sich umdrehte, um den Zigarettenstummel an einem Baumstamm auszudrücken, stand er plötzlich neben ihr. Sie hatte ihn nicht kommen hören, jetzt unterdrückte sie mit Mühe einen Aufschrei.

»Hier«, sagte der Mann. Das R klang wie das Knurren eines Raubtiers.

Er drückte ihr einen Umschlag in die Hand, viel flacher und leichter als das Päckchen, das sie ihm gegeben hatte.

»Kurt soll selbst kommen, beim nächsten Mal.« Jetzt war der englische Akzent unüberhörbar.

Dann war er weg, genauso lautlos, wie er erschienen war.

Hilde hätte zu gerne einen Blick in den Umschlag geworfen, aber er war zugeklebt. Außerdem war es viel zu dunkel, sie hätte ohnehin nichts gesehen.

Als sie aus dem Wald kam, traten zwei Männer aus dem Gebüsch, verstellten ihr den Weg und leuchteten ihr mit einer Taschenlampe ins Gesicht.

»Hände hoch!«, befahl eine barsche Stimme, obwohl sie gar keine Anstalten gemacht hatte, sich zu wehren, sondern auf der Stelle stocksteif stehen geblieben war.

»Es ist ein Mädchen«, stellte der andere fest.

»Was machen Sie hier?«, fragte der Erste und senkte die Taschenlampe, so dass der Lichtkegel auf den Boden fiel, und nun sah sie seine Uniformhosen. Polizei, dachte sie erleichtert, dabei gab es keinen Grund zur Erleichterung, im Gegenteil. »Die Ausgangssperre hat schon lange begonnen. Haben Sie eine Sondererlaubnis?«

»Wie spät ist es denn? Ich hab mich im Wald verlaufen«, sagte Hilde, so wie sie und Kurt es vorher vereinbart hatten. »Ich war mit meinem Verlobten spazieren, und nachdem wir uns verabschiedet haben, habe ich den Weg zurück zur Straße nicht mehr gefunden. Und dann wurde es dunkel. Ich hab mich unter einen Baum gesetzt und muss dort eingeschlafen sein …« Als sie sich die Geschichte gemeinsam mit Kurt ausgedacht hatte, hatte sie sehr überzeugend geklungen. Jetzt hörte sie sich an wie ein Lügenmärchen.

»Was ist das denn für ein Verlobter, der Sie allein im Wald zurücklässt?«, fragte der zweite Polizist, während er gleichzeitig nach ihrem Rucksack griff.

»He! Was machen Sie denn da?«, rief Hilde empört. »Lassen Sie das!«

Der Polizist zog den Büstenhalter aus der Tasche, den sie über den Umschlag drapiert hatte. Als er erkannte, was er da in der Hand hatte, ließ er ihn schnell wieder los. Wenn sie glauben, dass du dich zu einem Schäferstündchen im Wald getroffen hast, lassen sie dich laufen, hatte Kurt versichert.

Der andere Polizist lachte. »Was die jungen Damen heutzutage so alles mit sich herumtragen«, sagte er und klang dabei zugleich väterlich und anzüglich. »Na, nun machen Sie mal, dass Sie nach Hause kommen …«

»Nicht so schnell«, unterbrach ihn sein Kollege. »Ich muss wenigstens die Personalien aufnehmen. Ihre Papiere, bitte.«

»Ich habe keinen Ausweis.« Hilde schlug sittsam die Augen nieder. »Ich bin erst siebzehn.«

Die Polizisten wechselten einen ratlosen Blick.

»Wissen Ihre Eltern, dass Sie sich hier herumtreiben?«, fragte der Erste.

»Meine Eltern sind tot«, sagte Hilde und fragte sich gleichzeitig, warum sie das sagte. Nicht mehr Lügen als unbedingt notwendig, auch das hatten sie besprochen. Aber nun war es heraus und ließ sich schlecht wieder zurücknehmen.

»Wo wohnen Sie denn?«, fragte der Beamte.

»Bei meiner Tante«, sagte Hilde und schwitzte.

»Adresse?« Der Polizist klang jetzt ungeduldig.

»Corneliusstraße 98«, sagte Hilde und schwitzte noch mehr.

»Corneliusstraße?«, wiederholte der Polizist ungläubig. »Wie wollen Sie denn um diese Zeit noch zur Corneliusstraße kommen? Da sind Sie doch stundenlang unterwegs.«

»Ich wollte ja gar nicht nach Hause«, sagte Hilde hastig. »Ich übernachte bei einer Bekannten in der Nähe. Sie erwartet mich auch schon lange. Aber dann hab ich mich im Wald verlaufen und bin wohl eingeschlafen …«

»Das sagten Sie bereits«, sagte der erste Polizist, und man hörte es seiner Stimme ganz deutlich an, dass er nun nicht mehr wohlwollend war und die Angelegenheit auch nicht mehr harmlos und lustig fand, sondern sehr verdächtig.

»Ich muss los«, sagte Hilde und spürte, wie sich in ihrem Nacken Angstschweiß bildete und ihren Rücken hinunterlief. »Bitte, lassen Sie mich gehen.«

Ihre Stimme klang so kläglich. Lass dir deine Angst niemals anmerken, hatte Kurt ihr geraten. Lass sie nicht wissen, wie es in dir aussieht. Und ihre Mutter hatte ihr das Gleiche gesagt, vor Jahren schon, als Hilde noch ein kleines Mädchen gewesen war und sich vor einem Hund in der Nachbarschaft gefürchtet hatte. Lass dir deine Angst nicht anmerken, dann lässt er dich in Ruhe.

Ihre Mutter. Sie würde außer sich geraten, wenn sie erfuhr, worauf Hilde sich eingelassen hatte.

»Sie kommen jetzt erst mal mit auf die Wache«, sagte der Polizist.

Im Wald war es dunkel gewesen, aber hier auf der Polizeiwache war es umso heller. Das Licht der nackten Glühbirne spiegelte sich in der Glatze des älteren Polizisten und blendete Hilde, die inzwischen entsetzlich müde war. Aber an Schlaf war nicht zu denken. »Sie sitzen ordentlich in der Bredouille«, erklärte ihr der Wachtmeister und gähnte so herzhaft, dass sie vier Zahnlücken in der Tiefe seines Mundes entdeckte. Dann blickte er auf die Uhr neben der Tür und seufzte. Halb drei.

Er war ganz offensichtlich ebenfalls müde, und vielleicht hätte er sogar fünfe gerade sein lassen, hätte Hilde laufen oder zumindest schlafen lassen, aber da spielte sein Kollege nicht mit. Der andere Polizist war nämlich um einiges jünger und wacher und fest entschlossen, die Angelegenheit aufzuklären, und zwar gründlich und so schnell wie möglich.

»Sie kommen hier nicht eher raus, als bis sie uns erklärt haben, woher diese Papiere stammen«, verkündete er und wedelte dabei mit den Formularen, die er aus dem Umschlag in Hildes Rucksack gezogen hatte.

»Ich weiß es doch nicht«, beteuerte Hilde. »Ich weiß ja nicht einmal, was das für Papiere sind.« Aber obwohl das zur Abwechslung einmal die Wahrheit war und nichts als die Wahrheit, klang es doch auch wie eine Lüge.

»Kommen Sie«, sagte der glatzköpfige Polizist, der Hilde ein bisschen an Opa Krause erinnerte, ihren Nachbarn in der Merowingerstraße. Opa Krause hatte Hilde das Schachspielen beigebracht, als sie sieben oder acht Jahre alt gewesen war. Hilde hatte lange nicht mehr an Opa Krause gedacht, sie hatte keine Ahnung, was aus ihm geworden war, aber jetzt war auch nicht der richtige Zeitpunkt, darüber nachzugrübeln.

»Ich sag Ihnen, was das ist«, sagte der jüngere Polizist. »Das sind Freibriefe für Verbrecher.«

Hilde verstand kein Wort. Freibriefe? Es waren unausgefüllte Vordrucke, so viel konnte sie erkennen. Aber was auf den Formularen stand, war nicht zu entziffern, dafür wedelte der Wachtmeister sie zu schnell hin und her.

»Persilscheine«, übersetzte Opa Krause, aber Hilde verstand immer noch nicht. Ihre Gedanken bewegten sich durch ihren Kopf wie zäher Brei. Schlafen, dachte sie. Macht doch endlich das Licht aus und lasst mich in Ruhe. Sie lehnte sich in ihrem Stuhl zurück und schloss die Augen. Der jüngere

Polizist schlug mit der Faust auf den Tisch, sodass sie zusammenfuhr und die Augen wieder aufriss.

»Tun Sie doch nicht so!«, schrie er. »Je länger Sie sich sträuben, desto schlimmer wird es für Sie. Sie verraten uns jetzt augenblicklich, von wem Sie die Papiere haben, sonst können Sie was erleben.«

Sie starrte an ihm vorbei an die Wand, auf der sich ein helles Rechteck abzeichnete, da hatte früher ein Hitlerbild gehangen.

»Sind das echte Formulare oder Fälschungen?«, erkundigte sich Opa Krause. »Wenn sie echt sind, tragen sie ein Wasserzeichen.«

Der andere hörte auf zu wedeln, hielt eines der Blätter gegen das Glühbirnenlicht und nickte. »Echt«, sagte er. Danach knallte er die Vordrucke vor ihr auf den Tisch.

»Nun reden Sie schon!«

Hilde reckte den Hals. Die Blätter lagen verkehrt herum, aber die groß gedruckten Buchstaben auf dem Briefkopf konnte sie entziffern.

Sonderausschuss für Entnazifizierung
ENTLASTUNGSSCHEIN

stand da. Darunter gepunktete Linien. Name. Geburtsdatum. Wohnhaft in.

Ein Persilschein, dachte Hilde und begriff. Ein Schein, der schwarze Westen weißwäscht. Der aus ehemaligen Nazis aufrechte Demokraten macht. Oder sogar Widerständler.

Kurt handelte mit diesen Scheinen. Er hatte ganz offensichtlich eine Schwachstelle im System ausgemacht, einen Beamten in der Entnazifizierungsbehörde oder wie immer sich das zuständige Amt nannte, der bereit war, die gestempelten, unterzeichneten, aber ansonsten jungfräulichen Formulare herauszurücken. Gegen entsprechende Bezahlung natürlich.

Denn die ehemaligen Parteimitglieder, die in den letzten

dreizehn Jahren aus Begeisterung oder Pragmatismus oder Berechnung oder Feigheit in die NSDAP eingetreten waren, gaben nun ihr letztes Hemd für so eine Bescheinigung, die sie rehabilitierte und von allen Sünden reinigte. Ein Ablassbrief, der zwar nicht ihre unsterbliche Seele rettete, aber ihre Arbeitsstelle und ihr Einkommen.

»Wer ist ihr Verlobter?«, fragte der jüngere Polizist. »Wo wollten Sie heute übernachten?«

»Bei einer Bekannten«, sagte Hilde.

»Sagen Sie mir ihren Namen«, sagte der Beamte. Er klappte sein Notizbuch auf und zückte seinen Bleistift, als habe er Angst, dass er den Namen wieder vergessen könnte, wenn er ihn nicht sofort aufschrieb.

»Sie hat nichts mit der Sache zu tun«, sagte Hilde. »Lassen Sie mich doch bitte schlafen.«

Um vier Uhr morgens kippte Opa Krause fast vom Stuhl, aber der jüngere Polizist war so wach und munter, als er wäre er gerade erst aufgestanden. Er stellte Hilde unaufhörlich die gleichen Fragen. Wer ist Ihr Verlobter? Bei wem wollten Sie übernachten? Von wem haben Sie diese Papiere? Und das Licht blendete und Hildes Augen brannten und winzige Lichtkörnchen tanzten durchs Zimmer wie Staub und alles drehte sich.

Da gab Hilde auf.

Obwohl man sie nicht gefoltert, gequält, erpresst hatte, obwohl der junge Beamte noch nicht einmal seine Stimme erhoben hatte, verriet sie ihm Kurts Namen und seine Adresse. »Er hat mich in den Wald geschickt. Dort habe ich den anderen Mann getroffen, der mir die Vordrucke gegeben hat«, sagte sie. »Mehr weiß ich nicht, mehr kann ich nicht sagen.«

Der junge Polizist notierte sich Namen und Anschrift in seinem Notizbuch und klappte es mit einem lauten Knall zu. »Gut.« Hilde schämte sich dafür, wie erleichtert sie war.

Dann fuhr der Jüngere zusammen mit einem anderen Streifenpolizisten mit dem Fahrrad in die Vautierstraße, um

Kurt abzuholen. Opa Krause blieb mit Hilde in der Wache zurück.

»Schluss für heute«, sagte er, sobald die anderen weg waren.

Er führte sie in den Nachbarraum und schloss eine der Arrestzellen für sie auf.

In der Ecke eine Pritsche, daneben ein Eimer, an der Wand darüber das bleiche Rechteck, auch hier hatte einst der Führer gehangen.

Als sie sich die Schuhe auszog, hörte sie, wie Opa Krause nebenan die andere Zelle aufschloss, um sich ebenfalls hinzulegen.

Na dann, gute Nacht, dachte Hilde.

Ein paar Minuten später rüttelte man sie wieder aus dem Schlaf und brachte sie zurück in den Vernehmungsraum, wo der junge Polizist hinter seinem Schreibtisch saß. Es war heller Tag. Sie musste mehrere Stunden geschlafen haben, obwohl es sich nicht so anfühlte. Sie fragte sich, ob der junge Polizist ebenfalls geschlafen hatte. Ob er überhaupt jemals schlief.

Dann erst dachte sie an Kurt. Er war nicht hier, aber vielleicht steckte er in einer der Zellen oder saß in einem anderen Vernehmungszimmer. Vielleicht wurde er gerade von Opa Krause befragt.

Ein anderer Wachtmeister betrat jetzt den Raum. Er brachte Hildes Rucksack, ihren Mantel und ihre Mutter mit.

»Hilde!«, rief ihre Mutter. Sie rannte ein paar Schritte auf Hilde zu und blieb dann abrupt stehen, als habe man sie festgehalten. »Was machst du denn für Sachen?«

»Sie können Ihre Tochter mit nach Hause nehmen, sobald sie das Protokoll unterschrieben hat«, sagte der junge Polizist zu Hildes Mutter, so als ob Hilde gar nicht im Raum wäre. »Ihr Verlobter ist übrigens ebenfalls hier. Er hat alles gestanden.«

»Welcher Verlobte?«, fragte ihre Mutter. »Was geht hier

eigentlich vor sich? Und warum holt man mich erst jetzt? Ich habe die ganze Nacht kein Auge zugetan vor lauter Sorge.«

Hilde bezweifelte das. Als sie sich um elf aus dem Haus geschlichen hatte, hatte ihre Mutter schon geschlafen. Wahrscheinlich hatte sie erst am Morgen gemerkt, dass Hilde nicht in ihrem Bett war.

»Wie geht es denn jetzt weiter?«, fragte ihre Mutter. »Meine Tochter ist minderjährig, das ist Ihnen doch klar.«

»Sie wird sich dennoch vor Gericht verantworten müssen.« Der Polizist legte das Protokoll auf den Tisch und gab Hilde einen Stift. »Erst lesen, dann unterschreiben.«

Sie überflog die Zeilen, ohne sie richtig zu verstehen, und setzte ihren Namen darunter.

»Ich frage mich wirklich, was in dich gefahren ist«, murmelte ihre Mutter, als sie die Polizeiwache verließen. »Hast du eigentlich den Verstand verloren?«

Sie erwartete keine Antwort und bekam auch keine.

Drei Wochen später erhielten sie ein Schreiben von der Staatsanwaltschaft, dass das Verfahren eingestellt worden war. Man ließ die Sache fallen. Die Justiz hatte in diesem Land, weiß Gott, andere Sorgen, als sich um die Eskapaden einer Siebzehnjährigen zu kümmern.

»Hoffentlich war es dir eine Lehre«, sagte ihre Mutter. »Glaub bloß nicht, dass du beim nächsten Mal wieder so glimpflich davonkommst.«

Glimpflich, dachte Hilde und hätte fast gelacht.

Ihre Mutter hatte ja keine Ahnung.

Kurt hatte sich von ihr getrennt, nachdem auch er aus der Untersuchungshaft entlassen worden war.

»Sei mir nicht böse«, sagte er, als er sie noch einmal traf, um ihr mitzuteilen, dass es aus war. Als ob sie einen Grund hätte, ihm böse zu sein. Immerhin hatte sie ihn verraten und nicht umgekehrt.

Allerdings hatte auch er Glück gehabt. Er war wie Hilde nicht volljährig und damit auch nicht strafmündig, also hatte man auch sein Verfahren eingestellt. Zur Wiedergutmachung sollte er zwanzig Tage lang umsonst bei der Trümmerbeseitigung mithelfen. Aber da es zu keiner Verhandlung gekommen war, war auch das freiwillig.

»Die können mich mal«, sagte Kurt. »Mein Schaden ist groß genug.«

Denn die Vordrucke hatten die Beamten natürlich einbehalten und das Geld, das er dem Mittelsmann bezahlt hatte, war weg.

»Scheiß drauf«, meinte er. »In ein paar Wochen hab ich die Kohle wieder zusammen. Und in spätestens zwei Jahren wandere ich aus.«

Dass er auswandern wollte, war Hilde neu. Das hatte er sich vermutlich während der Untersuchungshaft überlegt. Und gleichzeitig hatte er beschlossen, dass er sich von Hilde trennen wollte.

»Wir passen einfach nicht zusammen«, sagte er und zog an seiner Zigarette und blies den Rauch über Hildes Kopf in den Himmel. Er hatte Hilde einen Brief geschrieben, dass er sie am Bunker treffen wollte, und sie hatte vor Freude über das Wiedersehen ihr rotes Sommerkleid angezogen, das viel zu dünn und leicht für die Jahreszeit war und außerdem zu klein, aber es war ihr schönstes Kleid. Er bemerkte es jedoch gar nicht. Auch dass ihr furchtbar kalt war, bemerkte er nicht.

»Das wird nichts mit uns beiden, das verstehst du doch«, sagte er.

Sie verstand nichts. Sie war der festen Überzeugung, dass ihre gemeinsame Zeit gerade erst begonnen hatte und noch viele Jahre weitergehen würde. Wenn nicht sogar ein Leben lang.

»Warum verlässt du mich?«, fragte sie. »Weil ich ihnen deinen Namen verraten habe? Das wollte ich nicht. Aber sie haben mich die ganze Nacht bearbeitet, bis ich nicht mehr konnte.«

Er nickte, als bestätigten diese Worte seine Überzeugung. »Du bist noch sehr jung«, sagte er. Dabei war er selbst gerade einmal zwei Jahre älter. »Glaub mir, es ist besser für uns beide, wenn wir uns trennen. Und da, wo ich hingehe, kann ich dich ohnehin nicht mitnehmen.«

»Wo willst du denn hin?«, fragte Hilde verzweifelt, aber darauf antwortete er gar nicht erst, er lachte nur amüsiert wie über die Bemerkung eines Kindes.

»Ich muss jetzt los«, sagte er.

Er trat seine Zigarette aus, und Hilde hatte das Gefühl, dass er auch sie austrat. Dann wollte er weg, aber sie hielt ihn zurück.

»Für wen waren diese Papiere?«, fragte sie.

Er zuckte nur mit den Schultern.

»Du willst Nazis rehabilitieren«, sagte Hilde. »Dieselben Menschen, die den Krieg verschuldet haben, die dich an die Ostfront geschickt haben.«

»Na und?«, fragte Kurt. »Ich bin nicht nachtragend. Und sie zahlen gutes Geld.«

»Es sind Verbrecher«, sagte Hilde. »Mörder. Und du hilfst ihnen.«

Er tastete nach seinen Zigaretten, hatte die Packung schon aus der Tasche gezogen und schob sie dann doch wieder zurück.

»Wegen dieser Leute sind deine Kameraden gestorben«, sagte Hilde.

»Jetzt sind sie tot«, sagte Kurt gleichgültig. »Und diese Leute leben. Und ich auch. Da machen wir doch das Beste draus.« Und dann zog er seine Mundwinkel nach unten und lächelte.

XV

Der Sommer saß auf der zertrümmerten Stadt wie ein brütendes Huhn. In Derendorf waren sieben Menschen einem Hitzschlag zum Opfer gefallen. Das hatte Lilo am Morgen in der Zeitung gelesen.

Lilo kochte. Hühnersuppe.

Es war kein günstiger Zeitpunkt, das war ihr natürlich klar. Aber eine ihrer Patientinnen hatte am Tag zuvor mit zwei Suppenhühnern gezahlt, und wenn die nicht schnell verarbeitet wurden, konnte man sie wegwerfen.

Auf dem Herd kochte die Brühe, der Dampf füllte die ganze Küche und bedeckte Lilos Gesicht, ihre Arme, ihr Dekolleté. Ihre Haare klebten auf der Stirn und ihre Schenkel klebten aneinander.

Sie öffnete das Fenster, in das Schimanek vor zwei Wochen echte Glasscheiben eingesetzt hatte. Hühnersuppendampf quoll nach draußen, Hochsommerhitze drang nach drinnen. Und die Sonne nutzte die Gelegenheit und stach Lilo ins Gesicht.

Lilo machte das Fenster wieder zu.

Sie lehnte sich an die Wand und schloss die Augen. Und musste plötzlich an den Mattenhof denken. An den kleinen See unten im Tal.

In den letzten beiden Kriegsjahren war sie mit den Kindern in den Schwarzwald evakuiert worden. Zusammen mit einer älteren Dame aus Recklinghausen waren sie in einem einsamen Bauernhof auf einem Berg in der Nähe von Freiburg untergekommen. Die Bauernfamilie war sehr arm und alles andere als begeistert, dass ihnen vier Städter zugewiesen wurden, zwei Frauen und zwei Kinder, die keine Ahnung von der Arbeit in der Landwirtschaft hatten und die sie nun durchfüttern mussten.

»Wir verpflegen uns selbst«, hatte Lilo nach der Ankunft versprochen. »Wir haben doch Lebensmittelmarken.«

Daraufhin hatte der Bauer verächtlich gelacht und irgendetwas geknurrt, das Lilo nicht verstand. Aber schon am nächsten Tag begriff sie es. Es gab weit und breit keinen Laden, in dem man die Marken hätte einlösen können. Auf dem Mattenhof aß man, was man zuvor gesät, geerntet, geschlachtet und gebacken hatte.

Sie packte mit an, so gut sie konnte, aber mit den Frauen und Mädchen auf dem Hof konnte sie nicht mithalten. Sie waren so viel kräftiger, geschickter, ausdauernder und schneller.

»Sie arbeiten wie Roboter«, jammerte Fräulein Herbst, die Dame aus Recklinghausen, die bereits nach einer halben Stunde Heuernte so erschöpft war, dass sie sich hinlegen musste. Sie war früher Religions- und Musiklehrerin gewesen, und nach einigen Wochen beschäftigte man sie in der Grundschule im Dorf wieder in ihrem eigentlichen Beruf. Da musste sie nicht mehr mit aufs Feld und war sehr erleichtert, auch wenn die wilden Bauernkinder in ihrem Unterricht über Tische und Bänke sprangen und über ihr Hochdeutsch lachten und sich einen Dreck um ihre Anweisungen scherten.

Lilo hätte lieber wieder im Krankenhaus gearbeitet, statt auf dem Feld, aber die nächste Klinik war viel zu weit entfernt.

In den ersten Wochen fiel sie nach dem Abendessen fast ohnmächtig ins Bett. Es gab keine Stelle in ihrem Körper, die nicht schmerzte. Aber dann gewöhnte sie sich an die harte Arbeit. Und die Bauersleute gewöhnten sich an sie.

Lilos dünne, blasse, magere Stadtkinder wurden im Schwarzwald kräftig, braun und gesund. Jeden Morgen wanderten sie zu Fuß die fünf Kilometer nach Freiburg, wo Hilde das Lyzeum besuchte und Gerd das Gymnasium. Und abends wanderten sie wieder zurück, so lange, bis die Schulen wegen der Bombenangriffe geschlossen wurden.

Lilo vermisste Hambach, der allein in Düsseldorf zurückgeblieben war. Sie vermisste ihn am Anfang sehr und dann immer weniger. Es gab so viel Arbeit auf dem Hof und so wenig Zeit zum Grübeln. Und die Briefe, die sie einander schrieben, brauchten Tage, bis sie den Weg durch das kriegsgebeutelte Land gefunden hatten.

Wenn der eine las, was der andere geschrieben hatte, dann hatten sich die Dinge schon längst wieder geändert.

Vielleicht hatten sie sich in jener Zeit verloren, dachte Lilo manchmal. Als Hambach allein in der grauen Stadt gewohnt hatte, auf die die Fliegerbomben wie Regen fielen. Und Lilo war im grünen Schwarzwald, auf einem Berg, auf den immer die Sonne schien. Jedenfalls kam es ihr jetzt so vor, wenn sie an ihre Evakuierung zurückdachte. In ihrer Erinnerung war der Himmel Tag für Tag strahlend blau, auch im Winter. Und alles leuchtete, die Wiesen und der Löwenzahn und die Heckenrosen, die Eiszapfen und der Schnee.

Und der kleine See unten im Tal.

Tagsüber vergnügten sich dort die Kinder aus dem Dorf, sobald die Arbeit auf dem Feld erledigt war. Im Sommer schwammen und tauchten sie im Mattenweiher, im Winter liefen sie auf dem Eis Schlittschuh.

Lilo ging dagegen am frühen Morgen an den See, wenn kein anderer dort war.

Die Bauernfamilie war dann im Stall, der Bauer fütterte die Tiere, die Bäuerin und die älteren Töchter melkten die Kühe. Lilo war ihnen keine rechte Hilfe, sie hatte es versucht, aber es gelang ihr nicht. Während sich unter den geschickten Fingern der Bäuerin Eimer um Eimer füllte, drückte und presste Lilo gerade einmal ein halbes Glas Milch aus der Kuh, die vor Schmerzen und Ungeduld blökte, weil ihr Euter heiß und prall war.

»Lassen Sie nur«, sagte die Bäuerin und schob Lilo aus

dem Stall. Und weil sie nun schon einmal wach war, ging sie spazieren. Das tat sie von nun an jeden Morgen.

Sie nahm immer den gleichen Weg, der sich durch den Wald schlängelte und unten am See endete. Dort blickte sie eine Weile ins Wasser, und dann ging sie wieder zurück.

Auf die Idee, schwimmen zu gehen, kam sie erst einige Wochen später, als es Hochsommer war und die Luft schon morgens um sechs Uhr fiebrig zitterte.

Lilo zog ihren Badeanzug unter das Kleid, und am See blickte sie sich vier-, fünf-, sechsmal um, ob sie auch wirklich allein wäre. Erst dann wagte sie es, ihr Kleid auszuziehen.

Das Wasser war kühl und glatt wie Seide. Sie schwamm zwei Runden, danach zog sie ihr Kleid wieder über den nassen Badeanzug, ging zurück und fühlte sich wie neugeboren. Sie schwamm von nun an jeden Morgen, auch als der Hochsommer in den Spätsommer und der Spätsommer in den Herbst überging. Sie wusste, dass die Bauersleute sie für übergeschnappt hielten und dass auch Fräulein Herbst sich Sorgen um ihren Geisteszustand machte.

»Die Kinder in der Schule reden schon über Sie«, teilte sie Lilo mit einer Mischung aus Besorgnis und Missbilligung mit.

Aber Lilo kümmerte sich nicht um das Geschwätz der Leute. Sie ging erst dann nicht mehr schwimmen, als eine dünne Eisschicht vom Ufer zur Mitte des Sees kroch. Und sobald sich das Eis im Frühling zurück ans Ufer verzog, stieg sie wieder in den See.

Im Juli merkte sie, dass sie jemand beobachtete. Am Anfang war es nur ein seltsames Gefühl, wie das Summen einer Fliege an ihrem Ohr, wie das Kitzeln eines Grashalms im Nacken. Da war jemand und das spürte sie. Aber wenn sie sich umschaute, konnte sie niemanden entdecken.

Sie fühlte die Blicke auf ihren Armen und Beinen wie Berührungen. Sie empfand sie nicht als bedrohlich, obwohl sie zur frühen Morgenstunde allein im Wald und am See war. Obwohl sie sich sicher war, dass es ein Mann war, der sie beobachtete.

Sie hatte keine Angst, aber sie war neugierig. Und sie beschloss, ihren unbekannten Beobachter kennenzulernen.

Auf dem Rückweg vom See ließ sie die Badehaube fallen, die sie einige Wochen zuvor in Freiburg gekauft hatte, damit ihre Haare nicht jeden Morgen nass wurden. Fünf Mark hatte sie dafür ausgegeben, ein Vermögen. »Es ist ein Restposten aus der Zeit vor dem Krieg«, hatte ihr die Verkäuferin erklärt. »Die Badehauben kommen aus England, der Fabrikant liefert nicht mehr an Deutschland.«

Die Haube war Gold wert, dennoch ließ Lilo sie achtlos fallen. Und ging einfach weiter, den Weg durch die Wiesen in den Wald hinein. Als sie die ersten Bäume erreicht hatte, drehte sie sich um und da sah sie ihn. Einen jungen Mann, der sich soeben nach ihrer Haube bückte und sie aufhob.

Als er Lilos Blick bemerkte, wandte er sich nicht ab, er versuchte auch nicht zu fliehen. Er blieb einfach stehen und hielt ihre weiße Badehaube vor die Brust gedrückt wie einen Strauß Lilien.

»Wer sind Sie?«, fragte Lilo. Aber das hörte er nicht, sie war zu weit entfernt, und der Wind wehte aus seiner Richtung in ihre.

Während sie noch überlegte, ob sie auf ihn zugehen sollte, kam er zu ihr. Er näherte sich mit ruhigen, langsamen Schritten, so wie man sich einem Tier nähert, das man nicht erschrecken will.

Er war viel jünger als sie, höchstens fünfundzwanzig. Und recht groß und braun gebrannt, sein dunkles Haar hing in sanften Wellen in die Stirn. Ein weiches, offenes Gesicht. Was machte er hier? Warum war er nicht an der Front? Ein junger, gesunder, kräftiger Mann.

»Ihre Haube«, sagte er, als er Lilo erreicht hatte, und streckte ihr sie hin und sie nahm sie entgegen und dabei berührten sich ihre Finger.

»Bitte schön«, sagte er und lächelte sie an. Sie sah, dass er sehr weiße Zähne hatte. Er sprach keinen Dialekt wie die Leute, die hier aufgewachsen waren.

»Danke«, erwiderte sie. Sie legte die nasse Haube in ihren Korb, drehte sich einfach um und ging. Sie ließ ihn stehen. Sie war sich ganz sicher, dass sie ihn wiedersehen würde.

Und sie sah ihn wieder. Am nächsten Morgen und an jedem weiteren Morgen in den nächsten zwei Wochen. Er wartete auf sie, wenn sie zum See kam, saß auf einem Stein in der Sonne und lächelte sie an. Sie zog ihr Kleid aus und schwamm, und als sie aus dem Wasser stieg, kam er ihr entgegen und nahm ihre Hand und zog sie mit sich. Er führte sie hinter die Weiden am Ufer, wo er eine Decke ausgebreitet hatte. Dort zog er ihr den nassen Badeanzug aus, trocknete ihren Köper mit großer Zärtlichkeit ab und schlief mit ihr.

Sie wussten beide, dass ihre Liebe nichts für die Dauer war. Dass diese wenigen Tage, diese halbe Stunde am Morgen, alles war, was sie bekommen würden. Mehr konnten sie nicht verlangen.

Sie redeten sehr wenig miteinander. Sie nutzten die Zeit, um sich zu küssen und zu lieben.

Lilo erfuhr nur, dass er Hans hieß und an der Ostfront gekämpft hatte und schwer krank geworden war. Nach seiner Genesung hatten sie ihn nach Hause geschickt, damit er sich gründlich erholte und danach wieder in den Krieg ziehen konnte. Das erzählte er Lilo. Und dass er bei seiner Mutter im Dorf wohnte.

Sie erzählte ihm von den Kindern, und dass sie verheiratet war. Nicht mehr, mehr brauchte er nicht zu wissen, und sie wollte auch nicht mehr von ihm erfahren.

Bald würde er wieder in einem Schützengraben liegen, bald würde er mit den Zähnen den Verschluss einer Handgranate abziehen und sie auf den Feind schleudern.

Und es wäre derselbe Mund, der jetzt Lilos Handgelenke, ihre Fingerkuppen, die Innenseite ihrer Schenkel, ihr Geschlecht küsste. Und es wären dieselben Hände, die jetzt ihre Brüste hielten, ganz vorsichtig, als wären es mit Wasser gefüllte Schalen.

Wenn er in sie eindrang, verschmolzen ihre beiden Körper zu einem einzigen Organismus, ein Pulsschlag, ein Blutkreislauf, ein Nervensystem.

Hambach war ein zärtlicher und geduldiger Liebhaber, Hans war gierig und leidenschaftlich. Er liebte sie jeden Morgen aufs Neue, als wäre es das letzte Mal. Und dann war es das letzte Mal.

»Morgen komm ich nicht mehr«, sagte er. »Ich muss zurück an die Front.«

Sie hatte in seinen Armen gelegen, ihr Kopf auf seiner Brust. Jetzt richtete sie sich erschrocken auf und sah ihn an. Und wartete darauf, dass er weiterredete, irgendetwas, egal was. Alles halb so schlimm, das wird schon wieder, Unkraut vergeht nicht.

Aber er fand keine Worte und sie auch nicht.

Über den Wald kroch jetzt die Sonne und tastete mit langen Strahlen nach den Liebenden am See.

Lilo fragte sich, was Hans von ihr erwartete. Ob er etwas erwartete. Ich liebe dich. Vielleicht hoffte er auf diesen Satz. Oder fürchtete sich davor. Die Vorstellung, dass sie ihren Mann verlassen könnte, seinetwegen, und dann hätte er eine geschiedene Frau und zwei Kinder am Hals.

Sie kannte seinen Körper inzwischen fast so gut wie ihren eigenen. Aber von seinen Gefühlen, seinen Wünschen und Ängsten wusste sie nichts, würde sie auch nie etwas wissen.

Er schlang einen Arm um ihren Hals und zog sie wieder auf seine Brust. Er küsste ihren Scheitel, und wenn er dabei weinte, dann wusste sie auch davon nichts. Sie spürte nur, wie er wieder hart wurde, hob ihren Kopf und erwiderte seinen Kuss. Und spreizte ihre Beine und öffnete ihren Körper, um ihn ein letztes Mal in sich zu empfangen.

Neben der Decke lagen zwei benutzte Kondome. Er knotete sie zusammen und warf sie in einem hohen Bogen ins Unterholz. Danach zogen sie sich schweigend an. Sonst hatten sie den See immer nacheinander verlassen, zuerst Lilo und dann Hans, heute gingen sie zusammen weg. Sie hielten sich dabei an den Händen, und an der Kreuzung, an der sich ihre Wege trennten, küssten sie sich, und Hans wühlte ein letztes Mal in Lilos Haaren, und Lilo schmiegte sich ein letztes Mal an ihn und merkte, dass er schon wieder eine Erektion hatte. Dann ging er nach rechts und sie nach links, und sie drehten sich nicht mehr nacheinander um.

Auf dem Rückweg sah Lilo die Beerensammlerinnen im Wald, zehn, vielleicht sogar fünfzehn Frauen und Mädchen. Sie fragte sich, ob eine von ihnen sie beobachtet hatte. Dann würde das Gerede losgehen, vielleicht würden die Kinder von der Sache erfahren und am Ende sogar Hambach in Düsseldorf.

Es überraschte sie selbst, wie kalt sie der Gedanke ließ.

Ich habe nichts Böses getan, dachte sie. Niemandem wurde etwas weggenommen. Keiner ist zu Schaden gekommen. Sie hatte keinen Grund, sich zu schämen.

Nachdem Hans weg war, ging sie nicht mehr zum Schwimmen an den See. Die Vorstellung war unerträglich, anschließend aus dem Wasser zu steigen und er wäre nicht da und sie müsste kalt und nass zum Hof zurück.

Abgesehen davon vermisste sie ihn kaum. Genauso behutsam, wie er in ihr Leben getreten war, verließ er sie auch wieder.

Ein paar Wochen später sprachen die Bauersleute beim Abendessen darüber, dass wieder eine Frau im Dorf eine Todesnachricht erhalten hatte. Der Sohn, der gefallen war, hieß Hans. Lilo ließ sich nichts anmerken, sie aß ihre Erbsensuppe mit Fleischeinlage und das Brot dazu. Sie löffelte und kaute und schluckte, als ob nichts wäre, und fragte auch nichts. Was hätte sie auch fragen sollen, sie kannte ja nicht einmal seinen Nachnamen. Dann spülte sie mit einer der Töchter das Geschirr, und danach ging sie aufs Klo hinter dem Haus und erbrach die Erbsensuppe und die Fleischeinlage und das Brot wieder.

Sie wusch sich ihr Gesicht am Brunnen und setzte sich auf die Bank hinter dem Haus in die Abendsonne, die den Mattenhof vergoldete und jedem Huhn und auch Lilo einen Schatten anhängte wie ein Geschwür. Hans war ein häufiger Name, es gab bestimmt vier oder fünf junge Männer im Dorf, die so getauft waren.

»Es ist nicht gesagt, dass es meiner war«, murmelte sie. Und dachte, dass sie doch etwas spüren müsste, wenn er es wirklich wäre, sie waren sich doch so nah gewesen. Ein Körper. Ein Pulsschlag, ein Blutkreislauf, ein Nervensystem.

Aber sie wusste natürlich, dass sie nichts merken würde, auch wenn ihrem Hans in dieser Sekunde ein Russe in den Schädel geschossen hätte und Hambach im selben Moment von einer Bombe zerfetzt worden wäre, hätte Lilo nichts gespürt außer der warmen Abendsonne und dem weichen Spätsommerwind.

Denn jeder Mensch ist für sich allein, dachte sie jetzt, während sie am Fenster stand und die Hühnersuppe auf dem Herd brodelte. Und wenn man meint, dass man sich ganz und gar verbunden ist, ein Pulsschlag, ein Blutkreislauf, ein Nervensystem, ein Herz und eine Seele, dann täuscht man sich, dann macht man sich etwas vor.

Von Anfang an ist man getrennt, dachte sie. Selbst bei der Mutter und ihrem Kind, die sich doch einen Körper teilen, weiß keiner von beiden, was der andere fühlt. Und nach der Geburt entfernen sie sich immer weiter voneinander, und beim Sterben hast du Glück, wenn da einer ist und deine Hand hält, und ob das wirklich hilft, ist eine andere Frage.

Hilde und ich, Hambach und ich, dachte Lilo, wir wissen nichts voneinander, überhaupt nichts. So war es, so ist es, so wird es immer sein.

Der Suppendampf füllte die Küche. Lilo griff nach einem Geschirrtuch und wischte sich den Schweiß von der Stirn.

Die Hölle kann nicht schlimmer sein, dachte sie.

Sie rührte die Suppe noch einmal um und verließ die Küche. Im Flur stand Käthe, die aussah, als ob sie in den Regen gekommen wäre. Die dunklen Haare klebten auf ihrem Kopf, ihr verwaschenes Sommerkleid hatte längliche, nasse Flecken unter den Armen, auf dem Rücken und unter der Brust. Sie war an der Lebensmittelausgabestelle auf dem Oberbilker Markt gewesen, weil es dort angeblich Graupen und Mehl geben sollte, aber offensichtlich stimmte es nicht, denn Käthes Korb war leer.

»Hast du nichts mehr bekommen?«, fragte Lilo.

»Ich muss mit dir reden«, flüsterte Käthe, und weil sie flüsterte, wusste Lilo sofort, dass es um die Praxis ging.

In die Küche konnten sie nicht, da brodelte die Suppe, also gingen sie ins Kinderzimmer, in dem die Betten nicht gemacht waren, und aufgeräumt hatten Hilde und Gerd auch schon lange nicht mehr.

»Was gibt es?«, fragte Lilo leise, denn neben dem Kinderzimmer lag das Wohnzimmer, in dem Hambach saß, und die Wände waren dünn.

»Ich habe Frau Hofer getroffen«, sagte Käthe. Ein Schweißtropfen lief aus ihrem feuchten Haar über die roten Wangen zum Hals. Und noch einer und noch einer. Sie wischte sie nicht weg.

»Wen?«, fragte Lilo.

»Frau Hofer«, sagte Käthe. »Waltrauds Mutter.«

Lilo wusste immer noch nicht, von wem sie sprach. Erst als Käthe sie an die Frau erinnerte, die vor einigen Monaten ihre heulende Tochter in Schimaneks Keller geschleppt hatte, fiel es ihr wieder ein. »Dieses Mädchen, das das Kind am Ende doch behalten wollte. Und?«

»Ich habe die Hofer fast nicht mehr wiedererkannt«, sagte Käthe. »Sie sah furchtbar schlecht aus, mager und heruntergekommen. Sie kam gleich auf mich zugestürmt, als sie mich in der Schlange vor der Ausgabestelle entdeckte. Du hättest sie sehen sollen. Sie gebärdete sich wie eine Irre. Sie, Sie! Sie sind an allem schuld!«

»Wie bitte? Woran sollst du denn schuld sein? Du hast doch gar nichts gemacht.«

»Eben«, sagte Käthe. »Das wirft sie mir ja vor.«

»Ich verstehe kein Wort, Käthe«, sagte Lilo.

»Ich habe am Anfang auch nichts verstanden. Ich hatte nur furchtbare Angst, weil da so viele Menschen standen und warteten, und sie war so außer sich.«

»Hat sie erzählt, dass wir ... ich meine, hat sie von unserer Arbeit gesprochen?«, fragte Lilo aufgeregt und fröstelte plötzlich, obwohl sie vor ein paar Sekunden noch geschwitzt hatte.

»Nein«, sagte Käthe. »Jedenfalls nicht direkt. Wahrscheinlich hätte sie ohnehin keiner ernst genommen, so wie sie sich aufführte. Der Mann, der das Essen ausgab, wollte schon die Polizei holen. Ich konnte ihn gerade noch davon abhalten. Ich bin dann aus der Schlange raus und hab die Hofer weggezogen, und dann hat sie mir alles erzählt.«

»Was?«, fragte Lilo.

»Es ist genauso gekommen, wie sie es vorausgesehen hat. Als Waltraud dem Nachbarn, der ihr das Kind gemacht hat, erzählte, dass sie schwanger ist, wollte er zuerst nichts mehr mit ihr zu tun haben. Aber dann hat seine Frau Wind von der Sache bekommen und ist mit Sack und Pack zu ihrer Mutter gezogen, nicht ohne vorher noch der ganzen Straße zu erzählen, dass ihr Alter der kleinen Hofer ein Kind gemacht habe. Und als sie weg war, ist Waltraud eingezogen.«

»Bei dem Nachbarn?«

»Jetzt gab es ja Platz«, sagte Käthe. »Und der Alte war auch froh, dass ihm jemand das Essen machte und den Boden wischte und mit ihm ins Bett ging. Er hat Waltraud sogar versprochen, sie zu heiraten.«

»Dann ist doch alles in Ordnung«, sagte Lilo.

»Nichts ist in Ordnung. Die Frau kam zurück, wahrscheinlich haben ihr ihre Eltern den Kopf gewaschen. Man überlässt dem Feind doch nicht kampflos das Feld. Sie zog also wieder ein, aber nun weigerte sich Waltraud auszuziehen.

Und da leben sie nun zu dritt und täglich fliegen die Fetzen, dass es nicht mehr feierlich ist. Und die alte Hofer, Waltrauds Mutter, kann sich natürlich nicht zurückhalten und mischt sich auch noch ein. Das kann man sich ja vorstellen.«

»Du meine Güte«, sagte Lilo. »Aber ich verstehe immer noch nicht, was du damit zu tun hast.«

»Wir«, korrigierte Käthe sie. »Was wir beide damit zu tun haben.«

»Meinetwegen auch wir beide. Das ist doch Waltrauds Problem, wenn sie sich ihr Leben ruinieren will.«

»Natürlich«, sagte Käthe. »Aber du glaubst doch wohl nicht, dass die vier auf Dauer dichthalten. Irgendwann kommt raus, dass Waltraud bei uns war und ihr Kind abtreiben wollte. Und dass wir es bei ihr nicht getan haben, aber bei anderen schon. Es ist nur noch eine Frage der Zeit, glaub mir.«

Gerade war ihr kalt gewesen, jetzt wurde Lilo wieder heiß. Sie setzte sich auf Hildes Bett und fächelte sich mit einem Blatt kühle Luft zu. »Du hast doch vorhin selbst gesagt, dass niemand der Hofer glauben wird, weil sie sich wie eine Geisteskranke aufgeführt hat.«

»Das war heute«, sagte Käthe. »Morgen ist sie vielleicht wieder ganz normal. Und geht zur Polizei und zeigt uns an. Und wenn sie es nicht tut, tut es eben ein anderer.«

»Was willst du, Käthe?«, fragte Lilo. »Sollen wir die Praxis aufgeben? Fängst du jetzt wieder damit an?« Käthe zermürbte sie mit ihren ständigen Bedenken und Einwänden und Skrupeln und mit ihrer Grübelei. Dabei gab es überhaupt keinen Grund, sich Sorgen zu machen. Die Dinge liefen prächtig, ihre Klinik florierte, seit Winston wieder zurück war und sie mit Medikamenten und Materialien versorgte.

»Setz dich«, sagte Lilo und klopfte neben sich auf Hildes Matratze. Aber Käthe wollte sich nicht setzen, und sie wollte sich auch nicht beruhigen. Sie wollte im Zimmer auf und ab laufen, ein Slalom um die Hügel aus schmutziger Unterwäsche, Papier und Müll, und sie wollte sich dabei in den düstersten Farben ausmalen, was alles geschehen könnte.

Es wurde immer schlimmer mit ihr. Wenn eine Abtreibung nicht ganz glattlief, wenn eine Patientin unzufrieden schien oder auch nur niedergeschlagen, dann brachte das Käthe sofort ins Schleudern. Sie wird uns anzeigen, unkte sie. Sie wird sich etwas antun, sie wird uns auffliegen lassen. Das Ganze nimmt ein böses Ende, du wirst schon sehen.

Sie sah immer nur die Schwierigkeiten, das Negative, niemals das Gute. Wie erfolgreich die Praxis lief, wie vielen Frauen sie in Schimaneks Keller geholfen hatten, auch wenn es natürlich angenehmer war, Kinder auf die Welt zu bringen, anstatt sie zu töten.

Es ist falsch, was wir tun, jammerte Käthe. Und machte dennoch weiter. Das trieb Lilo zum Wahnsinn. Dass Käthe keine klare Entscheidung traf, dass sie mit ihren Grübeleien zu keinem Ergebnis kam. Vielleicht sollte ich mich nach einer anderen Hebamme umsehen, die Käthes Part übernimmt, dachte Lilo. Eine, die nicht so sensibel ist, eine, die wirtschaftlich denkt, eine Geschäftsfrau wie ich.

Obwohl es schade wäre, sie und Käthe arbeiteten schließlich hervorragend zusammen. Und eine so erfahrene Hebamme wie Käthe würde sie so schnell nicht finden.

Oder ich mache es allein, überlegte Lilo. Inzwischen hatte sie Käthe so oft über die Schulter gesehen, im Grunde kannte sie alle notwendigen Handgriffe.

»Du solltest dir langsam darüber klar werden, was du eigentlich willst«, sagte sie zu Käthe.

Hambach hörte sie im Nachbarzimmer auf und ab gehen. Seine Frau und Schwester Käthe.

Ihre Stimmen hörte er nicht. Das war seltsam, denn die Wände in ihrer Wohnung waren sehr dünn. Normalerweise hörte man es, wenn sich im Zimmer nebenan jemand unterhielt. Die einzelnen Wörter konnte man nicht verstehen, aber man hörte die Stimmen.

Vielleicht schwiegen sie.

Oder sie sprachen ganz leise.

Sie flüsterten. Seinetwegen.

Denn außer Hambach war ja niemand da. Hilde und Gerd waren in der Schule.

Warum flüsterten sie? Was hatten sie zu verbergen?

Vor Hambach, ausgerechnet vor ihm.

Vielleicht will meine Frau einen Schlussstrich ziehen und mich verlassen, dachte er. Ich halte es nicht mehr aus mit dem Alten, hörte er sie flüstern. Der redet nicht, tut nichts, sitzt nur da. Liest und zittert. Das ist doch nicht normal, das ist doch kein Leben.

Du kannst ihn doch nicht einfach so seinem Schicksal überlassen, wisperte Käthe zurück. Er ist dein Mann, was soll er denn ohne dich anfangen?

Mein Mann ist tot, sagte seine Frau. Mein Mann ist im Krieg geblieben. Diesen Kerl im Nachbarzimmer kenne ich nicht, mit dem habe ich nichts zu schaffen.

Ob sie wirklich ernst machen und ausziehen würde? Hambach hätte es ihr nicht verübeln können, wahrscheinlich hätte er an ihrer Stelle das Gleiche getan. Vielleicht versuchte Schwester Käthe sie ja auch gar nicht zurückzuhalten, sondern ermutigte sie noch in ihrem Vorhaben.

Du musst dich von ihm trennen, bevor er nicht nur sich selbst zerstört, sondern auch dich und die Kinder. Vielleicht war das ihr Rat.

Und sie überlegten gemeinsam, wie sie die Sache am besten über die Bühne bringen konnten. Ob Lieselotte Hambach ihre Entscheidung selbst verkünden sollte oder ob es besser wäre, wenn Schwester Käthe das übernahm. Ob Käthe ebenfalls ausziehen oder in der Wohnung bleiben sollte.

Es ist doch so schwer, eine brauchbare Unterkunft zu finden, sagte Hambachs Frau. Besser, du bleibst hier. Und nebenbei kümmerst du dich ein bisschen um ihn. Er braucht nicht viel, eine warme Mahlzeit am Mittag oder Abend und das Frühstück. Er bewegt sich ja kaum.

Ja, sagte Käthe. Warum nicht?

Hambach dachte immer weiter, obwohl er gar nicht weiterdenken wollte. Er dachte an etwas, das er vor kurzem gelesen hatte. Dass alte Jungfern die längste Lebenserwartung hatten. Frauen, die nicht verheiratet waren und keine Kinder hatten.

Bei den Männern war es genau umgekehrt. Ein Junggeselle starb im Durchschnitt sechs Jahre früher als ein verheirateter Mann.

Frauen lebten besser ohne Männer.

Ein Mann brauchte eine Frau zum Überleben.

Brauchte Hambach seine Frau?

Wenn sie mich verlässt, will ich nicht mehr leben, dachte er.

Aber ich will ja auch jetzt schon nicht mehr.

So gesehen wäre es natürlich kein großer Unterschied. So gesehen wäre es das Beste, wenn sie ginge und Käthe gleich mitnähme.

Ob sie schon eine Wohnung hatte? Einen Liebhaber?

Hambach kämpfte mit sich, ob er in den Flur gehen und an der Tür lauschen sollte. Aber wollte er wirklich hören, was die Frauen über ihn redeten? Wollte er Gewissheit?

Er kämpfte mit sich. Er besiegte sich selbst. Er verlor gegen sich selbst.

Er lehnte sich zurück. Er zitterte.

Einfach weitermachen.

Nichtstun.

Leben.

So schwer es auch war.

XVI

Als Käthe sich früher ein Kind gewünscht hatte, hatte sie immer an ein Mädchen gedacht. Ein Mädchen, hatte sie geglaubt, wäre ihr näher als ein Junge. Nicht am Anfang, da war es egal, solange die Kinder klein waren, spielte das Geschlecht keine Rolle. Aber später. Sie würde sich niemals in einen halbstarken Jungen hineinversetzen können, hatte sie gedacht. Ein Mädchen wäre ihr dagegen vertraut, es würde vom Kind zu einer Art Freundin heranwachsen und seiner Mutter – also Käthe – ein Leben lang zur Seite stehen.

So hatte sie sich das vorgestellt.

Damals hatte sie Hilde nicht gekannt, sonst hätte sie wahrscheinlich gebetet, dass sie einen Jungen bekäme oder gar kein Kind.

Hilde war keine Freundin für Lilo, und sie stand ihr auch nicht zur Seite. Hilde war eine Zumutung. Eine Strafe.

Seit Käthe bei den Hambachs eingezogen war, hatte sie Hilde noch kein einziges Mal lächeln sehen. Sie stand morgens mürrisch auf, schlurfte mit gesenktem Kopf an den Frühstückstisch, verdrückte ihr Brot, trank ihre Milch oder das Glas Wasser, das ihr Lilo hinstellte, redete die ganze Zeit kein Wort und verließ die Küche auch wieder wortlos.

Mittags kam sie mit einem Gesicht aus der Schule, als ob man sie auf dem Nachhauseweg verprügelt hätte. »Kann Gerd das nicht tun?«, fragte sie, wenn man sie um ihre Hilfe bat. Wenn sie überhaupt antwortete. Meistens sprach nur ihr Blick. Lass mich bloß in Ruhe, sagte ihr Blick. Merkst du nicht, dass du mir auf die Nerven gehst?

Wie unterschiedlich die beiden Geschwister waren. Die

mürrische Hilde, der sonnige Gerd. Er plauderte und erzählte und lachte, auch wenn es nichts zu lachen gab. Wenn sein hundertmal geflickter Fußball endgültig den Geist aufgab oder wenn man ihm und seinen Freunden gleich am ersten Tag das Fahrrad klaute, das sie sich in mühsamer Kleinarbeit aus Schrottteilen zusammengeflickt hatten. Müssen wir eben wieder ran, sagte er nur. Wahrscheinlich wäre ihm auch beim Weltuntergang noch ein Scherz eingefallen.

Manchmal beobachtete Käthe Hilde aus dem Augenwinkel, wenn sie gemeinsam am Tisch saßen. Ihr Gesicht war vollkommen ausdruckslos, sie schien gar nicht zu hören, worüber die anderen sprachen. Wie ihr Vater, dachte Käthe und schauderte.

Vielleicht zählte Hilde aber auch nur die Minuten, bis sie aufstehen und die Küche verlassen konnte.

»Hat sie ihren Freund noch?«, fragte Käthe Lilo.

»Ich weiß es nicht«, sagte Lilo. »Sie erzählt mir ja nichts.«

»Er ist kriminell«, sagte Käthe. »Das hast du ihr doch hoffentlich klargemacht. Sie kommt in größte Schwierigkeiten, wenn sie sich weiterhin auf seine Machenschaften einlässt.«

»Dann sag du es ihr doch, Käthe«, meinte Lilo und seufzte. »Auf mich hört sie ja nicht. Sie macht genau das Gegenteil von dem, was ich ihr rate.«

»Man darf ein Kind doch nicht einfach kampflos aufgeben«, sagte Käthe, aber darüber lachte Lilo nur spöttisch.

Zwei Aborte an einem Tag, und das bei diesem Wetter. Wir hätten die Termine verschieben sollen, dachte Käthe. Es ist unverantwortlich, in dieser Hitze einen solchen Eingriff vorzunehmen.

Aber bei beiden Frauen war die Schwangerschaft schon ziemlich weit fortgeschritten gewesen. Und beide hatten Käthe beschworen, nicht auf einen Wetterumschwung zu warten. »Es kann doch noch Wochen so weitergehen«, hatte eine von ihnen gesagt.

Eine entsetzliche Vorstellung, dachte Käthe, während sie zurück in die Corneliusstraße ging. Normalerweise brauchte sie für den Weg keine Viertelstunde. Heute war es, als ob die Straße sich auch bewegte. Sie machte drei Schritte und kam doch nur einen voran. Der Himmel war aus geschmolzenem Blei, darin schwamm die Sonne. In den letzten Tagen waren ein paar Mal Wolken aufgezogen. Voller Hoffnung hatten die Leute die nasse Wäsche von der Leine genommen und die Fenster geschlossen. Gleich geht es los, sagten sie hoffnungsvoll. Aber nichts ging los. Die Wolken verzogen sich unverrichteter Dinge wieder. Die Sonne lachte.

Käthe hatte ein Stück Kirschkuchen in der Tasche. Ein großes Stück Kuchen mit echten Kirschen. Frau Baumgärtner hatte es am Morgen bei Schimanek abgegeben. Käthe hatte vor zwei Wochen ihre Schwangerschaft unterbrochen, dafür hatte Lilo einen halben Puter kassiert. Der Kuchen war nicht vereinbart gewesen, er war ein Zeichen von Frau Baumgärtners großer Dankbarkeit.

»Nimm du ihn«, hatte Lilo gesagt. »Ich bekomme doch von Winston so viel Kuchen. Lass ihn dir schmecken. Und zwar alleine. Hambach braucht nichts davon zu wissen und die Kinder auch nicht, hörst du?«

Alleine. Allein schmeckt es doch nicht, hatte Wolf früher immer gesagt. Wolf, dem nichts auf der Welt mehr Freude gemacht hatte als ein gutes Essen. Rheinischer Sauerbraten mit Kartoffelklößen und Rotkohl. Zum Nachtisch Apfelstrudel mit Vanillesauce. Das war sein Leibgericht.

Wahrscheinlich hatte ihm das seine Frau immer zubereitet. Erstaunlich, dass er sie dennoch verlassen hatte. Und ausgerechnet für Käthe, die mit Mühe ein Rührei auf den Tisch brachte. Und auch das schmeckte meistens angebrannt.

Als sie frisch verliebt waren, hatte sie einmal versucht, einen Kuchen für ihn zu backen. Marmorkuchen, der gelingt immer, hatte Gertrud gesagt, von der sie das Rezept hatte. Aber Käthe war der Kuchen nicht gelungen, bei Käthe war er in sich zusammengesunken vor Scham über seine schlechte

Bäckerin. Doch Wolf hatte trotzdem so getan, als ob er ihm schmeckte.

Kirschkuchen hat er doch immer so gemocht, dachte Käthe und erschrak dann, weil sie in der Vergangenheit von Wolf gedacht hatte.

Kirschkuchen mochte er, mag er, wird er immer mögen. Wenn ich ihn nur mit ihm teilen könnte.

Als sie am Bunker vorbeikam, sah sie Hilde.

Sie lehnte im Schatten an der Mauer und rauchte eine Zigarette. Und sie war allein. Das war ungewöhnlich.

Vielleicht wartet sie auf ihren Geliebten, dachte Käthe.

Aber da war etwas in Hildes Gesicht, das dagegensprach. Etwas Trauriges, etwas Resigniertes. Wie sie da stand und rauchte und bei jedem Zigarettenzug die Augen schloss und die Zigarette danach zwischen Zeigefinger und Daumen hin und her drehte.

Sie steht da wie eine Verlassene, dachte Käthe. Er hat ihr den Laufpass gegeben. Und nun trauert sie und will niemanden sehen. Schon gar nicht mich.

Hilde warf ihre Zigarette auf den Boden, trat sie aus und fischte gleichzeitig eine neue aus der flachen Dose, in der sie ihre Selbstgedrehten aufbewahrte.

Und Käthe, die doch eigentlich nach Hause wollte, um ganz allein den Kirschkuchen zu essen, musste plötzlich an den Likörwein denken, die vielen Gläser, die Flaschen, die sie geleert hatte, nachdem sie begriffen hatte, dass Doktor Wagner für sie verloren war. Gibt es etwas Schlimmeres als eine zurückgewiesene Liebe?, dachte sie und ging dabei auf Hilde zu.

»Guten Tag, Hilde«, sagte sie. »Na, so eine Überraschung.«

Als ob sie nicht genau wüsste, dass Hilde ständig hier am Bunker herumlungerte. Und dass auch Hilde wusste, dass sie es wusste.

Hilde hob ihre gezupften Augenbrauen, betrachtete nachdenklich die noch unangezündete Zigarette in ihren Fingern und steckte sie dann zurück in die Dose. »Was gibt's?«, fragte sie feindselig.

»Ich habe Kuchen«, sagte Käthe. »Kirschkuchen. Wenn du magst, essen wir ihn zusammen.«

Sie erwartete ein verächtliches Schnauben, ein Kopfschütteln oder gar keine Antwort. Aber Hilde zögerte nur kurz. Dann nickte sie.

Aus dem großen Stück Kuchen wurden zwei. Ein kleines und ein noch kleineres. Käthe schob das Erste auf Hildes Teller, das andere behielt sie selbst.

»Danke«, murmelte Hilde und fragte sich, warum sie Käthe begleitet hatte. Obwohl sie sie doch nicht ausstehen konnte. Käthe bot ihr den Kuchen doch nur an, um sie auszuhorchen. Und was immer Hilde ihr erzählte, würde sie brühwarm an ihre Mutter weitergeben.

Von mir erfährst du gar nichts, dachte Hilde grimmig.

Sie rammte ihre Gabel in ihren Kuchen und schob ein Stück in den Mund. Der Kuchen schmeckte köstlich. Echte Kirschen, kein Kartoffelmus, das mit Roter Beete gefärbt und mit Zuckerersatz gesüßt worden war.

Ein Bissen und noch ein Bissen und noch zwei. Dann war er weg, zu schade aber auch.

»So was könnte ich jeden Tag essen.« Mit dem Zeigefinger wischte sie einen letzten Kuchenkrümel vom Teller und leckte ihn ab. »Woher hast du ihn?«

»Von einer Patientin.« Käthe seufzte. »Schade, dass sie uns nicht mehr davon gegeben hat.«

Hilde nickte und starrte voller Bedauern auf ihren leeren Teller, und Käthe lehnte sich zurück, betrachtete Hilde sorgenvoll und seufzte. Jetzt geht es los, dachte Hilde. Erst der Zucker und dann die Peitsche.

»Ach, Hilde.« Käthe schüttelte traurig den Kopf. »Dass es so weit kommen musste.«

»Was?«, fragte Hilde. Dabei wusste sie ganz genau, worauf Käthe hinauswollte. Auf Kurt wollte sie hinaus, vor Kurt wollte sie Hilde warnen. Dabei war das doch gar nicht mehr nötig, denn Kurt hatte Hilde längst verlassen. Er war in die Südsee gezogen oder in irgendeine andere gottverdammte Gegend der Welt. Er hatte Hilde nicht einmal einen Abschiedsbrief geschrieben. Sie hatte auch keine Adresse, an die sie ihm hätte schreiben können. Er war einfach verschwunden, von einem Tag auf den anderen.

Hilde verschränkte die Arme vor der Brust. Am liebsten wäre sie aufgestanden und hätte den Raum verlassen, aber das ging nicht, immerhin hatte Käthe gerade ihren köstlichen Kuchen mit ihr geteilt. *Quid pro quo*, dachte Hilde bitter. Nichts auf der Welt ist umsonst.

»Dieser verfluchte Krieg«, sagte Käthe. »Wenn der Krieg nicht gewesen wäre, könnten wir jeden Tag Kirschkuchen essen. Oder Apfeltorte oder Windbeutel, wenn man keine Kirschen mag.«

Hilde war verwirrt. Sie hatte eine Moralpredigt erwartet, und nun fing Käthe vom Krieg an.

»Irgendwann ist es wieder so weit«, fuhr Käthe fort. »Irgendwann haben sie alles so weit hergerichtet und aufgebaut, dass man einfach in eine Bäckerei gehen und sich etwas aussuchen kann. Irgendwann gibt es wieder richtige Häuser und Straßen und beleuchtete Schaufenster. Und Neonreklamen.« Sie lachte, aber dann wurde sie plötzlich ernst und kratzte mit ihrer Gabel über ihren Teller. Das hässliche Geräusch ging Hilde durch Mark und Bein.

Hilde wartete darauf, dass sie weiterredete, aber Käthe war ganz versunken in ihrer Sehnsucht nach Neonleuchten oder Schaufensterpuppen oder Schokoladenpuddingpulver oder was sie sonst noch vermisste aus der Zeit vor dem Krieg. Sie kratzte mit den Gabelzinken über den Teller und schien Hilde völlig vergessen zu haben.

Hilde räusperte sich und hoffte, Käthe dadurch wieder in die Gegenwart zurückzubringen, aber Käthe hörte sie nicht oder wollte sie nicht hören.

»Ich muss noch Hausaufgaben machen«, sagte Hilde

schließlich. Das war noch nicht einmal gelogen, ihr neuer Klassenlehrer war jung und furchtbar ehrgeizig und wollte alles wieder aufholen, was die Mädchen in den letzten Jahren versäumt hatten.

Jetzt fuhr Käthe zusammen und stand auf und stellte ihren Teller auf Hildes Teller. Sie faltete das Zeitungspapier zusammen, in das vorher der Kuchen eingewickelt war, und lächelte verloren. »Aber die Toten«, sagte sie. »Die bringt keiner mehr zurück. Die sind für immer weg.«

Dieser eine Tag, an dem Käthe ihr Stück Kuchen mit Hilde teilte, änderte nicht alles zwischen ihnen, aber einiges. Weil Hilde plötzlich bewusst geworden war, dass Käthe ebenfalls etwas verloren hatte. Ihren Mann, der im Krieg geblieben war.

»Wie war dieser Wolf eigentlich?«, fragte sie ihre Mutter, als sie zusammen Wäsche falteten.

»Kannst du dich nicht mehr an ihn erinnern? Du hast ihn doch ein paar Mal getroffen, bevor sie ihn eingezogen haben. Käthe und er haben uns manchmal besucht, dann hat er sich gerne um euch gekümmert. Er war ganz verrückt nach Kindern.«

Hilde erinnerte sich vage an einen großen, kräftigen Mann, der mit ihr und Gerd Indianer gespielt hatte. Sie hatten im Kinderzimmer alle Möbel zusammengestellt und eine große Decke darübergeworfen. »Das ist unser Wigwam«, hatte er behauptet, und dann hatten sie eine Spielzeugfriedenspfeife miteinander geraucht.

»Er war nett«, sagte ihre Mutter. »Lustig. Wir haben uns allerdings immer darüber gewundert, dass er und Käthe überhaupt zusammengekommen sind. Eigentlich passte er nicht zu ihr.«

»Warum nicht?«, fragte Hilde und versuchte sich Wolfs Gesicht vorzustellen, aber es gelang ihr nicht.

»Sie ist so ernsthaft. Und er war ein Leichtfuß. Immer gut gelaunt, immer großzügig. Wenn es hart auf hart kam, hat er schon mal ein Auge zugedrückt, wenn du verstehst, was ich meine.«

»Hatte er was mit anderen Frauen?«, fragte Hilde misstrauisch.

»Nein, Unsinn! Wenn er sie betrogen hätte, dann hätte ihn Käthe auf der Stelle vor die Tür gesetzt. Es war schlimm genug für sie, dass er vor ihr schon einmal verheiratet war.«

»Ach, wirklich? Davon wusste ich ja gar nichts.«

»Er war geschieden. Hat sich wegen Käthe von seiner Frau getrennt. Sie hätte ihn fast verlassen, als er ihr gestanden hat, dass er verheiratet ist.«

»Und dann? Hat sie ihm doch vergeben?«

»Sonst hätte sie ihn ja wohl kaum geheiratet«, sagte ihre Mutter.

»Was ist aus seiner ersten Frau geworden?«, fragte Hilde. »Lebt sie noch?«

»Keine Ahnung. Woher soll ich das wissen? Frag Käthe doch selbst. Ich glaube allerdings nicht, dass sie viel mehr über sie weiß als ich. Meines Wissens hat sie sie nie kennengelernt. Warum interessiert dich das denn?«

»Nur so«, sagte Hilde.

»Die Geschichte zeigt jedenfalls, was dabei herauskommt, wenn man sich an den Falschen bindet«, sagte ihre Mutter und faltete eins von Hambachs Unterhemden einmal längs und einmal quer.

Hilde war sich nicht sicher, ob sie auf Käthe und Wolf anspielte oder auf Wolfs erste Frau. Sie fragte allerdings nicht nach. Sie wollte nichts über richtige und falsche Partner hören und dass die Zeit alle Wunden heilt und jeder Liebeskummer vergeht. Bei Käthe war nichts vergangen, da war sie sich sicher. Und bei ihr selbst war es ganz genauso.

Winston wurde anstrengend.

Wenn er nicht so nützlich gewesen wäre, hätte Lilo ihm den Laufpass gegeben. Aber er lieferte ihr sämtliches Zubehör für die Praxis – prompt, zuverlässig und anstandslos.

Sie bezahlte ihn, aber er forderte niemals mehr als das, was er selbst für die Medikamente ausgab. Er zog keinen Gewinn aus dem Handel.

»Mein Lohn«, sagte er, als Lilo ihn darauf ansprach, »ist die Zeit mit Ihnen, liebe Lilo.« Sein Deutsch war inzwischen so gut, dass er gar keinen Unterricht mehr gebraucht hätte. Dennoch traf er Lilo Woche für Woche in der kleinen Konditorei auf der Bilker Allee, schrieb die Wörter aus der Nazifibel in sein Vokabelheft und bezahlte am Ende den Kuchen und den Kaffee.

Er machte keine Annäherungsversuche, er berührte sie nicht, er duzte sie nicht einmal. Er blieb auf Distanz, genau wie früher, als er noch mit Mary verlobt gewesen war, aber ansonsten war nichts wie früher. Ihre Beziehung hatte sich gewaltig verändert, das wusste er, das wusste Lilo, aber sie wischte das ungute Gefühl, das sie dabei empfand, weg, genauso wie sie auch Käthes und Schimaneks Fragen wegwischte.

»Warum hilft er uns?«, fragte Käthe. »Hast du ihm erzählt, was wir in Schimaneks Keller machen?«

»Natürlich nicht!«, erwiderte Lilo empört. »Hältst du mich für blöd? Ich hab ihm erzählt, dass du die Sachen für deine Arbeit als Hebamme brauchst.«

»Warum nimmt er dann so wenig Geld für seine Lieferungen?«, fragte Käthe. »Er kennt mich doch überhaupt nicht. Er hat keinen Grund, mir irgendwas zu schenken.«

»Dieser Kerl ist mir ein Rätsel«, sagte auch Schimanek. »Selbst für einen Offizier dürfte es nicht ganz einfach sein, an Medikamente und medizinische Gerätschaften zu kommen. Das Zeug ist schließlich Gold wert, hierzulande, heutzutage. Warum lässt er es dir so billig? Das ist doch völlig unverständlich.«

Winston war verliebt in Lilo, das war die einzig vernünftige Antwort auf diese Fragen. Das ahnte Käthe, das vermutete Schimanek, das wusste im Grunde auch Lilo selbst. Aber sie zog keine Schlüsse aus dieser Erkenntnis. Sie folgerte nicht, dass Winston sich nicht ewig mit Kaffee und Kuchen zufriedengeben würde, dass er mehr erwartete und mehr fordern würde. Sie redete sich ein, dass sich alles in Wohlgefallen auflösen würde.

Es ging ihr gut, zu gut. Das machte sie leichtsinnig.

Ihre Patientinnen gaben sich die Klinke in die Hand, und in Schimaneks Garten saßen die Kaninchen bereits zu zweit in den Käfigen und wurden immer fetter. Alle paar Wochen griff Schimanek in einen der Ställe, packte ein besonders kräftiges Tier bei den Ohren, schlachtete es und ließ es sich von Lilo braten. Das war die Miete, mehr wollte er nicht, auch wenn Lilo ständig versuchte, ihm das vereinbarte Geld für den Keller aufzudrängen.

»Geld hab ich selbst genug«, knurrte er nur verächtlich. »Aber kochen kann ich nicht. Jedenfalls nicht so gut wie du.«

Beim Essen leistete sie ihm Gesellschaft, auch darauf bestand er, und sie tat es gerne. Sie freute sich immer schon lange im Voraus auf die Kaninchenabende mit Schimanek, an denen sie über Alltägliches und Außergewöhnliches und Erfreuliches und Ärgerliches sprachen. Und vieles, was Lilo vorher verwirrend oder problematisch erschien, war hinterher ganz klar. Schimanek und ich, wir sind wie ein Ehepaar, dachte sie manchmal. Nur dass wir nicht miteinander schlafen.

Mit Hambach schlief sie allerdings auch schon lange nicht mehr. Was für eine Verschwendung, dachte sie, wenn sie vor ihrem Spiegel im Schlafzimmer saß und ihre langen Haare kämmte. Auf der Straße pfeifen mir die Männer nach, aber Hambach fasst mich nicht an. Bald bin ich alt und verwelkt, dann pfeift keiner mehr.

Abgesehen davon liefen die Dinge prächtig. Bei Hambachs aß man inzwischen zweimal in der Woche Fleisch und statt Margarine und Palmfett strich man sich echte Butter aufs Brot.

»Die Leute reden schon darüber, dass wir plötzlich reich geworden sind«, sagte Käthe.

»Was kümmern uns die Leute«, meinte Lilo.

»Nichts. Solange sie nur reden, kann es uns egal sein. Aber wenn sie eins und eins zusammenzählen und auf das richtige Ergebnis kommen, wird es schwierig.«

Lilo seufzte.

»Frau Kosslick hat mich neulich gefragt, wie es kommt, dass ich nachts nicht aus dem Haus muss. Als Hebamme. Das sei doch wirklich ungewöhnlich. Ich hab ihr erklärt, dass ich besonders leise auf der Treppe sei, um sie nicht aufzuwecken. Aber sie sagte, sie schlafe so gut wie gar nicht, und die Stufen knarrten doch so. Das wäre merkwürdig, sagte sie, sehr merkwürdig.«

»Die alte Kosslick soll sich um ihren eigenen Dreck kümmern«, sagte Lilo finster.

»Und Gerd wundert sich auch darüber, dass eine Hebamme und eine Krankenschwester mehr Geld nach Hause bringen als der Vater seines Freundes, der Oberarzt im Marienhospital ist.«

»Ich rede mit ihm. Ich sage ihm einfach, dass Schimanek uns unterstützt. Er hat schließlich keine eigene Familie und mehr als genug zum Leben, also hilft er uns aus, bis es Hambach wieder besser geht.«

»Lügen«, sagte Käthe. »Nichts als Lügen, das ist unser Leben.«

Darauf hin sagte Lilo nichts mehr, sondern schüttelte nur kurz und unwillig den Kopf und ging weg.

XVII

Während Lilo aufblühte und von Tag zu Tag schöner wurde, fiel Käthe in sich zusammen. Ihre Haare wurden brüchig, ihre Haut dünner und faltiger und sie litt immer mehr unter den plötzlichen Hitzewallungen, die sie überfielen, wenn sie am wenigsten damit rechnete. Mitten in einem Beratungsgespräch oder bei einem Eingriff brach ihr plötzlich der Schweiß aus und lief in Strömen aus allen Poren, und ihr Gesicht glühte wie ein Hochofen.

Und das ausgerechnet in diesem heißen August. Im Hofgarten verdorrte das Unkraut, und die wenigen Bäume, die die Bomben überstanden hatten und im Winter nicht verheizt worden waren, ließen die Blätter hängen. Der Rhein schleppte sich als seichter Bach durch die Stadt.

Aber Käthe nahm das alles kaum zur Kenntnis. Aus der Gegenwart hatte sie sich mehr und mehr in die Vergangenheit zurückgezogen. Sie führte imaginäre Unterhaltungen mit Wolf. Bevor sie eine neue Patientin annahm, fragte sie ihn um Rat. Was meinst du, wird es ihr später leidtun, dass sie ihr Kind abgetrieben hat oder kann sie damit leben?, fragte sie ihn. Und erst, wenn Wolf sagte, dass er keine Bedenken habe, vereinbarte sie einen Termin für den Abort. Sie fragte ihn auch ganz alltägliche Dinge. Reicht das Mehl bis zum Ende der Woche oder müssen wir neues kaufen? Soll ich den großen Korb oder die Tasche mitnehmen? Dinge, die sie ihn früher nie gefragt hätte, weil er keine Antwort darauf gehabt hätte. Aber jetzt, in ihren Gedanken, wusste er immer Rat. Kauf Mehl. Nimm den Korb. Und Gerds Schuhe, du kannst sie auf dem Weg zur Ausgabestelle beim Schuster abgeben.

Abends erzählte sie ihm alles, was am Tag geschehen war. So wie andere mit Gott sprachen, sprach sie mit Wolf. Und Wolf antwortete ihr und tröstete sie und hielt sie, wenn sie sich selbst keinen Halt mehr geben konnte, weil ihr wieder einmal bewusst wurde, dass sie ihn vielleicht nie mehr wiedersehen würde. Dass ihr gemeinsames Leben vorüber war.

Im Radio hört man immer mehr über die Verbrechen der Nationalsozialisten. Über die Juden, die vergast worden waren, die Kommunisten, Sozialisten, Sozialdemokraten, die nicht schnell genug ins Exil gegangen waren.

Für die Sünden der Vergangenheit haben wir mit Blut bezahlt, dachte Käthe. Mit den Leibern unserer Männer. Und mit den Körpern der Frauen, die auf der Flucht geschändet worden oder in den Bombennächten verbrannt sind. Wenn wir wachsamer und mutiger gewesen wären, dann wäre es nie so weit gekommen.

Sie konnte es nicht fassen, dass sie selbst nichts gesagt und nichts unternommen hatte. Dass sie das Unrecht, das über das Land gekommen war, einfach so akzeptiert hatte.

Im Gegensatz zu vielen anderen gab Käthe nicht vor, dass sie nichts gewusst hatte. Schließlich waren Bekannte, Kollegen, Nachbarn, Freunde aus ihrem Leben verschwunden. Doktor Wagner hatte seine Arbeit verloren, und kurz danach war Schwester Gertrud ebenfalls von der Kündigung bedroht worden, weil herausgekommen war, dass ihr Vater Jude war. Die Krankenhausleitung hatte sich geweigert, sie zu entlassen, obwohl ein nicht unbeträchtlicher Teil des Kuratoriums der Meinung war, dass es besser sei, die neuen Machthaber nicht unnötig zu reizen. Lieber eine einzelne Schwester als wir alle, war die Devise. Am Ende nahm ihnen Schwester Gertrud die Entscheidung ab, weil sie sich mit einem deutschstämmigen Amerikaner aus Chicago verlobte, der doppelt so alt war wie sie und fettleibig, einem Mann, den sie unter normalen Umständen keines Blickes gewürdigt hätte.

»Beggars can't be choosers«, erklärte sie. Denn sie lernte

Englisch, um in der neuen Heimat so schnell wie möglich Fuß zu fassen.

Und dann wanderte sie aus und nahm auch ihre Eltern mit, nur ihre Großeltern und Tanten väterlicherseits blieben in Deutschland zurück und wurden in Birkenau vergast.

Beggars can't be choosers war der falsche Spruch gewesen, dachte Käthe jetzt. Wer zuletzt lacht, lacht am besten, passte viel besser. Denn jetzt saß Gertrud in Chicago und schickte Pakete mit Schokolade, Waschmittel und Seidenunterwäsche nach Deutschland. Ihr fettleibiger Mann war kurz vor Kriegsende gestorben und hatte ihr ein beträchtliches Vermögen hinterlassen. »Ich plane, bald wieder zu heiraten«, hatte sie Käthe in ihrem letzten Brief mitgeteilt.

Und Käthe saß im zerbombten Düsseldorf und wusste nicht einmal, ob ihr Mann noch am Leben war, und tötete ungeborene Kinder, um selbst zu überleben, und plante gar nichts.

Sie machte sich Vorwürfe, dass sie ihr Leben hatte verstreichen lassen, ohne es zu nutzen. Während die Nazis ihr Netz über Deutschland warfen, war Käthe damit beschäftigt gewesen, schwanger zu werden. Am zwölften, dreizehnten, vierzehnten und fünfzehnten Tag ihres Zyklus schlief sie mit Wolf und wartete und hoffte bis zum achtundzwanzigsten, an dem unweigerlich ihre Blutung einsetzte. Dann war sie niedergeschlagen, bis der zwölfte Tag kam und sie mit Wolf schlief und erneut zu hoffen begann.

Sie sah nicht nach links und nicht nach rechts, erst an ihrem vierzigsten Geburtstag blickte sie auf und stellte fest, dass sich das Land von Grund auf verändert hatte. Und merkte, dass auf dem Schild von Herrenausstatter Grünbaum jetzt Schinkel-Mode stand, dass Zahnarzt Schlesinger nur noch jüdische Patienten behandeln durfte und das Warenhaus Tietz in Westdeutsche Kaufhof AG umbenannt worden war. Und merkte auch, dass ihre Ehe kurz vor dem Auseinanderbrechen war, weil Wolf den Zyklus der Enttäuschung und des Hoffens und Käthes Desinteresse an allem anderen nicht mehr ertrug.

An ihrem vierzigsten Geburtstag ergriff Käthe eine große Wut auf ihren eigenen Körper, der sie so im Stich gelassen hatte, und auf Gott, der ihr Wolf geschickt hatte und der sie geschaffen hatte und ihr nun kein Kind zugestand, obwohl das doch die edelste Aufgabe und Pflicht eines jeden Weibes war: Kinder zu empfangen und auszutragen. Und sie begrub an diesem Tag die Hoffnung auf ihr Kind, so wie sie zehn Jahre später die ungeborenen Kinder von Ingrid und Trudi begraben würde. Und danach begrub sie ihre Wut. Und dann begann ihre glücklichste Zeit mit Wolf.

Währenddessen bereitete Hitler den Krieg vor.

Am 1. September 1939 überfiel Deutschland Polen, und vier Monate später wurde Wolf eingezogen, und ihre glückliche Zeit war vorbei.

Und jetzt war Wolf nur noch ein Traum, den Käthe mit sich herumtrug wie damals ihren Kinderwunsch. Wenn du nur wiederkommst, beschwor sie Wolf vor dem Einschlafen, dann will ich jede Minute mit dir genießen, als ob es die letzte wäre. Aber inzwischen hatte sie gelernt, dass kein Traum Wirklichkeit wird, nur weil man ihn besonders sehnsüchtig träumt. Und das Bewusstsein, dass sie Wolf nie mehr wiedersehen würde, sickerte langsam in sie ein wie Regen, der auf ausgetrockneten Boden fällt.

Käthe hatte ein Abkommen mit Frau Baumgärtner getroffen. Käthe versorgte sie regelmäßig mit Kaninchenfleisch, aus dem sie sich selbst nicht viel machte. Und dafür bekam sie Kuchen. Denn Frau Baumgärtner hatte einen Schrebergarten mit Obstbäumen, einem Bienenstock und vier Hühnern und war eine leidenschaftliche Bäckerin.

Ihren Kuchen teilte Käthe immer mit Hilde. Wenn das Stück sehr groß war, bekamen auch Hambach und Gerd einen Teil davon ab, aber eine Hälfte war in jedem Fall für Hilde reserviert.

Manchmal redeten sie kein Wort, während sie den Kuchen aßen und Kaffee-Ersatz dazu tranken. Sie hingen ihren Gedanken nach. Manchmal unterhielten sie sich über das Wetter oder die Schwarzmarktpreise. Oft redeten sie über die Zeit vor dem Krieg. Über die Zeit, als Lilo und Käthe zusammen im Evangelischen Krankenhaus gearbeitet hatten, die Zeit, als Lilo so schön gewesen war, dass die frischgebackenen Väter fast ohnmächtig wurden, wenn sie ihnen ihr Kind präsentierte.

»Ich frage mich, warum sie meinen Vater geheiratet hat«, murmelte Hilde. »Wenn es so war, wie du sagst, dann hätte sie sich die Männer doch aussuchen können.«

»Dein Vater war ein ganz besonderer Mann«, sagte Käthe. »Ist«, korrigierte sie sich. »Er *ist* ein ganz besonderer Mann.«

»Wie war er denn?«, fragte Hilde.

»Klug. Ein hervorragender Arzt. Und sehr verliebt«, sagte Käthe. »Er war verrückt nach deiner Mutter. Und als er es endlich geschafft hatte, dass sie sich mit ihm verlobte, da war er der glücklichste Mann der Welt.«

Die Sätze waren so dünn wie der Muckefuck in ihren Tassen. Er war verrückt nach deiner Mutter. Er war der glücklichste Mann der Welt. Das hatte nichts mit dem heutigen Hambach zu tun und mit dem früheren auch nicht.

»Und wenn sie nicht gestorben sind, dann leben sie noch heute«, sagte Hilde spöttisch. »Nur dass sie sich nicht mehr lieben.«

»Was weißt du schon von der Liebe?«, fragte Käthe.

Ein dummer Satz.

Ein Ich-weiß-alles-besser-und-du-weißt-nichts-Satz.

Ein Satz, der Hilde unweigerlich zur Weißglut bringen würde.

Dachte Käthe und wartete nur darauf, dass Hilde ihre Kuchengabel auf den Teller schleuderte und den Teller gegen die Wand. Dass sie aufsprang und aus dem Zimmer stürmte und die Tür zuknallte. Und das wäre es dann gewesen mit dem gemeinsamen Kuchenessen und Kaffeetrinken.

Aber Hilde zuckte nur mit den Schultern und senkte den Kopf ein bisschen tiefer, so dass Käthe ihr Gesicht nicht sehen konnte. Sie sah nur ihre dunkelblonden Haare, die Hilde an den Schläfen straff nach oben gekämmt und eingeschlagen hatte, so dass sie wie ein Reif um ihren Kopf lagen. Den Scheitel hatte sie allerdings schief gezogen, das verlieh der strengen Frisur etwas rührend Unbeholfenes.

»Und du?«, fragte Hilde nach einer Weile so leise, dass Käthe sie fast überhörte.

»Was – und ich?«

»Was weißt du von der Liebe?«

»Mein Mann ist verschollen«, sagte Käthe, obwohl das die Frage natürlich in keiner Weise beantwortete.

»Ich weiß«, sagte Hilde. »Meine Mutter hat mir von deinem Mann erzählt. Er hat sich für dich scheiden lassen.«

»Das hat Lilo dir erzählt? Und was hat sie sonst noch gesagt?«

»Dass es beinahe aus und vorbei gewesen wäre zwischen euch, als du erfahren hast, dass er verheiratet war. Und dass er lustig war und immer mit mir und Gerd gespielt hat. Ich kann mich sogar daran erinnern, dass er einmal eine Höhle mit uns gebaut hat, in unserer alten Wohnung.«

»Ja, das stimmt. Er mochte Kinder.«

»Wann hast du das letzte Mal von ihm gehört?«

»Im Juni 1944 kam sein letzter Brief.«

Ein kurzes, hastiges Schreiben.

Es hat sich hier einiges verändert. Wir liegen ca. 20 km vor Minsk und warten weitere Befehle ab. In den letzten Tagen sind wir viel marschiert, immer vorwärts, dem Feind entgegen, der sich nicht zeigen mag. Auch jetzt ergeht wieder der Befehl zum Aufbruch, ich muß also schließen und schreibe dir in den nächsten Tagen wieder. Wenn ich nur bei dir wäre. O Gott, wie hasse ich diesen Krieg und alle, die ihn lieben.

Danach nichts mehr. Keine Zeile, keine Nachricht.

Inzwischen wusste Käthe, dass die Schlacht um Minsk ein Desaster für die Wehrmacht wurde. Die Rote Armee hatte die Stadt im Juni 1944 zurückerobert, die deutschen Soldaten waren zu Tausenden gefallen und wer überlebt hatte, war gefangengenommen worden.

»Das ist mehr als zwei Jahre her«, sagte Hilde, die jetzt den Kopf hob. »Glaubst du denn …«, begann sie und verstummte.

»Ganz bestimmt ist er noch am Leben«, sagte Käthe.

Dieser Abgrund, der sich vor Käthe aufgetan hatte, als Wolf ihr gestanden hatte, dass er verheiratet war. Diese Fassungslosigkeit, dass er sie die ganze Zeit belogen hatte. »Es war keine Lüge«, versuchte er sich zu verteidigen. »Ich habe dir nur etwas verschwiegen. Ich hatte solche Angst, dass du mir keine Chance gibst, wenn du die Wahrheit kennst.«

»Meinst du etwa, jetzt ist es besser?«, fragte sie. Nach so vielen Wochen, nach so vielen Gesprächen und Spaziergängen und Küssen und Liebesschwüren? »Wie soll ich dir jemals wieder vertrauen? Du hättest mir von Anfang an reinen Wein einschenken müssen.« Aber während sie das sagte, wusste sie genau, dass es nicht stimmte. Sie hätte sich niemals auf Wolf eingelassen, wenn sie von seiner Frau gewusst hätte. Und die Erkenntnis, dass Wolf recht hatte, machte sie wütend, fast noch wütender als der Betrug. Dass er sie übers Ohr gehauen hatte, zu ihrem eigenen Besten.

»Du musst zu ihr zurück«, sagte sie. Die Worte hinterließen einen sauren Geschmack in ihrem Mund, wie etwas, das man gegessen und wieder hervorgewürgt hat. »Ich will nicht schuld daran sein, dass eure Ehe auseinanderbricht.«

»Du bist nicht schuld. Unsere Ehe ist schon lange zerrüttet. Sie lebt im rechten Teil des Hauses und ich im linken. Es gibt kein gemeinsames Leben mehr, es gibt keine Verbindung mehr zwischen uns. Verstehst du? Es war bereits vorbei, bevor ich dich kennengelernt habe.«

»Ihr habt euch doch einmal geliebt. Das kann doch nicht einfach so vorüber sein. Ihr müsst es noch einmal miteinander versuchen.«

»Wir haben es versucht«, sagte Wolf. »Wieder und wieder. Aber es geht nicht. Es ging nie. Wir haben viel zu jung geheiratet und schon ein paar Wochen nach der Hochzeit war mir klar, dass ich einen Fehler gemacht hatte. Dass sie die Falsche war. Und du bist die Richtige.«

Käthe schloss kurz die Augen, bevor sie es wagte, die nächste Frage zu stellen.

»Gibt es Kinder?«, fragte sie.

»Nein«, sagte Wolf.

Käthe atmete auf. Dann fragte sie, wie lange Wolf und seine Frau verheiratet waren, ob sie von seinem Verhältnis mit Käthe wusste und wie er sich die Scheidung vorstellte.

»Sie behält das Haus«, sagte er. »Ich werde auch dafür sorgen, dass sie keine Not leiden muss, das bin ich ihr schuldig. Auch wenn das Geld dann knapp sein wird, wenn du und ich … wenn wir …« Er rang nach Worten, fand keine und brach ab. Und starrte auf seine Hände, seine großen, kräftigen Kürschnerhände, die ihn wohlhabend gemacht hatten, sodass er nun die eine Frau wohlversorgt zurücklassen konnte und die andere heiraten.

Sofern die andere wollte.

»Willst du mich?«, fragte Wolf.

»Ich muss darüber nachdenken«, sagte Käthe, und erst als er weg war, wurde ihr bewusst, dass er ihr einen Heiratsantrag gemacht hatte.

Sie hielt ihn eine Woche hin, nicht weil sie sich nicht sicher war, sondern um ihm zu zeigen, wie sehr es sie gekränkt hatte, dass er ihr seine Frau verschwiegen hatte. »Ich will, dass wir immer ehrlich zueinander sind«, sagte sie, bevor sie ihm ihr Jawort gab. Und dann verlobten sie sich, aber bis zur Hochzeit dauerte es noch sechzehn Monate, weil die Scheidung erst nach einem Trennungsjahr vollzogen werden konnte.

In dieser Zeit wohnte Käthe weiterhin im Schwesternwohnheim, und Wolf mietete eine kleine Wohnung in der Kopernikusstraße an, in der Käthe ihn oft besuchte. Sie übernachtete niemals bei ihm, immerhin waren sie ja noch nicht verheiratet und sie musste auf ihren Ruf achten. Aber manchmal zog Wolf nachmittags seine blau gestreiften Vorhänge zu und Käthe aus, und dann schlief er mit ihr. Er war ihr erster Mann, vor ihm hatte sie noch nicht einmal richtig geküsst. Sie hatte den Beischlaf immer als ein notwendiges Übel gesehen, ein Bedürfnis des Mannes, eine Maßnahme, die man über sich ergehen lassen musste, um schwanger zu werden, aber zu ihrer Überraschung fand sie großen Gefallen daran. Wenn sie nackt auf seinem grauen Sofa lag, betrachtete er sie mit den Augen eines Urwaldforschers, der eine seltene Blüte gefunden hatte. Sie fühlte sich schön unter seinem Blick. Sie war stolz auf seine Liebe. Am liebsten hätte sie sämtlichen Schwestern, Ärzten und Patienten im Evangelischen Krankenhaus davon erzählt. Aber das ging natürlich nicht, keiner durfte von ihrer Verbindung wissen, Wolf war ja noch verheiratet.

»Wir müssen sehr vorsichtig sein«, ermahnte sie ihn. »Stell dir vor, ich werde schwanger.«

»Ich stelle es mir gerade vor«, sagte er und legte eine Hand auf ihren flachen Bauch. »Und die Vorstellung gefällt mir.«

Die Vorstellung gefiel auch ihr. Und sie freute sich darauf, seine Frau zu werden und gleich in der Hochzeitsnacht sein Kind zu empfangen. Wenn es ein Mädchen war, sollte es Elisabeth heißen, wie seine verstorbene Mutter, und ein Junge Arnold. So hatte sie sich das gedacht.

Sie sprachen niemals mehr von seiner Frau. Wolf erwähnte sie nicht mehr, und Käthe fragte nicht nach ihr. Als er nach dem Scheidungstermin vom Amtsgericht nach Hause kam, erwartete ihn Käthe in seiner Wohnung. Sie hatte sich den Tag freigenommen, kochte ihm Kaffee und später eine Suppe, die ihnen beiden nicht schmeckte. Sie hatte eine Flasche

Sekt auf Eis gelegt, für alle Fälle, aber sie holte sie nicht aus dem Schrank.

Wolf ging früh schlafen an diesem Abend. »Es tut mir so leid, Käthe«, sagte er. »Aber die Sache nimmt mich doch mehr mit, als ich gedacht hätte.«

Käthe suchte vergeblich nach Worten. Sie hatte so viele Fragen, die sie alle nicht zu stellen wagte. Wie hat es deine Frau aufgenommen? Hat sie geweint? Hat sie dich beschimpft? Fühlst du dich schuldig, bist du wütend oder tut es dir sogar leid?

Sie versuchte sich an den Vornamen der Frau zu erinnern, Wolf hatte ihn ein paar Mal genannt, aber Käthe hatte ihn wieder vergessen. Er fiel ihr auch nicht wieder ein, und Wolf erwähnte ihn nie mehr.

Die Sache war erledigt, überstanden, vorbei, und am nächsten Tag stand Wolf mit einem Strauß Rosen vor dem Evangelischen Krankenhaus und holte Käthe ab. Und lächelte und scherzte genau wie früher und umarmte sie zur Begrüßung auf offener Straße, gab ihr sogar einen Kuss. »Schluss mit den Heimlichkeiten«, sagte er, denn ab sofort waren sie offiziell verlobt und durften tun und lassen, was sie wollten.

Wolfs erste Frau, dachte Käthe, wenn sie an die andere, Namenlose, Unbekannte dachte. Das würde sie immer bleiben. Wolfs erste Frau.

Heute stellte sie sich manchmal vor, dass die Nachricht über Wolfs Verbleib durch einen unglücklichen Zufall an seine erste Frau gegangen war anstatt an Käthe. Und die erste Frau hatte Käthe nicht informiert, dass Wolf in russischer Gefangenschaft saß. Oder tot war.

Weil sie ihren Namen nicht kannte und ihre Adresse noch viel weniger. Oder weil es ihr ganz einfach widerstrebte, immerhin waren Käthe und sie einmal Rivalinnen gewesen.

Ich würde sie gerne besuchen, dachte Käthe manchmal. Ich wüsste gerne, wie sie aussieht. Ob sie immer noch darunter leidet, dass Wolf sie verlassen hat. Oder ob sie ihn inzwischen vergessen hat. Vielleicht war sie ja auch längst wieder verheiratet.

Einmal träumte Käthe sogar davon, dass es an ihrer Tür klingelte, und als sie aufmachte, stand da Wolfs erste Frau, die Käthe im Traum auch sofort erkannte, obwohl sie sie in Wirklichkeit nie gesehen hatte.

»Ich habe schlechte Nachrichten«, sagte Wolfs erste Frau und reichte Käthe einen Umschlag mit schwarzem Rand. Dann umarmte sie Käthe und sie weinten gemeinsam.

In Käthes Traum roch Wolfs erste Frau nach Ziegenmilch und Kernseife, so wie ihre Mutter früher gerochen hatte.

Was weißt du schon von der Liebe?, hatte Käthe Hilde gefragt, und Hilde hatte keine Antwort darauf gehabt.

Was wusste Hilde von der Liebe?

Dass sie wehtat, das wusste Hilde.

Während man sich liebte, tat es weh, und hinterher, wenn es vorbei war, schmerzte es noch viel mehr.

Kurt hatte ihr erzählt, dass er auswandern würde, und Hilde hatte ihm geglaubt und ihn vermisst, so lange, bis sie ihn mit Roswitha Behrend sah.

Kurt und Roswitha vor dem Tor der ehemaligen Wäschefabrik in der Kirchbergstraße.

Roswitha hatte eine Zigarette zwischen den vollen, herzförmigen, kirschroten Lippen und reckte ihr Gesicht Kurt entgegen, der ihr Feuer gab und sie dabei anlächelte, die Mundwinkel nach unten gezogen, genau so, wie er früher Hilde angelächelt hatte.

Hilde stand nur wenige Meter von ihnen entfernt. Sie hatte geglaubt, dass Kurt in Timbuktu oder Honolulu oder irgendeinem anderen Ort wäre, von dem sie nur den Namen kannte oder vielleicht nicht einmal den.

Sie hatte ihn sich mit halbnackten Negerweibern oder kaffeebraunen Bauchtänzerinnen vorgestellt, und das war schlimm gewesen, aber die Wirklichkeit war noch viel schlimmer. Roswitha Behrend war die Wirklichkeit. Ausgerechnet Roswitha.

Roswitha war rosig und prall wie ein Wiener Würstchen. Sie war auf der Volksschule in Hildes Klasse gegangen und hatte danach eine Lehre in einer Metzgerei gemacht, die sie niemals zu Ende gebracht hätte, wenn der Laden nicht ihrem Vater gehört hätte. Jeder wusste schließlich, dass Roswitha nicht in der Lage war, eine Waage oder die Registrierkasse zu bedienen, wahrscheinlich fiel es ihr schon schwer, sieben Würste abzuzählen. Roswitha hatte nichts im Kopf außer Stroh. Und Jungen natürlich.

Das Erstaunlichste dabei war, dass ihre Dummheit den Jungen zu gefallen schien.

Seit Roswitha elf war, liefen die Burschen ihr nach wie Straßenköter einem Abdeckerwagen. Sie musste nur einmal kurz zwinkern, schon standen sie Schlange, um ihr saure Drops anzubieten oder ihre Tasche zu tragen. Oder ihr Feuer zu geben wie jetzt Kurt.

Kurt, ausgerechnet Kurt. Der Hilde hätte haben können, ein Leben lang, bis dass der Tod sie schied. Und stattdessen gab er der dummen Roswitha Feuer.

Und mich schickst du in den Wald und lässt mich von der Polizei verhaften und auf der Polizeiwache schmoren. Und mich verkaufst du für dumm, dachte Hilde. Und wurde so wütend, dass sie am liebsten zu Kurt gerannt wäre, um ihn zu ohrfeigen, und wenn sie nicht in Tränen ausgebrochen wäre, hätte sie es vielleicht sogar getan.

Am nächsten Tag wartete er mittags vor dem Lyzeum auf sie.

Sie hielt ihn zuerst für eine Sinnestäuschung, weil sie die halbe Nacht und den ganzen Morgen an ihn gedacht hatte.

Aber er war es wirklich.

»Guten Tag, Hilde«, sagte er so förmlich, als ob sie auf einem Tanztee wären.

»Was willst du denn hier?«, fragte sie finster und hätte sich dafür ohrfeigen können, dass sie sich am Abend zuvor die Haare nicht mehr gewaschen hatte. Und dass ihre Augen vom Heulen rot entzündet waren und an ihrem Kleid der Saum herunterhing.

»Ich bin wieder da«, sagte er. »Ich dachte, das interessiert dich vielleicht.«

»Wolltest du nicht auswandern?«

Er zündete sich eine Zigarette an, blies den Rauch in den Himmel und lächelte sein schiefes Lächeln. »Das ist eine lange Geschichte.«

Er machte eine Pause und hoffte vielleicht, dass Hilde ihn auffordern würde, die Geschichte zu erzählen, aber sie sagte nichts. Also fuhr er fort: »Im *Asta* zeigen sie heute Abend einen Film mit Rita Hayworth. Wenn du willst, können wir ihn uns zusammen anschauen.«

Rita Hayworth. Das war bestimmt ein Liebesfilm. Kurt hasste Liebesfilme. Amerikanische ganz besonders. Schmonzetten nannte er sie immer.

Was wollte er von Hilde?

»Warum fragst du nicht Roswitha, ob sie dich begleitet?«

Wieder das schiefe Grinsen. »Ach, daher weht der Wind. Hast du uns gesehen? Ich hab Roswitha rein zufällig getroffen. Hör mal, du wirst doch auf die dumme Nuss nicht eifersüchtig sein.«

»Warum sollte ich denn eifersüchtig sein? Es ist doch aus zwischen uns. Wir passen nicht zusammen. Schon vergessen?«

Er zuckte mit den Schultern.

»Ich dachte, du freust dich trotzdem, mich zu sehen. Und wenn wir mal zusammen ins Kino gehen – da ist doch nichts dabei, oder? Aber bitte, wenn du nicht willst …«

Ein Schweißtropfen lief aus seinen dunklen Haaren über seine Schläfe die Wange entlang. Es war unerträglich heiß, aber im *Asta-Nielsen* in der Graf-Adolf-Straße wäre es kühl und dunkel, und vielleicht würde Kurt wie früher ihre Hand halten. Und hinterher könnte er ihr erzählen, wo er in den letzten Monaten gewesen war. Was er gemacht hatte. Warum er wieder zurückgekommen war. Dass er sie vermisst hatte. Nein, das würde er bestimmt nicht sagen. So etwas war ihm viel zu sentimental.

Kurt bot Hilde eine Zigarette an. Lucky Strike, keine Selbstgedrehte. Er schien zu Geld gekommen zu sein. Sie nahm sie.

Mach es ihm nicht zu leicht, warnte Käthes Stimme in Hildes Kopf. Lass ihn erst mal zappeln, bevor du ihm verzeihst.

»Was ist jetzt?«, fragte Kurt und gab ihr Feuer, was sie wieder an Roswitha erinnerte. Du wirst doch auf die dumme Nuss nicht eifersüchtig sein.

»Also gut«, sagte Hilde.

Abends zogen Wolken auf, ein heftiger Wind erhob sich, und als Kurt und Hilde sich in die Schlange vor dem *Asta* einreihten, ging das Gewitter los. Blitze zuckten über dem zerstörten Dach des Apollo-Theaters, Regentropfen prasselten wie Kieselsteine auf Mauerreste, Bäume, Menschen; Donner applaudierte dröhnend. Die Kinobesucher stoben in alle Richtungen davon, sie flüchteten sich in Toreinfahrten oder Hauseingänge. Es war genau wie früher, wenn der Luftschutzalarm losgegangen war.

Kurt und Hilde, die eben noch ganz hinten in der Schlange gestanden hatten, waren auf einmal ganz vorn. »Zweimal Parkett«, sagte Kurt zu der Kassiererin, die die Karten verkaufte, und tastete sein Jackett ab und suchte vergeblich nach seinem Geldbeutel. Die Kassiererin saß im Trockenen, aber Kurt und Hilde standen immer noch im Regen, also zückte Hilde ihr Portemonnaie und zahlte.

Als die Platzanweiserin sie zu ihren Sitzen führte, klebte ihr dünnes Sommerkleid an ihrem Körper und war ganz durchsichtig. Hilde verschränkte die Arme vor der Brust, aber Kurt sah gar nicht hin. Er blickte nach vorn zur Leinwand, und nun ging auch schon das Licht aus. Zuerst gab es die Wochenschau, dann einen Vorfilm über die Prozesse in Nürnberg, und danach kam Rita Hayworth, aber nicht in der Hauptrolle, sondern als unbedeutende Nebenfigur. Das Ganze war auch kein Liebesfilm, sondern ein Charlie-Chan-Detektivfilm, der mindestens zehn Jahre alt war und den Hilde und Kurt vor ein paar Monaten schon einmal gesehen hatten.

Auch damals hatte Hilde die Billets bezahlt, weil Kurt im letzten Moment sein Portemonnaie nicht gefunden hatte, das fiel ihr jetzt wieder ein. Und hinterher hatte sie ihn sogar noch zu einer Limonade eingeladen. Während sie die Limonade getrunken hatten, hatte er ihr von den Aufträgen erzählt, die er von einem guten Bekannten bekam. Nicht ganz legal, aber todsicher, hatte er gesagt. Gutes Geld, hatte er Hilde versprochen.

Und dann war sie für ihn in den Stadtwald gegangen und verhaftet worden, aber Geld hatte sie keines bekommen, nicht einen Pfennig.

Merkst du denn eigentlich nicht, dass er dich nur ausnutzt?, fragte Käthes Stimme in Hildes Kopf.

Was weißt du schon von der Liebe?

Genug, dachte Hilde. Genug, um zu wissen, dass es das nicht sein kann.

Aber im selben Moment legte Kurt seine Hand auf ihre Hand. »Den Film haben wir schon gesehen«, flüsterte er. »So ein Mist.«

»Ich weiß«, flüsterte sie zurück. »Nicht so schlimm.«

»Doch«, sagte er. »Komm, wir hauen wieder ab. Ich weiß eine Bar in der Karolingerstraße, da spielt heute Abend eine Jazzcombo.«

»Draußen schüttet es«, sagte Hilde. »Bis wir dort ankommen, sind wir klatschnass.«

»Na und?« Er stand schon.

»Ruhe!«, zischte ein Besucher hinter ihnen. »Gehen Sie aus dem Bild, das ist ja eine Frechheit.«

»Komm«, sagte Kurt und nahm Hildes Hand und zog sie hoch und hinter sich her aus dem Kino. Sie ließ sich mitziehen und hatte das Gefühl, dass irgendwo im Publikum, irgendwo in der Dunkelheit Käthe saß und Hilde und Kurt beobachtete und den Kopf schüttelte, weil sie es einfach nicht fassen konnte.

XVIII

»Was ist los?«, sagte Lilo zu Schimanek. »Schmeckt es dir nicht?«

»Es ist köstlich wie immer«, sagte Schimanek und legte seine Gabel auf den Teller und das Messer daneben, obwohl er seinen Kaninchenbraten kaum angerührt hatte und von dem Kartoffelbrei hatte er ebenfalls so gut wie nichts gegessen.

»Ständig Kaninchen«, sagte Lilo. »Du hast recht, das wird auf die Dauer langweilig.«

Schimanek lachte. »Sag das mal nicht zu laut. Da draußen hungert die Stadt, und du beklagst dich, dass dein Speiseplan zu eintönig ist.«

»Warum isst du dann nicht?«, fragte Lilo. »Bist du krank?«

»Ich habe heute keinen Appetit, das ist alles«, sagte Schimanek. Er lächelte sein Gebisslächeln, aber mittendrin hörte er auf und verzog das Gesicht zu einer Grimasse.

»Was ist?«, fragte Lilo alarmiert. »Irgendwas stimmt doch nicht mit dir, Schimanek!«

Er winkte ab. »Eine Magenverstimmung, nichts weiter.«

Lilo schob ihren Teller ebenfalls von sich. »Ich glaube dir kein Wort. Du hast abgenommen, du bist noch dünner als sonst. Und du siehst gar nicht gut aus …«

»Danke für die Blumen«, sagte Schimanek. »Dafür wirst du immer schöner.«

»Lenk jetzt nicht ab. Warst du bei einem Arzt?«

»Nein. Und ich gehe auch nicht. Es ist Geldverschwendung. Mir fehlt nichts.« Er nahm demonstrativ Gabel und Messer wieder auf, schnitt ein Stück Fleisch ab und aß es.

Aber nach zwei Bissen kapitulierte er endgültig. »Heute nicht«, sagte er. »Pack den Rest für Hambach ein. Wie geht es ihm überhaupt?«

»Keine Veränderung«, sagte Lilo. »Das Zittern wird auch nicht besser. Aber er ist ja genau wie du, er weigert sich, zum Arzt zu gehen.«

»Recht hat er, genau wie ich. Es kommt aus seiner Seele, das Zittern. Aus der Vergangenheit, aus dem Krieg. Das kann kein Arzt heilen.«

»Wenn er nur darüber reden würde«, sagte Lilo.

»Vielleicht solltet ihr weg aus der Stadt«, meinte Schimanek. »Wie es hier aussieht! Nichts als Schutt und Asche. Das haut einen doch um, das hält doch keiner aus. Habt ihr keine Verwandten auf dem Land, die euch für einige Zeit aufnehmen würden?«

»Meinst du, dann wären wir noch hier? Und außerdem – wovon sollten wir auf dem Land leben? Hier haben wir Arbeit.«

Schimanek seufzte.

»Arbeit.«

»Die Frauen brauchen uns«, sagte Lilo.

»Das Thema hatten wir schon. Lassen wir es.«

»In der Brunnenstraße bauen sie Neubauwohnungen«, sagte Lilo. »Drei Zimmer, Küche, ein Bad mit Wanne und Wasserklosett, ein Flur und ein kleiner Balkon. Linoleumboden und richtige Fenster und ein Kohleofen in jedem Zimmer. Fünfzig Quadratmeter. Im Januar sind sie fertig.«

»Fünfzig Quadratmeter. Das ist nicht viel«, sagte Schimanek.

»Es wäre mehr als genug. Hilde und Gerd sind ohnehin nie zu Hause, und Hambach sitzt den ganzen Tag in seinem Sessel. Ein Wohnzimmer, ein Kinderzimmer, ein Schlafzimmer.«

»Und Käthe?«, fragte Schimanek.

Lilo nagte an ihrer Unterlippe.

»Willst du sie einfach vor die Tür setzen?«

»Natürlich nicht.«

»Wenn ihr sie nicht mitnehmt, kann sie in eine der Nissenhütten in Flingern ziehen. Zu den Flüchtlingen. Da findet sich bestimmt was. Ist auch gar nicht so übel. Die Hütten sind so überfüllt, dass es im Winter auch ohne Heizung einigermaßen warm ist.«

»Nun hör schon auf. Als ob ich ihr das antun würde. Hältst du mich für so grausam?«

»Ich weiß es nicht, Lilo«, sagte Schimanek nachdenklich.

»Wie bitte? Was willst du damit sagen?«

»Dass ich dich nicht einschätzen kann. Manchmal habe ich den Verdacht, dass du über Leichen gehst.«

»Dass ich … was? Na, hör mal!« Lilo riss ihre Serviette vom Schoß, warf sie auf den Tisch und sprang auf. »Jetzt reicht's aber. So was lass ich mir nicht sagen. Auch von dir nicht, Schimanek.«

»Lilo«, sagte Schimanek, und seine Stimme war so warm und beruhigend, wie wenn er mit den Kaninchen sprach, bevor er sie aus dem Käfig zog, um sie zu schlachten.

»Ich bin für unsere Familie verantwortlich«, sagte Lilo, die sich nicht beruhigen ließ. Genauso wenig wie sich die Kaninchen beruhigen ließen, sie zappelten und kratzten, bis Schimanek sie auf den Holzblock im Garten zwang und mit der Rückseite des Beils betäubte. »Ich muss sie alle ernähren und die Kinder erziehen und das Haus in Ordnung halten und Winston bei Laune halten und auf den Schwarzmarkt und manchmal sogar zur Polizeiwache, wenn Hilde mal wieder Blödsinn gemacht hat. Hambach ist mir keine Hilfe, es bleibt alles an mir hängen.«

»Hambach ist krank«, sagte Schimanek. »Aber dafür helfe ich dir. Und Käthe hilft dir auch.«

»Aber die Sorgen mache ich mir allein. Und die Vorwürfe, wenn wieder einmal etwas schiefgeht. Du und Käthe, ihr habt euer eigenes Leben. Wenn es nicht klappt, dann tut es euch leid, dann seid ihr eben weg. Aber ich kann nicht weg.«

»So denkst du«, sagte Schimanek. »Aber Schwester Käthe denkt nicht so. Und ich auch nicht.«

»Wenn es hart auf hart kommt, kann man keinem vertrauen«, sagte Lilo. »Noch nicht einmal sich selbst. Nicht im Guten und nicht im Schlechten. Weißt du, wer das gesagt hat?«

»Nein.«

»Du warst das. Als wir uns kennengelernt haben. Und du hattest recht.«

»Meinst du?«, fragte Schimanek nachdenklich. »Na gut, dann nehme ich eben wieder zurück, was ich damals gesagt habe. Mir kannst du vertrauen, Lilo. Auf mich kannst du dich verlassen.«

Sie schnitt ein Stück Kaninchenfleisch ab, schob es in den Mund und kaute darauf herum, obwohl sie längst keinen Hunger mehr hatte.

»Ich bin nicht hart, Schimanek«, sagte sie schließlich. »Das darfst du nicht von mir denken. Mein Leben ist hart, aber ich bin es nicht.«

Er nickte, aber er wirkte nicht überzeugt.

Manchmal habe ich den Verdacht, dass du über Leichen gehst.

Diese Worte wurde Lilo nicht mehr los. Sie verfolgten sie, bei allem, was sie tat. Sie stachen sie bei jedem Schritt, bei jeder Bewegung, wie eine böse Entzündung an der Fußsohle, die nicht heilen wollte.

Sie hörte sie, wenn sie Käthes Blick begegnete, wenn sie Hambachs Zittern sah, wenn Fräulein Hofstein versuchte, einen besonders niedrigen Preis für ihre Abtreibung auszuhandeln.

»Ich hab doch nichts, das wissen Sie doch«, jammerte Fräulein Hofstein und rang die Hände. Fräulein Hofstein war ledig, blond gelockt und lebenslustig, jedenfalls meistens. Lilo war überzeugt, dass sie ihr Geld mit Prostitution verdiente, auch wenn die Hofstein diesen Verdacht empört von sich gewiesen hätte. Prostitution, wo denken Sie hin, hätte sie gesagt. Das ist doch keine Prostitution, wenn man sich von einem Verehrer hin und wieder zum Essen einladen lässt, und wenn einer darauf besteht, einem ein Kleid zu schenken oder ein hübsches Schmuckstück, dann sagt man auch nicht Nein, da wäre man ja schön blöd.

Im Moment waren Fräulein Hofsteins Lebenslust und gute Laune allerdings im Keller, sie war nämlich schon wieder schwanger, nachdem Käthe und Lilo ihr erst im März ein Kind weggemacht hatten.

»Ich bin so schrecklich fruchtbar«, klagte sie. »Wenn mich ein Mann nur zum Kaffeetrinken einlädt, bin ich danach in Umständen. Was soll ich denn machen?«

»Vom Kaffeetrinken wird man nicht schwanger«, sagte Käthe scharf. »Sie müssen sich besser schützen. Wir sind schließlich kein Friseursalon, in dem Sie alle paar Wochen auftauchen können.« Sie verabscheute Fräulein Hofstein zutiefst für ihren Leichtsinn und ihre Oberflächlichkeit, das wusste Lilo, und Fräulein Hofstein wusste es auch. Und wenn sie nicht so verzweifelt gewesen wäre, hätte sie den ondulierten Kopf in den Nacken geworfen und wäre auf den hohen Absätzen, die sie sich eigenhändig unter ihre Schuhe genagelt hatte, aus Schimaneks Keller gestakst und zu einer anderen Engelmacherin gestöckelt. Es gab nur keine, die auch nur annähernd einen so guten Ruf hatte wie Käthe.

»Jetzt ist es eben passiert«, sagte sie stattdessen und tat sehr zerknirscht. »Nun können Sie mich doch nicht im Stich lassen.«

Natürlich können wir das, sagte Käthes Gesicht. Ihre Lippen waren eine dünne Linie.

Aber wir tun es nicht, dachte Lilo. Diesmal kostet es allerdings mehr als beim letzten Mal, darauf kannst du Gift nehmen.

Aber im selben Moment hörte sie Schimanek wieder.

Manchmal habe ich den Verdacht, dass du über Leichen gehst.

Und war plötzlich versucht, Fräulein Hofstein rauszuwerfen. Verschwinden Sie, und zwar sofort, und belästigen Sie uns nie wieder.

Aber hätte das etwas bewirkt, hätte sich dadurch etwas verändert? Da würde Fräulein Hofstein eben losstöckeln und sich umhören und irgendjemand finden, der einen Küchentisch hatte und ein gynäkologisches Besteck oder vielleicht auch nur ein Stück Draht. Irgendjemand fand sich am Ende immer. Behalten würde sie das Kind ganz bestimmt nicht, Gott bewahre, was sollte sie denn mit einem Kind.

Das erkannte Lilo und warf Fräulein Hofstein nicht raus, sondern erhöhte nur das Honorar. »Eine Stange Zigaretten«, sagte sie, woraufhin die Hofstein schimpfte und klagte und jammerte, aber Lilo ließ sich nicht erweichen.

»Das ist zu viel«, sagte Käthe, als die Hofstein weg war. »Das ist ja Wucher.«

»Na und?«, sagte Lilo. »Das wird ihr eine Lehre sein. Eine andere Sprache verstehen diese Leute nicht.«

»Eine Stange Zigaretten«, meinte Käthe kopfschüttelnd. »Für ein, zwei Stunden Arbeit.«

»Wir sind zu zweit«, erinnerte Lilo sie. »Und vergiss den Äther und die Instrumente nicht und die Wäsche, die wir hinterher haben. Das muss man alles mit einkalkulieren. Außerdem – wenn wir mit dem Preis heruntergehen, sitzt die Hofstein bald alle paar Wochen hier, das kannst du mir glauben.«

Sie hatten noch für denselben Abend einen Termin für den Abort vereinbart, denn selbst Käthe war überzeugt, dass Fräulein Hofstein ihre Einstellung zu dem Kind nicht ändern würde, wenn sie die Sache noch einmal überschlief. Und pünktlich um sechs erschien die Hofstein in Schimaneks Keller und brachte die Zigaretten mit und nahm sofort nach der Übergabe auf dem Stuhl Platz. »Bringen wir das Ganze hinter uns«, erklärte sie und schloss ergeben die Augen, bevor Lilo auch nur die Ätherflasche aufgeschraubt hatte.

Patientinnen wie die Hofstein setzten Käthe mächtig zu. Sie hatte aufgehört, darüber zu reden, aber Lilo wusste, dass sie sich nach der Abtreibung Vorwürfe machte.

Ihr selbst war es auch widerlich.

Einer armen Frau zu helfen, die schon drei oder vier Kinder bekommen hatte und nun verzweifelt war, weil sie nicht wusste, wie sie noch ein weiteres Kind ernähren und aufziehen sollte, das war etwas anderes. Auch bei einem jungen unvernünftigen Ding, dem ein uneheliches Kind das ganze Leben verderben würde, war es etwas anderes. Aber die Hofstein war vermutlich nur deshalb schwanger geworden, weil sie zu faul gewesen war, Kondome zu besorgen.

»Es liegt nicht an uns, über diese Frauen zu richten«, sagte sie mehr zu sich selbst als zu Käthe, als sie hinterher aufräumten.

»Nein«, sagte Käthe, die sofort verstand, was sie damit sagen wollte. »Aber wenn diese Hofstein noch einmal mit einem Kind im Bauch hier aufkreuzt, schick ich sie weg. Das hätten wir schon dieses Mal tun sollen.«

Lilo zuckte mit den Schultern.

»Diese Hofstein ist nicht ungefährlich«, murmelte sie. »Wenn wir sie uns zur Feindin machen, dann verpfeift sie uns unter Umständen anonym bei der Polizei.«

»Was willst du damit sagen?«, fragte Käthe. »Dass wir vor ihr einknicken sollen, damit sie uns nicht anzeigt?«

»Unsinn«, sagte Lilo. »Und außerdem, es wird kein nächstes Mal geben. Für diesen Abort hat sie teuer bezahlt, das passiert ihr so schnell nicht wieder.«

Käthe schnaubte verächtlich. »Wahrscheinlich hat sie gar nicht selbst dafür bezahlt, sondern einer ihrer sauberen Liebhaber.«

»Vielleicht«, sagte Lilo. »Aber das kann nun wirklich nicht unsere Sorge sein.«

»Ich brauche eine neue Kürette.« Zu Lilos Erleichterung wechselte Käthe jetzt das Thema. »Diese hier ist ganz stumpf. Und der Äther geht auch zur Neige.«

»Schon wieder?« Lilo hob die braune Flasche gegen das Licht. »Tatsächlich.«

»Und kannst du Winston bitte sagen, dass er eine neue Baumwollunterlage besorgen soll? Die alte ist schon ganz verschlissen.«

Lilo holte einen Zettel aus ihrem Korb, auf dem bereits Baumwollbinden und Watte standen. 1 Kürette, Äther, Unterlage, schrieb sie darunter. Dann machte sie eine 2 aus der 1. Sicher war sicher. Es war immer gut, Ersatz zu haben.

»Wann siehst du ihn denn?«, fragte Käthe.

»Winston? Am Sonntag, hoffe ich.« Am vergangenen Sonntag hatte er sie versetzt. Eine halbe Stunde lang hatte sie im Café vergeblich auf ihn gewartet. Und durfte hinterher sogar den Kaffee bezahlen, weil sie so unvorsichtig gewesen war, eine Tasse zu bestellen, bevor er erschienen war.

Vermutlich hatte man ihn zur Arbeit eingeteilt, eine plötzliche Übung oder eine Patrouille oder wie immer sich das nannte. Von Winstons Soldatenleben hatte Lilo keine Ahnung. So war das eben, das musste sie akzeptieren. Manchmal ließ er eine Stunde ausfallen, manchmal erschien er auch zweimal hintereinander nicht. Früher hatte er Lilo immer vorher Bescheid gegeben, wenn er verhindert war, aber seit er sich von seiner Mary getrennt hatte, war das anders. Nun riss er sich kein Bein mehr aus, sondern ließ Lilo einfach sitzen, wenn ihm etwas dazwischenkam.

»Am besten gibst du ihm nicht gleich die ganze Liste«, sagte Käthe, die ihr über die Schulter schaute. »Das mit der Baumwollunterlage hat noch ein bisschen Zeit. Und mit dem Äther kommen wir auch noch eine Woche hin, denke ich. Wir wollen Winston doch nicht überfordern.«

Lilo betrachtete den Zettel mit schief gelegtem Kopf.

»Ach was«, meinte sie dann. »Diese Woche ist es ein bisschen mehr als sonst, dafür ist es beim nächsten Mal wieder weniger. Und er hilft uns doch gerne.«

Jedenfalls hoffte Lilo das. Winston nahm ihre Wunschzettel immer klaglos entgegen und übergab ihr eine Woche später die Ware. Und er machte ihr einen günstigen Preis, wenn er überhaupt etwas verlangte.

»Ich frage mich bloß, warum«, sagte Käthe.

Aber darauf hatte Lilo keine Antwort. Noch nicht.

Auf den heißen Sommer folgte ein nasser Herbst und ein eisiger Winter. Mit klirrender Kälte ging das alte Jahr ins neue über: 1947. Auf den Fensterscheiben wucherte ein Dickicht aus Eisblumen. Lilo dachte oft an die Wohnungen in der Brunnenstraße, die Anfang Januar fertig geworden waren und in denen jetzt Schlesienflüchtlinge wohnten. Ausschließlich Flüchtlinge. Ehemalige Reichsdeutsche waren bei der Verteilung gar nicht berücksichtigt worden. Die Hambachs hätten also von vornherein keine Chance auf eine der Wohnungen gehabt.

Die Not ist unter den Vertriebenen am größten, hieß die offizielle Devise, die bei vielen Düsseldorfern allerdings für böses Blut sorgte. »Erst die Alteingesessenen, dann die Zugezogenen, so wäre es richtig«, sagte Rosa Nolting, die ebenfalls nicht mehr als Trümmerfrau arbeitete, sondern für Schimanek putzte und kochte und ihm im Büro zur Hand ging.

»Haben Sie sich die Löcher einmal angesehen, in denen die armen Schweine aus Schlesien und Ostpreußen hausen?«, fragte Schimanek. »Verglichen damit sind unsere Wohnungen Paläste.«

Rosa verdrehte nur die Augen. Sie war anderer Ansicht, aber sie wollte Schimanek nicht verärgern. Immerhin war er ihr Arbeitgeber.

Einen Palast kann man das hier wirklich nicht nennen, dachte Lilo, als sie nach dem Aufstehen in die Küche kam. Die Wände waren mit dünnem Eis überzogen, weil sie am Abend zuvor Suppe gekocht hatte. Ihr Atem ballte sich zusammen wie eine Faust. Im Kohlekasten neben dem Ofen lagen drei Briketts und ein paar Holzspäne.

Sie machte die Ofenklappe auf, fegte die alte Asche weg und legte die Kohlen hinein, das Holz darüber. Das Feuer würde bis zum Mittag brennen, dann wäre der Ofen wieder aus. Dann brauchten sie Nachschub.

Wie sich das trifft, dachte Lilo. Heute war Montag und montags kamen immer die Kohlenzüge. Gerd musste zum Güterbahnhof und neue Briketts organisieren. Die letzten Male hatte Lilo ihn immer begleitet, aber heute konnte sie nicht, heute war sie mit Winston im Café verabredet. Seit einem Monat trafen sie sich nicht mehr sonntags, sondern montags.

Winston hatte ihre Lektionen nach Weihnachten ohne Angabe von Gründen verlegt. Auch ohne sich zu erkundigen, ob es ihr recht war. Er bestimmte, und Lilo hatte zu folgen, und Lilo folgte auch. Sie hatte nicht einmal nachgefragt, was er denn sonntags so Wichtiges vorhatte und warum er montags nicht arbeiten musste. Sie brauchte Winston. Sie durfte ihn nicht verärgern, auch wenn sie ihn und seine Launen immer unerträglicher fand. Auch wenn er sie immer öfter versetzte.

Vielleicht sollte ich den Spieß heute einmal umdrehen, dachte Lilo. Vielleicht sollte ich Winston hängenlassen und mit Gerd zum Bahnhof gehen.

Gegen Bezugsscheine bekam man so gut wie keine Kohlen mehr, auch auf dem Schwarzmarkt war Brennstoff Mangelware, da musste man sich selbst helfen, und je mehr Hände, Arme, Beine und Köpfe dabei im Einsatz waren, desto besser.

Im Dezember war Lilo zum ersten Mal mitgegangen. Im Gebüsch versteckt, hatte sie zugesehen, wie er und die anderen Jungen auf den herannahenden Güterzug zurannten, wie sie flink wie Ratten auf die offenen Waggons kletterten und ihre Taschen, Säcke, Körbe füllten. Und dann nichts wie runter, nichts wie weg, bevor der Zug in den Bahnhof fuhr, bevor man sie erwischte. Beim ersten Mal war ihr fast das Herz stehengeblieben, aber schon beim zweiten Mal stand sie neben den Gleisen, sammelte auf, was Gerd abwarf, und rannte weg. Und dachte im Wegrennen an Hambach und was er wohl sagen würde, wenn er sie so sähe, wie sie mit seinem Sohn Kohlen klaute, wie sie rannte und der schwere Sack mit den Briketts an ihr riss und zerrte, als wäre es der Arm des Gesetzes.

Das würde ihm nicht gefallen, dachte sie und empfand dabei keine Schuld, sondern fast so etwas wie grimmige Freude.

Stolz.

Aber Gerd legte gar keinen Wert auf ihre Begleitung.

»Lass mal, Mutti«, sagte Gerd, als sie sich die Schuhe anziehen wollte. »Rüdiger und Norbert sind dabei, die können mir doch helfen. Wir sind aufeinander eingespielt, das läuft bei uns wie geschmiert.« Natürlich, dachte Lilo. Für Gerd und seine Freunde war der Kohlenklau ein Riesenspaß, ein großes Abenteuer. Bis einer von ihnen geschnappt wurde oder vom Zug fiel.

Nur nicht daran denken.

»Nicht traurig sein, Mutti«, sagte Gerd halb im Spaß, halb im Ernst.

»Bestimmt nicht«, sagte Lilo. Es war ja besser so. Gerds Freunde waren schneller, geschickter, zuverlässiger. Vor allem jünger. Selbst wenn man sie schnappte, würde ihnen nicht viel passieren. Und außerdem konnte sie Winston nicht sitzenlassen. Das Risiko war zu groß. Wenn er sie im Stich ließ, konnten sie einpacken. Medikamente und medizinische Geräte bekam man auf dem Schwarzmarkt nur noch zu horrenden Preisen, allein die Vorstellung, dass Winston sie nicht mehr beliefern könnte, war schrecklich.

Sie traf eine Viertelstunde zu spät im Café ein. Winston war schon da und verärgert, das erkannte sie auf den ersten Blick.

»Ich wollte gerade wieder gehen«, sagte er vorwurfsvoll. Lilo keuchte, sie war den ganzen Weg gerannt, und murmelte eine Entschuldigung. Sie wies ihn nicht darauf hin, dass sie in den letzten Wochen und Monaten immer auf ihn gewartet hatte und oft sogar vergeblich.

»Ich habe Ihnen ein neues Buch mitgebracht«, sagte sie

stattdessen und zog einen Rotationsdruck aus der Tasche, der eigentlich Hambach gehörte, aber der hatte ihn schon ausgelesen. Schloss Gripsholm von Kurt Tucholsky. Lilo kannte den Roman selbst noch nicht, sie hatte ja auch keine Zeit zu lesen. Sollte Winston sich die Zähne daran ausbeißen, die Geschichte war in jedem Fall besser als die Nazifibeltexte.

»Das brauche ich nicht mehr«, sagte er, schob den Roman unwirsch beiseite und stieß dabei gegen seine Tasse, sodass der Kaffee überschwappte. Wenn Lilo den Zeitungsdruck nicht im letzten Moment an sich gerissen hätte, wäre er durchweicht worden.

»Wie bitte?«, fragte Lilo. »Was ist denn los?«

»Ich werde heiraten, das ist los«, erklärte Winston.

Das kam allerdings überraschend.

»Sie werden … das ist ja … wer ist denn die Glückliche?«, stammelte Lilo und überlegte erschrocken, welche Folgen das für sie haben würde. Eine Verlobte, eine Ehefrau, das bedeutete ja wohl auf jeden Fall das Ende der gemeinsamen Deutschstunden.

»Sie kennen sie nicht«, erwiderte er kühl.

»Eine Engländerin?«

»Sie ist Deutsche. Ich habe dafür meinen Dienst quittiert.«

»Sie wollen die Britische Armee verlassen?«, fragte Lilo.

»Ich hab die Army bereits verlassen«, sagte Winston.

»Und nun? Was wollen Sie nun anfangen?« Als ob sie das kümmerte, was aus Winston wurde. Was aus ihr selbst wurde und aus Käthe und aus ihrer Praxis, das interessierte Lilo.

Aber das wiederum scherte Winston einen feuchten Dreck.

Ich muss das Beste aus der Situation machen, dachte Lilo. Wenn ich es geschickt anstelle, vermittelt er mir vielleicht einen Kontakt zu einem Kollegen aus der Armee. Zumindest, dachte sie, muss ich ihn nie wieder treffen.

»Darüber wollte ich ja gerade mit Ihnen sprechen«, sagte Winston.

Er wusste alles. Er wusste von dem Raum in Schimaneks Keller und was Käthe und Lilo darin machten. Er hatte sie beobachtet, er hatte gezählt, wie viele Frauen sie in den letzten Wochen besucht hatten, er kannte sogar die Namen der Patientinnen. »Halten Sie mich für dumm?«, fragte er. »Die Gerätschaften, die Mittel, die sie brauchen. Äther, Spritzen, Kürettenhaken. Und Ihre Bekannte ist Hebamme. Haben Sie etwa geglaubt, dass ich nicht dahinterkomme, was Sie machen?«

Er gab ihr zwei Blätter Papier, auf denen er fein säuberlich aufgelistet hatte, was er Lilo und Käthe im Verlauf des letzten Jahres besorgt hatte. Medikamente, medizinischer Bedarf, sonstiges Zubehör. Darunter ein Strich und eine Summe.

»Zweitausendachthundert Reichsmark!«, rief Lilo so laut, dass die Serviererin hinter der Kuchentheke zusammenfuhr und das Personal in der Küche vermutlich auch.

Lilo schlug die Hand vor den Mund.

»Was soll das?«, flüsterte sie dann und schob die Liste wieder zu ihm zurück.

»Das waren meine Ausgaben«, sagte Winston. »Mein Investment.«

»Und nun? Was wollen Sie von uns? Wir können diesen Betrag nicht aufbringen, das wissen Sie doch.«

»Natürlich können Sie das. Vielleicht nicht alles auf einmal. Aber nach und nach. Ich weiß doch ganz genau, was Ihre … Ihre Einrichtung abwirft.« Er lächelte und trank seinen Kaffee. »Aber keine Angst«, sagte er dann. »Ich will das Geld nicht. Ich will etwas anderes.«

Seine Augen. Früher waren sie Lilo immer traurig vorgekommen, jetzt waren sie hart wie Glas.

»Was wollen Sie?«, fragte sie noch einmal.

»Ich will bei Ihnen einsteigen«, sagte Winston.

Winston als Teilhaber. Das kam natürlich überhaupt nicht infrage. Das würde Käthe nie und nimmer akzeptieren, und das wollte auch Lilo nicht.

Er hatte das Ganze detailliert geplant. Die Praxis müsse sehr viel professioneller betrieben werden, sagte er. Man brauche einen größeren Raum, der nicht mitten in der Stadt lag wie Schimaneks Keller, sondern außerhalb. Er hatte sogar schon ein Gebäude ins Auge gefasst, eine zerbombte Konservenfabrik in einer Brache hinter Rath.

»Ein paar Reparaturarbeiten und wir können anfangen.«

»Was meinen Sie, wie schnell die Leute misstrauisch würden, wenn wir da einzögen, und dann gehen die Frauen dort ein und aus«, sagte Lilo. »Die Anwohner wüssten doch im Nu Bescheid.«

Aber auch darüber hatte sich Winston bereits Gedanken gemacht. Offiziell sollten sie eine Änderungsschneiderei betreiben. Er wollte ein paar Nähmaschinen besorgen und sogar eine Schneiderin einstellen.

»Vorn wird genäht, und im Hinterzimmer führen wir Abtreibungen durch?«, fragte Lilo ungläubig.

Er nickte enthusiastisch. »Eine bessere Tarnung ist doch gar nicht vorstellbar. Die Patientinnen bringen ihre zerrissenen Sachen mit …«

»… und wenn der Abort vorgenommen ist, sind auch die Hosen geflickt«, schloss Lilo.

Winston nickte stolz und erklärte dann, dass er den Praxisbedarf in Zukunft noch günstiger aus England importieren wollte. »Dadurch sparen wir Kosten und erhöhen den Profit.«

Ein Glück, dass Käthe nicht da war. Wenn sie den letzten Satz gehört hätte, wäre sie ohnmächtig umgefallen.

Nein, sie konnten nicht mit Winston kooperieren. Sie musste ihn loswerden.

Aber Winston hatte bereits seine Stellung gekündigt, er würde nicht so leicht aufgeben. Er wollte heiraten, er musste seine Frau ernähren. Die Praxis war seine einzige Perspektive.

»Das alles kommt so plötzlich«, sagte Lilo. »Ich muss mich erst einmal mit Schwester Käthe beraten.«

»Natürlich«, sagte Winston. »Und dann müssen wir einander kennenlernen. Ich schlage vor, dass wir uns übermorgen alle drei hier treffen. Das Café öffnet um acht.«

»Übermorgen geht nicht«, sagte Lilo hastig. »Ich rede mit Schwester Käthe, und dann rufe ich Sie an.«

Winston nickte misstrauisch. »Lassen Sie sich nicht zu viel Zeit.«

Käthe ahnte nichts von Winstons Plänen, aber wenn Lilo ihr davon erzählt hätte, wäre sie erleichtert gewesen. Sie dachte immer öfter darüber nach, alles aufzugeben. Die zerbombte Stadt zu verlassen. Vielleicht sogar das Land. Ein neues Leben anzufangen. Hebammen wurden doch überall gesucht, und Käthe war allein und unabhängig.

Auswandern, dachte Käthe. Wie Gertrud Campbell, die Käthe kürzlich wieder geschrieben hatte. Vielleicht konnte Gertrud Käthe eine Anstellung in einem amerikanischen Krankenhaus vermitteln.

Jedenfalls bis Wolf wieder zurückkam.

Chicago, dachte Käthe. Allerdings sprach sie kaum Englisch, und mit fast einundfünfzig Jahren war sie auch nicht mehr die Jüngste.

Vielleicht sollte sie sich doch lieber mit einer Anstellung in Düsseldorf zufriedengeben. Die Flurklinik suchte eine Hebamme, das hatte sie in der Zeitung gelesen. Freie Kost und Logis im Schwesternwohnheim.

Nie mehr lügen, dachte Käthe.

Für Lilo wäre es natürlich ein Schlag.

Oder auch nicht.

Vielleicht wäre Lilo froh und erleichtert, wenn sie Käthe los war. Sie würde eine andere Hebamme finden, eine, die nicht so heikel und schwierig war wie Käthe. Eine Frau mit Geschäftssinn.

So, wie es bisher läuft, kann es nicht mehr weitergehen, dachte Käthe. Das steht fest.

»Ich muss hier weg«, murmelte sie.

»Wo wollen Sie denn hin?«, fragte Hambach und ließ raschelnd seine Zeitung sinken.

Käthe zuckte zusammen. Sie hatte ganz vergessen, dass sie nicht allein im Raum war. Dass da Hambach saß, hinter der Zeitung verschanzt.

Dabei verbrachten sie fast jeden Abend gemeinsam im Wohnzimmer. Hambach saß in seinem Sessel, Käthe im Lehnstuhl, und zwischen ihnen bollerte der Ofen. Und Lilo war in der Küche und bügelte oder kochte oder stopfte Socken.

»Chicago«, sagte Käthe. »Was halten Sie von Chicago?«

»Zu kalt«, sagte Hambach. »Mir wären die Fidschis lieber. Oder Hawaii.«

Käthe lachte und sah aus dem Fenster, hinter dem Schneeflocken wirbelten wie Bullrichsalz, das man in ein Wasserglas rührt.

»Wirklich?«, fragte sie dann. »Würden Sie wirklich weggehen? Wenn Ihnen jemand ein Zugticket schenken würde und die Schiffspassage – würden Sie aufbrechen?«

Hambachs zitternde Hand machte eine wegwerfende Bewegung. »Was sollte ich denn dort? Ewig Sonne, das erträgt man doch auch nicht.«

»Was wünschen Sie sich dann?«, fragte Käthe. »Das hier kann es doch wohl nicht gewesen sein.«

»Das ist es aber gewesen«, sagte Hambach. »Das hier ist mein Leben und bleibt mein Leben, ob es mir nun gefällt oder nicht.«

Käthe zuckte mit den Schultern.

»Sie wollen also nach Chicago«, sagte Hambach.

»Es war nur so ein Gedanke«, meinte Käthe. »Im Unterschied zu Ihnen habe ich mit meinem Leben noch nicht ganz abgeschlossen. Ich mache zumindest noch Pläne. Ob ich sie dann umsetze, das ist eine andere Frage.«

»Haben Sie jemanden in Chicago, der Sie erwartet, oder wie kommen Sie auf die Stadt?«, erkundigte sich Hambach.

Neugierde. Das hatte sie schon lange nicht mehr bei Hambach erlebt. Dass er sich für etwas anderes interessierte als für seine Zeitungen und Fachbücher.

»Schwester Gertrud«, sagte Käthe. »Gertrud Sommer. Sie war Hebamme im Evangelischen Krankenhaus und ist nach Amerika ausgewandert. Erinnern Sie sich noch an sie?«

Er zuckte mit den Schultern. Seine Neugierde war erloschen, so unvermittelt, wie sie aufgekommen war.

Und Käthe bekam plötzlich wieder eine ihrer fürchterlichen Hitzewallungen, und wenn ihr vorher noch nicht klar gewesen war, dass sie viel zu alt zum Auswandern war, dann wusste sie es jetzt.

Ich habe dich einen kleinen Augenblick verlassen, aber mit großer Barmherzigkeit will ich dich sammeln.

Las Käthe im Buch Jesaja.

Am Morgen hatte sie vergessen, den Spruch für den Tag auszuwählen. Erst jetzt, da sie schon im Bett lag, war es ihr wieder eingefallen. Sie hatte gehofft, eine Bestätigung zu finden für ihren Entschluss, der noch kein Entschluss war. Aber dieser Bibelspruch hatte nichts mit ihrem Vorsatz zu tun, ihr Leben zu ändern.

Dieser Satz hat etwas mit Hambach zu tun, dachte Käthe. Ihn hatte Gott verlassen, einen kleinen Augenblick lang, der nun schon mehrere Jahre dauerte, aber was waren schon ein paar Jahre in Anbetracht von Gottes Ewigkeit?

Gott hatte Hambach verlassen, das sah man in seinen unruhigen Augen und zitternden Händen, das hörte man in seinen zynischen Bemerkungen und in seinem Schweigen.

Aber mit großer Barmherzigkeit will ich dich sammeln, dachte Käthe.

Und wäre am liebsten aufgestanden und in Lilos und Hambachs Schlafzimmer gerannt und hätte ihm das mitgeteilt.

Dass Gott sich seiner erbarmen würde.

Aber natürlich tat sie das nicht. Die Hambachs hätten Käthe für verrückt gehalten, wenn sie plötzlich vor ihrem Bett gestanden hätte, die Bibel zitierend.

Hambach. Früher war er sehr gläubig gewesen, aber sein Glaube war ihm verlorengegangen wie so vieles andere auch.

Früher war er zuversichtlich gewesen, aber nun hatte er seine Hoffnung verloren.

Vor ein paar Wochen hatte Käthe durch Zufall eine Pistole gefunden, hinter der Holzvertäfelung im Flur. Die Waffe gehörte Hambach, er hatte sie hinter dem losen Brett versteckt, das war Käthe sofort klar gewesen. Und natürlich wusste sie auch, was er damit vorhatte. Sie hatte die Pistole an sich genommen, jetzt lag sie unter ihrer Matratze.

Zuerst habe ich die Waffe gefunden und nun diesen Spruch, dachte Käthe. Das ist kein Zufall, das hat einen Sinn. Ich bin der einzige Mensch, den Hambach noch hat, auch wenn er selbst es nicht so sieht. Der einzige Mensch, der wenigstens dann und wann mit ihm redet.

Sie hatte vorgehabt, ihr Leben zu ändern, nach Chicago zu gehen oder zumindest umzuziehen. Aber die Botschaft, die Gott ihr geschickt hatte, war eindeutig.

Bleib, sagte Gott. Bleib so lange, bis Hambach begriffen hat, dass ich ihn sammeln will.

Hambach saß immer noch in seinem Lehnstuhl und fror, weil das Feuer im Ofen erloschen war. Es war Zeit, ins Bett zu gehen. Aber er ging nicht ins Bett. Er dachte nach.

Es ist ein Gespinst, das auf unserem Land liegt, dachte er.

Ein Gespinst aus klebrigen Fäden, das die Bäume überzieht und die wenigen Häuser, die noch stehen, und die vielen, die zerbombt wurden.

Ein Netz, gewebt von tausend fleißigen Spinnen, die zu klein sind, als dass sie das menschliche Auge erkennen könnte.

Auch das Gespinst selbst war so zart, dass es keiner sah. Man spürte es erst, wenn es einem die Augen verklebte und die Nase verstopfte, wenn es einen fast zum Ersticken brachte. Dann spürte man es, aber dann war es schon zu spät. Denn die Fäden ließen sich nicht zerreißen, so zart sie auch erschienen. Je mehr man sich dagegen wehrte, desto enger umfasste einen das Netz und wickelte einen ein und raubte einem den Atem.

Am Anfang schien es unerträglich. Aber dann gewöhnte man sich daran. Irgendwann nahm man es gar nicht mehr zur Kenntnis. Und lebte sein Leben weiter, als wäre nichts geschehen.

Man ging aus dem spinnwebverklebten Haus durch die spinnwebverklebte Straße in den spinnwebverklebten Park, um spinnwebverklebte Baumwurzeln aus der Erde zu graben und nach Hause zu schleppen. Im Kamin verbrannte man die Wurzeln und genoss den kurzen Moment der Wärme. Und merkte doch nicht, dass da neue Spinnen aus den Ritzen im Holz krochen und über den Boden huschten und webten und webten und dass das Gespinst immer dichter wurde.

Bis es das ganze Land umfasste.

Aber das bringt uns nicht um, dachte Hambach.

Die Spinnen lassen uns leben, jedenfalls die meisten von uns.

Man musste nur weitergehen und immer in Bewegung bleiben. Das war das Geheimnis. Solange man einen Fuß vor den anderen setzte, solange man Steine schleppte und Schutt schaufelte und an der Zukunft baute, so lange musste man sich keine Sorgen machen.

Bloß nicht stehenbleiben. Bloß nicht umdrehen.

Wer sich umdrehte, machte die Spinnen wütend.

Wer sich umdrehte, wurde angegriffen, eingesponnen, erstickt und aufgefressen.

Wer sich umdrehte, war weg.

Weitergehen, bitte einfach weitergehen. Hier gibt es nichts zu sehen, dachte Hambach. Es dauert nicht lange, dann haben die Spinnen ihr Werk vollbracht, dann können wir auch wieder stehenbleiben. Und uns in alle Richtungen drehen und in alle Richtungen schauen.

Dann liegt eine klebrige Mauer aus Spinnweben zwischen

der Vergangenheit und der Gegenwart, eine Mauer, die kein Blick durchdringt und kein Fuß überwindet.

Was war, ist vorbei, sagten die Spinnen.

Aber Hambach dachte: Es ist nichts so fein gesponnen, es kommt doch an die Sonnen.

XIX

Nach dem Gespräch mit Winston war Lilo schnurstracks zu Schimanek marschiert und war in Tränen ausgebrochen, als er die Tür aufmachte.

»Der Kerl ist wahnsinnig«, schluchzte sie. »Ich wusste es vom ersten Moment an. Und nun sitzen wir in der Falle.«

Schimanek schob sein Gebiss hin und her und dachte nach und kochte ihr erst mal einen Kaffee.

»Kopf hoch«, sagte er. »Noch ist nichts verloren.«

»Doch«, widersprach Lilo. »Wir müssen die Praxis dichtmachen. Ich sehe keine andere Lösung. Käthe wird sich nie darauf einlassen, mit Winston zusammenzuarbeiten. Und mir ist der Gedanke auch zuwider. Aber wenn wir ihn abweisen, zeigt er uns an.«

»Wenn ihr auffliegt, ist er auch mit dran«, wandte Schimanek ein. »Immerhin hat er monatelang Medikamente an euch verschoben.«

»So weit denkt er nicht.«

»Dann müssen wir es ihm klarmachen.« Wir, sagte Schimanek und dieses Wir machte Lilo auf der Stelle ruhiger.

Schimanek riet ihr, ein neues Treffen mit Winston zu vereinbaren, aber nicht in dem Café. »Sondern hier im Keller«, sagte Schimanek. »Sag ihm, dass es sicherer ist.«

»Ein Treffen zu dritt?«

»Ganz genau.«

»Käthe soll dabei sein?«, fragte Lilo. »Das ist nicht dein Ernst.«

»Doch nicht Käthe«, sagte Schimanek. »Ich.«

Als er am Freitagabend in Schimaneks Keller auftauchte, trug Winston zum ersten Mal keine Uniform, sondern Zivil. Eine braune Anzughose, die an den Knien ausgebeult war, und eine karierte Jacke mit Flicken an den Ellenbogen und eine verschossene Mütze. Lilo hätte ihn fast nicht erkannt.

Er hatte ihr nie gefallen, aber die Uniform hatte ihm immer einen gewissen Grad an Würde verliehen. Ohne sie sah er erbärmlich aus. Lächerlich.

Aber vielleicht war das ja seine Absicht. Vielleicht wollte er, dass Lilo ihn unterschätzte, um sie noch besser umgarnen, einwickeln, fertigmachen zu können.

»Setzen Sie sich, bitte«, sagte Lilo und wies auf den Tisch am Fenster, auf dem ein Wasserkrug und drei Gläser standen. Kein Kaffee. Machen wir es ihm bloß nicht zu gemütlich, hatte Schimanek gesagt.

Winston setzte sich und sah sich suchend um. »Wo ist denn die andere?«, fragte er.

»Schwester Käthe«, sagte Lilo, »ist verhindert.«

»Das ist schlecht«, sagte Winston und wirkte einen Moment, als wollte er gleich wieder gehen, aber jetzt kam Schimanek in den Raum.

»Dafür bin ich ja da«, sagte er und klapperte freundlich mit seinem Gebiss.

»Wer sind Sie denn?«, fragte Winston. Dabei musste er das eigentlich wissen, er hatte das Gebäude schließlich seit geraumer Zeit beobachtet.

»Horst Schimanek«, sagte Schimanek. »Ich bin ein Freund der beiden Damen.«

»So, so.« Winston reckte das Kinn in die Höhe, als sei ihm der Kragen zu eng. »Das passt mir aber nicht, dass Sie dabei sind. Unsere Unterhaltung ist nämlich sehr privat.«

»Herr Schimanek vertritt Schwester Käthe«, sagte Lilo hastig. »Und nun fangen wir besser an, wir haben schließlich eine Menge zu bereden.«

Aber Winston war nicht zufrieden. Er verlangte, dass

Käthe an dem Gespräch teilnehmen sollte, schließlich sei sie doch die wichtigste Person im Unternehmen.

»Hören Sie«, sagte Schimanek. »Ich will Klartext mit Ihnen sprechen. Schwester Käthe ist heute nicht zugegen, weil sie ohnehin nicht mehr lange mitmacht.«

»Beg your pardon?«, sagte Winston. »Was sagen Sie da?«

Schimanek warf Lilo einen verwirrten Blick zu. »Weiß er gar nichts von Käthes Entscheidung?«, fragte er.

Lilo zuckte die Schultern. Sie hatte keine Ahnung, worauf Schimanek hinauswollte. Hoffentlich wusste er selbst es.

»Schwester Käthe«, sagte Schimanek zu Winston, wobei er seine Stimme zu einem vertraulichen Flüstern senkte, »ist schwer angeschlagen.«

»Ach ja? Was hat sie denn?«

»Es sind die Nerven. Der Winter, die Belastungen und der Verlust ihres Mannes … das alles war wohl zu viel für sie. Und sie hat zudem moralische Bedenken. Kurzum, sie will aussteigen. Und wer aussteigen will, den soll man nicht aufhalten, oder?«

Winston nickte misstrauisch.

»Ja aber … wie wollen Sie denn dann weitermachen?«

»Ich mache das«, sagte Lilo. »Ich bin ausgebildete Krankenschwester und habe Schwester Käthe lange genug assistiert, um Bescheid zu wissen. Ich werde mir eine Hilfe suchen und dann fahren wir fort wie bisher.«

»Sie sehen«, sagte Schimanek, »Schwester Käthe ist hier überhaupt nicht vonnöten.«

»Und Sie?«, fragte Winston. »Warum sind Sie hier?«

»Mir gehört das Haus«, sagte Schimanek.

»Die Klinik wird umziehen«, sagte Winston.

Unverschämtheit, dachte Lilo. Als ob er irgendetwas zu entscheiden hätte.

»Das mit dem Umzug werden wir ja noch sehen«, sagte sie. »Auf jeden Fall ist das Ganze unsere Sache. Sie haben gar nichts zu bestimmen.«

»Das sehe ich anders«, sagte Winston. Dann führte er detailliert auf, was er alles für Lilo und Käthe getan hatte, und kam zu dem Schluss, dass sie ohne ihn aufgeschmissen wären.

»Keiner ist unersetzlich«, sagte Lilo.

»Nehmen wir einmal an«, sagte Schimanek, »Sie würden hier Teilhaber. Wie würde sich eine solche … Mitarbeit denn auswirken? Am operativen Geschäft werden Sie ja wohl kaum teilnehmen.« Am operativen Geschäft. Das war gut. Da lachte Winston, aber dann wurde er sofort wieder ernst.

»Nein«, sagte er. »Ich werde keine Abtreibungen vornehmen. Bestimmt nicht.«

»Wie stellen Sie sich unsere Zusammenarbeit dann vor?«, fragte Lilo.

»Ganz einfach«, sagte Winston. »Sie machen die Aborte. Ich bin der Boss.«

Er forderte fünfzig Prozent vom Gewinn, dafür wollte er sich um die Medikamente und die Ausstattung der Praxis kümmern. »Die Kosten müssen wir natürlich verrechnen«, erklärte er.

Lilo sah Schimanek an, der den Kopf schüttelte, ganz sachte, fast unmerklich, aber Winston bemerkte es trotzdem. Er erhob sich.

»Ich denke, ich habe meine Position klargemacht«, sagte er förmlich. »Nun müssen Sie nur noch unterschreiben.«

»Unterschreiben?«, fragte Lilo. »Was denn?«

»Den Vertrag«, sagte Winston, zog ein Blatt Papier aus der Tasche und legte es auf den Tisch.

»Was soll das denn jetzt?«, fragte Schimanek.

»Ich habe die Bedingungen für unsere Zusammenarbeit aufgeschrieben«, erklärte Winston. »Die Damen müssen nur noch unterzeichnen.«

»Schwester Käthe wird bestimmt keinen Vertrag mit Ihnen machen«, sagte Lilo. »Sie haben doch gehört, dass sie aussteigen will.«

»Noch ist sie ja da.«

»Was soll das denn bringen?«, erkundigte sich Schimanek.

»Das ganze Unternehmen ist rechtswidrig, falls Ihnen das nicht klar sein sollte. Ein Vertrag wäre so und so vor Gericht nicht gültig.«

»No, no, no«, sagte Winston. »Nicht vor dem Gericht. Ich spreche von uns. Wir machen einen Vertrag, in dem wir unsere Zusammenarbeit und alle Konditionen regeln. So weiß jeder von uns Bescheid. Keiner kann hinterher sagen, dass er etwas falsch verstanden hat.«

Lilo nahm das Blatt.

CONTRACT stand in Großbuchstaben über dem Text. Das hieß Vertrag, so viel verstand sie noch, aber mehr auch nicht.

»Das ist auf Englisch«, sagte sie befremdet und reichte Schimanek das Blatt, der die Stirn runzelte und die Augen zusammenkniff, als bräuchte er eine Brille.

»Natürlich«, sagte Winston. »Ich bin ja auch Engländer. In einer Woche sprechen wir uns wieder. Bis dahin haben Sie genügend Zeit, sich den Kontrakt übersetzen zu lassen, falls Sie ihn nicht verstehen sollten.«

Er gab Lilo die Hand, ignorierte Schimanek und wollte den Raum verlassen.

»Einen Moment noch«, sagte Schimanek.

Winston blieb stehen, das Gesicht zur Tür.

»So geht das nicht«, sagte Schimanek ruhig. »Sie wollen etwas von den Damen, nicht umgekehrt. Wenn Sie ihnen ein Angebot unterbreiten wollen, dann machen Sie das auf Deutsch und nicht auf Englisch. Schließlich befinden wir uns hier in Deutsch …«

Weiter kam er nicht.

Winston hatte sich umgedreht, war mit ein paar großen, wieselflinken Schritten zurückgehuscht und stand nun direkt vor Schimanek. Winston war groß, aber Schimanek war noch um einiges größer, das wurde offensichtlich, als Schimanek sich jetzt erhob.

»Was wollen Sie?«, fragte Schimanek mit leiser und doch sehr bedrohlicher Stimme.

Und Lilo sah, dass die Knöchel seiner Hände, die er in seine Seiten stemmte, weiß waren, und sah auch, dass sein Kinn zitterte, und erschrak, denn so hatte sie Schimanek noch nie erlebt. Aber Winston erschrak nicht, jedenfalls ließ er sich nichts anmerken.

Er trat sogar noch einen Schritt näher.

»What do *you* want?«, flüsterte er. »You fucking German Nazi. Killed my people, that's what you did. Do you want to kill me, too?«, fragte er und reckte dabei das Kinn in die Höhe, sodass es fast gegen Schimaneks Brust stieß. »I'm a Jew, too, come on, why don't you send me into a concentration camp?« Er lachte schrill, fast hysterisch. »The tables have turned. Things have changed. Now you're down and I'm up.«

Schimanek ist doch auch Jude, wollte Lilo sagen. Er hat doch selber im Konzentrationslager gesessen. Aber sie brachte kein Wort heraus und Schimanek schien es genauso zu gehen, in seinem dürren Hals wanderte der Adamsapfel auf und ab, auf und ab, als ob er an etwas würgte. Doch was immer es war, es blieb in seinem Hals stecken. Weil er keine Worte fand, nahm er den Vertrag, zerknüllte das Blatt mit bebenden Fingern, warf es auf den Boden und spuckte darauf. Und sein Adamsapfel hob und senkte sich, und seine Kiefer zermalmten die unausgesprochenen Worte, und Winston begann zu lächeln.

Und jetzt stand Lilo ebenfalls auf und hob hilflos die Hände. »Bitte«, flüsterte sie heiser, aber die Männer hörten sie nicht.

»You piece of shit«, sagte Winston, während sein Lächeln breiter wurde.

Das waren seine letzten Worte.

You piece of shit.

Denn nun hob Schimanek beide Hände und versetzte Winston einen Stoß gegen die Brust, mit einer solchen Wut, mit einer solchen Wucht, dass Winston durchs halbe Zimmer flog, mit dem Kopf gegen den gusseisernen Ofen knallte und reglos liegen blieb.

»Schimanek!«, schrie Lilo.

»So reden Sie nicht mit mir«, sagte Schimanek ruhig. »So redet niemand mit mir.«

Aber das hörte Winston nicht mehr.

Bei dem Zusammenprall mit dem Ofen hatte er sich das Genick gebrochen. Nun floss Blut aus seinem Mund, ein dünner Faden Blut, der an seinem Kinn vorbei auf den Boden tropfte. Ein dünner roter Strich, der Lilos Leben für immer in zwei Hälften teilen würde, das Leben vor und das Leben nach Winstons Tod.

Sie ließ sich vor Winston nieder und fühlte an seinem Hals nach seinem Puls und fand keinen, nur klebriges Blut.

Sie sah Schimanek an und Schimanek stierte zurück, aber sein Blick nahm sie nicht auf, sein Blick ließ sie außen vor. Er war nicht hier in diesem Raum und nicht in dieser Zeit. Er war wieder in der Hölle, ganz unten, wo man ihn gedemütigt und gequält und geschunden hatte, wo er kein Mensch mehr war, sondern ein Stück Scheiße.

You piece of shit.

Und Lilo verstand, dass nichts vorbei war und dass das Leben keine Linie war, die von der Geburt bis zum Tod führte, sondern ein Kreislauf. Und alles, was man erlebte, kam immer wieder, bis der Kreis sich endlich öffnete und einen entließ.

»Er ist tot«, flüsterte Lilo.

Schimanek ließ sich neben Lilo in die Hocke, dann sank er auf die Knie. Es sah aus, als erweise er Winston die letzte Ehre.

»Es war ein Unfall«, sagte Lilo.

Schimanek schüttelte den Kopf. Kein Unfall. Blinder, blanker, roter Zorn. Und Hass und der Wunsch zu töten.

»Ruf die Militärpolizei«, sagte Schimanek.

»Bist du verrückt? Die sperren uns sofort ein. Und im Übrigen sind die gar nicht für ihn zuständig. Winston hat seine Stellung als Offizier doch aufgegeben.«

»Er ist aber immer noch britischer Staatsbürger.«

Lilo zuckte mit den Schultern.

»Er wollte heiraten«, murmelte Schimanek.

Lilo sah Winston an, wie er da lag. Im Tod erschien er ihr noch hässlicher als im Leben. Das lange, fahle, blasse Gesicht. Auf den Nasenflügeln Pickel wie Sommersprossen. Winston starrte zur Decke, als ob da etwas wäre. Gott, der betrübt auf ihn herabschaute, der auf sie alle herabschaute, seine Kinder, die sich nicht liebten, sondern gegenseitig umbrachten.

Schimanek streckte die Hand aus und drückte Winston die Augen zu, als habe er so etwas schon hundertmal gemacht. Vielleicht hatte er es ja auch schon hundertmal gemacht.

Lilo empfand kein Mitleid mit Winston. Er hatte sie zu erpressen versucht, er hatte Schimanek beschimpft, er war berechnend, falsch und böse gewesen. Seine Verlobte hat Glück gehabt, dachte Lilo. Durch seinen Tod ist ihr einiges erspart geblieben.

Aber für Schimanek, Käthe und sie selbst sah die Sache übel aus. Wenn sie zur Polizei gingen, ob zu den Deutschen oder zu den Tommys, das war letztendlich vollkommen egal, dann wäre alles aus.

Die Praxis würde geschlossen, sie hätten alle drei ein Verfahren am Hals. Schimanek käme wegen Totschlags ins Gefängnis, Käthe würde ihre Hebammenzulassung verlieren, wahrscheinlich würde man sie und Lilo ebenfalls einsperren.

»Nein«, sagte Lilo. »Das kommt überhaupt nicht infrage.«

Und Schimanek nickte, weil er sie auch ohne Worte verstanden hatte. Weil er das Gleiche dachte.

»Ich bringe ihn weg«, sagte er.

»Wohin?«, fragte Lilo.

»Das brauchst du nicht zu wissen.«

»Käthe darf es nicht erfahren.«

»Niemand wird es erfahren.«

Und dann wälzten sie Winston auf eines der Leintücher,

die er selbst besorgt und auf seiner Liste mit drei Reichsmark berechnet hatte. Ein unverschämter Wucherpreis.

Schade um das gute Tuch, dachte Lilo, als sie es über ihm zusammenschlugen und verknoteten. Sie half Schimanek, den Toten die Treppe hochzutragen. Schimanek packte ihn an den Schultern, Lilo nahm die Füße. Sie schwitzte. Winston war schwer, viel schwerer, als sie es erwartet hatte.

Lilo wartete mit dem Toten im Flur, während Schimanek den Wagen holte, und dann schleppten sie Winston auf die Ladefläche und deckten ihn mit einem Stück schmutziger Plane zu.

Und dann fuhr Schimanek weg.

Lilo beseitigte im Keller alle Spuren, danach wartete sie darauf, dass Schimanek wiederkam. Die Uhr an der Wand war stehengeblieben, sie hatte keine Ahnung, wie spät es war. Wie lange er schon weg war. Sie wusste nur, dass sie da sein wollte, wenn er zurückkam. Sie war sich aber nicht sicher, ob auch er sie sehen wollte.

Sie wartete.

Bis sie einschlief und träumte, dass sie auf dem Boden einer Grube lag und oben am Grubenrand standen Schimanek und Winston. Und beide hatten Schaufeln in den Händen und begannen, Erde in das Loch zu werfen. Und die Erdbrocken bedeckten zuerst Lilos Körper und dann auch ihr Gesicht und drangen durch Mund und Nase in ihre Lunge. Sie versuchte zu schreien, aber es ging nicht. Sie versuchte, mit ihren Händen ihr Gesicht zu schützen, aber ihre Arme waren unter den Erdmassen begraben und ließen sich nicht mehr bewegen.

Als sie aufwachte, stand Schimanek neben ihr. »Was willst du denn noch hier?«, flüsterte er. »Warum bist du nicht nach Hause gegangen?«

»Ich wollte dich nicht allein lassen«, murmelte Lilo und rappelte sich hoch. »Wie spät ist es?«

»Gleich zwei Uhr. Die Sperrstunde hat begonnen, du kannst jetzt nicht mehr raus.«

»Zu dumm.« Es würde auffallen, wenn sie die ganze Nacht nicht nach Hause kam. Hambach würde misstrauisch werden, Käthe würde sich Sorgen machen.

»Hier ist es eiskalt.« Das Feuer im Ofen war zusammengefallen und erloschen, während sie geschlafen hatte.

»Komm mit nach oben«, sagte Schimanek.

»Wo hast du ihn hingebracht?«, fragte sie, während er Feuer machte.

»Weg«, sagte Schimanek und schloss die Ofenklappe. Dann verschwand er in der Küche und kam mit einem Krug Bier und zwei Gläsern wieder zurück. Nach dem ersten Glas war Lilo betrunken. Sie hatte weder zu Mittag noch zu Abend gegessen.

»Hast du Hunger?«, fragte er, als er ihren Magen knurren hörte.

»Ja«, sagte Lilo. »Aber ich kann nichts essen. Wenn ich esse, muss ich kotzen.«

Er nickte und nahm einen Schluck Bier.

»Gib mir auch noch was«, sagte Lilo und hielt ihm ihr Glas hin. Er stand auf und schüttete ihr nach.

»Prost.«

Sie tranken schweigend, und Lilo dachte an ihren Traum, in dem Schimanek versucht hatte, sie zu begraben, und fragte sich, was er bedeutete. Dass sie nach Winston die Nächste wäre? Das war Unsinn, das wusste sie. Es gab keinen Menschen auf der Welt, bei dem sie sich sicherer fühlte als bei Schimanek.

Vielleicht sollte ich Hambach verlassen, dachte sie, und hierherziehen.

Aber auch das war Quatsch. Sie wollte Schimanek nicht zum Mann, sie brauchte ihn als Freund. Das war er, und das würde er auch bleiben.

Bis dass der Tod uns scheidet, dachte sie, und als Schimanek nickte, fragte sie sich, ob sie die Worte versehentlich laut ausgesprochen hatte. Aber er sagte nichts, sondern hing seinen Gedanken nach wie Lilo den ihren.

Sie dachte an Hambach, ihren Mann, der ihr so fremd geworden war. Wie nahe sie sich früher gewesen waren. Wie gut sie sich einmal gekannt hatten.

An die lange Zeit, die sie nun schon verheiratet waren. Elf Monate nach der Hochzeit war Hilde geboren und hatte zwei Jahre lang durchgeschrien, bis Gerd auf die Welt kam und ebenfalls brüllte. Hambach war den ganzen Tag im Krankenhaus, und Lilo stillte, wickelte, fütterte, wusch Windeln, wickelte, hängte Windeln auf, tröstete, putzte, stillte und wickelte. Das kannst du doch aus dem Effeff, sagten die Schwestern, mit denen sie früher zusammengearbeitet hatte. Du warst doch lange genug Kinderkrankenschwester.

Aber die Mutterschaft war ganz anders als die Arbeit auf der Säuglingsstation.

Früher war Lilo nach ihrer Schicht auf ihr Zimmer gegangen und hatte die Beine hochgelegt und die Augen zugemacht, und kein Kind hatte an ihrem Ärmel gezupft und gewimmert oder geschrien. Früher hatte sie sich auskuriert, wenn sie eine Grippe hatte, und wenn sie erschöpft war, hatte sie sich ein paar Tage Urlaub genommen.

Jetzt gab es von fünf Uhr morgens bis abends um acht keine Pause, und wenn die Kinder endlich schliefen, bügelte sie die Wäsche oder stopfte Socken. Und am nächsten Morgen um fünf begann alles wieder von vorn.

Hambach tat, was er konnte. Er stand nachts auf und gab den Kindern die Milch, die Lilo tagsüber abgepumpt hatte. Er stellte ein Mädchen ein, das Lilo im Haushalt half, und er bestand darauf, dass sie seine Oberhemden und die Bettwäsche und Tischtücher in die Wäscherei brachte, anstatt sie selbst zu reinigen.

Er war ihr einziger Halt. Hambach, ihr Mann, der vor Stolz über seine Familie und vor Freude über seine Kinder und vor lauter Glück von innen heraus strahlte. »Ich habe alles erreicht, was ich mir immer erträumt hatte«, sagte er zufrieden, wenn sie sonntags ins Grüne fuhren und auf einer Wiese an der Wupper picknickten. Und überlegte dann laut, ob sie nicht vielleicht noch ein weiteres Kind … Obwohl drei natürlich eine ungerade Zahl war. Vier wären schon besser.

Aber Lilo fand vier nicht besser, ihr waren zwei schon zu viel. Und sie begann vor lauter Schreck über den Vorschlag fast zu weinen.

»Ich hab doch nur Spaß gemacht«, beruhigte Hambach sie. »So, wie es ist, ist es optimal. Ein Mädchen und ein Junge und eine wunderschöne Frau, was will man mehr?«

Wenn er bei ihr war, dann war alles gut. Aber meistens war er nicht bei ihr, sondern im Krankenhaus, einer musste schließlich das Geld verdienen. »Bis heute Abend«, sagte er morgens und küsste Gerd, Hilde und Lilo, und dann verklangen seine Schritte im Treppenhaus, und Lilo konnte sehen, wie sie zurechtkam.

Als Gerd vier Jahre alt war, kündigte Hambach seine Stelle im Evangelischen Krankenhaus, weil er dort nicht vorankam, und wechselte als Chefarzt in die Uniklinik. Sie zogen in eine größere Wohnung in die Merowingerstraße. Und nun begann auch Lilo wieder zu arbeiten.

Am Anfang half sie nur stundenweise aus, weil im Evangelischen Krankenhaus auf der Säuglingsstation ein Engpass entstanden war. Es war Hambach nicht recht, seiner Ansicht nach gehörte eine Mutter nach Hause zu ihren Kindern und nirgendwo sonst hin. Aber Lilo genoss die Zeit im Krankenhaus und machte ihre Arbeit hervorragend und war zum ersten Mal seit langem wieder vollkommen zufrieden. Und sie überredete Hambach, dass er ihr die Erlaubnis gab, auch in Zukunft weiterzuarbeiten. Und übernahm von da an sechs Nachtwachen im Monat.

Er bereute es nie, im Gegenteil. Lilo war viel fröhlicher, seitdem sie wieder arbeitete. Von dem Geld, das sie verdiente, bezahlte sie ein Mädchen, das auf die Kinder aufpasste, wenn Hambach nicht da war.

Sie wussten beide, dass viele ihrer Kollegen über sie herzogen. Die Schwestern im Evangelischen Krankenhaus, Hambachs Kollegen in der Uniklinik. Dass Lilo arbeiten ging, obwohl sie es doch gar nicht nötig hatten. Dass Hambach seine Frau nicht im Griff hatte. Dass sie nicht mit dem Geld zurechtkamen.

Aber das war ihnen egal.

Hambach interessierten Lilo und die Kinder und seine Patienten und sonst gar nichts.

Wie gut wir es damals hatten, dachte Lilo, als sie in Schimaneks Wohnung saß und Bier trank. Und irgendwo dort draußen in der Nacht lag Winston kalt und steif in einer Baugrube oder auf einer Müllhalde oder auf dem Grunde des Rheins.

Schimanek trank sein Bier aus, ging in die Küche, um den Krug aufzufüllen, und zündete sich eine Zigarette an.

Vielleicht machte er sich Vorwürfe.

Vielleicht saß er aber auch jede Nacht hier im Wohnzimmer und trank ein Bier nach dem anderen und rauchte dann und wann eine Zigarette.

Als Lilos Glas leer war, ging sie in den Garten und übergab sich in den Schnee vor Schimaneks Brombeerbüschen. Die Kaninchen glotzten mit großen, glänzenden Augen durch den Maschendraht der Käfige und sahen zu, wie sie ihr Gesicht mit Schnee kühlte und wusch.

Als sie zurück ins Wohnzimmer kam, schenkte sich Schimanek erneut ein. »Geht's wieder?«, fragte er.

Sie setzte sich neben ihm aufs Sofa, zog die Füße hoch, lehnte den Kopf an seine Schulter und schlief ein.

Als sie wach wurde, lag ihr Kopf in Schimaneks Schoß. Sie richtete sich auf und rieb sich die Augen.

»Gleich acht«, sagte Schimanek, bevor sie nach der Uhrzeit fragen konnte.

»Du meine Güte. Hoffentlich sind die Kinder aufgestanden. Sie müssen doch zur Schule.«

»Schwester Käthe wird sich schon um sie gekümmert haben«, sagte Schimanek. Er erhob sich und streckte seine langen, dürren Arme. Seine Gelenke knackten wie morsches Holz. »In einer halben Stunde kommt Frau Nolting.«

»Bis dahin muss ich weg sein«, sagte Lilo.

»Warst du die ganze Nacht wach?«, fragte sie, als sie ihren Mantel anzog.

Er zuckte mit den Schultern.

»Tut es dir leid?«, fragte Lilo.

»Nein«, sagte er.

»Mir auch nicht«, sagte Lilo.

Draußen wurde es gerade hell. Es war Tag eins nach Winstons Tod.

Als Lilo die Wohnungstür aufschloss, erwartete Käthe sie im Flur. »Gott sei Dank!«, rief sie. »Wo warst du denn? Ich hab die ganze Nacht kein Auge zugetan! Ich wollte gerade zur Polizei.«

Ausgerechnet, dachte Lilo und unterdrückte mit Mühe ein schrilles, hysterisches Lachen. Ein Lachen, wie Winston es kurz vor seinem Tod ausgestoßen hatte.

»Alles in Ordnung?«, fragte Käthe misstrauisch.

»Natürlich«, sagte Lilo. »Ich habe in Schimaneks Keller übernachtet.«

»Warum das denn?«

»Als ich ihm die Miete vorbeigebracht habe, hat er mich zum Essen eingeladen und darüber haben wir die Zeit vergessen. Während der Sperrstunde konnte ich ja nicht mehr weg«, sagte Lilo. So hatte sie es vorher mit Schimanek vereinbart.

»Aha«, sagte Käthe.

»Sind die Kinder rechtzeitig aufgestanden?«

»Ich habe sie geweckt. Keine Sorge«, sagte Käthe und wollte noch etwas fragen. Sie öffnete schon den Mund, aber dann machte sie ihn doch wieder zu und schüttelte den Kopf.

Sie glaubte Lilo kein Wort. Ein Essen mit Schimanek, über dem sie die Zeit vergessen hatten. Das war absurd, das passte weder zu Lilo noch zu Schimanek.

Lilo war nicht bei Schimanek gewesen, da war sich Käthe sicher.

Sie hat einen Liebhaber, dachte Käthe. Aber wer ist es, mit wem trifft sie sich? Ich müsste doch irgendetwas mitbekommen haben. So ein Verhältnis beginnt man schließlich nicht von jetzt auf gleich und Hals über Kopf. Vorher gibt es doch Blumen, Geschenke, Einladungen in die Oper oder zum Tanztee. Aber Lilo war nicht tanzen gewesen und hatte auch keine Geschenke erhalten.

Außer von Winston, dachte Käthe und erschrak.

Sie hatte Winston nur zweimal gesehen, das erste Mal, als er in der Corneliusstraße auf Lilo gewartet hatte, und dann ein zweites Mal vor einigen Wochen, da hatte er vor Schimaneks Haus gestanden. Als Käthe auf die Straße getreten war, hatte er sich abgewandt und seine Mütze tief ins Gesicht gezogen, sie hatte ihn natürlich trotzdem sofort erkannt. Und hatte geglaubt, dass er Lilo treffen wollte, um ihr eine Lieferung zu übergeben, Desinfektionsmittel oder Spritzen, aber nun wusste sie es besser.

Lilo und Winston.

Natürlich, dachte Käthe. Warum hätte er uns sonst die ganze Zeit unterstützen sollen? Die Medikamente, die er für uns besorgt hat, und alles andere, das ist doch ein Vermögen wert. Das machte man doch nicht einfach so.

Sie versuchte, sich Winstons Gesicht wieder in Erinnerung zu rufen, aber es gelang ihr nicht. Er war nicht sonderlich attraktiv, da war sie sich sicher. Warum ließ sich Lilo mit ihm ein?

Er hat Beziehungen und Einfluss und Geld, dachte Käthe. Das macht den hässlichsten Mann annehmbar.

Lilo und Winston.

Und Hambach, der in seinem Lehnstuhl am Fenster saß, von morgens bis abends, im Winter wie im Sommer. Und keine Ahnung hatte, oder wenn er eine Ahnung hatte, dann unternahm er nichts.

Zitterte, anstatt zu kämpfen.

Wenn er so weitermacht, wird er alles verlieren, dachte Käthe. Lilo. Und seine Kinder ebenfalls.

Du bist lange genug geschont worden, dachte Käthe. Höchste Zeit, dass du wieder in die Gänge kommt.

Aber wer sollte Hambach Beine machen? Lilo bestimmt nicht, Lilo hatte ihren Mann abgeschrieben und stattdessen was mit Winston angefangen.

Ich bin aber auch noch da, dachte Käthe.

Sie hatte Hambach und Lilo damals zusammengebracht. Und sie würde es wieder tun.

XX

Zwischen Hilde und Kurt war alles wie früher. Sie rauchten, redeten, küssten sich wie früher. Sie gingen ins Kino, wo Kurt im letzten Moment sein Portemonnaie nicht fand, und Hilde zahlte. Sie betranken sich mit dem selbst gebrannten Schnaps von Kurts Großmutter, und hin und wieder schliefen sie auch miteinander. Hilde ging immer bei ihm vorbei, wenn sie aus der Schule kam. Meistens frühstückte er gerade, manchmal lag er auch noch im Bett. Kurt selbst hatte die Penne aufgegeben, er sah keinen Sinn darin. Er wollte Geld machen, und zwar richtig. »Ich habe da eine grandiose Idee«, vertraute er Hilde an.

Aber Hilde wollte lieber nicht wissen, was für eine Idee das war. Sie hatte keine Lust, noch einmal für Kurt in den Stadtwald zu gehen und hinterher verhört zu werden, bis ihr schwindlig wurde.

»Eine todsichere Angelegenheit ist es diesmal«, sagte Kurt und hoffte vergeblich, dass Hilde nachfragte. »Wirst schon sehen, wenn es so weit ist.«

Bis es so weit war, ließ er sich von Hilde ins Kino einladen, rauchte Hildes Zigaretten und aß die Butterbrote, die sie ihm schmierte, weil seine Mutter keine Lust mehr hatte, ihn durchzufüttern.

Er sprach jetzt auch wieder davon, auszuwandern, aber diesmal wollte er Hilde mitnehmen. »Ich habe es beim letzten Mal verkehrt angestellt«, sagte er.

Denn damals war er nur bis Bordeaux gekommen. Dort hatte er Arbeit gesucht. Er hatte sich so lange als Hafenarbeiter, Hotelpage oder Tellerwäscher verdingen wollen, bis er genügend Geld zusammenhatte, um eine Schiffspassage nach Übersee zu bezahlen. »Ich wäre überall hingegangen – Australien, Neuseeland, Südamerika. Aber diese verdammten Franzmänner wollten mir keine Arbeit geben. Meine gesamten Ersparnisse hab ich aufgebraucht, bis ich blank war und wieder nach Hause musste.«

Boche hatten sie Kurt genannt. Wen wundert's, dachte Hilde. Es war ja nur ein paar Jahre her, dass die Nazis Frankreich besetzt hatten und Widerständler exekutiert und Juden deportiert hatten. Und nun kam so ein Deutscher und dachte ganz naiv, dass man ihm die Sünden der Vergangenheit, die Schandtaten seiner Landsleute, nicht anrechnen würde.

»Wie hast du es überhaupt geschafft, bis nach Frankreich zu kommen?«, fragte sie. »Dafür braucht man doch eine Sondererlaubnis.«

»*Exit permit*«, sagte Kurt. »Hab ich. Offiziell hab ich in Buchenwald gesessen, ich armes Schwein.«

»Wie hast du das denn gemacht?«

»Beziehungen«, sagte Kurt. »Die hab ich übrigens immer noch.«

Und wenn Hilde wollte, fuhr er fort, dann würde er sie auch für sie spielen lassen. Dann könnten sie es zusammen noch einmal versuchen.

»Aber diesmal stellen wir es schlauer an«, meinte Kurt. »Diesmal machen wir gleich Nägel mit Köpfen.«

Das schmeichelte Hilde. Dass Kurt sie mitnehmen wollte. Dass ihm ganz offensichtlich aufgegangen war, was er an ihr hatte.

Sie begannen gemeinsam, Pläne zu schmieden. Sie malten sich ihr Leben in Australien oder Amerika in leuchtenden Farben aus und träumten abwechselnd von einer Blockhütte inmitten von Wäldern, in denen Bären, Wölfe und Wildkatzen hausten, und von einer Villa in der Stadt, mit Marmorböden und einer Wendeltreppe.

Kurt wollte ein Auto. Einen Chevrolet.

»Au ja! Wir stellen einen Chauffeur ein, der uns durch die Gegend kutschiert«, sagte Hilde.

»Denkste!«, sagte Kurt. »Den Wagen fahr ich schon selbst.«

»Es wird natürlich nicht einfach werden, da dürfen wir uns nichts vormachen«, sagte Hilde.

»Schlimmer als hier kann es dort auch nicht sein«, sagte Kurt. »Wir müssen nur durchhalten.«

»Du triffst dich wieder mit ihm?«, fragte Käthe, als sie und Hilde wieder einmal zusammen Kuchen aßen.

»Na ja«, sagte Hilde ausweichend und fragte sich, woher Käthe Bescheid wusste. Ob sie ihr vielleicht nachspionierte und was sie sonst noch wusste.

Käthe nickte, als habe Hilde ihre Frage beantwortet.

»Bist du glücklich, Hilde?«, fragte sie dann.

Hilde schob ein großes Stück Apfelkuchen in den Mund und kaute daran und kaute auf der Frage herum und schluckte schließlich alles hinunter.

»Natürlich«, sagte sie. »Sehr«, fügte sie noch hinzu.

Und wusste, dass es eine Lüge war. Sie war froh, dass Kurt wieder zu ihr zurückgekommen war und dass er nun sogar mit ihr auswandern wollte. Sie war stolz darauf, dass er sie ernst nahm und ihr vertraute. Aber glücklich war sie nicht.

Käthe wischte sich mit ihrer Serviette den Mund ab, faltete sie danach sorgfältig zusammen und legte sie neben den Teller. »Dann ist es gut«, sagte sie.

Einmal im Monat ging Käthe zur Bergerkirche und besuchte die Gräber von Ingrids und Trudis Kindern. Die beiden Menschenklümplein, die nicht im Leib ihrer Mütter herangewachsen waren, sondern nur in Käthes Bewusstsein.

Es war kein Gefühl der Schuld, das sie dort hintrieb, eher ein innerer Drang, ein Bedürfnis wie Hunger oder Durst.

Es waren ihre ersten Abtreibungen gewesen. Danach waren weitere Aborte gefolgt, wie Käthe es beim ersten Mal schon geahnt, gespürt, befürchtet hatte. Aber die anderen Toten hatten keine Spuren hinterlassen.

Die beiden Ersten, die neben der Bergerkirche lagen, würde sie jedoch nie vergessen. »Das erste Mal vergisst man nicht«, hatte ihnen Schwester Marlies auf der Hebammenschule prophezeit und damit nicht die Hochzeitsnacht gemeint, sondern die erste Entbindung.

Und sie hatte recht behalten, ihre erste Entbindung war Käthe nach fast dreißig Jahren noch genau in Erinnerung.

Sie hatte schon vorher bei Geburten assistiert, aber in dieser Nacht arbeitete sie zum ersten Mal allein. Um acht Uhr traf Frau Voss auf der Entbindungsstation ein, eine kleine, ältliche Frau mit rotgrauem Haar und einem Bauch, der so groß und rund an ihr hing wie ein verrutschter Buckel.

»Es ist schon das Vierte«, hatte Schwester Anna, die leitende Hebamme, Käthe mitgeteilt. »Reine Routine. Hol mich, wenn es so weit ist.«

Aber als es dann so weit war, war Schwester Anna selbst im Einsatz, im Kreißsaal nebenan, und ihre Patientin brüllte, als würde ihr bei lebendigem Leib die Haut abgezogen.

»Es geht los«, sagte Frau Voss und nahm auf dem Kreißbett Platz, bevor Käthe sie dazu auffordern musste. »Ach verflixt. Wenn es doch nur schon vorbei wäre.«

»Keine Angst«, meinte Käthe nervös. »Das schaffen wir schon.« Aber Frau Voss hörte sie nicht, weil das Geschrei aus dem Nebenraum alles übertönte, und sich selbst konnte Käthe nicht hinters Licht führen. In ihrem Kopf gähnte ein Abgrund, ein Loch, in dem alles verschwunden war, was Käthe in den letzten Jahren auf der Hebammenschule gelernt hatte. Sie war überzeugt, dass sie versagen würde und dass Mutter und Kind unter ihren Händen sterben würden, dass es ihre erste und gleichzeitig letzte Entbindung sein würde und dass sie sich ihr Leben lang deswegen Vorwürfe machen würde.

Zum Glück war es eine einfache Geburt.

Das vierte Kind für Frau Voss. Aber Käthes erstes.

Nachdem sie den kleinen Jungen abgenabelt hatte, begann sie vor Erleichterung und Rührung zu weinen und schaffte es gerade noch, ihre Tränen abzuwischen, als Doktor Hambach den Raum betrat, um Frau Voss zu nähen.

Paul Oskar Voss. 16. September 1919.

Käthe hatte den Namen und das Geburtsdatum nie mehr vergessen. Frau Voss hatte danach noch drei weitere Kinder bekommen, zwei davon hatte Käthe entbunden. Und jedes Mal hatte sie sich nach Paul erkundigt und erfahren, dass es ihm gut ging, dass er wuchs und gedieh.

Als die Nazis an die Macht kamen, war er vierzehn. Genau im richtigen Alter, um als Hitlerjunge bei Aufmärschen mitzumarschieren und die Fahne zu schwenken und die Trillerpfeife zu blasen und die Möbel der Jüdischen durchs Fenster auf die Straße zu werfen. Und kurz bevor er zwanzig wurde, gab es Krieg. Und wieder war Paul im richtigen Alter, um Soldat zu werden und für seinen Führer zu kämpfen und zu sterben.

Vielleicht hatte er auch Glück gehabt. Vielleicht hatte er das Ganze irgendwie überstanden, mit nicht allzu großem Schaden an Körper und Seele, dachte Käthe und trat auf einen Ziegel, der einmal auf dem Dach der Bergerkirche gelegen hatte und nun unter ihren Füßen zerbrach.

Überall in der Stadt wurde geräumt, repariert, gebaut, aber die Kirche und das Gelände daneben hatte noch keiner in Angriff genommen. Die verbrannten Mauern reckten sich gen Himmel, das Dach klaffte offen wie eine Wunde, und in dem Trümmerfeld, vor dem Käthe jetzt stand, ruhten die beiden Homunculi, die Käthe aus den Leibern ihrer Mütter geschabt hatte. Aber wo sie ruhten, das wusste sie selbst nicht mehr.

Ich hätte die Stellen markieren sollen, dachte sie, während ihre Augen vergeblich den Schutt absuchten. Ich hätte ein Zeichen hinterlassen müssen.

Aber daran hatte sie damals nicht gedacht, und nun war es zu spät. Nun lagen die ungeborenen Toten irgendwo unter den Trümmern, und nur Gott kannte den genauen Ort. Und schmückte die Gräber im Sommer mit einer Decke aus Löwenzahn, Taubnesseln, Kamille und stinkendem Storchschnabel und im Winter mit Schnee.

Jetzt war es März, der Schnee war geschmolzen, und durch die Schutthaufen und aus den Mauerritzen drängten die ersten Halme an die Sonne. Käthe trat aus dem Schatten der Kirchenmauern ins Licht und reckte ihr Gesicht den Strahlen entgegen. Und schloss die Augen und sang leise ihr Lied für die beiden Kinder, die sie getötet hatte, und für Paul Oskar Voss, den sie entbunden hatte und der vermutlich ebenfalls tot war oder in einem russischen Lager saß.

»Maikäfer, flieg«, sang Käthe. »Der Vater ist im Krieg. Die Mutter ist in Pommerland, Pommerland ist abgebrannt. Maikäfer, flieg.«

Kurt hatte Hilde einen Heiratsantrag gemacht.

Nicht aus sentimentalen Gründen, er war ja durchaus kein Romantiker. Aber solange sie nicht verheiratet waren, würde kein Land der Welt sie einwandern lassen.

»Ich bestelle das Aufgebot für den 3. Februar«, teilte er ihr mit. »Was sagst du dazu?«

Ja, sagte Hilde dazu.

Auch wenn sie sich ihre Hochzeit immer ganz anders vorgestellt hatte – als ein rauschendes Fest, als einen Höhepunkt ihres Lebens –, sagte sie Ja. Sie würde Kurt am 3. Februar 1948 heiraten. Es war die einzige Möglichkeit. Anders kamen sie nicht weg, und sie wollte weg, nichts wie weg aus dieser zerbombten Stadt, aus diesem dreckigen, kaputten Land. Aus ihrem elenden Leben.

Wenn es nur nicht mehr so lange hin wäre, dachte Hilde. Erst am 3. Februar 1948 wurde Kurt einundzwanzig und damit volljährig, alt genug, um zu heiraten. Hilde dagegen hätte sofort aufs Standesamt marschieren können. Bei Mädchen reichten sechzehn Jahre aus, um sich zu binden, bis dass der Tod sie wieder schied. Solange nur der Mann erwachsen war.

Aber natürlich nützte ihr das nichts, sie wollte ja nicht irgendeinen heiraten, sie wollte Kurt.

Auswandern. Die Vorstellung, alles hinter sich zu lassen, hatte mit einer Macht Besitz von ihr ergriffen, die sie selbst erstaunte. Die Vorstellung, dass sie und Kurt ein freies Leben ohne Hunger und Kälte und Ungewissheit führen könnten. Ein Leben im Überfluss.

Amerika, das war ihr Ziel, da waren sie sich inzwischen einig. Sie hatten sich nur noch nicht endgültig entschieden, ob sie lieber in die Vereinigten Staaten oder nach Kanada wollten.

»Ist ja auch ganz egal«, sagte Kurt. »Wir gehen dorthin, wo sie uns nehmen. Und zwar so schnell wie möglich.«

Allerdings gab es vorher noch ein kleines Problem. Sie brauchten Geld. Geld, um die *Exit permits* zu organisieren. Geld für die Überfahrt und die ersten Wochen im Land. »Ein paar tausend Märker dürften es schon sein«, sagte Kurt.

»Wenn's weiter nichts ist«, sagte Hilde. »Ich kann doch einfach meinen reichen Erbonkel anpumpen. Ach nee, jetzt fällt's mir ein. Ich hab ja gar keinen.«

Aber dafür hatte Kurt eine Idee.

Und diesmal ließ er nicht locker, bis Hilde sie sich anhörte.

Kaffee. Damit wollte er das große Geld machen.

Ein Kilo echten Bohnenkaffees kostete in Belgien acht Reichsmark. Und in der Britischen Zone bekam man sechszehn Mark dafür.

»Macht nach Umrechnung einen Reingewinn von hundert Prozent«, rechnete Kurt Hilde mit ernster Miene vor. »Pro Kilo. Das muss man sich einmal auf der Zunge zergehen lassen.«

»Aber wie willst du den Kaffee hierherbringen?«, fragte Hilde.

»Ganz einfach«, sagte Kurt. Er kannte einen Weg, der hinter Aachen nach Montzen ins Belgische führte. »Im Grunde geht es immer an den Eisenbahngleisen entlang«, erklärte er. »Man kann sich gar nicht verlaufen.«

Er und Hilde wollten gemeinsam nach Aachen fahren, von dort würden sie dann zu einer Wanderung aufbrechen. Mit Rucksäcken und Kinderwagen, in dem allerdings kein Kind liegen würde, sondern eine Puppe. »Und auf dem Rückweg der Kaffee«, sagte Kurt.

»Aber wenn die Grenzer uns anhalten und die Puppe sehen, wissen sie doch sofort Bescheid«, wandte Hilde ein.

»Besser wäre natürlich ein echtes Kind. Aber ich kenne niemand, der uns eines leihen würde. Was soll's. Sie dürfen uns eben nicht anhalten.«

Hilde war nicht überzeugt. Beim letzten Mal hatte Kurt ebenfalls Stein und Bein geschworen, dass sein Plan bombensicher war. Keine Sorge, da passiert nichts, da kann gar nichts passieren, hatte er gesagt.

Doch dann war Hilde doch erwischt und so lange verhört worden, bis sie Kurt verraten hatte, der sie daraufhin verlassen hatte. Noch einmal wollte sie das nicht erleben.

»Beim zweiten Mal kommen wir auch nicht mehr so glimpflich davon«, erklärte sie.

Aber Kurt wischte ihre Bedenken und Einwände einfach weg und lachte über ihre Angst. »Wer wagt, gewinnt«, sagte er. »Menschenskind, Hilde, ich hätte nicht gedacht, dass du so ein Hasenfuß bist.«

Seine Begeisterung ließ ihre Zweifel klein und erbärmlich erscheinen. Er redete und redete, und irgendwann wusste sie nichts mehr zu entgegnen. Da brachte er seine Geschütze in Stellung und feuerte ein letztes, alles vernichtendes Argument ab.

»Na, wenn du nicht willst«, sagte er, »dann muss ich mir eben einen anderen suchen, der mir hilft.«

Und Hilde sagte: »Warte mal. Nicht so schnell.«

Da lächelte Kurt, weil er wusste, dass er gewonnen hatte.

In Nürnberg fand der Prozess gegen die KZ-Ärzte statt. Käthe und Hambach verfolgten die Beweisaufnahme mit großem Interesse und lasen alle Berichte in der Zeitung. Lilo hatte im Dezember eine Radioreportage über die Verbrechen in Ravensbrück, Dachau und Auschwitz gehört. Danach wollte sie nichts mehr wissen.

Die Vorstellung, dass Ärzte, Krankenpfleger und Schwestern Experimente an gesunden Menschen durchführten, dass sie Kindern Krankheitserreger, Fäulnisbakterien, Glassplitter injizierten, dass sie Knochen brachen und Organe verpflanzten und Einzelne zu Tode quälten zum Wohl des gesamten Volkskörpers. Das war ihr unerklärlich.

»Ich verstehe nicht, warum sie in diesem Dreck auch noch rumwühlen müssen«, sagte Schimanek. »Warum sie die Scheiße nicht endlich ruhen lassen.«

Sie saßen vor den Kaninchenställen in der Sonne, Schimanek trank Bier und Lilo eine Tasse Tee.

»Wenn sie die Scheiße ruhen lassen, kommen die Täter einfach so davon«, sagte Lilo. »Als ob nichts geschehen wäre.«

»Das kommen sie auch so«, meinte Schimanek. »Du wirst sehen, keinem dieser Schweine wird ein Haar gekrümmt werden. Einige von ihnen wandern jetzt für ein paar Jahre in den Knast, und dann werden sie wegen guter Führung entlassen und machen schon bald wieder eine Praxis auf und ziehen den Leuten Zähne und verschreiben ihnen Hustensaft.«

»Das glaub ich nicht. Wenn es deutsche Richter wären, die über sie urteilen … Aber die Amerikaner lassen ihnen das nicht durchgehen.«

»Die Amis interessieren sich nur dafür, dass der Iwan nicht zu stark wird. Und dass die Kommunisten nicht die Macht in Deutschland übernehmen.«

»Das wäre doch furchtbar«, sagte Lilo. »Macht dich das nicht verrückt? Bringt dich das nicht zum Rasen? Wenn das alles nun ungesühnt bleibt. Stell dir vor, du gehst zum Arzt und da sitzt einer der Verbrecher aus dem Lager und sagt: Nun atmen Sie mal tief ein, und dann husten Sie ein bisschen, Herr Schimanek.«

»Ach was«, sagte Schimanek. »Mir sind diese Burschen doch scheißegal. Und was bringt mir das, wenn man sie jetzt einsperrt oder aufhängt? Das macht das Lager nicht ungeschehen. Und außerdem. Wo fängt man an, und wo hört man auf? Wenn man die Täter einlocht, muss man auch die Mitläufer und Jasager und Weggucker einsperren. Ohne die hätten die Nazis einpacken können, ohne die hätte es keine Lager gegeben und keine Gaskammern und nichts. Aber wer bleibt dann noch übrig? Niemand mehr, ganz Deutschland sitzt hinter Gittern. Alle sind schuldig.«

»Ich vielleicht«, sagte Lilo. »Aber du doch nicht.«

»Ich auch. Ich habe überlebt.«

»Dafür kannst du nichts.«

Schimanek nahm einen Schluck Bier und schwieg.

»Wir waren zwanzig in unserer Baracke«, sagte er. »Ich und neunzehn andere Männer. Und jeden Morgen mussten wir zum Appell antreten, und danach ging es zur Arbeit. Aber wenn man zu schwach zum Arbeiten war oder krank, dann wurde man aussortiert und kam in die Krankenbaracke, und wer einmal dorthin ging, kehrte nie wieder zurück. Der verließ das Lager durch den Schornstein, wenn du verstehst, was ich meine. Und ich war froh über jeden, der aussortiert wurde.«

»Wie meinst du das?«, fragte Lilo erschrocken.

»Genau so. Ich freute mich aus vollem Herzen und aus ganzer Seele, wenn es einen der anderen traf. Ich war dankbar, dass ich noch einmal davongekommen war. So dankbar, dass ich dem Aufseher die Füße hätte küssen können, so dankbar, dass ich dem Kommandanten den Arsch geleckt hätte. Liebe deine Feinde, heißt es in der Bibel, und ich habe meine Feinde geliebt, dafür, dass sie einen anderen zu Tode gequält haben und nicht mich. Ich hätte jeden verraten, meine Mutter, meinen Vater, sogar dich, wenn es darauf angekommen wäre. Ich hätte dir eine Pistole gegen die Stirn gehalten und abgedrückt, wenn es darauf angekommen wäre. Nur für dieses erbärmliche, armselige Drecksleben.«

»Sei nicht so hart mit dir selbst«, sagte Lilo. »Du warst am Ende im Lager. Niemand kann dir daraus einen Vorwurf machen.«

»Ich war am Ende, wir alle waren am Ende. Am Ende der Menschlichkeit waren wir. Da war keiner, der mutig für die anderen aufgestanden wäre, der sein letztes Stückchen Brot für einen Verhungernden gegeben hätte oder für einen anderen in die Gaskammer gegangen wäre. Die edlen Kommunisten und tapferen Christen, die sich für ihre Mitgefangenen aufgeopfert haben, von denen man jetzt immer hört – ich habe keinen von ihnen zu Gesicht bekommen.«

Lilo hielt ihre Tasse fest, in der der Tee kalt geworden war, und dachte an Hambach und an sein Zittern, und dass er und Schimanek, so unterschiedlich sie auch waren, etwas gemeinsam hatten. Aber was dieses Gemeinsame war, das wusste sie nicht, das wusste niemand, weil Hambach im Gegensatz zu Schimanek nicht erzählte, was er im Krieg erlebt hatte.

Weil er alles für sich behielt und nur sein Zittern verriet, dass es zu viel für ihn war.

»Sie haben uns immer gesagt, dass wir nichts als Dreck sind, niedriger noch als Tiere«, sagte Schimanek gedankenverloren. »Und sie hatten recht, wir waren nichts als Dreck, und wir waren niedriger als Tiere und sanken immer tiefer, bis wir am Ende genauso gemein waren wie die Scheißkerle, die uns gefangen hielten. Und das macht mir Angst.«

»Was?«, fragte Lilo, obwohl sie die Antwort nicht hören wollte, obwohl sie gar nichts mehr hören wollte.

»Dass das der Grund ist, auf den wir die Zukunft bauen. Auf Sadisten und Feiglingen. Auf Dreck. Ein paar Nazis hängen sie auf, einige stecken sie ins Gefängnis, aber die Mehrheit macht weiter, muss weitermachen, weil es ja weitergehen muss. Ich kenne keinen, der in den letzten Jahren keine Schuld auf sich geladen hat, keinen Einzigen.«

»Die Kinder sind unschuldig«, sagte Lilo. »Das ist unsere Zukunft.« Aber sie hörte selbst, wie schal und falsch das klang, und Schimanek ließ es auch nicht gelten.

»Die Kinder, die Hitler und seine Leute erzogen und geprägt haben. Einer meiner Lagergenossen saß im KZ, weil sein eigener Sohn ihn angezeigt hatte. Hitlerjunge, gerade einmal elf Jahre alt. Hat seinem HJ-Führer erzählt, dass sein Vater immer Witze über Hitler reißt, da haben sie den Alten festgenommen, und im Lager ist er dann draufgegangen. Der Sohn hat ihn auf dem Gewissen, wie lebt er damit, das frage ich mich. Was erzählt er seinen eigenen Kindern, wenn die ihn nach ihrem Großvater fragen?«

Schimanek trank von seinem Bier. Dann stellte er das Glas weg, verzog das Gesicht und krümmte sich. »Ahhh«, sagte er. »Verdammt.«

»Was ist, Schimanek? Ist dir schlecht?«

»Geht schon wieder.« Er griff wieder nach dem Bier, aber er trank nicht. Sein Gesicht war schweißbedeckt.

»Du musst zum Arzt, Schimanek«, sagte Lilo. »Irgendwas stimmt nicht mit dir, das sieht doch ein Blinder.«

»Ja«, sagte Schimanek. »Ich weiß. Aber um das zu erfahren, brauche ich keinen Arzt.«

Lilos Erinnerung an Winston begann langsam zu verblassen. Manchmal fragte sie sich, ob sie und Schimanek ihn wirklich getötet und entsorgt hatten oder ob sie sich das Ganze nur eingebildet hatte. Drei Monate war der Unfall jetzt her, und niemand hatte je nach dem Sergeant gefragt, keiner hatte ihn gesucht oder nachgeforscht. Er schien seiner Verlobten nichts von seinen Plänen erzählt zu haben, sonst hätte die Polizei Lilo und Käthe längst aufgesucht und hätte auch Schimanek befragt und wäre ihnen vielleicht auch auf die Schliche gekommen.

Käthe war natürlich aufgefallen, dass Lilo Winston nicht mehr traf. »Er ist zudringlich geworden, da hab ich ihm den Laufpass gegeben«, hatte Lilo ihr erklärt.

Und dass sie ihren Bedarf nun auf dem Schwarzmarkt decken mussten, bis es ihnen gelungen war, einen neuen Kontaktmann bei den Engländern zu finden.

Es war mühsam und sehr viel teurer als früher, aber es ging, und Lilo ärgerte sich über sich selbst, dass sie sich überhaupt jemals auf Winston eingelassen hatte.

Mit Schimanek hatte sie nach der verhängnisvollen Winternacht nie wieder über Winston gesprochen. Lilo hatte ihn ganz und gar aus ihrem Leben verdrängt, nur aus ihren Träumen konnte sie ihn nicht verdrängen. Da tauchte er mit schönster Regelmäßigkeit auf und quälte sie, bis sie schweißgebadet aufwachte.

Sie lag immer am Boden einer tiefen Grube und sah Winston oben stehen, einen Spaten oder eine Schaufel in der Hand. Manchmal half ihm Schimanek dabei, den Abgrund zuzuschütten und Lilo zu begraben. Manchmal stand auch Hambach oben neben Winston und schaufelte, was das Zeug hielt. Und Lilo lag da und konnte nicht schreien und sich nicht rühren und nicht einmal die Augen schließen. Erst wenn die Erde sie ganz bedeckte, kurz bevor sie erstickte, wachte sie auf.

»Was ist los mit dir?«, fragte Hambach aus der Dunkelheit ihres Schlafzimmers, als sie sich nach einem dieser Albträume schlaflos hin und her wälzte.

»Nichts«, sagte Lilo. »Ich schlafe nur schlecht in letzter Zeit.«

»Warum?«, fragte Hambach. »Ist etwas passiert?«

Und dann fühlte sie, wie er den Atem anhielt, und sie selbst machte es genauso.

Er weiß alles, dachte sie. Er hat mich beobachtet, genau wie Winston, und nun wartet er nur darauf, dass ich ihm endlich die Wahrheit sage. Und dann?, fragte sich Lilo. Wenn ich dir erzähle, was Käthe und ich getan haben und was Schimanek und ich getan haben, was machst du dann? Du kannst mich nicht verlassen, du bist auf Gedeih und Verderb auf mich angewiesen.

Sie schämte sich für diesen Gedanken. Sie hatte ihn doch geliebt, diesen Mann, der neben ihr lag, einmal hatte sie ihn geliebt und er sie auch. Aber dann war es dunkel geworden in Deutschland und in der Dunkelheit hatten sie sich aus den Augen verloren.

»Willst du es mir nicht erzählen, Lieselotte?«, fragte Hambach, der einzige Mensch, der Lilo bei dem Namen nannte, auf den sie getauft worden war.

»Und du?«, fragte Lilo zurück. »Willst du mir nicht erzählen, was dir geschehen ist? Warum du wach liegst und keinen Schlaf mehr findest? Willst du mir das nicht endlich sagen, Hambach?«

Da schwieg er, und sie schwieg auch, so lange, bis sie wieder einschlief, und danach träumte sie bis zum Morgen nichts mehr.

Lilo schlief, aber Hambach fand keine Ruhe.

Nachts schlief er so gut wie nie. Er döste am Tag vor sich hin, in seinem Lehnstuhl am Fenster dämmerte er, das Buch auf dem Schoß, die zitternden Hände unter der Wolldecke.

Nachts ratterten seine Gedanken wie ein D-Zug durch die Dunkelheit.

Aber diesmal war es nicht die Vergangenheit, die ihm den Schlaf raubte. Es war seine eigene Frau, Lieselotte Hambach, die ihn betrog, die ihn verlassen würde, da war er sich ganz sicher.

Die Nacht, in der sie nicht nach Hause gekommen war. Da war etwas geschehen, das sie verändert hatte. Sie hatte sich von ihrem Liebhaber getrennt, auch das war ihm klar.

Dass sie einen Liebhaber hatte, wusste er seit dem letzten Sommer, seit er an einem Sonntagnachmittag im Parkhotel gewesen war, in dem sie angeblich immer servierte. Er hatte sie dort aber nirgends gesehen, und als er eine der Bedienungen nach ihr gefragt hatte, hatte die ihn nur verständnislos angeschaut und mit den Schultern gezuckt. Hambach? Lilo? Die arbeitet hier nicht.

Dieser Schimanek, hatte Hambach damals gedacht. Vielleicht hatte der etwas damit zu tun.

Vielleicht hatte der mit seiner Frau zu tun.

Aber Schimanek war dürr und bleich wie der Tod, und Lieselotte war das blühende Leben. In der Not frisst der Teufel Fliegen, dachte Hambach, aber das geht nun doch zu weit. Lieselotte und Schimanek, nein, wirklich nicht.

Ein anderer Mann also, den Hambach nicht kannte. Er wusste ja auch sonst so gut wie nichts über ihr Leben. Man kann es ihr nicht verdenken, dass sie sich einen gesucht hat, dachte Hambach. Sie wird von Tag zu Tag schöner, und mit mir ist nichts mehr los.

Früher hatte sie von den Treffen mit ihrem Liebhaber immer Kuchen mit nach Hause gebracht. Für Hambach und die Kinder.

Aber das war nun vorbei.

Seit der Nacht, in der Lieselotte nicht nach Hause gekommen war, gab es keinen Kuchen mehr. Seit jener Nacht hatte sie Albträume und schlief schlecht.

Sie hatte ihm keine Erklärung dafür gegeben, und er hatte auch nicht nachgebohrt, weil er keine Lügen hören wollte. Und die Wahrheit noch weniger.

Dass sie sich nach einem anderen sehnte. Der sie verlassen hatte oder den sie verlassen hatte, aber nun tat es ihr leid.

Und nun versuchte sie, ihn wieder zurückzugewinnen.

Das wäre das Ende, dachte Hambach. Wenn seine Frau ihn verließ, gab es nur noch die Pistole und eine Kugel.

Die Pistole hatte er auf dem Schwarzmarkt besorgt, direkt nachdem sie ihn aus der Gefangenschaft entlassen hatten. Weil er damals schon seinen Abschied nehmen wollte, aber dann hatte er es nicht gewagt.

Obwohl es natürlich für alle Beteiligten das Beste wäre. Objektiv betrachtet. Ich hätte es hinter mir, dachte Hambach. Und Lieselotte und die Kinder könnten noch einmal von vorne anfangen. Warum wage ich diesen letzten, diesen endgültigen Schritt nicht? Dann hätte ich endlich Ruhe, vielleicht sogar Frieden, wenn Gott gnädig ist.

Dreimal hatte er die Pistole und die Munition schon hinter dem losen Brett im Flur hervorgeholt, hatte sie geladen und in der Hand gewogen, und am Ende hatte er die Kugel wieder aus der Waffe genommen, beides versteckt und weitergelebt.

Vielleicht war es die Angst vor dem Ungewissen, die ihn zurückhielt. Die Angst vor dem zürnenden, strafenden, strengen Gott, die seine Eltern in ihn hineingelegt hatten.

Vielleicht war es auch das ungute Gefühl, dass er es sich zu einfach machte, wenn er sich in den Tod flüchtete.

Wenn seine Frau ihn wirklich verließe, würde er die Kraft finden, den letzten Schritt zu gehen.

XXI

An einem Nachmittag im Juli tauchte sie plötzlich in Schimaneks Keller auf. Sie sah noch ein bisschen verhungerter aus als damals und hatte sich die Zöpfe abgeschnitten, ansonsten hatte sie sich kaum verändert. Dennoch dauerte es eine Weile, bis Käthe sie erkannte.

Das Mädchen half ihr auch nicht auf die Sprünge, sie starrte sie nur aus dunklen, vorwurfsvollen Augen an, und hinter ihr stand Schimanek, der sie nach unten begleitet hatte.

Der kindliche Körper, das runde Gesicht, die Bubikopffrisur. Die spitze Nase. Die Augen, die zu eng zusammenstanden.

»Ingrid«, rief Käthe.

Das Mädchen verschränkte die Arme vor der Brust.

»Was gibt es?«, fragte Käthe und nickte Schimanek zu, dass alles in Ordnung wäre. Da drehte er sich wortlos um und ging wieder nach oben.

»Was wohl?«, sagte Ingrid, während sie in den Kellerraum trat und sich suchend umsah. Ihre Augen huschten vom Fenster an der Wand zum Waschbecken, zum Stuhl und wieder zurück zum Fenster.

Es hatte etwas Unverschämtes, wie sie so dastand und mit ihren Blicken von dem Raum Besitz ergriff. Wie sie Käthe einfach ignorierte.

»Setzen Sie sich«, sagte Käthe, und wie damals fiel es ihr auch diesmal schwer, Ingrid zu siezen. Alles an ihr erschien so kindlich, ihre dünnen Beine, der große Kopf, die Art, wie sie zu Käthes Schreibtisch ging und sich auf den Besucherstuhl setzte. Ein kleines trotziges Mädchen.

»Sie müssen mir noch einmal helfen«, sagte Ingrid, während Käthe ebenfalls Platz nahm. Und sah Käthe dabei so respektlos und fordernd an, als wäre sie ihr etwas schuldig.

»Wie haben Sie mich gefunden?«, fragte Käthe.

Das Mädchen zuckte verständnislos mit den Schultern. »Die anderen Mädchen haben mir gesagt, dass Sie jetzt hier sind.«

»Welche anderen Mädchen?«

»Die Mädchen eben«, sagte Ingrid, und nun entdeckte Käthe doch eine Spur von Scham in ihren Augen oder zumindest Unsicherheit. Einen Moment nur, dann war es vorbei, dann starrten sie die Augen wieder genauso frech an wie zuvor. »Sie wissen schon.«

Sie wissen schon. Natürlich wusste Käthe, was Ingrid meinte. Die Huren, die hinter der Rethelstraße und am Bahndamm ihre Körper anboten, von denen alle paar Wochen eine bei Schimanek auftauchte, aber meistens schickten Käthe und Lilo sie wieder weg. Einmal war sogar ein Zuhälter zu ihnen gekommen, der mit ihnen zusammenarbeiten wollte. Fünfzig Mark hatte er ihnen angeboten, fünfzig Mark, jeden Monat, und dafür wollte er ihnen dann bei Bedarf seine Mädchen schicken.

Auch ihn hatten sie abgewiesen.

Die Nutten hatten Ingrid zu Käthe geschickt. Das bedeutete, dass sie eine von ihnen war, dass auch sie sich prostituierte.

Das bedeutete, dass sie nach der Abtreibung auf die schiefe Bahn geraten war. Vielleicht sogar wegen der Abtreibung, dachte Käthe. Wenn sie das Kind behalten und ausgetragen hätte, dann hätte sie womöglich die Kurve bekommen.

Käthes Herz ging jetzt schneller. Sie dachte an das Menschenklümpchen neben der Bergerkirche, das sie alle paar Wochen besuchte, und fragte sich, ob Ingrid jemals an ihr ungeborenes Kind gedacht hatte. Zwei Jahre, dachte Käthe, es wäre heute fast zwei Jahre alt, ein Junge oder ein Mädchen mit blondem, braunem, schwarzem Haar und könnte laufen und sprechen, wenn wir es nicht verhindert hätten.

»Hier.« Ingrid öffnete ihre Handtasche, zog ein Bündel Geldscheine heraus und warf sie auf den Tisch. »Reicht das?«

»So weit sind wir noch nicht«, wehrte Käthe ab, aber ehe sie es verhindern konnte, hatte ihr Blick die Geldscheine erfasst und geschätzt. Zehn, zwanzig, vierzig … auf dem Tisch lagen mindestens hundert Reichsmark.

Ingrid lächelte spöttisch, weil sie Käthes Blick gefolgt war. Und dachte nun, dass sie gewonnen hätte, weil Menschen für Geld zu allem bereit waren, aber da kannte sie Käthe schlecht. Damals, beim ersten Mal, war Käthe hungrig und verzweifelt gewesen und hatte nicht widerstehen können, als Ingrid ihr den Pelzmantel angeboten hatte. Damals war ein warmes Abendessen, Bratkartoffeln mit Zwiebeln und Speck, eine solche Versuchung für sie gewesen, dass sie alles dafür getan hätte und auch alles getan hatte. Aber heute war die Speisekammer in der Corneliusstraße genauso gut gefüllt wie Schimaneks Kaninchenställe. Auch wenn sie es nicht mehr so dicke hatten wie früher, als Winston noch für sie tätig gewesen war, so konnten sie es sich doch aussuchen, wem sie halfen und wen sie wegschickten, und wenn sie noch so mit dem Geld wedelte.

»Seit wann sind Sie schwanger?«, fragte Käthe und fragte sich gleichzeitig, warum sie Ingrid nicht einfach hinauswarf. Denn nachdem sie Fräulein Hofstein zum zweiten Mal aus der Bredouille geholfen hatten, hatte Käthe beschlossen, dass sie klare Richtlinien brauchten. Einmal und nicht wieder, das war der Grundsatz, auf den sie und Lilo sich geeignigt hatten.

Auch wenn Lilo es nicht einsehen wollte. »Warum?«, hatte sie gefragt. »Warum müssen wir uns so aufspielen? Wir können den Frauen nicht in den Kopf schauen und noch viel weniger ins Herz. Bei manchen von ihnen ist die Not beim zweiten Mal noch größer als beim ersten Mal. Warum müssen wir sie abweisen?«

»Weil sie uns ausnutzen, wenn sie merken, dass sie immer wieder kommen können. Nicht alle. Aber die meisten. Nein, nicht mit mir.«

Und nun saß Ingrid zum zweiten Mal hier, und Käthe warf sie nicht hinaus, obwohl es offensichtlich war, dass ihr Kind von einem Freier stammte, genau wie das Geld, das vor ihr auf dem Tisch lag. Obwohl es offensichtlich war, dass Ingrid sich keine Vorwürfe machte, dass es nun wieder so weit gekommen war, und auch nichts aus der Sache lernen würde, sondern danach einfach so weitermachen würde wie bisher.

Und das tote Kind, das neben der Bergerkirche lag, das kümmerte sie nicht, das war allein Käthes Sorge.

Warum also wies Käthe Ingrid nicht einfach ab?

Weil da etwas war, das sie rührte. Etwas Verlorenes, etwas zutiefst Erbarmungswürdiges. Etwas, das sie für Ingrid einnahm. Und sie gleichzeitig auch wieder abstieß. Dieses Hin-und-Hergerissensein zwischen Mitleid und Abneigung, zwischen Anteilnahme und Widerwillen verwirrte Käthe so, dass sie keinen klaren Gedanken fassen konnte.

»Ein paar Monate«, antwortete Ingrid auf die Frage, die Käthe fast schon wieder vergessen hatte.

»Geht es auch etwas genauer?«

Nein, es ging nicht genauer. Ob sie seit zwei oder drei oder vier Monaten schwanger war, konnte oder wollte Ingrid nicht sagen. Also schickte Käthe sie hinter die spanische Wand, um sich auszuziehen.

Sie tastete ihren Bauch ab und stellte fest, dass der Fundus zwei Fingerbreit über der Schambeinfuge stand, und dass das Kind demzufolge mindestens dreizehn Wochen alt war. »Sie sind im vierten Monat«, sagte sie. »Es ist zu spät.«

»Heißt das, dass Sie es nicht machen wollen?«

»Das heißt, dass ich es gar nicht machen kann. Ihr Kind ist zu groß, ich kann jetzt keine Ausschabung mehr vornehmen.«

»Ich will aber, dass Sie es tun«, sagte Ingrid. »Es ist bestimmt noch nicht zu spät. Ich bin mir jetzt übrigens ganz sicher, dass es keine vier Monate her ist.«

»Die Untersuchung ist eindeutig. Tut mir leid.« Aber das war eine Lüge, es tat Käthe nicht leid, sie war im Gegenteil froh und erleichtert. Der Fundusstand ließ keine weitere Diskussion zu und ersparte ihr die Entscheidung.

»Versuchen Sie es wenigstens«, sagte Ingrid, und auf einmal war da ein leichtes Zittern in ihrer Stimme, ein kaum merkliches Beben, ein Grundton der Verzweiflung, der Käthe sehr vertraut war.

»Das geht nicht«, sagte sie und überlegte, ob sie Ingrid darüber aufklären sollte, dass man das Kind im Krankenhaus durch einen kleinen Kaiserschnitt entfernen konnte. Die Operation wurde jedoch nur durchgeführt, wenn Lebensgefahr für Mutter und Kind bestand, eine Bedingung, die in diesem Fall natürlich nicht gegeben war. Aber vielleicht fand sich ein Arzt, der sich bestechen ließ. Das war jedoch nicht Käthes Problem und sollte es auch nicht werden. »Sie werden Ihr Kind auf die Welt bringen müssen. Ich kann Ihnen gerne die Adresse eines Heims geben, an das Sie sich wenden können. In Neu-Düsseltal findet man nach der Entbindung bestimmt Eltern, die das Kind adoptieren …«

Weiter kam sie nicht. Ingrid sprang von dem gynäkologischen Stuhl und stand plötzlich vor Käthe, und obwohl sie klein und dünn war und nur halb bekleidet, wirkte sie auf einmal so bedrohlich, dass Käthe erschrak.

»Sie werden mir aber helfen«, sagte Ingrid drohend. »Man kann es auch im vierten Monat noch wegmachen, das weiß ich von einem der Mädchen.«

»Ach ja? Dann fragen sie das Mädchen doch, wo sie gewesen ist. Ich mache es jedenfalls nicht. Es ist viel zu gefährlich für Sie. Sie könnten sterben.«

»Das ist mir scheißegal«, zischte Ingrid. »Ich will das Balg nicht zur Welt bringen. Ich will, dass Sie es da rausmachen, und zwar sofort. Und wenn sie es nicht tun, dann nehm ich ein Messer und schneid es selbst raus, aber vorher …«

»Vorher?«, fragte Käthe in die wutglitzernde Stille hinein, die sich plötzlich in Schimaneks Keller ausbreitete wie Morgenfrost. »Was ist vorher?«

»Vorher zeig ich dich an«, sagte Ingrid ruhig. »Dich und die andere auch und euren Luden, und dann bringen euch die Tommys hinter Gitter, dann sperren sie euch ein. Die müssen nur den Raum hier sehen, dann ist doch alles klar.«

»Raus«, sagte Käthe und war selbst überrascht, wie ruhig ihre Stimme klang, obwohl es in ihr tobte und kochte und brodelte. »Ich will Sie nie wiedersehen.«

»Du wirst mich aber wiedersehen«, sagte Ingrid. »Ich komme morgen wieder und bringe das Geld mit, und dann machst du das Ding weg. Und wenn ich dabei draufgehe, ist das mein Problem. Und wenn du nicht spurst, dann seid ihr dran, alle drei.«

Dann verschwand sie hinter der spanischen Wand, schlüpfte in Unterhose, Rock, Strümpfe und Schuhe, raffte ihr Geld vom Tisch und war weg.

Und Käthe war allein.

Sie schwitzte, aber es war nicht die Angst, die sie zum Schwitzen brachte, es war eine ihrer Hitzewallungen. Diese verdammten Wechseljahre.

Sie öffnete das Fenster, reckte ihr Gesicht der frischen Luft entgegen, atmete tief ein und aus und wartete, bis es vorbei war. Und wunderte sich über sich selbst, wie ruhig sie war.

Wie erleichtert sie sich fühlte.

Jetzt war es vorbei.

Ingrid, mit der alles angefangen hatte, sie würde die Sache auch zu Ende bringen.

Käthe wusste, dass sie sich nicht auf ihre Erpressung einlassen würde. Die Schraube war überdreht und lief ins Leere.

Sie musste mit Lilo reden und mit Schimanek, damit sie sich auf das vorbereiten konnten, was nun unweigerlich folgen würde.

Die Polizei, die Festnahme, die Untersuchungshaft, das Verfahren. Und die Verurteilung.

Lilo würde versuchen, Käthe umzustimmen. Hilf dem Mädchen, versuch es wenigstens, würde sie sagen. Sie muss verstehen, dass es nicht an dir liegt. Denk an mich. Denk an Hambach und die Kinder. Was soll aus ihnen werden, wenn ich im Gefängnis sitze? Und Schimanek. Er hat genug durchgemacht. Das kannst du ihm doch nicht antun.

Aber Käthe konnte. Und würde.

Hambach tat ihr leid, weil er am wenigsten mit der Angelegenheit zu tun hatte und am meisten darunter leiden würde. Aber vielleicht würde ihn der Schock endlich aufwecken.

Sie begann mechanisch aufzuräumen.

Sie wischte den Stuhl ab, auf dem Ingrid gelegen hatte, obwohl sie keine Spuren hinterlassen hatte. Wusch sich die Hände. Verließ den Raum und schloss ihn hinter sich ab.

Oben in den Baumwipfeln zwitscherten Vögel, darunter summte es, und ganz unten gingen Kurt und Hilde. Hilde schob den Kinderwagen und fühlte sich dadurch auf eine seltsame Weise erwachsen, obwohl sie doch wusste, dass hinter dem Tuch, das die Öffnung verhängte, nur eine Puppe lag. Kurt zündete sich eine Zigarette an. Die sechste in einer halben Stunde.

»Aha«, sagte Hilde. »Nun kriegst du doch Muffensausen, gib's zu.«

»Unsinn«, sagte Kurt. »Alles ist fabelhaft. Könnte gar nicht besser laufen. Die frische Luft macht mich hungrig, nichts weiter.«

»Ich habe Butterbrote im Rucksack«, sagte Hilde. »Und Äpfel. Willst du?«

Er antwortete nicht. Er hörte sie gar nicht. Er blickte starr geradeaus und zog an seiner Zigarette, als ob es seine letzte wäre. Hilde folgte seinem Blick in den Wald und sah einen flirrenden Zitronenfalter und glänzendes Efeu und die gelben Dolden der Nachtkerzen, aber nichts, was einen beunruhigen konnte.

Die Baumstämme malten dunkle Streifen auf den Waldweg. Dazwischen lagen sonnige Abschnitte, in denen Mücken tanzten.

Bist du glücklich?, hörte sie plötzlich Käthe fragen, die den ganzen Tag schon in Hildes Kopf herumspukte, obwohl sie dort wirklich nichts zu suchen hatte.

Noch nicht, dachte Hilde trotzig. Aber bald. Wenn wir erst mal verheiratet sind und auf dem Schiff nach Amerika, dann bin ich glücklich. Sie stellte sich vor, wie sie an der Reling stehen würde, wie der Wind in ihrem Haar wühlte und an ihrem Kleid zerrte und am Kai würden Menschen stehen und winken. Unter ihnen war Käthe, die die Hände zum Mund hob. Bist du glücklich?, schrie sie zum Schiff hinüber.

Ja!, schrie Hilde. Ich bin so glücklich, dass ich die ganze Welt umarmen könnte. So glücklich wie noch nie!

In einem Baumwipfel gurrte eine Taube. Gurrruhh, warnte sie, gurrhuhuuu.

Und im selben Moment blieb ein Rad des Kinderwagens an einer Wurzel hängen, und Hilde kam ins Stolpern, und der Wagen schwankte und wäre um ein Haar umgekippt, im letzten Moment konnte Kurt ihn festhalten.

»Pass doch auf!«, fuhr er Hilde an.

Und verlor vor lauter Aufregung seine Zigarette.

»Entschuldige mal«, sagte Hilde gereizt, aber das hörte er nicht, weil jetzt auf den Bahngleisen ein Zug herandampfte und an ihnen vorbeiratterte. Eins, zwei, drei, vier, fünf, sechs, sieben Waggons, neugierige Gesichter hinter den Fenstern, ein winkendes Kind, dann war er weg.

Wenn der Kinderwagen umgekippt wäre, hätten sie womöglich die Puppe gesehen, dachte Hilde und schwitzte plötzlich vor Aufregung, obwohl die Gefahr doch vorüber war.

»Wir gehen weiter«, sagte Kurt und fischte eine neue Zigarette aus seiner Tasche.

Sein Feuerzeug klickte.

»Gib mir auch eine.«

»Das geht nicht. Du bist eine junge Mutter. Die raucht nicht.«

»Hier ist doch keiner«, sagte Hilde. »Wenn ein Zug kommt, versteck ich sie.«

Und Kurts Augen schossen wieder in den Wald und suchten das Unterholz ab und die Schatten unter den Bäumen und fanden nichts, noch nicht.

»Nein«, sagte er. »Sicher ist sicher.«

Später machten sie Rast. Sie setzten sich auf einen gefällten Baumstamm. Hilde aß ein Brot, aber Kurt wollte nichts, da schmeckte es ihr auch nicht mehr. Immerhin gestattete er ihr jetzt auch eine Zigarette.

»Wir haben es gleich geschafft«, sagte Kurt. »Noch zweihundert Meter bis zur Grenze, höchstens.«

Geschafft, dachte Hilde. Nichts war geschafft. Erst wenn sie den Kaffee auf dem Schwarzmarkt verkauft und das Geld dafür in der Tasche hatten, hätten sie es geschafft.

Kurt starrte gedankenverloren auf den Waldweg, der inzwischen sehr schmal geworden war. Im Grunde war es kein Weg mehr, eher ein Trampelpfad durch Brennnesselstauden und Farn.

»Mit dem Kinderwagen kommen wir da kaum noch durch«, sagte Hilde. »Vielleicht war es doch keine so gute Idee, das Ding mitzunehmen.« Sie erwartete einen Widerspruch, ein gleichgültiges Schulterzucken, aber Kurt nickte nur nachdenklich.

»Der Weg ist schlechter, als ich dachte.«

»Und nun?«

»Hör zu«, sagte Kurt und erhob sich. Er warf seine Zigarette zu Boden und trat sie aus. »Wir sollten unseren Plan noch mal überdenken.«

Also doch. Er war nervös.

»Sollen wir den Wagen hierlassen?«

Kurt räusperte sich.

»Ich hab gestern was gehört«, sagte er. »Sie haben Charly eingebuchtet. Ein Jahr hat er gekriegt.«

»Charly?« Das war einer von Kurts Freunden. Hilde hatte ihn einige Male am Bunker getroffen, sie hatten aber nie mehr als ein paar Worte gewechselt. »Was hat er denn ausgefressen?«

»Er hat amerikanische Zigaretten verschoben. Einer seiner Kontaktmänner muss ihn verpfiffen haben, sie haben ihn erwischt und verknackt.«

»Und was hat das mit uns zu tun? Willst du jetzt einen Rückzieher machen?« Meinetwegen gerne, dachte Hilde. Ich war von Anfang an nicht scharf auf diese Sache.

»Nein, nein«, sagte Kurt. »Die Idee ist gut. Aber wir sollten die Strategie ändern.«

Hilde sollte das Ding alleine drehen, das war sein Vorschlag. Sie sollte über die Grenze nach Montzen und den Kaffee besorgen und wieder zurück, und Kurt würde in der Zwischenzeit mit dem Kinderwagen hier auf sie warten.

»Ich weiß, das gefällt dir nicht«, sagte er. »Aber es ist das Beste für uns beide.«

»Du hast recht«, sagte Hilde. »Es gefällt mir ganz und gar nicht. Ich weiß auch nicht, wo da der Vorteil für mich steckt. Ich sehe nur, dass es bequem für dich ist.«

»Für dich ist es doch nicht halb so riskant wie für mich, Hilde. Du bist minderjährig. Wenn sie dich schnappen, verhören sie dich, und dann lassen sie dich wieder laufen. Bei mir sieht die Sache anders aus.«

»Ach ja? Und warum? Soweit ich weiß, bist du auch noch keine einundzwanzig.«

»Nein. Aber fast«, sagte Kurt. »Ich hab bisher auch immer geglaubt, dass mir nichts passieren kann. Aber so ist es nicht. Charly ist auch erst zwanzig, und trotzdem haben sie ihn am Arsch gekriegt. Das mit dem Knast ist gar nicht so schlimm. Wahrscheinlich ist er nach ein paar Monaten wieder draußen. Aber wenn du vorbestraft bist, lassen sie dich nicht mehr in die Staaten einwandern.«

»Gut zu wissen«, meinte Hilde schnippisch. »Mir ist nur nicht klar, warum du dir so sicher bist, dass sie mich im Gegensatz zu dir nicht einlochen werden.«

»Du bist ein Mädchen. Und erst sechzehn. Bei dir ist das doch etwas vollkommen anderes. Dich nehmen die doch gar nicht richtig ernst.«

»Denkst du«, sagte Hilde. »Aber ganz sicher bist du dir nicht. Wird schon gut gehen, sagst du, und wenn nicht, dann eben nicht.«

»Was hältst du eigentlich von mir?«, fragte Kurt empört.

Ich weiß es nicht, dachte Hilde und hörte auf einmal Käthes Stimme wieder. Bist du glücklich, Hilde?

Dich nehmen sie doch gar nicht ernst, hatte Kurt gerade gesagt. Und das galt auch für ihn selbst. Er nahm sie nicht ernst.

Das war von Anfang an so gewesen, und daran würde sich nie etwas ändern. Auch wenn sie zusammen auswanderten und wirklich reich werden würden, in den Vereinigten Staaten oder Kanada oder Mexiko – Kurt würde sie niemals ernst nehmen. Vielleicht wollte er sie gar nicht mitnehmen. Vielleicht brauchte er nur eine Dumme, die ihm den Rücken freihielt, die für ihn die heißen Kastanien aus dem Feuer holte. Und danach hieß es Adieu. Wir passen einfach nicht zusammen, das siehst du doch ein.

Bist du glücklich, Hilde?

»Nein«, sagte sie laut.

»Was – nein?«

»Ich bin nicht glücklich. Und ich werde auch nicht glücklich mit dir. Du behandelst mich schlecht. Du nutzt mich aus. Vielleicht hast du gar nicht vor, mich mitzunehmen, wenn du nach Amerika gehst.«

»Hilde!«, rief Kurt empört. »Nun sei doch nicht albern. Was ist denn bloß in dich gefahren?«

Käthe ist in mich gefahren, dachte Hilde. Zum Glück ist sie das, sonst hätte ich womöglich eine Riesendummheit gemacht.

Sie erhob sich.

»Was hast du jetzt vor?«, fragte Kurt drohend. »Eines sage ich dir, Hilde, wenn du mich jetzt und hier im Stich lässt, wenn du kneifst, dann ist es aus und vorbei mit uns.«

Und mit Amerika war es dann auch aus und vorbei, dachte Hilde. Und das brachte sie fast dazu, doch noch einzulenken.

Weil die Vorstellung unerträglich war, dass die Erbärmlichkeit und die Hässlichkeit, die sie umgaben, nicht vorübergehend waren, sondern von Dauer. Dass kein neues Land in Sicht war. Keine Hoffnung, an der sie sich festhalten konnte. Und ohne die Hoffnung und ohne den Halt würde sie abrutschen und in der gleichen Schwermut versinken wie damals, als Kurt sie zum ersten Mal verlassen hatte.

»Hilde.« Kurt war ebenfalls aufgestanden und legte nun seine Hände auf Hildes Schultern und wollte sie an sich ziehen, aber sie ließ sich nicht mehr ziehen, sie machte sich los.

Es ist vorbei, dachte sie und wartete auf den Schmerz und auf die Trauer. Und ahnte, dass sie bald etwas spüren würde, dass sie weinen würde, und vielleicht würde sie sich sogar dafür verfluchen, dass sie Kurt und ihre Träume einfach so aufgegeben hatte.

Ach was, hörte sie Käthe sagen. Doch nicht wegen dem da. Doch nicht wegen so einem.

Und damit hatte sie auch wieder recht.

Lilo eilte die Helmholtzstraße entlang, mit gebeugtem Rücken und gesenktem Kopf, und dann und wann duckte sie sich hinter eine Mauer oder schlüpfte in einen Hauseingang.

Das Mädchen durfte sie nicht sehen.

Aber Lilo wollte das Mädchen sehen und wissen, wohin sie ging. Wo sie wohnte und mit wem. Jeder hat einen schwachen Punkt, dachte sie, während das Mädchen über den Mintropplatz hastete und dabei fast von einem Militärlaster überfahren wurde. Der Fahrer fluchte und drohte mit der Faust. Das Mädchen schrie etwas zurück, das Lilo nicht verstand.

Jeder hat einen schwachen Punkt, nahm Lilo ihren Gedankengang wieder auf. Du hast Käthes schwachen Punkt gefunden. Und ich finde deinen.

Sie war gerade noch rechtzeitig gekommen. Schimanek hatte ihr gesagt, dass eine Patientin bei Käthe war. Ein ganz junges Ding und mächtig aufgeregt, hatte er gesagt. Und Lilo war nach unten gegangen, aber bevor sie den Kellerraum betreten hatte, hatte sie an der Tür gehorcht. Nicht um Käthe zu belauschen, sie wollte nur nicht mitten in der Untersuchung in den Raum platzen.

Und dabei hatte sie alles gehört.

Wie Käthe erklärt hatte, dass das Kind bereits zu groß sei, um es abzutreiben.

Und wie das Mädchen zuerst gefleht und dann gejammert und schließlich gedroht hatte.

Ich zeig dich an. Dich und die andere auch und euren Luden, und dann bringen euch die Tommys hinter Gitter, dann sperren sie euch ein.

Wie Käthe gar nicht einmal versucht hatte, sie zu beruhigen, auf sie einzuwirken, sie wieder zur Vernunft zu bringen. Mit einer Anzeige ist doch keinem gedient, hätte sie sagen können. Lassen Sie uns gemeinsam eine Lösung finden, mit der wir alle leben können.

Stattdessen: Raus. Ich will Sie nie wiedersehen.

Und dann die Drohung des Mädchens. Morgen komme ich wieder.

Dann seid ihr dran.

Und das, dachte Lilo, durfte nicht geschehen. Wenn du jetzt kampflos aufgibst, sagte Lilo in Gedanken zu Käthe, wenn du jetzt zulässt, dass dieses Gör alles auffliegen lässt, dann hätte ich mir das mit Winston sparen können. Ich hätte mich nicht mit ihm und Schimanek treffen müssen, Schimanek und Winston wären nicht aneinandergeraten, Winston wäre nicht gefallen, wäre auch nicht gestorben, und Schimanek hätte ihn nicht fortschaffen müssen. Wenn du jetzt aufgibst, sagte Lilo, dann war alles umsonst.

Und zum Dank dafür, dass Schimanek sich für uns die Finger schmutzig gemacht hat, schicken wir ihn in den Knast. Und die Kinder, Hilde und Gerd, was sollen die von mir denken? Und was wird aus Hambach, wenn man mich einsperrt?, dachte Lilo und hastete dem Mädchen nach, das offensichtlich zum Hauptbahnhof wollte.

Lilo trat direkt hinter dem Mädchen an den Fahrkartenschalter und hoffte und betete, dass es sich nicht umdrehte und sie erkannte. Und wurde erhört, denn das Mädchen nahm seine Karten in Empfang und eilte in Richtung Gleise davon.

»Dasselbe für mich«, sagte Lilo und starrte die Frau hinter dem Schalter drohend an.

»Einfache Fahrt nach Osterath?«, fragte die Frau. Und als Lilo nickte, reichte sie ihr das Ticket zusammen mit der Bahnsteigkarte. »Eine Mark fünfunddreißig, bitte schön. Gleis 3. Wenn Sie den Zug noch erwischen wollen, müssen Sie sich allerdings beeilen. Er fährt in zwei Minuten.«

Sie fand das Mädchen nicht mehr wieder. Vielleicht hatte sie doch bemerkt, dass Lilo ihr gefolgt war und war gar nicht erst in den Zug gestiegen. Vielleicht stand sie noch im Bahnhof und rieb sich die Hände und lachte über Lilo, die in letzter Sekunde in den Zug gesprungen war.

Die nun im Gang stand, die Ellenbogen eines alten Mannes in der Magengrube, den Bauch eines anderen im Kreuz, Zigarettenrauch im Gesicht.

Der Zug war hoffnungslos überfüllt mit hungrigen Städtern, die zum Hamstern aufs Land fuhren.

Lilo starrte auf das Skelett der Stadt, das hinter dem schmutzigen Zugfenster vorbeiglitt. Die Ruine einer Fabrik, eine Siedlung aus Nissenhütten, verkohlte Baumstämme, Mauerreste, durchbrochen von Fensterlöchern, Bombenkrater, Trümmerberge. Darüber ein strahlend blauer Himmel. Kopf hoch, sagte der Himmel, wird schon wieder.

In Osterath stand sie unschlüssig auf dem Bahnsteig, und um sie herum strömten die Menschen, und alle hatten ein Ziel, nur Lilo nicht. Ich fahre wieder zurück, beschloss sie, doch da erblickte sie das Mädchen in der Menge. Es hielt den Kopf gesenkt, den Blick auf die klobigen Schuhe gerichtet. Murmelte vor sich hin, jedenfalls kam es Lilo so vor.

Also doch, dachte Lilo und setzte sich ebenfalls in Bewegung.

Sie wohnt hier, vermutete sie, während sie dem Mädchen durch den Ort folgte und sah, wie sie ihren Weg fand, ohne zu zögern, ohne zu überlegen, ohne auch nur einmal aufzuschauen. Sie gingen an einer süßlich stinkenden Zuckerrübenfabrik vorbei und bogen von der Hauptstraße in eine Seitengasse.

Hochstraße, las Lilo auf dem Straßenschild, das kein richtiges Straßenschild war. Jemand hatte den Straßennamen auf eine Dachlatte gepinselt, die Latte an einen Stock genagelt und den Stock in einen Kübel mit Sand gesteckt.

Nummer 7. Hier hielt das Mädchen an. Sperrte die Tür auf und trat ein.

Und Lilo stand auf der anderen Straßenseite und fühlte, wie alle Anspannung von ihr wich und alle Erwartung und jegliche Hoffnung. Das war's also, dachte sie. Nun weiß ich, wo sie wohnt, aber mehr weiß ich nicht. Ich kann hier warten, bis sie irgendwann wieder herauskommt. Oder auch nicht.

Sie überlegte, ob sie an einem der Nachbarhäuser klingeln sollte.

Das Mädchen aus Nummer 7, kennen Sie die?

Wieso? Was wollen Sie denn von der?

Was wollte sie, fragte sich Lilo. Sie wusste keine Antwort.

Was nützten ihr Name, Alter, Geburtsdatum, persönliche Kennzeichen?

Was hatte sie erwartet? Es war reine Zeitverschwendung gewesen, hierherzukommen, es brachte sie kein Stück weiter.

Und jetzt? Würde sie zurückfahren und mit Käthe reden. Aber wie sie Käthe kannte, war es sinnlos.

Und dann musste sie Schimanek warnen. Noch war nichts verloren. Noch war Zeit. Zeit bis morgen früh, dachte Lilo. Mindestens. Wir müssen den Keller leerräumen, das belastende Material vernichten und alle Spuren beseitigen.

Sie wollte los, zurück in die Stadt und die Dinge in Angriff nehmen, aber sie konnte nicht. Da war etwas, das sie lähmte, das sich auf sie legte und sie in die Knie zwang, sodass sie sich auf einen Stapel Backsteine sinken ließ, den jemand am Straßenrand aufgeschichtet hatte. Winston, dachte sie. Es ist Winstons Geist, der mich zu Boden drückt.

Ein dummer Gedanke, aber sie wurde ihn nicht los, genauso wenig wie den Druck, der auf ihr lastete. Sie schwitzte vor Angst und Hilflosigkeit und wünschte sich, dass Schimanek bei ihr wäre. Schimanek, der nie die Fassung verlor, weil er alles schon durchgemacht hatte, was ein Mensch durchmachen konnte. Es gibt keine Geister, Lilo, würde er sagen. Das ist nur dein schlechtes Gewissen.

Aber das, dachte Lilo, ist auch kein Trost.

Die Sonne wanderte um eine Häuserecke und entdeckte Lilo auf ihrem Steinstapel am Straßenrand und stach ihr ins Gesicht. Verschwinde, sagte sie. Hau ab. Hier hast du nichts verloren.

Lass mich, dachte Lilo. Und hörte Schimanek leise lachen und Käthe weinen oder war es umgekehrt?

Die Sonne brannte so heiß, Lilo wollte aufstehen, sie wollte weg, aber es ging nicht. Winstons Geist drückte sie und saugte die Kraft aus ihr. Sie konnte sich nicht rühren.

Und dann ging im Haus Nummer 7 die Tür auf.

Da stand das Mädchen und rief etwas über die Schulter in den Hausflur, und danach trat sie aus dem Haus und kam direkt auf Lilo zu. Lilo wollte aufspringen, aber es war zu spät, das Mädchen war schon viel zu nahe.

Vorbei, dache Lilo. Nun sieht sie mich, nun muss sie mich sehen. Sie beugte sich nach vorn, die Unterarme auf die Oberschenkel gestützt. Und hörte, wie das Mädchen an ihr vorbeihastete, hörte seine genagelten Schuhsohlen auf dem Pflaster und dass die Schritte nicht langsamer wurden und auch nicht plötzlich verstummten, sondern immer leiser wurden.

Dann war alles still, und Lilo hob langsam den Kopf.

Das Mädchen war weg. Aber dort drüben, im Eingang des Hauses Nummer 7 stand nun ein Mann.

Lilo riss die Augen auf, starrte, bis sie ihr fast aus den Höhlen fielen, weil sie es nicht fassen konnte. Was sie da sah. Wen sie da sah.

Käthes Wolf.

Wolf Arensen.

Der Mann, der 1944 in Russland verschollen war, den alle für tot hielten außer Käthe. Falls sie ihn inzwischen nicht ebenfalls aufgegeben hatte.

Der Mann, der vor fünfzehn Jahren Käthes Herz erobert hatte.

Der Mann, den Käthe geliebt hatte, liebte und immer lieben würde.

Dieser Mann stand dort drüben und blickte in die Richtung, in die das Mädchen verschwunden war. Und sah auch Lilo, aber genau wie das Mädchen nahm er sie nicht zur Kenntnis, sondern schaute durch sie hindurch.

Und drehte sich einfach um und verschwand im Haus.

Lilo stand schwankend auf und taumelte um die Hausecke, wankte die Straße entlang in Richtung Bahnhof. Weg hier, nur weg hier.

Wolf Arensen. Lebte. Hier in Osterath.

Die Erkenntnis sickerte langsam in Lilo ein, während sie in der Bahnhofsgaststätte ihren Muckefuck trank. Schluck für Schluck versuchte sie zu begreifen, was nicht zu begreifen war.

Warum ist er hier und nicht bei Käthe, seiner Frau? Was hat er mit diesem Mädchen zu schaffen?

Er ist die Liebe meines Lebens, hatte Käthe Lilo anvertraut, kurz nachdem sie und Wolf ein Paar geworden waren. Die Liebe meines Lebens. Das aus dem Mund von Käthe, die nie große Worte machte.

Lilo erinnerte sich an den Abend, an dem Käthe ihnen Wolf vorgestellt hatte. Wie befremdet sie und Hambach anschließend waren.

»Was für eine Marke«, hatte Hambach gesagt. »Du meine Güte, ob das gutgeht?«

»Gegensätze ziehen sich an«, sagte Lilo. »Aber überrascht bin ich auch, das muss ich zugeben.«

Wolf passte überhaupt nicht zu Käthe. Er war ein sympathischer Mann, lustig, großzügig, gut aussehend. Er ging gerne tanzen, war klug und weltgewandt. Und er umwarb die biedere, gutmütige Käthe mit einer Hingabe und Leidenschaft, die Lilo und Hambach misstrauisch machte.

»Wenn sie vermögend wäre, würde ich ihn für einen Heiratsschwindler halten«, sagte Lilo. »Aber Käthe hat doch nichts.«

»Hoffentlich geht das gut«, sagte Hambach.

Dann kam heraus, dass Wolf verheiratet war, und eine Zeitlang sah es so aus, als ob alles zu Ende wäre. Aber Wolf gab einfach nicht auf und ließ auch nicht locker, bis Käthe schwach wurde, bis sie ihn heiratete. Und wider Lilos und Hambachs Befürchtungen wurden sie glücklich miteinander, auch wenn sie vergeblich auf ein Kind warteten.

Dann ist Wolf eingezogen worden, dachte Lilo. Und war in Russland und hat es irgendwie geschafft, wieder zurückzukommen. Und hat sich nie bei Käthe gemeldet. Warum nicht?, fragte sich Lilo. Er hat sie doch geliebt oder war das alles nur gespielt? Und das Mädchen, diese Schwangere. Was hatte sie mit Wolf zu tun? Das war das größte Rätsel.

»Wolf Arensen«, fragte sie die Bedienung, als sie den Muckefuck bezahlte. »Kennen Sie den?«

»Arensen«, sagte die Frau. »Der Kürschner. Was ist mit ihm?«

»Ich hab ihn vorhin auf der Straße gesehen und war mir nicht sicher, ob er es ist. Er hat früher in Düsseldorf gewohnt.«

»Eine Zeitlang war er weg«, sagte die Kellnerin. »Aber dass er in Düsseldorf war, ist mir neu. Ich weiß nur, dass er seine Frau verlassen hat. Nach dem Krieg ist er dann zurück zu ihr. War aber zu spät, wenn Sie mich fragen.«

»Wie meinen Sie das?«

»Seine Frau hat das damals nicht verkraftet. Dass er sie sitzengelassen hat. Sie hat früher schon gerne einen gehoben, aber als er weg war, hat sie richtig mit dem Trinken angefangen und hat gesoffen, bis sie weich in der Birne war. Das Kind konnte einem leidtun, das ist vor die Hunde gegangen, bis die Nachbarn die Fürsorge geholt haben. Und dann ging es ins Heim mit der Kleinen und wieder zurück zur Mutter, nichts Halbes und nichts Ganzes. Und vom Vater keine Spur in all den Jahren.«

»Das Kind«, sagte Lilo. »Wie alt ist das jetzt?«

»Wie alt wird sie sein, die Ingrid?«, überlegte die Frau. »Neunzehn, vielleicht auch schon zwanzig. Fast erwachsen, aber hier drin ist sie noch ein Kind.« Sie schlug sich anklagend gegen die Brust. »Wenn Sie mich fragen.«

»Wohnt sie jetzt wieder zu Hause?«

Die Kellnerin zuckte mit den Schultern. »Taucht immer wieder mal auf, aber nur wenn sie Geld braucht. Nicht einmal auf Frau Arensens Beerdigung ist sie erschienen.«

»Frau Arensen ist tot?«, fragte Lilo überrascht.

»Vor einigen Wochen hat sie die Augen zugemacht. Wenn Sie mich fragen, war es eine Gnade.« Die Kellnerin beugte sich ein Stück näher zu Lilo. »Die Leber«, raunte sie. Dann richtete sie sich wieder auf, holte ihren Geldbeutel aus der Schürze und nickte geschäftig. »Achtzig Pfennige wären das dann.«

XXII

Im Zug nach Düsseldorf fragte Lilo sich, warum sie Wolf nicht zur Rede gestellt hatte. Was machst du hier? Weißt du nicht, dass Käthe sich die Augen nach dir ausweint? Warum hast du uns auch noch die Kleine auf den Hals gehetzt?

Du musst dafür sorgen, dass sie uns nicht anzeigt.

Das ist das Mindeste, was du tun kannst.

Stattdessen fuhr sie zurück in die Stadt.

Sie wollte zu Käthe, aber sie ging zu Schimanek. Wenn einer Rat wusste, wenn irgendeiner einen Ausweg fand, dann war er es.

Er hörte schweigend zu, als sie ihm von der Erpressung erzählte und wie sie dem Mädchen gefolgt war und Wolf gefunden hatte. Auch danach sagte er kein Wort, sondern ging in die Küche und holte Bier und zwei Gläser. »Prost«, meinte er, nachdem er eingeschenkt hatte, und klapperte mit seinem Gebiss.

»Mehr fällt dir dazu nicht ein?«

»Reicht das nicht? Ich für meinen Teil bin froh, dass es endlich passiert ist.«

»Dass was passiert ist?«

»Dass die Sache auffliegt. Dass es vorbei ist.«

»Vergiss nicht, dass du da selbst mit drinhängst«, sagte Lilo. »Wenn sie uns schnappen, bist du mit dran. Wir sollten die Zeit bis morgen nutzen und den Stuhl wegbringen und alles andere auch.«

»Nein«, sagte Schimanek. »Es reicht, Lilo. Jetzt ist Schluss.«

Wie bitter das Bier schmeckte. Sie stellte das Glas weg.

Schimanek trank seines aus und schenkte sich nach.

»Diese Lügen«, sagte er. »Merkst du nicht, dass euch das kaputt macht? Käthe verkraftet das nicht länger, merkst du das nicht? Und du, schau dich doch bloß einmal an. Du gehst auch vor die Hunde. Deine Ehe ist im Eimer, dein Mann ist vollkommen fertig.«

»Was hat denn unser Geschäft mit meiner Ehe zu tun?«, fragte Lilo empört.

»Die Lügen. Die Lügen haben mit dir zu tun. Und vergiften dich und alles um dich herum«, sagte Schimanek.

»Blödsinn«, sagte Lilo. »Du hast doch keine Ahnung. Mein Mann verbirgt selbst etwas und rückt nicht heraus mit der Sprache.«

»Dann zwing ihn dazu. Sag ihm, was du getan hast. Frag ihn, was er gemacht hat.«

»Das hab ich doch schon hundertmal versucht! Er antwortet mir nicht.«

»Sprich mit ihm«, sagte Schimanek.

»Und Käthe. Soll ich ihr etwa erzählen, dass ich Wolf gesehen habe? Dass er lebt, aber mit seiner ersten Frau, nicht mit ihr? Das verkraftet sie nicht, das bringt sie um.«

»Die Menschen verkraften mehr, als man denkt«, widersprach Schimanek. »Und irgendwann wird sie es ohnehin erfahren. Dieses Mädchen weiß doch Bescheid. Die hält doch auf Dauer nicht dicht.«

Lilo griff nach ihrem Bierglas und trank es halb leer, obwohl es sie dabei fast schüttelte.

»Es ist Zeit auszupacken, Lilo. Und zwar gründlich.«

»Und du? Was ist mit dir? Wenn du Pech hast, wanderst du ebenfalls ins Gefängnis, für nichts und wieder nichts. Das kann doch nicht wahr sein, das kannst du doch nicht wollen.«

»Ich gehe nicht mehr ins Gefängnis«, erklärte Schimanek. »Ich hab es hinter mir.«

»Wie meinst du das?«, fragte Lilo und hoffte und betete, dass er vom Lager sprach, und wusste doch schon längst, dass da mehr war. Dass auch Schimanek etwas vor ihr verbarg, etwas, das in ihm wucherte und wütete, bis es hervorbrechen würde. Bis es ihn umbringen würde.

»Ich hab noch ein paar Wochen, dann ist es vorbei«, sagte Schimanek. »Der Krebs ist zu weit fortgeschritten, man kann nicht einmal mehr operieren, sagt der Arzt.«

»So ein Quatsch«, sagte Lilo mit zitternder Stimme. »Was soll das denn heißen? Dieser Arzt hat doch keine Ahnung. Ich kenne einen hervorragenden Spezialisten …«

»Lass nur, Lilo. Der Arzt hat recht. Ich kann nicht mehr. Und ich mag auch nicht mehr. Ich habe geglaubt, dass ich es schaffe, und wollte alles, was geschehen ist, hinter mir lassen und noch mal ganz neu anfangen. Aber es geht nicht. Die ganze Scheiße gehört zu mir, ob ich es will oder nicht. Ein Teil von mir ist im Lager gestorben. Der Rest ist jetzt dran.«

»Nein«, sagte Lilo.

»Doch«, sagte Schimanek und legte seine dürre knochige Skeletthand auf Lilos Hand und hielt sie fest. »Ich bin froh, dass ich dich getroffen habe«, sagte er.

Da begann Lilo zu weinen.

»Nicht traurig sein, Lilo«, meinte Schimanek. »Noch bin ich ja da. Und du hast jetzt auch keine Zeit zum Weinen. Geh zu Käthe. Sprich mit ihr. Und dann redest du mit Hambach.«

Käthe glaubte Lilo kein Wort.

»Du spinnst doch«, sagte sie. »Du hast dich versehen. Wolf würde doch nie und nimmer …«

»Käthe«, sagte Lilo. »Er hat früher in Osterath gewohnt, das musst du doch wissen. Hochstraße 7, ich hab das Haus gesehen, ich war nur ein paar Meter von ihm entfernt. Und die Geschichte, die mir diese Bedienung erzählt hat, das ergibt doch einen Sinn, das passt alles zusammen. Er hatte ein schlechtes Gewissen seiner Frau gegenüber. Er hat sich Sorgen um seine Tochter gemacht. Oder weiß der Teufel was. Auf jeden Fall hat er die Chance genutzt und nach dem Krieg ein neues Leben angefangen. Oder vielmehr das alte wieder aufgenommen.«

»Ich bin doch seine Frau«, flüsterte Käthe. »Ich konnte nachts nicht schlafen vor Sorge. Ich habe nach ihm gesucht. All die Jahre habe ich nach ihm gesucht. Und niemand konnte mir eine Auskunft geben.«

»Ich habe keine Ahnung, wie er das gedreht hat«, sagte Lilo. »Aber er war es, Käthe. Er war es ganz bestimmt.«

Käthe sah Lilo an. »Warum tut er mir das an?«, fragte sie.

Weil er ein Schuft ist. Ein gemeiner, erbärmlicher Feigling und ein Schuft, dachte Lilo. Aber das wollte Käthe nicht hören, also zuckte sie nur mit den Schultern.

»Das Mädchen«, sagte Käthe. »Das ist das Schlimmste. Wenn das stimmt. Dass er ein Kind hat, eine Tochter, und mir nie etwas davon erzählt hat. Und schickt sie zu mir, damit ich ihr Kind wegmache.«

Seinen Enkel, dachte Lilo. Das erste Kind, das Käthe abgetrieben hatte, war Wolfs Enkel gewesen.

»Was machst du denn jetzt?«, fragte Lilo.

»Ich weiß es nicht«, sagte Käthe.

Es gefiel Lilo nicht, Käthe allein zu lassen. Nach dieser Nachricht, in dieser Verfassung. Aber da war nichts zu machen, Käthe wollte keinen Tee und keinen Schnaps und keinen Trost und auch keine Gesellschaft. Sie wollte allein sein. »Ich muss nachdenken«, sagte sie, stand auf und trat ans Küchenfenster.

Ihre Stimme klang ganz ruhig und ihr Gesicht war vollkommen ausdruckslos.

Lilo blieb noch ein paar Minuten lang unschlüssig stehen. Räusperte sich, aber Käthe reagierte nicht. Dann ging sie aus der Küche.

Sie stand im Flur und wäre am liebsten aus der Wohnung gerannt, um alles, was vor ihr lag, hinter sich zu lassen.

Hambach saß in Wohnzimmer am Fenster, eine Wolldecke über den Knien, mitten im Hochsommer.

Er las und blickte nicht auf, als Lilo den Raum betrat und ihm gegenüber Platz nahm. Erst als sie sich räusperte, sah er sie an. Er kniff die Augen zusammen, als könnte er sich nur mit Mühe an ihr Gesicht erinnern.

»Hambach«, sagte sie. »Ich muss mit dir reden.«

Er nickte, als habe er nur darauf gewartet. Dann schloss er sein Buch, ohne die Stelle zu markieren, die er aufgeschlagen hatte, und legte es auf den Fenstersims.

»Nun ist es also so weit«, sagte er.

»Was ist so weit?«, fragte sie irritiert.

Seine Augen wurden einen Moment lang groß und dann wieder schmal. »Du willst mich verlassen.«

»Wie bitte? Was redest du denn da?«

Seine Lippen bewegten sich, ohne dass er ein Wort herausbrachte. Er war sprachlos. Das war neu, das hatte sie bei Hambach noch nie erlebt, dachte Lilo. Dann erst ging ihr auf, was er gerade zu ihr gesagt hatte.

»Du sitzt hier und wartest darauf, dass ich dich verlasse. Ist das so, Hambach?«

Er hob seine zitternden Hände und ließ sie wieder sinken.

»Du hast also aufgegeben«, stellte Lilo fest. »Dich und mich und uns. Und nimmst es einfach so hin.«

»Du«, sagte Hambach leise, »hast uns auch aufgegeben.«

»Nein«, sagte Lilo. »Noch nicht. Sonst wäre ich nicht hier.«

»Was willst du denn?«

»Ich will die Wahrheit wissen«, sagte Lilo. »Was mit dir geschehen ist. Warum du so verstört bist. Und ich will dir erzählen, was ich getan habe. Wenn du es hören willst. Wenn du es ertragen kannst.«

Er sah sie an. Dann nickte er.

Und dann fing sie an und hörte erst auf, als alles gesagt war.

»Nun weißt du es«, sagte sie. »Was ich gemacht habe. Das mit Winston war ein Unfall. Das tut mir leid. Vermutlich hätten wir danach zur Polizei gehen sollen. Aber nun ist es zu spät.« Sie wartete darauf, dass Hambach etwas sagte. Dass er nickte oder seufzte oder weinte oder aufsprang und sie schüttelte.

Er reagierte aber nicht.

Sein Gesicht war reglos. Nicht einmal die Hände zitterten.

»Das mit den Frauen bereue ich nicht«, sagte Lilo. »Das habe ich aus Überzeugung getan. Wir haben gut verdient, Käthe und ich, und wir haben gut davon gelebt. Das gebe ich zu. Aber wenn ich ein schlechtes Gewissen gehabt hätte, dann hätte ich es nicht getan.«

Sie wartete.

Hambach reagierte nicht. Er wirkte nicht erschüttert oder auch nur überrascht. Er sah aus, als ginge ihn das alles gar nichts an. Vielleicht ging es ihn ja auch nichts an.

Das war's, dachte Lilo. So unspektakulär geht es also zu Ende.

Kein Streit. Kein böses Wort.

»Und du?«, fragte Lilo.

Er schüttelte den Kopf. Öffnete den Mund. Schloss ihn wieder. Stumm wie ein Fisch.

»Hambach. Wenn dir irgendetwas an mir liegt, dann sprich mit mir«, sagte Lilo ruhig. »Sonst gehe ich.«

Da begann er endlich zu erzählen.

Einige Jahre nach seinem Wechsel ins Universitätsklinikum hatte alles begonnen. Am Anfang waren es debile Frauen, die er behandelt hatte. Oder hochgradig behinderte. Kranke Frauen. Klare Fälle.

Ein klarer Schnitt. Die Eileiter wurden durchtrennt.

Diese Frauen durften nicht schwanger werden, sie durften sich nicht vermehren. Sie hätten ihren Defekt an ihre Söhne und Töchter weitergegeben und diese wiederum an ihre Nachkommen. Es ist besser, so etwas von vornherein auszumerzen. So sah es das Reichsgesundheitsamt, so sah es auch Hambach.

Auch wenn es gar nicht darauf ankam, wie er die Sache sah. Er war ja schließlich angestellt, weisungsbefugt. Die Krankenhausleitung hatte beschlossen, die Sterilisationen durchzuführen, also operierte er. Aber das war falsch gewesen, das wusste er heute. Er hätte sich weigern sollen, er hätte sich weigern müssen. Man kann mit dem Teufel nicht im Guten zusammenarbeiten. Wenn man ihm den kleinen Finger gibt, dann reißt er einem am Ende das Herz aus der Brust.

Das Mädchen, das sie ihm im Juni 1940 brachten, war gerade einmal zwanzig. Eine Polin. »Sie spricht kein Wort Deutsch«, hatten die beiden Männer vom Gesundheitsamt gesagt, die sie begleiteten. »Sie versteht nichts.«

Im Gegensatz zu den anderen Frauen war die Polin nicht schwachsinnig.

Sie war eine Polin, das genügte.

»Ich mache so etwas nicht«, hatte Hambach erklärt. »Nicht bei Gesunden. Sucht euch einen anderen.«

»Doktor Hambach«, sagte einer der beiden Männer, dessen Namen Hambach vergessen hatte, aber an sein Gesicht erinnerte er sich noch. Ein freundliches, rundes Gesicht mit Apfelbäckchen und einem weißen Bart. »Sie wissen doch, dass Sie diese Haltung in die größten Schwierigkeiten bringen kann. Am Ende verlieren Sie noch Ihre Arbeit wegen so etwas.«

»Und dann müssen Sie an die Front«, sagte der andere. »Dabei könnten Sie unserem deutschen Vaterland hier im Krankenhaus genauso gut dienen.«

»Sie wissen doch, wie die sind«, sagte der Mann mit den Apfelbäckchen. »Wollen nicht arbeiten und lassen sich schwängern, damit wir sie auf Staatskosten wieder zurückschicken. Und dann bekommen sie ein Kind nach dem anderen, wie die Karnickel sind diese Polacken. Und die Deutschen sterben aus, weil unsereins zu verantwortungsbewusst ist. Wir setzen keine Kinder in die Welt, die wir dann nicht ernähren können. Aber der Polacke macht sich da keinen Kopf. Und dem müssen wir vorbeugen.«

Das Mädchen, die Polin, starrte mit dumpfem Blick vor sich hin, während die Männer redeten.

Sie war so jung, und sie hatte sicherlich ihre Vorstellungen vom Leben, dass sie heiraten und eine Familie gründen würde, und wenn sie alt wäre, würden ihre Enkel für sie sorgen. So stellte sie sich das vor, aber das würde nicht geschehen, so weit würde es nicht kommen, weil Hambach ihr vorher einen Strich durch die Rechnung machen würde. Ein für alle Mal.

»Untersuchen können Sie sie doch«, sagte der eine der Männer. »Da fällt ihnen doch kein Zacken aus der Krone.«

»Ich schaue sie mir einmal an«, sagte Hambach. Und wollte damit Zeit gewinnen, aber im Grunde hatte er seinen Widerstand bereits aufgegeben, er wusste es nur noch nicht.

Er untersuchte das Mädchen.

Und war erleichtert.

»Zu spät«, sagte er. »Ich kann keine Sterilisation vornehmen. Es liegt bereits eine Schwangerschaft vor.«

»Wie bitte?«, rief der freundliche Beamte mit den Apfelbäckchen, und Hambach sah, wie die Augen des Mädchens aufleuchteten, und erkannte, dass sie sehr wohl Deutsch verstand, dass sie genau begriff, was hier vor sich ging. Sie dachte, dass man sie jetzt nach Hause schicken oder zumindest in Ruhe lassen würde, und das dachte Hambach auch.

»Aha«, sagten die beiden Männer. »Dadurch ändert sich die Lage natürlich von Grund auf«, sagten sie. »Da haben wir einen neuen Sachverhalt.«

Und zu Hambachs Erleichterung verließen sie das Krankenhaus und ließen sich auch am nächsten Tag nicht blicken und tauchten drei Wochen lang nicht mehr auf.

Aber dann waren sie wieder da und brachten auch das Mädchen wieder mit.

»Das Reichsgesundheitsamt hat den Antrag auf einen Schwangerschaftsabbruch bewilligt«, sagten sie. »Er soll hier vorgenommen werden.«

»Ich mache so etwas nicht«, sagte Hambach, wie schon beim ersten Mal, als sie sie zu ihm gebracht hatten. »Es ist auch viel zu spät. Die Frau ist mindestens im fünften Monat. Und im Übrigen kann ich mir nicht vorstellen, dass die Frau das will. Dass sie eingewilligt hat.«

»Hier ist ihre Unterschrift«, sagten die Männer und wedelten mit dem Formular. »Sehen Sie selbst.«

»Stimmt das?«, fragte Hambach die Polin. »Wollen Sie wirklich, dass ich Ihr Kind töte?«

Sie antwortete nicht. Sie tat so, als ob sie ihn nicht verstand. Vielleicht verstand sie ihn auch wirklich nicht. Er verstand sich ja selbst nicht.

Sie war die Erste von vielen. In den letzten Kriegsjahren brachten sie Hambach wöchentlich eine Frau. Junge Mädchen, Frauen, die schon Kinder hatten, Frauen, die so schwach und ausgemergelt waren, dass ihnen die Schwangerschaft das Leben gekostet hätte, und dennoch wollten sie das Kind behalten. Das wusste Hambach, auch wenn die Männer vom Gesundheitsamt ihm immer ein Schreiben mit einer Unterschrift präsentierten. Wir unternehmen nichts gegen den Willen der Frau.

Njet, nie, ne, nincs, nera.

Das Wort Nein kannte Hambach in vielen Sprachen.

Manchmal waren die Frauen schon im sechsten oder siebten Monat, wenn die Männer sie brachten.

»Es ist zu spät«, sagte Hambach. »Das Kind ist unter Umständen bereits lebensfähig.«

Und während er redete, sah er die Augen der Schwangeren an seinen Lippen hängen. Sie hofften, sie beteten, dass er ihr Kind retten würde, aber er konnte es nicht retten. Er konnte nicht einmal seinen eigenen Kopf aus der Schlinge ziehen.

»Lassen Sie das nur unsere Sorge sein«, sagten die Männer vom Gesundheitsamt. »Wenn das Kind überleben sollte, dann rufen Sie uns einfach an.«

Wenn also ein Kind nach der Sectio nach Atem rang und wimmerte und lebte und auch leben wollte, dann legten es die Schwestern in einen Nebenraum und machten die Tür zu und riefen im Reichsgesundheitsamt an. Und wenn die Männer dann Stunden später eintrafen, hatte sich das Problem erledigt, ganz von selbst.

Das falsche Blut, sagten sie. Aber Hambach war Arzt, er

wusste, dass es kein falsches Blut gab. Dass das Blut der Polinnen und Russinnen und Ukrainerinnen sich nicht vom deutschen Blut unterschied, dass es genauso rot und warm und dick war. Und die Frauen liebten ihre Kinder, so wie eine deutsche Mutter ihr Kind liebte.

Hambach war damals zum Klinikleiter gegangen. Doktor Brunner. Heute fragte er sich, was er sich von dem Treffen erhofft hatte. Dass Doktor Brunner genauso unter seiner Schuld litt, dass sie gemeinsam den Mut fänden, sich aufzulehnen. Widerstand zu leisten. Vielleicht hoffte er das.

Aber Brunner empfand keine Schuld. Und wollte auch nichts davon wissen.

»Was wollen Sie eigentlich?«, fragte er Hambach. »Wir haben doch keine andere Wahl, man zwingt uns, diese Eingriffe vorzunehmen. Glauben Sie mir, mir gefällt das auch nicht. Aber der Krieg ist ein grausames Geschäft und fordert seinen Tribut von jedem, auch von mir, auch von Ihnen.«

»Und heute«, sagte Hambach zu Lilo. »Heute hat Brunner einen Lehrstuhl an der Universität und unterrichtet angehende Mediziner. Er hat mit seiner Vergangenheit abgeschlossen. Hat den Schlüssel abgezogen und weggeworfen. Aber ich kann das nicht. Ich kann die Vergangenheit nicht wegsperren. Sie ist ja immer noch in meinem Kopf.«

Die Schreie der Frauen. Wenn sie aus der Narkose erwachten und ihnen klar wurde, was geschehen war. Dass das Kind weg war. Und dass Hambach ihren Leib, der noch vor einer Stunde voller Leben war, für alle Zeit unfruchtbar gemacht hatte.

Njet, nie, ne, nincs, nera.

Einige dieser Frauen waren tot. Aber die meisten von ihnen lebten, und nachts hörte er, wie sie ihn verfluchten. Du hast mein Leben zerstört, du hast meine Kinder auf dem Gewissen.

»Jedes Mal wenn sie mir eine Frau brachten, hab ich mir eingeredet, dass es nun das letzte Mal sei«, sagte Hambach. »Diesmal noch, aber dann nie wieder. Doch es ging immer weiter. Ich habe nicht darüber gesprochen. Mit dir nicht und mit keinem sonst. Ich habe gemacht, was sie wollten. Und geglaubt, dass ich die Angelegenheit vergessen könnte. Wenn ich nicht mehr daran denke, wenn ich nicht darüber rede, wenn keiner es erfährt, mache ich es ungeschehen.«

»Aber du kannst es nicht vergessen.«

»Meine Hände können es nicht vergessen. Meine Hände erinnern mich, Tag für Tag. Ich werde niemals wieder als Arzt arbeiten können. Meine zitternden Hände sind meine Sühne. Was ich getan habe, ist nicht mehr wiedergutzumachen.«

»Stimmt«, sagte Lilo. »Du wirst damit leben müssen.«

»Oder sterben«, sagte Hambach. »Ich hätte mich schon längst umbringen sollen.«

»Das hast du ja fast schon geschafft. Viel unterscheidet dich nicht mehr von einem Toten.«

»Was soll ich tun, Lieselotte?«, fragte Hambach.

»Aufstehen. Das wäre zumindest einmal ein Anfang. Steh auf und geh auf die Straße und schau dich um. Wie es hier aussieht. Die Stadt ist zerstört, die Menschen sind am Ende. Es gibt mehr als genug zu tun. Die Kinder, die du umgebracht hast, machst du nicht wieder lebendig. Aber für andere ist es noch nicht zu spät, anderen kannst du helfen.«

»Das wiegt es doch nicht wieder auf. Das hilft den Frauen doch nicht.«

»Dein Zittern und Jammern und Zähneklappern hilft ihnen auch nicht.«

»Und wenn ich zur Polizei gehe? Wenn ich gestehe, was ich getan habe?«

Lilo zögerte einen Moment lang. »Sie werden dich einsperren«, sagte sie. »Und du verlierst deine Zulassung. Willst du das? Dadurch wird nichts besser.«

»Vielleicht doch.«

»Vielleicht doch«, sagte Lilo. »Also gut. Dann tu's. Dann geh. Solange du nur von diesem verdammten Sessel aufstehst, soll es mir recht sein. Aber vorher musst du mir helfen, Hambach. Dieses Mädchen, Wolfs Tochter, wird uns anzeigen, und dann werden sie Käthe und mich verhaften und Schimanek vermutlich auch. Käthe hat heute erfahren, dass Wolf lebt. Und ich habe erfahren, dass Schimanek sterben wird.« So weit kam sie, aber dann brach sie in Tränen aus.

Da legte Hambach seine Hände auf ihre Hände und hielt sie fest, ganz ohne zu zittern. Und als Lilo aufhörte zu weinen und sich die Tränen abwischte, sah sie, dass er ebenfalls weinte.

Dann hörten sie die Wohnungstür ins Schloss fallen. Lilo fuhr in die Höhe.

»Käthe?«

Keine Antwort.

»Sie ist weg. Wo will sie nur hin?«

»Wie hat sie es aufgenommen, dass ihr Mann lebt?«, fragte Hambach.

»Ich weiß es nicht. Sie wollte allein sein. Sie wollte darüber nachdenken.«

»Weiß sie, wo er wohnt? Kennt sie seine Adresse?«

Lilo versuchte, sich zu erinnern, ob sie den Straßennamen erwähnt hatte. »Es ist ja auch egal«, meinte sie schließlich. »Sie muss nur nach Osterath fahren und nach ihm fragen. Wolf Arensen. Vermutlich weiß jeder im Dorf, wo er wohnt.«

Hambach stand auf und ging in den Flur. Was würde ich an Käthes Stelle tun?, fragte sich Lilo. Der Mann, den ich liebe und um den ich seit Jahren bange, lebt nur wenige Kilometer von mir entfernt. Und stellt sich tot. Was würde ich da tun?

Ich würde ihn umbringen, dachte sie, als Hambach wieder ins Zimmer kam.

»Sie ist weg«, sagte er atemlos.

»Sie will zu ihm«, sagte Lilo und sprang nun ebenfalls auf. »Sie will ihn zur Rede stellen.«

»Meine Pistole«, sagte Hambach. »Ich spreche von meiner Pistole. Käthe muss sie mitgenommen haben.«

Er zeigte ihr die hohle Stelle hinter der Holzvertäfelung im Flur, wo die Waffe gelegen hatte.

»Woher hast du die Waffe?«, fragte Lilo. »Und was wolltest du damit?«

Er antwortete nicht, sondern starrte zur Wohnungstür, die gerade wieder geöffnet wurde.

»Käthe?« Lilo riss die Tür vollends auf, aber es war nicht Käthe, die ihr nun gegenüberstand, sondern Hilde.

»Mutti! Hast du mich erschreckt!«

»Hast du Käthe noch gesehen? Sie muss dir entgegengekommen sein!«

»Ja.« Hilde rieb sich die Augen und gähnte. »Unten auf der Straße. Sie ist an mir vorbeigerannt, hat mich aber nicht bemerkt. Ist was nicht in Ordnung?«

»Ich muss ihr nach«, sagte Lilo. »Sie ist zum Bahnhof gelaufen, vielleicht erwische ich sie dort noch.«

»Sie ist nicht zum Bahnhof gelaufen«, sagte Hilde. »Sie ist in Richtung Graf-Adolf-Straße verschwunden.«

»Was will sie denn dort?«, fragte Hambach.

»Eine Droschke«, sagte Lilo. »An der Herzogstraße gibt es einen Taxistand.«

»Sagt mal, was ist denn eigentlich los?«, fragte Hilde. »Was hat Käthe? Hab ich was verpasst?«

Sie sah furchtbar blass aus, stellte Lilo fest, aber jetzt war nicht die Zeit, sich um Hilde zu sorgen, jetzt mussten sie Käthe einholen und zur Vernunft bringen, bevor sie sich wegen dieses Nichtsnutzes von einem Mann unglücklich machte. Wenn sie ein Taxi erwischte, dann konnte sie in einer Dreiviertelstunde in Osterath sein.

Sie schlüpfte in ihre Schuhe, die neben der Tür standen.

»Was hast du denn jetzt vor?«, fragte Hambach.

»Ich will ihr nach, was denn sonst!«

»Wenn sie ein Taxi erwischt hat, wirst du keines mehr bekommen«, meinte er. »Mehr als eine Droschke steht da bestimmt nicht rum.«

Er hatte recht. In ganz Düsseldorf gab es nicht mehr als

zwanzig Droschken, an den Taxiständen wartete man oft eine halbe Stunde und länger auf einen freien Wagen.

»Schimanek!«, rief sie. »Du musst sofort zu Schimanek laufen, Hilde. Sag ihm, er soll mit dem Auto hierherkommen, nein, sag ihm, er soll mich am Taxistand an der Herzogstraße abholen. Vielleicht steht Käthe ja noch dort, dann können wir uns den ganzen Zirkus sparen.«

»Willst du mir nicht endlich mal erklären, was passiert ist?«, fragte Hilde.

»Wolf lebt. Und Käthe will ihn umbringen! Und nun lauf!«, schrie Lilo, und obwohl die ersten beiden Sätze nichts erklärten, sondern nur neue Fragen aufwarfen, rannte Hilde aus der Wohnung und polterte so laut die Treppe hinunter, dass die alte Frau Kosslick nebenan vor Schreck fast vom Sofa fiel.

Und Lilo stand da und zitterte, und Hambach sagte: »Beeil dich. Geh zu ihr, schnell!«

XXIII

Er saß auf seiner Terrasse. Sein linker Ärmel war hochgekrempelt, in der Ellenbogenbeuge steckte noch die Spritze. Sein Kopf hing nach vorne.

Käthe war zu spät gekommen.

Wolf hatte sich erneut davongemacht und dieses Mal für immer. Er war tot.

Sie saß ihm gegenüber, so wie sie sich unzählige Male gegenübergesessen hatten. Beim Frühstück, Mittagessen, Abendbrot.

Sie hatte ihn so viele Jahre nicht gesehen, er hatte sich verändert. Er war dünn geworden, die Haare ganz grau. Schütter, oben auf dem Kopf waren sie so schütter, dass die Kopfhaut durchschimmerte. Sie streckte die Hand aus, um seinen Puls zu fühlen, es kostete sie einige Überwindung, ihn zu berühren. Seine Haut fühlte sich kalt an. Suchet, so werdet ihr finden, dachte sie, aber sie fand nichts, keinen Puls, kein Leben. Sie zog die Finger wieder zurück und wischte sie an ihrem Rock ab.

Du hast gewusst, dass ich komme, dachte sie. Deshalb hast du dich davongemacht. Feigling, du verdammter Feigling.

Aber dann war ihre Wut plötzlich weg, und alles war leer in ihr. Und in die Leere sickerte die Trauer und stieg rasch an und überschwemmte alles. Nun ist es endgültig, sagte die Trauer. Nun wirst du ihn nie mehr lachen hören. Nun wird er dich nie mehr halten und küssen, nun wird dich niemand mehr halten und küssen. Für den Rest deines Lebens wirst du allein sein. Nun bist du Witwe und bleibst es auch.

Aber oben auf der Trauer schwamm die Eifersucht, glitzernd wie Öl. Er hat sich für die andere entschieden, sagte die Eifersucht. Er wollte dich nicht.

Warum?, dachte Käthe. Da war doch nichts mehr zwischen euch, das hast du mir doch versichert. Nur das Mädchen. Ingrid. Aber ihretwegen hättest du doch nicht zurückgehen müssen. Ich hätte Ingrid doch auch genommen, ich wäre wie eine Mutter zu ihr gewesen, sie hätte es gut bei uns gehabt, viel besser als hier. Und wäre bestimmt nicht auf die schiefe Bahn geraten, das hätte ich nicht zugelassen.

Warum, dachte Käthe. Warum bist du weggelaufen, warum bist du weggeblieben? Sie ist doch tot, nach ihrem Tod hättest du zu mir kommen können. Ich hätte dich aufgenommen, ich hätte dir alles verziehen. Auch jetzt würde ich dir noch verzeihen, aber du hast mir keine Chance gegeben, sondern hast den Schlussstrich gezogen, bevor ich dich wiederfinden konnte.

Aber du hast dich verrechnet, dachte Käthe. Die letzte Rechnung hast du ohne mich gemacht. Ich lasse mich nicht einfach so abservieren, ich folge dir nach. Suchet, so werdet ihr finden. Und ich werde dich finden, nicht in diesem Leben, aber im nächsten.

Sie griff wieder nach der Pistole, und dabei entdeckte sie den Brief.

Frau Käthe Arensen, stand auf dem Umschlag.

Ihr Name. Und seiner.

Sie wusste, dass sie nicht zögern durfte. Wenn sie ihm folgen wollte, musste sie es sofort tun, dann durfte sie es nicht aufschieben. Später würden ihr vielleicht Bedenken kommen.

Aber jetzt war sie stark genug.

Da lag aber der Brief auf dem Tisch, der Brief, den er kurz vor seinem Tod an sie geschrieben hatte, und das Kuvert war zugeklebt, und sie fragte sich, was er geschrieben hatte.

Du willst dich rechtfertigen, dachte Käthe. Nachdem du dich so feige davongeschlichen hast, zuerst aus meinem Leben und dann aus deinem eigenen. Ich will es aber nicht hören, was du mir zu sagen hast.

Sie nahm die Waffe, entsicherte sie, hielt sie sich an die Schläfe und schloss die Augen. Und zitterte auf einmal wie Hambach in seinen schlimmsten Stunden. Ein paar Minuten saß sie so da, dann gab sie auf. Es ging nicht. Mit einer Spritze hätte sie es vielleicht geschafft, aber nicht mit einer Pistole.

Sie öffnete den Brief.

15. Juli 1947

Liebe Käthe,
nun weißt Du, was Du lange schon geahnt hast. Daß ich tot bin und niemals zu Dir zurückkommen kann. Ich sterbe nicht erst in dem Moment, in dem das Morphium seine Wirkung tut. Ich bin schon lange vorher gestorben.

Wie oft habe ich diesen Brief schon begonnen! Aber ich habe nie die richtigen Worte gefunden. Und nun muß ich mich beeilen, daß ich ihn noch zu Ende bringe und alles andere auch, bevor Du hier bist. Seit ich Lilo Hambach vor dem Haus gesehen habe, weiß ich, daß es nicht mehr lange dauern kann.

Ich will Dir in diesem Leben nicht mehr gegenübertreten.

Das mißfällt Dir, ich weiß, aber wenn Du wüßtest, wie ich heute bin, würdest Du genauso denken. Ich will, daß Du den Mann nicht kennenlernst, der ich geworden bin. Ich will, daß Du den anderen Wolf in Erinnerung behältst, den Wolf, der Dich geliebt hat und den Du geliebt hast. Deinen Mann.

Du fragst Dich, was mit mir geschehen ist.

Warum ich zu Edith zurückgegangen bin. Die ihr Leben zerstört hat und meines ebenfalls. Oder ist es umgekehrt, habe ich sie auf dem Gewissen? Das wird ein anderer Richter entscheiden.

Du wolltest nie etwas von ihr hören. Nicht einmal ihren Namen. Edith. Also habe ich Dir nichts erzählt. Ein paarmal habe ich es versucht und war dankbar und erleichtert, daß Du sofort das Thema gewechselt hast.

Als ich Edith kennengelernt habe, war ich zwanzig. Sie war sieben Jahre älter, eine faszinierende und schöne Frau, ich wollte sie vom ersten Moment an, und sie wollte mich auch, mit Haut und Haaren und ganz und gar. Ein paar Monate später waren wir verheiratet, zum Mißfallen meiner Eltern, zum Entsetzen ihrer Familie. Es war uns egal, wir waren glücklich. Am Anfang.

Ich verehrte sie, sie vergötterte mich. Mir schmeichelte ihre Leidenschaft, ihre Eifersucht. So sehr liebt sie mich also, dachte ich. Am Anfang.

Bis die Zärtlichkeiten in Vorwürfe umschlugen und ihre Eifersucht in Mißtrauen und Argwohn. Du hast eine andere, du betrügst mich, ich weiß es ganz genau. Gib es zu, du begehrst sie. Gib es doch wenigstens zu!

Ich durfte keine Nachbarin mehr grüßen, jeder Blick, jede Bemerkung, jedes Lächeln waren für sie ein Beweis für meine Untreue.

Im Gegensatz zu mir wollte Edith keine Kinder, sie hatte Angst davor, schwanger zu werden. Aber aus Angst, daß sie mich sonst verlieren würde, ließ sie sich doch darauf ein. Sie wurde sofort schwanger, und dann bekamen wir Ingrid.

Aber das machte alles nur noch schlimmer. Edith empfand nichts für Ingrid – außer Neid, weil ich mich so viel mit ihr beschäftigte. Ihr Körper hatte sich durch die Schwangerschaft verändert, das gefiel ihr nicht. Sie war nun mehr denn je überzeugt, dass ich sie betrog.

Ich begann mich immer mehr zurückzuziehen. Ich wollte weg von Ediths Eifersuchtsanfällen, ihren Wutausbrüchen, ihrem Selbsthaß. Aber ich konnte nicht weg, ich hatte ja Ingrid.

Als ich Dich kennenlernte, war Ingrid fünf Jahre alt. Und ich habe sie im Stich gelassen, für uns. Mit Dir würde alles gut werden, das wußte ich. Und es wurde ja auch alles gut. Für mich wurde alles gut.

Ingrid blieb bei Edith, die ihr die Schuld daran gab, daß

ich sie verlassen hatte. Hin und wieder habe ich sie besucht. Heimlich, ohne daß Edith oder Du etwas davon mitbekommen haben. Ich versprach ihr, daß ich sie zu uns holen würde, sobald der Zeitpunkt günstig sei. Aber der richtige Moment, um Dir von meiner Tochter zu erzählen, war längst vorüber, Du wolltest nun selbst ein Kind und bekamst keines, da konnte ich Dir so etwas doch nicht antun.

Seit sie zehn war, wollte Ingrid mich nicht mehr sehen. Und ich war erleichtert. Ich redete mir ein, daß es ihr eigener Wunsch wäre und besser für alle Beteiligten. Ich versuchte, sie zu vergessen, und vergaß sie auch fast. Mein eigenes Kind. Aber dann kam der Krieg und danach die Gefangenschaft. Und in dieser entsetzlichen Zeit im Lager wurde mir plötzlich bewußt, was ich getan hatte. Was ich meinem Kind angetan hatte. Meine Schuld quälte mich mehr noch als der Hunger und die Kälte und die Todesangst.

Da habe ich einen Pakt mit Gott geschlossen. Wenn er mich da rausholen würde, würde ich zu Edith und Ingrid zurückkehren und alles wiedergutmachen. Das habe ich ihm gelobt.

Und Gott hat mich aus dem Lager herausgeholt. Ich bin zusammen mit vier Männern geflohen, die anderen haben sie geschnappt und erschossen, aber mich ließ Gott entkommen. Ich bin zurück zu Edith, wie ich es ihm versprochen hatte. Aber nichts wurde gut, es war zu spät. Ingrid hasste mich und sich selbst haßte sie auch.

Als sie schwanger war, hab ich sie zu Dir geschickt. Ich wußte, dass Du ihr helfen würdest. Ich habe mir vorgestellt, daß sie dadurch zur Besinnung kommen würde. Und so war es auch, eine Zeit lang ging es besser mit ihr. Sie trieb sich nicht mehr herum, sie versuchte, in ihrem Leben Fuß zu fassen.

Aber dann wurde Edith schwer krank und starb, seitdem ist Ingrid wieder außer Rand und Band. Sie hat mir heute erzählt, daß sie Dich erneut aufgesucht hat und daß sie Dich erpresst. Ich habe versucht, sie davon abzubringen, aber sie weiß jetzt, daß Du meine Frau bist, und ist entschlossen, Dich zu vernichten. Ich habe ihr Geld angeboten, ich habe alles versucht, sie zu besänftigen. Sie will aber Rache. Um mich zu verletzen, will sie Dich ins Gefängnis bringen. Vielleicht bringt sie mein Selbstmord noch zur Einsicht.

Mehr kann ich nicht tun. Es ist zu wenig, ich weiß. Das Opfer ist zu klein.

Denn es fällt mir nicht schwer zu gehen. Es ist, wie ich es am Anfang dieses Briefes geschrieben habe. Ich bin schon lange tot.

Die Zeit drängt, Du wirst bald hier sein. Aber mich wirst Du nicht mehr hier finden. Ich bin in jener anderen Welt und erwarte Dich dort. Vielleicht kannst Du mir vergeben, ich selbst kann es nicht.

Es umarmt und küsst Dich in großer Sehnsucht
Dein Mann
Wolf

Sie saßen sich gegenüber, Wolf und Käthe. Käthe lebte, und Wolf war tot.

Durch Käthes Kopf rasten seine letzten Worte. Du wolltest nie etwas von ihr hören. Nicht einmal ihren Namen.

Wenn sie Wolf zugehört hätte, wenn sie seine Geschichte ertragen hätte, wäre alles anders gekommen. Gut geworden. Oder auch nicht.

Vielleicht kannst du mir vergeben, ich selbst kann es nicht.

Vielleicht kann ich es irgendwann, dachte Käthe. Jetzt noch nicht.

Plötzlich dachte sie wieder an das Lied, das Ingrid gesungen hatte, als sie ihr zum ersten Mal begegnet war. Jetzt ergab es plötzlich einen Sinn.

Um sie herum ging die Welt unter und versank in der Dunkelheit. Aber dann hörte sie Schritte, die um das Haus herumkamen, und sah eine Taschenlampe flackern. Der Lichtkegel erfasste zuerst Käthe und dann Wolf.

»Käthe«, schrie eine Frauenstimme. »Um Himmels willen. Nein!«

Käthe stand auf und blinzelte vergeblich in die Dunkelheit hinter dem Lichtschein.

»Lilo?«, fragte sie. »Bist du das?«

Da war Lilo auch schon neben ihr, legte ihr den Arm um die Schulter und zog sie an sich.

Aber Käthe befreite sich aus ihrer Umarmung.

»Ich war es nicht«, sagte sie. »Ich habe es nicht getan. Ich hätte ihm niemals etwas antun können.«

Die Männer brachten Wolf ins Haus, legten ihn auf die Küchenbank und deckten ihn zu. Das Tuch, das sie in einem Schrank gefunden hatten, war allerdings zu kurz, seine Füße ragten darunter hervor. Er trug keine Schuhe und sein rechter Strumpf hatte ein Loch. Das hätte ihm gefallen, dachte Käthe. Das hätte ihn amüsiert.

»Wir müssen die Polizei rufen«, sagte Schimanek. »Ich will einmal nachsehen, ob es hier im Haus ein Telefon gibt.«

Er verließ den Raum, und Lilo und Käthe blieben allein zurück.

»Es tut mir so leid, Käthe«, sagte Lilo.

»Du musst mit Hambach reden«, erwiderte Käthe zusammenhanglos. »Du musst ihm unbedingt zuhören.«

»Wir haben miteinander geredet. Er weiß alles. Und ich auch.«

Käthe sah Lilo an, und Lilo lächelte, ganz kurz, fast verlegen, dann wurde sie wieder ernst. Das hätte ihm auch gefallen, dachte Käthe. Dass Hambach wieder ins Leben zurückkommt.

Ich will dich sammeln, dachte Käthe.

Und nun war Hambach gesammelt.

Das zumindest war ihnen gelungen.

August 1948

Die Königsallee war aufgeräumt. Die Trümmer des Kriegs waren weg. Noch klafften Lücken im Gebiss der Häuserzeile, aber bald wären sie mit neuen Geschäftshäusern aus Beton und Stahl und Glas gefüllt. Im Kö-Graben blitzte blau das Wasser, und die Enten darauf sahen aus, als wären sie aus Porzellan.

Helga streckte ihre Händchen nach dem kleinen Hampelmann aus Papier aus, den Käthe an das Verdeck des Kinderwagens gebunden hatte. Dann riss sie sich das Häkelmützchen vom Kopf. Zum dritten Mal in zehn Minuten.

»Helga!« Käthe setzte ihr die Mütze wieder auf und band sie unter dem Kinn fest. »Nein!«

Helga gluckste vergnügt.

Käthe küsste sie auf die runde, rote Wange. Immer wenn Helga lachte, musste sie sie küssen. Und wenn sie weinte, ebenfalls. Es war ein Reflex, sie kam nicht dagegen an.

Mein Kind, dachte sie. Wenn Wolf das noch erlebt hätte. Und begann plötzlich zu weinen. Mitten auf der Königsallee brach sie in Tränen aus. Weil sie Wolf so vermisste. Und weil sie so glücklich war. Trauer und Freude zugleich. So etwas Verrücktes. Das lag wahrscheinlich daran, dass sie vollkommen übernächtigt war. Obwohl Helga nun schon acht Monate alt war, dachte sie gar nicht daran durchzuschlafen.

Der Name war Ingrids Idee gewesen, die Helga im Januar 1948 geboren hatte. Käthe hatte Elisabeth vorgeschlagen, aber Ingrid war schließlich die Mutter, sie entschied. Wobei sich ihr Interesse an Helga auf die Namenswahl beschränkte. Drei Wochen nach der Geburt verschwand Ingrid bei Nacht und Nebel und nahm Lilos Geldbeutel mit und ließ Helga zurück. Ein paar Tage später sah Hambach Ingrid in der Rethelstraße.

Seitdem hatte sie sich nicht mehr bei ihnen blicken lassen.

Sie ist kein schlechter Mensch, dachte Käthe. Nur haltlos und schwach.

Gemeinsam mit Lilo war es ihr nach Wolfs Tod gelungen, Ingrid davon zu überzeugen, ihr Kind auszutragen. »Wir helfen Ihnen«, hatte sie ihr versprochen. »Sie werden es nicht bereuen. Im Gegenteil, Sie werden hin und weg sein, wenn Sie das Kind erst einmal in den Armen halten.«

»Natürlich geht das nur, wenn Sie uns nicht anzeigen«, hatte Lilo noch hinzugefügt.

Also hatte Ingrid auf eine Anzeige verzichtet. Aber als es dann so weit war und Käthe ihr das Kind zum ersten Mal in die Arme legte, war Ingrid nicht hin und weg gewesen. Sie war erschöpft von der langen Geburt und hielt ihre Tochter nur einen kurzen Moment lang und gab sie dann zurück an Käthe. Die sie von da an nicht mehr losließ.

Helga vermisste ihre leibliche Mutter nicht. Sie hatte ja Käthe, die nachts für sie aufstand, die sie fütterte und wickelte und mit ihr spazieren ging und sie küsste, wenn sie lachte oder weinte. Und wenn Käthe arbeitete, kümmerten sich Lilo oder Hilde um sie.

Käthe vermisste Ingrid noch viel weniger. Sie schämte sich dafür, wie erleichtert sie war, als sie ging. Während der Schwangerschaft war sie launisch und unvernünftig wie ein Kind gewesen. Und furchtbar hungrig, man hatte sie kaum satt bekommen. Dabei hatten sie auch ohne sie zu wenig zu essen. Seit Käthe und Lilo die Praxis geschlossen hatten, bekamen sie keine Dauerwürste, Speckseiten und Obstkonserven mehr, und der Hunger war wieder bei den Hambachs eingezogen.

Natürlich hätten sie damals einfach weitermachen können. Warum auch nicht, hatte Lilo gesagt, Ingrid ist ja nun keine Bedrohung mehr. Aber Käthe wollte nicht mehr, und

Hambach war dagegen, und auch Schimanek fand, dass es höchste Zeit war aufzuhören.

Da lenkte Lilo ein, und jetzt arbeitete sie wie früher auf der Säuglingsstation im Evangelischen Krankenhaus. Und Käthe war wieder Hebamme und brachte Kinder zur Welt. Seit Schimaneks Tod kümmerte sich Gerd um die Kaninchenzucht, und Hilde half seit Neuestem im Schuhgeschäft Deimer am Fürstenwall aus, das brachte ein zusätzliches Einkommen. Sie war sehr reif und erwachsen geworden in den letzten Monaten. Nach dem Abitur wollte sie aufs Dolmetscherinstitut gehen und danach ins Ausland. »Amerika ist mein Traum. Dort möchte ich leben«, hatte sie Käthe anvertraut, als sie sich vor Kurzem wieder einmal ein Stück Kuchen geteilt hatten. »Zumindest für einige Zeit. Vielleicht sogar für immer.«

Nur Hambach trug nichts zum Einkommen der Familie bei und würde auch nichts mehr dazu beitragen. Kurz nach Wolfs Beerdigung hatte er sich selbst angezeigt, im Dezember war sein Fall dann verhandelt worden. Eine Gefängnisstrafe blieb ihm erspart, weil er schon genügend gestraft war, wie der Vorsitzende Richter bei der Urteilsverkündung befand. Man hatte ihm aber die Zulassung entzogen.

Auch nach dem Prozess lastete die Schuld schwer auf ihm und nachts träumte er von den Frauen, denen er die Zukunft genommen hatte, und seine Hände zitterten vor Abscheu über seine Taten. Aber er nahm wieder Anteil an der Welt, und das war ein Fortschritt.

Alles heilt, dachte Käthe. Alles wächst zusammen. Bald sieht man nur noch die Narben und irgendwann nicht einmal mehr die.

Vor einem Monat war die D-Mark eingeführt worden, und seitdem bogen sich die Regale in den Geschäften unter der Last der Waren. Hinter den Schaufenstern der Königsallee verrenkten Kleiderpuppen ihre samtbezogenen Körper und trugen glitzernde Abendroben, Nerzmäntel und Handtaschen aus Krokodilleder zur Schau.

Und davor spazierten Herren im Anzug und Damen, die Hunde an der Leine führten. Nur so zum Vergnügen.

Es ging aufwärts mit Deutschland.

Käthe dachte an Schimanek, der im Dezember 1947 an Magenkrebs gestorben war.

»Wartet nur ein Weilchen. Bald sind wir wieder obenauf«, hatte er kurz vor seinem Tod prophezeit. »Aber unser Fundament besteht aus brauner Scheiße, das darf man nicht vergessen.«

Doch davon wollten die Leute nun wirklich nichts mehr hören. Irgendwann muss es auch einmal gut sein, sagten sie. Vorbei ist vorbei.

»Aber du«, sagte Käthe zu Helga, ihrer Tochter, ihrem Glück, »du wirst erfahren, wie es war. Dir werde ich es erzählen, alles werde ich dir sagen. Damit du es nur weißt.«

Da lachte Helga, und Käthe küsste sie.

Danke

Wie immer haben viele Historiker, Archivare, Zeitzeugen und Freunde dazu beigetragen, dass dieses Buch entstehen konnte. Zwei von ihnen möchte ich ganz besonders danken: Frau Brandt aus Düsseldorf-Angermund, die ihre Erinnerungen an die Nachkriegszeit in Düsseldorf mit mir geteilt hat. Unser Gespräch hat mich sehr beeindruckt und diesen Roman an vielen Stellen beeinflusst. Und Dr. Christoph Beck aus Burg, der mich mit unglaublicher Geduld und Kompetenz in gynäkologischen und medizinhistorischen Fragen beraten und durch den ganzen Schreibprozess begleitet hat. Neben vielen Zeitzeugenberichten und Dokumentationen war das Buch »Die vergessene Generation« von Sabine Bode (München 2005) sehr hilfreich.

Danke wie immer auch meinem Agenten Harry Olechnowitz, dem Aufbau Verlag, der nun schon das dritte Buch mit mir macht, und natürlich ganz besonders: meiner Familie.

Düsseldorf, im April 2012

Gina Mayer

Gina Mayer
Leonore und ihre Töchter
Roman
464 Seiten. Broschur
ISBN 978-3-7466-3195-0
Auch als E-Book lieferbar

Nimm dein Glück in beide Hände

Im Paris des Jahres 1900 erfährt die unglücklich verliebte Nanette von einem gutgehüteten Geheimnis, das auf ihrer Familie lastet: Als ihre Urgroßeltern Leonore und Anton einst heirateten, verwünschte eine eifersüchtige Freundin das Brautpaar. Tatsächlich hadern nicht nur Leonore, sondern auch ihre Tochter, ihre Enkelin und ihre Urenkelin Nanette mit dem Schicksal und finden kein Glück in der Liebe. Bis Nanette eines Tages beschließt, den Familienfluch endlich zu bannen.

»Gina Mayer schreibt intensiv, emotional, sehr bildhaft.« Lovelybooks

aufbau taschenbuch